LSJ EDITIONS

Sophie-Élisa
Tome 2

LSJ EDITIONS
La saga des enfants des dieux

Linda Saint Jalmes

Sophie-Élisa
Tome 2

LSJ EDITIONS
La saga des enfants des dieux
Roman

~ Les romans de l'auteur disponibles chez LSJ Éditions ~
(Brochés, numériques et audios en cours)

La saga des enfants des dieux (fantastique, aventure, pour adultes) :

1 – Terrible Awena (disponible en audio)
2 – Sophie-Élisa (disponible en audio)
3 – Cameron
4 – Diane
5 – Eloïra

La Saga des Croz (fantastique, aventure, pour adultes) :

1 – La malédiction de Kalaan
2 – Le collier ensorcelé
3 – Val' Aka

Passion Flora (mini-roman érotique, pour adultes)

Les bêtises de Lili (tout public, humour, anecdotes)

The Curse of Kalaan (traduction en anglais US du tome 1 des Croz)

Romances Fantastiques : Nouvelles – édition 1
   Trois nouvelles : Second Souffle, Le Naohïm de Noël, Le prix d'un nouveau monde.

La saga Bhampair (fantastique, dark)

   Bhampair : 1 - Aaron Dorsey
   Bhampair : 2 – Lune Noire *(en cours de préparation)*

LSJ EDITIONS

Le Code de la propriété intellectuelle et artistique n'autorisant, aux termes des alinéas 2 et 3 de l'article L.122-5, d'une part, que les « copies ou reproductions strictement réservées à l'usage privé du copiste et non destinées à une utilisation collective » et, d'autre part, que les analyses et les courtes citations dans un but d'exemple et d'illustration, « toute représentation ou reproduction intégrale, ou partielle, faite sans le consentement de l'auteur ou de ses ayants droit ou ayants cause, est illicite » (alinéa 1 er de l'article L. 122-4). « Cette représentation ou reproduction, par quelque procédé que ce soit, constituerait donc une contrefaçon sanctionnée par les articles 425 et suivants du Code pénal. » Pour les publications destinées à la jeunesse, la Loi n°49-956 du 16 juillet 1949, est appliquée.

© Linda Saint Jalmes
© Illustration de couverture : LSJ.
ISBN : 9782490940301
Dépôt légal : février 2019

LSJ Éditions
22 Rue du Pourquoi-Pas
29200 Brest

Site officiel auteur et boutique :
www.lindasaintjalmesauteur.com

~ Les liens pour suivre Linda Saint Jalmes ~

Site officiel et boutique : https://www.lindasaintjalmesauteur.com/
(Dans la boutique du site : Parfum *Awena*)

Facebook :
https://www.facebook.com/LSJauteur

Instagram :
https://www.instagram.com/linda_saintjalmes/

Pinterest :
https://www.pinterest.fr/lindasaintjalmes/

Tik Rok :
https://www.tiktok.com/@linda.saintjalmes_auteur?lang=fr

*À ma maman que j'aime
de tout mon cœur,
mon modèle...*

Prologue

« Les uns nous nomment Les Tuatha Dé Danann (gens de la Déesse Dana), d'autres nous ont baptisés Les enfants de Dôn et d'autres encore Les enfants de Llyr...
Ce ne sont que des exemples.
Nous sommes les Dieux des peuples dits celtiques et nos vrais noms, désormais, ne sont connus que de nous seuls.
Ils ont évolué au cours des siècles et se sont perdus dans la mémoire des hommes. La faute, si l'on veut, en est à notre épistémè qui était transmise oralement... telle était notre volonté.
Ce qui explique qu'aucune archive relatant notre passage dans le monde des hommes ne fut jamais retrouvée et, immanquablement, les diverses variantes mythologiques qui nous sont attribuées.
Vous nous avez donné des noms de Dieux et de Déesses tels que Lug, Dana ou Ogma, nous les avons acceptés de bon gré, car ils étaient – et sont toujours – les liens sacrés qui nous relient et permettent à nos mondes de continuer d'exister.
L'un n'allant pas sans l'autre.
Le jour où nos noms humains disparaîtront de vos esprits, que les croyances qui nous lient s'évanouiront dans le néant, que nos lignées nées de naissances Hommes et Dieux se détourneront de nous... alors... la fin des temps SERA, emportant dans son trou noir nos deux mondes, celui des hommes tel que vous le connaissez et le nôtre, celui que vous appelez le plus souvent : le monde des Sidhes...
Nous avons vécu, nous avions des corps faits de chair et de sang d'or, nous avons créé cette terre que vous foulez de vos pieds, y avons laissé nos empreintes, nos légendes et nos

magies...

Puis un jour, nous nous sommes élevés et nous vous avons légué des prairies fertiles, des mers et océans poissonneux, des montagnes grasses aux pics enneigés.

Vos lendemains étaient pleins de promesses.

Néanmoins, nous risquons tous de disparaître... Dieux et humanité.

Et cela ne doit jamais arriver...

Vingt-deux ans avant l'histoire que vous allez lire, une jeune femme du nom d'Awena Dano, vivant à Brest en Bretagne, est venue arpenter les landes des Highlands, près du Loch of Yarrows, terres protégées par des runes divines... sans qu'elle s'en doute un instant.

Son destin dans le monde moderne de l'an 2010 était terne, obscur et trompeur...

Se promenant dans le Cercle des Dieux (un assemblage de dolmens comme à Stonehenge), une voix dans la brise lui souffla de faire un vœu. La jeune femme se prit au jeu, fit le vœu de rencontrer son Âme sœur et fut aspirée dans une courbe du temps qui l'emporta six cent dix-huit ans dans le passé pour que s'accomplisse une prophétie qu'un de nos enfants homme-dieu avait essayé de contrecarrer en se détournant de nous.

Awena était l'élue que nous avions choisie pour être la Promise d'un prestigieux laird du nom de Darren Saint Clare, fils des Dieux, noble descendant lui aussi de nos liaisons avec les humains.

Des siècles et des siècles avant que ne s'effectue cette rencontre, nous avions laissé un unique écrit pour inciter les grands druides, bardes et filid, à faire perdurer cette prédiction concernant la Promise, sans donner de nom, en la narrant comme une histoire, une légende... pour qu'en temps et en heure celle-ci se réalise.

La voici telle que relatée à travers les âges :

— *Il est une prophétie, écrite par la main même des*

Dieux, annoncée à nos plus anciens grands druides, qui fut apprise et contée à chaque nouvelle génération de Saint Clare, prédisant la venue d'une femme exceptionnelle destinée à un remarquable chef de clan. Cette prophétie est celle de la Promise, une élue des Dieux qui apportera dans son sillage force, prospérité, santé, et portera en son sein un laird d'une puissance jamais égalée, l'Enfant des Dieux, lui-même identifiable grâce à une marque apposée à la base de sa nuque. Nul ne connaît le nom de la Promise, on la reconnaîtra à sa force et son courage, elle tiendra les éclairs et l'orage dans ses mains. Puissantes seront ses vertus, son aura sera telle qu'elle effacera tout autre, elle sauvera le clan et la prophétie sera accomplie lors de la naissance de l'Enfant des Dieux...

Pour la première fois de notre immortelle existence, nous les divinités, avons eu peur de ne jamais voir cette prophétie se réaliser.

Cependant, nous-mêmes devons avoir des divinités au-dessus de nos têtes éthérées, car Awena, après moult aventures et péripéties a retrouvé sa place près de Darren Saint Clare et quelques mois après leur alliance naquirent, non pas un... mais deux Enfants des Dieux, des jumeaux, garçon et fille, portant tous deux la marque unique sacrée.

Là commencèrent nos nouvelles inquiétudes, car d'Enfant des Dieux, il ne pouvait... NE peut... y en avoir qu'un...

Un choix difficile s'offre à nous et pour le bien de l'humanité et du monde des Sidhes... nous allons devoir agir... »

Chapitre I
Retour à O.K Saint Clare

— Cesse de m'appeler comme ça !
— Za-Za !
— Sophie-Élisa ! C'est ainsi que maman et papa m'ont nommée !
— C'est bien ce que je disais, susurra une voix grave, et de ce fait, je suis Cameron et non...
— Ron-Ron ! coupa l'autre voix, beaucoup plus féminine celle-là.
— Tu cherches les ennuis, petite ! soupira le dénommé Ron-Ron.
— Pas le moins du monde et, d'ailleurs, je ne suis pas si petite que cela, ce n'est pas moi qui me suis transformée en une asperge géante et qui ai la voix d'un ourson en train de se noyer, railla mielleusement Za-Za.

Plutôt que de répondre, alors qu'il savait pertinemment qu'il n'aurait pas le dernier mot, Cameron Saint Clare, fils aîné de Darren et Awena, donna du talon sur le flanc de son nerveux destrier pour que celui-ci prenne la tête sur le pas de la jument de sa sœur. Sur ce point-là, au moins, elle ne gagnerait pas.

Pas sûr !

Sophie-Élisa, sa cadette – de cinq minutes – fit à son tour avancer sa monture et le devança la tête haute, souveraine, ses longs cheveux auburn flottant en bannière dans son dos.

Cela faisait vingt-deux ans que ce petit jeu de « Moi le premier » était engagé.

Vingt-deux années de chamailleries incessantes, au grand dam de leurs parents, de farces, de pièges tendus, mais aussi et surtout, de grand amour.

Oui, Cameron et Sophie-Élisa s'aimaient tendrement, ils étaient les deux faces d'une même pièce et ils auraient donné leur vie l'un pour l'autre.

Mais voilà, leurs caractères facétieux et entiers les poussaient à se quereller sans cesse.

— Vivement qu'*athair (*père) te trouve un mari pour que je sois débarrassé de toi ! la taquina Cameron en regardant droit devant lui, l'air de rien.

— Oh ! Tu ne vas pas recommencer ? ! pesta Sophie-Élisa en fusillant son frère de ses grands yeux verts. De toute façon, je veux me marier par amour comme papa et maman...

— Ben voyons... grommela Cameron, souriant sarcastiquement en songeant au mortel et ennuyeux romantisme des femmes.

Cameron ressemblait énormément à leur charismatique père, Darren. Il avait hérité de lui sa grande et musculeuse stature de féroce guerrier highlander, sa puissance tranquille de félin, son visage viril aux pommettes hautes. Cependant, ses longues mèches noires avaient des reflets de feu et il avait les yeux bleu azur de sa tante Aigneas. C'était un homme... sublime.

Quant aux magnifiques fossettes de Darren ?

Ce fut Sophie-Élisa qui en hérita...

Elle n'avait rien à envier au charme fou de son frère, car les Dieux l'avaient dotée d'une beauté farouche, piquante et subtile à la fois. Un joli visage en forme de cœur, les yeux verts de sa mère, ses éphélides en plus, des lèvres charnues et sensuelles bien dessinées, un petit nez en trompette, en plus des adorables creux dans ses joues qui lui apportaient un air continuellement canaille...

Les jumeaux ne passaient pas inaperçus et ils étaient la

fierté de leurs parents et du clan Saint Clare tout entier.

Par ce superbe et frais début de matinée du six mars 1416 – au calendrier grégorien – alors que la neige recouvrait encore les plaines, les forêts et les collines et que les perce-neige poussaient çà et là par brassées, les jumeaux avaient décidé d'un commun accord, pour une fois, de sortir du doux cocon chaud de la forteresse Saint Clare. L'idée de donner un peu d'exercice aux montures de leurs parents appelés à Édimbourg auprès de Robert Stuart, duc d'Albany et régent d'Écosse, avait été le coup de feu de départ pour une escapade improvisée et furieusement attendue, Cameron et Sophie-Élisa n'étant pas des casaniers dans l'âme.

La jeune femme aurait dû accompagner ses parents, mais étant totalement allergique à tout ce qui se rapportait aux cérémoniaux de la Cour, elle avait prétexté une soudaine et violente crise de foie.

Personne n'avait été dupe, mais Awena comme Darren avaient décidé de la laisser aux bons soins de sa tante Aigneas.

Awena avait confié à Sophie-Élisa, lors d'un tête-à-tête affectueux, qu'elle aurait désiré être atteinte du même *mal* qu'elle pour être dispensée de faire des courbettes et tout un tralala devant des guignols-monarques qu'elle détestait au plus haut point.

Sophie-Élisa se remémora que sa mère avait fait référence à une certaine période appelée « *révolution française* » et comme toujours, la jeune femme avait bombardé sa mère de questions à ce sujet sans avoir les réponses qu'elle souhaitait, Awena s'étant souvenue soudain d'une course urgente à faire avant son départ.

Avoir une maman qui connaissait le futur la fascinait. Avoir une maman gaffeuse de première l'enchantait... Il suffisait de poser les questions au moment où Awena s'y attendait le moins, pour que des parcelles du temps soient inconsciemment révélées... et tout de suite enregistrées dans un coin de la mémoire de Sophie-Élisa, en digne réplique de sa mère.

Cela faisait maintenant une semaine que Darren et Awena étaient partis et ils ne reviendraient pas avant trois autres bonnes semaines. Cependant, le cher papa de la jeune femme avait laissé des consignes très strictes à son fils qu'il avait convoqué dans son cabinet de travail, peu de temps avant son départ.

À cinquante-trois ans, Darren était toujours le superbe fils des Dieux dont Awena était tombée amoureuse quelque vingt-deux années plus tôt. Seuls les fils blancs qui se mélangeaient à sa somptueuse chevelure noire et les quelques rides au coin de ses yeux bleu nuit prouvaient que le temps était passé.

— Elle ne doit pas quitter l'enceinte du château ! avait-il tonné en déambulant en rond dans son cabinet de travail, ses bottes noires de Highlander claquant énergiquement du talon sur le sol dallé.

— *Aye athair* (oui père) ! avait acquiescé Cameron, debout bien sagement au centre de la pièce et les mains croisées dans son dos.

— Personne ne doit lui tourner autour Cameron, suis-je clair ? !

— *Aye !*

— Tu étripes quiconque le ferait !

— Avec plaisir, *athair* !

— Et tu le fais parler sous la torture après ! avait encore marmonné Darren en passant nerveusement les doigts dans ses longs cheveux.

— *Aye athair...* une fois trépassé, le freluquet me dira tout de ses intentions ! avait ironisé Cameron en masquant son hilarité derrière un raclement de gorge.

Darren l'avait foudroyé de ses yeux sombres avant de sourire et de partir dans un éclat de rire tonitruant tout en administrant une claque magistrale de sa main sur l'épaule de Cameron. Heureusement, le fils était tout aussi bien bâti et musculeux que le père, sinon... il se serait aplati au sol comme une crêpe sous la phénoménale force du coup.

— *Ron-Ron !* Tu ne m'écoutes pas ! s'exclama Sophie-Élisa, et si elle avait pu taper du pied du haut de son cheval, elle l'aurait fait.

— Mais si, comme toujours, marmonna Cameron en faisant avancer son destrier.

— Alors... qu'est-ce que je viens de dire ?

À ce moment-là, une formidable déflagration retentit sur le sommet de la colline où se situait le Cercle des Dieux, suivie de près par une onde de choc qui vint cueillir de sa monstrueuse puissance les jumeaux et leurs montures. Celles-ci s'étaient cabrées en hennissant de peur lors de la détonation et s'étaient ensuite couchées sur le sol quand le souffle de l'onde les avait tous frappés.

Parfaitement entraînés aux combats de toute sorte, sachant réagir d'instinct, Cameron et Sophie-Élisa avaient sauté de leurs selles bien avant que les chevaux ne s'affalent pour ensuite s'allonger dans la neige et l'herbe boueuse. Et quand l'onde fut sur eux, Cameron avait usé de son corps et de sa magie, pour créer le plus perfectionné des boucliers protecteurs pour sa petite sœur.

Que se passait-il donc dans le Cercle des Dieux ?

— Ça va ? s'enquit anxieusement Cameron.

— Ça irait mieux si tu remuais ta lourde carcasse... tu m'écrases ! baragouina la jeune femme alors qu'elle avait le visage aplati dans la boue et qu'elle recrachait deux-trois brins d'herbe gelée qui s'étaient glissés dans sa bouche.

— C'est bien de toi de te plaindre alors que je t'ai sûrement sauvé la vie ! railla Cameron en se déplaçant sur le côté et en levant mentalement le bouclier magique.

— Merci Ron-Ron... Que s'est-il passé ?

— *Och !* Comme si j'étais devin ! s'agaça Cameron qui parcourait d'un regard vif les proches alentours.

— Peut-être l'es-tu ? se moqua Sophie-Élisa, je me suis toujours demandé comment tu savais où je me cachais !

Cameron ricana et, se remettant souplement debout,

tendit chevaleresquement la main à sa sœur pour l'aider à se relever.

— *Naye* (non), pas devin, tu avais invariablement les mêmes cachettes, donc je suis plutôt logique.

— *Mouais...* minauda Sophie-Élisa en se redressant sans son concours et en écartant ses longues mèches de devant ses yeux. *Ohhh...* mais quel foutoir !

— *Athair* n'aimerait certainement pas t'entendre parler ainsi ! Rentre au château, je vais voir de quoi il retourne ici ! l'adjura Cameron d'une voix autoritaire.

— Pas question ! s'emporta Sophie-Élisa qui avait horreur de recevoir des ordres de la part de son jumeau.

Cependant, celui-ci était déjà loin, rejoignant au pas de course les guerriers highlanders du clan et gens du village qui s'attroupaient au bas de la colline.

— *Rentre au château !* singea Sophie-Élisa en faisant la grimace et en imitant l'intonation de la voix rauque de son frère. Ben voyons ! Ça l'arrangerait bien ! grommela encore la jeune femme en époussetant sa robe de velours couleur safran et sa longue cape de laine épaisse.

D'un regard, elle constata que les chevaux avaient pris d'eux-mêmes l'initiative de rejoindre leur logis, plus rien ne l'empêchait donc d'aller faire un petit tour en éclaireur.

D'ailleurs, elle gravissait déjà le sentier serpentant sur la colline menant au Cercle.

L'air était chargé d'une odeur de terre mouillée et de celle plus sucrée de la bruyère. La hausse des températures des derniers jours faisait fondre la neige et rendait leur liberté à quelques parcelles d'herbe nouvelle, ainsi qu'à des ruisseaux d'eau boueuse. La nature revenait à la vie après la longue période sombre de l'hiver et bientôt – le vingt et un mars au calendrier grégorien – serait fêté l'équinoxe de printemps appelé aussi Alban Eilir.

Sophie-Élisa en sourit d'avance, car depuis toute petite, elle partageait la joie exubérante de sa mère pour ces célébrations druidiques et grâce à Awena, elle savait que cette cérémonie resterait comme les précédentes dans les annales, car il était impossible qu'elle ne tourne pas à la foire à cause d'une nouvelle gaffe de sa très chère et très aimée maman.

Soudain, une autre odeur lui titilla les narines. Un effluve particulier, inconnu et... enivrant. Sophie-Élisa avait beau chercher dans son esprit à quelle plante se rapportait ce parfum, mais rien... Pourtant, elle avait une mémoire d'éléphant, comme s'amusait à lui dire souvent Awena.

— *Oh...* ! s'écria-t-elle en se figeant sur place tout en écarquillant les yeux de surprise.

Là, au centre du Cercle des Dieux, sur la dalle centrale se tenait... un homme.

Il semblait inconscient, allongé de tout son long dans la neige éparse.

Sophie-Élisa ne pouvait pas voir son visage, car il lui tournait le dos. Et quel dos ! Cet homme n'avait rien à envier à son père, ni à son frère.

— Mais ! Il porte les cheveux coupés courts ? Sacrilège ! Qui a bien pu les lui tondre ?

L'étonnement outragé de la jeune femme n'en resta pas là, car l'individu était habillé avec des atours qu'elle ne connaissait pas. Il portait une drôle de veste couleur chamois et des braies faites dans un tissu noir. Pas de bottes aux pieds, mais d'étranges « *pantoufles* » de cuir noir elles aussi.

— *Un sassenach*[1] ! cracha la jeune femme en sortant instinctivement son *skean dubh*[2] de son fourreau qu'elle avait accroché à sa taille fine.

Sophie-Élisa jeta un vif coup d'œil au bas de la colline, son frère et les guerriers étaient bien trop loin pour lui porter un quelconque secours, même s'ils avaient déjà amorcé la montée du petit sentier.

Elle allait devoir agir toute seule !

— À nous deux ! scanda courageusement la jeune

---

1 Sassenach, terme péjoratif en gaélique écossais désignant un Anglais.
2 *Skean dubh ou Signa Dubaïï (prononcer « skin dou ») est une petite dague généralement placée dans la chaussette droite du Highlander.*

femme.

Tenant fermement le pommeau de son *skean dubh* dans sa main droite, elle s'avança bravement vers le « *sassenach* » toujours inconscient. Oui, mais, était-il réellement comateux ou était-ce une maudite ruse de sa part qui lui permettrait de l'attaquer de son épée ou d'une arme dissimulée ?

— Allez ma fille ! s'encouragea-t-elle. Papa t'a appris comment te défendre que diable !

En quelques pas agiles et silencieux, elle s'approcha de l'homme et lui piqua vivement les fesses de la pointe de sa lame.

— *Aoutch* ! hurla celui-ci qui venait visiblement et très sérieusement de reprendre connaissance. Il s'était à peine redressé dans un bond et avait porté sa main sur la blessure sanguinolente de son postérieur... qu'il avait plutôt musclé.

— Maudit *sassenach*, vous allez mourir sous les coups de ma lame affûtée ! le menaça Sophie-Élisa qui s'était écartée et sautillait sur place à la manière d'un boxeur sur le ring.

— Votre lame ? *Sassenach* ? éructa l'inconnu qui la fusillait du regard. Par les Dieux, êtes-vous tombée sur la tête ?

Qu'il était beau !

« *Par les Dieux* », c'était effectivement ce que songea Sophie-Élisa à ce moment-là. Des cheveux d'un brun sombre avec des mèches plus claires tirant sur le doré, un visage tout en angles d'une virilité exceptionnelle, des yeux d'un marron chaud pailleté de pépites d'or, un nez droit et une bouche charnue à souhait et bien dessinée.

— *Par les Dieux* ? hoqueta soudain de surprise Sophie-Élisa en se souvenant des derniers mots de l'apollon qui se tenait devant elle.

— *Och* ! Bon sang, qu'un trou dans les fesses peut faire mal ! grogna rageusement l'homme en serrant les dents, une main toujours posée sur sa blessure.

— Vous n'êtes pas un *sassenach* ? questionna

sourdement la jeune femme alors qu'un doute germait dans son esprit.
— Moi ? Et depuis quand ? Je suis un MacKlare ! gronda la belle et rauque voix de l'inconnu.
— Connais pas ! trancha Sophie-Élisa en se remettant à sautiller, prête à l'attaque.
— Vous êtes pourtant sur nos terres et celles du clan Saint Clare stupide bonne femme ! l'invectiva-t-il.
— Ça, je le sais puisque je suis une Saint Clare ! s'insurgea Sophie-Élisa en brandissant son *skean dubh* alors que l'homme se relevait pour se tenir debout en grimaçant et en grognant à qui mieux mieux.
Sophie-Élisa était très grande, pas loin d'un mètre 75, et l'individu la dépassait d'une demi tête, donc un bon mètre 80.
Bien, elle avait un adversaire de choix face à elle...
— Vous ? Une Saint Clare ? réussit à se moquer l'homme avec un sourire ironique, je ne crois pas *naye* ! Notre laird n'est ni marié, ni assez vieux pour avoir une fille de votre âge... et... *que les Dieux le bénissent,* n'a *pas* de famille Saint Clare comprenant une malade dans votre genre.
Pour une fois, Sophie-Élisa ne trouva aucune répartie à envoyer à la figure de ce freluquet qui se dandinait d'une jambe sur l'autre. Elle était trop éberluée par la stupidité de ses mots. Heureusement, cela ne dura qu'un instant, car elle reprit du poil de la bête et l'affronta à nouveau... verbalement.
— Pauvre sot ! Il y a assez de Saint Clare ici pour repeupler toute l'Écosse ! Vous vous êtes mal renseigné *sassenach*, avant de venir commettre votre forfait sur nos terres !
— Mon forfait ? répéta l'homme en haussant ses sourcils d'étonnement. En voilà une bien bonne ! De forfait, il me semble que ce soit vous qui en soyez coupable, on ne blesse pas impunément quelqu'un avec une arme blanche ! D'ailleurs, nous allons régler ce problème au poste de police le plus proche... *si j'arrive à m'asseoir dans ma voiture,* grimaça encore l'inconnu, sa main rouge de sang, massant

doucement son postérieur.

— Vous n'irez nulle part ! Je veux savoir quel seigneur anglais a eu l'audace d'envoyer un stupide espion tel que vous sur le territoire des Saint Clare ! Parlez ou je vous pourfends !

— Et allez, voilà que ça recommence ! marmonna l'homme en levant les yeux au ciel. Belle, effrontée et à tous les coups... psychopathe ! Quel bol j'ai auprès des femmes !

Tout en parlant, il se déplaçait subrepticement, essayant de détourner l'attention de la magnifique apparition féminine, comme il l'aurait fait d'un mortel cobra.

« *Belle ? Il me trouve belle ?* » songea Sophie-Élisa quelque peu décontenancée par ce mot qui résonnait dans sa tête au son de la voix grave de l'inconnu.

Erreur fatale, car celui-ci profita de son moment d'inattention pour la prendre à bras-le-corps tout en lui tordant douloureusement le poignet pour qu'elle lâche son arme. Il était d'une agilité et d'une force remarquables. En moins de deux-trois mouvements, Sophie-Élisa se retrouva désarmée et allongée dans la neige pour la deuxième fois de la matinée, avec le corps lourd et étouffant d'un homme au-dessus du sien. Sauf que là, il ne s'agissait pas de son frère.

L'odeur enivrante qu'elle avait perçue un peu plus tôt avant d'arriver au Cercle, lui chatouilla à nouveau les narines. C'était donc cet homme qui sentait aussi divinement bon ?

« *Dieux ! Te voilà écrasée sous le poids de l'ennemi, à sa merci, et que fais-tu ? Tu te laisses ensorceler par son parfum ? ! Allez, donne-lui un bon coup de genou bien placé !* » s'insurgea une petite voix furibonde dans l'esprit de Sophie-Élisa.

Ouais!...

Un bon coup de genou, cela aurait été une excellente idée si ses jambes n'avaient pas été prisonnières des cuisses musclées du *sassenach*.

« *Mais que font Cameron et les guerriers ? Un petit peu d'aide ne serait pas de refus !* » s'étonna en grognant mentalement la jeune femme.

— On fait moins la maligne ! la nargua l'homme dont le visage saisissant de beauté masculine planait à quelques centimètres du sien.

Sophie-Élisa déglutit péniblement avant de retrouver son franc-parler.

— *Naye* ! C'est vous qui n'êtes pas malin ! Je suppose que vous ne savez pas voler ? Alors... apprenez !

Le temps que la magie crépitât dans ses veines, l'homme se mit à planer dans les airs à un mètre au-dessus d'elle en faisant des moulinets avec ses bras pour essayer de garder une position plus ou moins équilibrée.

— *Woooohhhh* ! Il est interdit d'utiliser des *charmes* sur les terres du clan ! aboya l'inconnu, avant qu'il ne ferme les yeux et ne psalmodie une mélopée magique.

La seconde d'après, il s'écroulait à nouveau sur Sophie-Élisa qui n'avait pas eu le temps de se relever ou de se mettre hors de portée.

— Monstre ! hurla-t-elle on ne sait comment, vu que le choc du poids de l'individu dans sa chute lui avait complètement vidé les poumons de leur air. Qui... qui vous a... enseigné la magie ?

— C'est dans mon sang, et vous ? demanda l'homme en la dévisageant intensément, l'étonnement et le doute se succédant dans ses yeux.

— Pareil, je le tiens de ma naissance, marmonna Sophie-Élisa en se trémoussant pour dégager son corps de sous celui de l'homme.

— À quelle famille du clan êtes-vous affiliée ? questionna-t-il encore.

— Je suis une Saint Clare ! cria la jeune femme qui en avait assez de ce petit jeu et qui s'affolait de sentir d'autres sensations inconnues et déroutantes envahir son corps et son esprit.

— *Naye* ! Il n'y a qu'un Saint Clare...

— C'est ce que vous dites, en comptant mes nouveaux grands-oncles, mes arrière-grands-parents, mes parents et mon frère, nous sommes assez...

— Nombreux pour repeupler l'Écosse, *aye*, vous me l'avez déjà déclaré, coupa l'homme en la jaugeant d'un air de plus en plus étrange tout en étrécissant les paupières.

« *Pourquoi ses yeux fauves brillaient-ils ainsi avec ces drôles d'étincelles, infimes paillettes d'or qui semblaient animées d'un feu intérieur ? Et puis, pourquoi regardait-il ses lèvres de cette manière si intense ? Avait-elle encore un brin d'herbe coincé entre les dents ?* » songea Sophie-Élisa avant de sursauter de surprise au son brusque de la voix tonitruante de son frère.

— *Za-Za !* rugit Cameron. Relève-toi et fais place que je tranche en morceaux ce pourceau !

— A y est ! Vous allez déguster *sassenach !* chantonna Sophie-Élisa en souriant aux anges, soulagée et infiniment heureuse de voir – *enfin* – les secours arriver.

Mais l'homme ne s'intéressait déjà plus du tout à elle et à ses menaces. Elle ne voyait plus de lui que son superbe profil. Il souriait de toutes ses belles dents blanches et son exceptionnel visage affichait un réel soulagement.

— Cam ! s'écria-t-il en se relevant aussi vivement qu'il le put et en s'avançant gaiement vers Cameron. J'aurais dû me douter que c'était une de tes farces ! Fameux le coup de la neige et de la foldingue, mais tu aurais dû mieux faire ton choix pour ce rôle, trouver quelqu'un de moins stupide ! Figure-toi qu'elle m'a troué les fesses ! Eh... mais à quoi joues-tu ?

Le visage de l'homme s'était soudain tendu et affichait un air éberlué alors que le futur laird orientait la pointe de sa claymore en direction de son estomac.

— Cam ! Si je te promets de ne plus être en retard aux dîners du clan, de ne plus embêter personne avec mes propres farces, est-ce que cela te ferait baisser ta lame ?

Cameron dévisageait lui aussi l'inconnu, ses yeux bleus étaient de glace, ses lèvres pincées, et quiconque le connaissait savait qu'il était dans une rage extrême.

— Za-Za ? T'a-t-il blessée ?

— Ne m'appelle pas...

— *Sguir* (ça suffit) ! Es-tu blessée ? répéta sourdement le jeune homme sans quitter des yeux l'étranger.

— *Non !* Mais lui ne peut pas en dire autant, il aura du mal à s'asseoir pendant un temps, minauda Sophie-Élisa en portant son regard rieur sur le postérieur musclé de l'intrus et en se relevant, les habits couverts de boue et complètement chiffonnés. Ce qui n'avait pas l'air de la déranger le moins du monde.

— Stop ! Temps mort ! s'exclama l'homme, un brin d'agacement dans la voix. On peut m'expliquer tout ce pataquès ? Et depuis quand, Cam, portes-tu le kilt ? Je croyais que tu abhorrais cette tenue ?!

— Pourquoi m'appelez-vous *Cam* et me parlez-vous aussi familièrement alors que nous ne nous connaissons pas ? grommela Cameron, les yeux étrécis, en appuyant plus fortement la pointe de son épée sur le ventre de l'inconnu. Qui êtes-vous et quel seigneur anglais vous a envoyé ? Si vous parlez, je vous promets une mort digne, sinon... cela sera plus long et... beaucoup plus douloureux.

— Il connaît la magie, intervint rapidement Sophie-Élisa en se passant les mains sur le tissu de sa robe safran, étalant – plus qu'enlevant – les taches de boue grasse. Il affirme faire partie du clan et se nommer MacKlare !

— MacKlare ? s'étonna Cameron en haussant les sourcils.

— Par les Dieux *aye !* Un MacKlare ! *Logan MacKlare* ! Ton vieux pote, puisque tu sembles l'avoir oublié ! Celui qui t'a couché au lit au sortir du pub tellement tu étais ivre et ce, à la veille de ton départ pour la France ! Cam, baisse ton arme ! gronda l'homme en posant ses doigts ensanglantés sur la lame aiguisée et en plongeant son regard fauve dans celui de Cameron.

— Logan... murmura songeusement Sophie-Élisa sans se rendre compte de la mine éberluée qu'affichait petit à petit son frère, dont la pointe de la claymore reposait maintenant dans la neige.

— Logan... reprit la jeune femme, se tapotant les lèvres du bout de son index tout en affichant une mine pensive alors qu'elle contemplait l'intrus, n'est-ce pas ce nom-là que maman nous a souvent cité dans ses histoires ?

— *Ay... Aye !* bafouilla son frère sans lâcher du regard le dénommé Logan.

— Maman ? coupa Logan en haussant ses sourcils bruns et en ouvrant de grands yeux. Peux-tu me dire depuis quand tu as une sœur et une mère, Cam ?

— Il a aussi un père ! gouailla Sophie-Élisa. Darren Saint Clare, notre laird et Awena notre mère, première dame du clan ! Là... *Awena...* cela devrait vous rappeler quelque chose... ? *Logan MacKlare... Veilleur ?* !

Logan fronça soudainement les sourcils en foudroyant des yeux tous ceux qui l'entouraient, y compris les guerriers armés jusqu'aux dents qui se tenaient un peu en dehors du Cercle des Dieux.

— Vous avez fini de vous moquer de moi ? Je ne connais pas d'autre Awena que ma nièce, la fille de mon frère Dàrda et Iona son épouse, et elle est bien trop jeune pour être votre mère à tous les deux ! Et que veut dire ce mot : *Veilleur ?* Par les Dieux, le cirque a assez duré...

Cameron et Sophie-Élisa échangèrent des regards interloqués, l'homme qui se tenait devant eux était – à n'en pas douter – *LE* Logan des histoires d'Awena, celui pour lequel leur cher papa piquait de monstrueuses crises de jalousie...

Mais voilà, il semblait ne rien savoir du tout et le plus déroutant était qu'il croyait connaître Cameron.

C'était... invraisemblable... incroyable.

Le formidable rugissement qui retentit haut dans le ciel le fut plus encore et tous levèrent la tête dans un bel ensemble.

Cameron hoqueta de surprise, les guerriers se

bousculèrent et certains perdirent l'équilibre avant de s'affaler sur le sol, Logan jura à qui mieux mieux en geignant quelques mots qui avaient rapport à la « *quatrième dimension* » et Sophie-Élisa partit dans un fou rire irrépressible.

— *Oh !* Je crois que maman a fait fort encore une fois ! claironna-t-elle, ses prunelles vertes pétillant d'amusement.

Chapitre 2
D'étranges retrouvailles

— *Och !* Comment réussit-elle à faire ça ? se lamenta Cameron en se retenant de justesse de mettre sa main sur les paupières alors que le son cristallin du rire de sa sœur couvrait les hoquets de surprise de toutes les personnes qui se trouvaient aux alentours.

— Comme d'habitude ! claironna encore Sophie-Élisa tout en applaudissant la dernière trouvaille magique de sa maman chérie.

En fait de trouvaille, la chose que tous regardaient n'était autre qu'un cheval noir avec de gigantesques ailes de corbeau, se déplaçant à contre-jour dans le bleu du ciel, sur lequel chevauchaient une amazone aux cheveux roux flamboyants et un immense guerrier highlander – celui-là même qui avait poussé le formidable rugissement –, un fabuleux torque celtique en or autour du cou, le kilt battant au vent et sa claymore tournoyant rageusement à la force agile de son poignet... prêt au combat !

Awena et Darren Saint Clare revenaient plus tôt que prévu.

Et quel retour !

L'idée du pégase valait tous les détours, surtout que la pauvre bête ne devait pas avoir eu le permis de voler depuis bien longtemps, car elle zigzaguait dangereusement de droite à gauche en amorçant sa descente.

— *Och ! athair* va la tuer ! gémit Cameron qui suivait du regard l'étrange équipage comme s'il s'agissait d'une grosse et agaçante mouche noire.

— Tu crois qu'il le ferait, vu qu'il l'accompagne ? ironisa Sophie-Élisa en faisant une moue dubitative.

— M'est avis qu'il n'a pas eu le choix, marmonna Cameron avant d'ouvrir des yeux grands comme des soucoupes et de hurler : *Tous à terre !!*

Les sabots du « *pégase* » improvisé rasèrent leurs cuirs chevelus, avant qu'il reprenne en tanguant de la hauteur et puisse faire un drôle de looping pour enfin toucher le sol en plein centre du Cercle des Dieux.

— *Mort au sassenach !* rugit furieusement l'immense guerrier highlander qui se tenait à califourchon derrière l'amazone, avant que son visage hâlé ne prenne soudainement un teint verdâtre, que ses yeux affichent un instant de profonde consternation, qu'il pince les lèvres et se penche vivement sur le côté du pégase, en vomissant tripes et boyaux.

Cette fois-ci, Cameron se masqua vraiment la vue de sa main en baragouinant dans sa barbe, les guerriers du clan se détournèrent en regardant autour d'eux en sifflotant et firent semblant d'admirer le paysage d'un air décontracté. Quant à Logan, il écarquilla les yeux en secouant la tête comme s'il désirait se réveiller d'un mauvais rêve, alors que Sophie-Élisa trépignait sur place en riant à gorge déployée.

Après avoir gentiment tapoté le dos de l'immense guerrier... *malade*, la belle amazone rousse descendit de sa monture en glissant sur son flanc gauche, de manière bien peu gracieuse, et courut prendre sa fille dans ses bras.

— *Och !* Maman ! Que je suis heureuse que tu sois revenue aussi vite ! s'écria Sophie-Élisa en serrant tendrement Awena tout contre elle.

— Nous avons fait aussi vite que nous l'avons pu, ton père et moi. Dès que nous avons ressenti cette forte aura de magie, nous avons su qu'il se passait quelque chose d'anormal ici et nous avons décampé d'Édimbourg... Cameron, mon chéri ! Tu ne me dis pas bonjour ? s'exclama Awena en souriant à son fils et en lui ouvrant grand les bras.

— *Aye màthair* (mère) ! sourit le fiston en essayant de ne pas voir son père descendre du pégase et tanguer sur ses musculeuses jambes.

S'il avait été à sa place, il aurait souhaité disparaître dans un trou de souris. Tout de même, Darren était le laird, l'homme sur lequel Cameron se calquait depuis qu'il était tout petit, que ce soit dans ses paroles avec son *gàidhlig*[3] appuyé ou ses gestes... il était son unique modèle... Alors, le voir dans cet état...

Il valait mieux faire comme si de rien n'était. Mais c'était sans compter sur le peu de discrétion de sa sœur.

— Pourquoi papa est-il malade ? demanda Sophie-Élisa, la mine soudain soucieuse, alors que son père pinçait à nouveau les lèvres.

— *Ohhh...* fit Awena en dévisageant Darren par-dessus son épaule, il n'a pas supporté son baptême de l'air. Dire qu'il a toujours rêvé de voler...

— *Aye !* La réalité... est loin d'être... comme dans les rêves... marmonna Darren en reprenant peu à peu contenance.

— Tu vois bien que tu ferais un très mauvais *Klingon* ! se moqua Awena, les yeux pétillants de malice.

À quarante-trois ans, elle était toujours aussi belle et dégageait une aura juvénile qui faisait que toute personne ne la connaissant pas lui aurait volontiers donné dix ans de moins. Ses longs cheveux roux étaient à peine striés de fils blancs, il fallait vraiment y regarder de plus près pour les voir, elle avait gardé sa ligne fine et sa bouille de chipie qui avait fait chavirer le cœur de Darren alias le « *Loup Noir des Highlands* ».

Awena était vêtue d'une tenue digne de la Cour : une somptueuse robe verte perlée, aux longues manches de soie finissant dans un froufrou de dentelle.

Ils avaient dû partir bien vite, car elle ne portait pas de cape fourrée et commençait à trembler de froid.

— Maman ! Il faut rentrer au château, tu vas attraper la

---

3   *Gàidhlig* : gaélique écossais

mort par ce temps ! Regarde papa, il est déjà tout vert... s'inquiéta derechef Sophie-Élisa.

— Ne te fais pas de souci pour mon teint, princesse. Depuis que je connais ta mère, il m'arrive très souvent d'avoir la peau verte... marmonna Darren en venant couvrir tendrement les épaules de sa dulcinée avec un chaud tartan en laine.

— Oh ! Quel coup bas ! s'écria Awena en riant. On ne va pas se chamailler à cause de vieux souvenirs tout de même. Dites-nous plutôt ce qu'il se passe ici les enfants, de là-haut nous avons pu apercevoir un étrange individu dans le Cercle.

Cameron avait grimacé en entendant sa mère les appeler « *les enfants* », mais sous le regard insistant de son père, il fit un pas de côté pour que ses parents puissent découvrir la personne qui était dissimulée derrière sa haute stature.

— Un *sassenach* ! cracha Darren qui saisissait déjà le pommeau de sa claymore.

Ce fut le cri de surprise de sa femme qui l'empêcha de sauter sur l'inconnu qui les dévisageait de ses yeux fauves aux étincelles dorées.

— Logan ? ! Est-ce bien vous ? s'écria Awena avant de courir pour se jeter dans ses bras.

D'instinct, Logan la serra contre lui et la relâcha tout aussi rapidement dès qu'il entendit le rugissement du mari qui semblait fumer des narines.

— Mais... comment ? continua Awena qui n'avait rien remarqué, tout émue par ces prodigieuses retrouvailles. Et Suzie ? Iona a-t-elle eu son bébé ? Avez-vous retrouvé Liam, Calum, Emily et Ellie ? Oh... il va falloir tout me raconter ! Que je suis heureuse de vous revoir ! chantonna encore Awena en se jetant derechef contre un Logan totalement éberlué et les bras ballants.

Le grand guerrier pouvait bien le tuer maintenant, car Logan était à mille lieues de s'en soucier. Sa tête allait exploser, ses idées s'emballaient. Il ne comprenait pas du tout le but de toute cette comédie, et pourquoi cette femme qui portait le même prénom que sa nièce, connaissait tant de choses sur lui, alors que lui... ne l'avait jamais rencontrée ?!

Une telle beauté, il s'en serait souvenu...

— Logan ? *Le* Logan du futur ? interrogea Darren dans le dos de sa femme, un muscle nerveux tressautant sur sa mâchoire.

Cameron vint subrepticement se tenir à ses côtés alors que Sophie-Élisa en faisait de même de l'autre côté. Ils appréhendaient la réaction de leur père et étaient prêts à le ceinturer s'il le fallait.

Cependant, ils se figèrent d'étonnement quand Darren éclata soudainement de rire, rengaina sa claymore et vint donner une forte accolade dans le dos du dénommé Logan, qui se mit à tousser bruyamment en y perdant le souffle.

— Logan MacKlare ! Je n'aurais jamais imaginé un instant me retrouver devant vous pour vous exprimer mes plus vifs remerciements. Grâce à vous et aux *Veilleurs*, Awena nous a été rendue saine et sauve. Vous êtes le bienvenu dans le passé, nous allons faire la fête ce soir ! tonna-t-il encore en entourant de son bras les épaules d'Awena, qui lui retourna un sourire ravi, les yeux brillants de larmes d'émotion.

— Bien... hum... je crois que je vais rentrer maintenant... balbutia Logan en reculant, chancelant sur ses jambes. Cam?... Super ta blague, fit-il encore en levant le pouce en l'air devant Cameron et en lui faisant un clin d'œil. Hum... bon... ce n'est pas tout ça... bravo les gars et... les filles... vous m'avez joué un beau tour de magie, je l'avais cherché ! Je... je... vais me soigner les fesses maintenant !

Le cri d'exclamation d'Awena l'empêcha de se retourner et de fuir comme il en avait l'intention jusqu'à sa demeure qui se situait à l'orée du village de Clare.

— Quoi ? Vous êtes blessé Logan ?

— Comme si vous ne le saviez pas ! ricana-t-il. Il était certainement prévu dans le scénario de me trouer les fesses, sûrement avec une fausse dague, mais la malade qui se tient près de... *votre époux*... si j'ai bien tout compris, a utilisé une vraie lame et grâce à elle j'ai un deuxième trou dans l'c...

— *Pas un mot de plus !* coupa vivement Cameron. Il y a des dames ici !

— O.K Cam, occupe-toi de ta troupe d'amis, moi je vais demander à Iona de me soigner, fit Logan d'un air las tout en se détournant du groupe pour prendre la direction du village.

Il marqua une courte hésitation en se retrouvant nez à nez avec une bonne trentaine de guerriers patibulaires, haussa les épaules et s'avança en claudiquant, la tête haute. Rien n'aurait pu l'arrêter, il était décidé à mettre un terme à cette stupide comédie et à retrouver les siens.

Les quatre Saint Clare, jumeaux et parents, le laissèrent partir. Ils se tenaient sur une ligne, les uns à côté des autres, chacun plongé dans ses pensées. Sauf que la gent féminine de la famille ne pouvait pas se taire longtemps.

— C'est étrange... commença à dire Awena, quelque peu troublée.

— C'est bien ce que je me disais, acquiesça Sophie-Élisa en opinant de la tête, suivant des yeux la belle stature de l'homme qui s'éloignait et disparaissait au fur et à mesure qu'il descendait le sentier menant au château et au village.

— On dirait qu'il ne m'a pas reconnue, continua Awena.

— Par contre, il connaît *Ron-Ron* ! intervint Sophie-Élisa du bout des lèvres.

— *Cameron !* coupèrent les parents et le fils, tous en chœur.

— Que nous chantes-tu là ! s'enquit à son tour Darren en posant son regard bleu nuit sur sa fille.

— Eh bien oui, dès qu'il a vu Ro... *Cameron*, se reprit-elle juste à temps alors que son frère la fusillait du regard, il s'est tout de suite adressé à lui comme s'il le connaissait de longue date.

— Est-ce vrai *mac* (fils) ? demanda Darren.

— *Aye !* Pourtant, je ne le connais pas ! affirma Cameron en fronçant les sourcils.

— C'est étrange... répéta Awena alors qu'elle fixait

toujours l'endroit où venait de disparaître Logan. Il va falloir qu'on le rattrape et que nous sachions de quoi il retourne. De toute façon, il ne mettra pas longtemps à s'apercevoir qu'il n'est plus dans son époque. La seule chose qui me réjouisse, c'est de savoir que la quête des *Veilleurs* est allée jusqu'au bout et que dans le futur, Iona, Dàrda, Suzie et tous les autres sont en vie.

— Tu as fait ce qu'il fallait *mo chridhe* (mon cœur), murmura amoureusement Darren en serrant sa femme contre lui et en lui déposant un doux baiser sur le haut de la tête.

Focalisés sur leur tendre moment, ils n'avaient pas remarqué que les jumeaux s'étaient détournés en grimaçant.

Quoi ! Croyaient-ils à leur âge qu'ils avaient été conçus dans les choux et les roses ?

— Pas tout à fait, marmonna Awena... en réponse aux derniers mots de Darren, car il semblerait que quelque chose cloche... *Sophie-Élisa !* s'exclama-t-elle soudain en dévisageant sa fille qui avait sursauté, comme prise en faute. Aurais-tu fait un vœu dans le Cercle ?

— Moi ? suffoqua l'interpellée en ouvrant de grands yeux innocents et en portant ses fines mains sur sa poitrine menue. Non !

Réponse qui fit ricaner son frère qui avait croisé les bras sur son torse et la dévisageait en souriant niaisement, la tête légèrement inclinée sur le côté, ses longues mèches noires et feu ondulant dans la brise.

— Tu es sûre ? insista Awena en scrutant intensément sa fille.

— Certaine ! D'ailleurs, je n'y ai jamais songé ! répondit hardiment la jeune femme en rougissant jusqu'aux oreilles.

Ce qui fit ricaner d'autant plus Cameron.

— Tu cherches la bagarre *Ron-Ron* ? se fâcha Sophie-Élisa en montrant les poings.

— Ah ! Pas de dispute les enfants ! coupa Awena en levant les mains pour calmer les jumeaux.

— *Màthair !* Cesse de nous appeler « *les enfants* » ! se

plaignit Cameron. Je suis un homme maintenant !

— Tu as encore du lait qui te coule par le nez, donc, pour moi, tu seras encore mon enfant pour longtemps ! marmonna Awena, qui marchait déjà dans les pas de Logan, bien décidée à le rattraper et à connaître le pourquoi du comment de ce nouveau voyage dans le temps.

Cameron s'essuya rageusement le nez alors que Sophie-Élisa éclatait perfidement de rire tout en suivant Awena.

— Qu'est ce que ça veut dire ça : *du lait qui te sort par le nez* ? ! J'ai bu ma bière au petit déjeuner, je ne prends plus de lait depuis longtemps ! grommela Cameron en se tournant vers son père.

— *Och mac* ! C'est une façon de parler, cela signifie que tu es encore très jeune aux yeux de ta *màthair*. Mais continue de te moucher si cela te soulage... se moqua Darren en suivant à son tour ses dames et en sifflant entre ses doigts pour que le pégase le suive.

Cameron se poussa vivement pour ne pas se faire jeter au sol par les immenses ailes du cheval, qui ne savait décidément pas quoi en faire.

La journée avait bien commencé, puis tout avait basculé. Une pensée tournait en boucle dans l'esprit du jeune homme :

« *Comment se fait-il que ce Logan me connaisse ?* »

Pour avoir la réponse, il fallait suivre les siens et percer enfin le mystère qui entourait la venue du MacKlare.

— Je parie que c'est Sophie-Élisa qui a fait un vœu pour trouver son Âme sœur... grommela Cameron en se mettant au pas de course pour rattraper son père.

Mais au moment même où il énonçait à haute voix ces mots, il sut instantanément que ce n'était pas la vérité.

La magie crépitait dans ses veines, quelque chose allait bientôt se produire et Cameron pressentait que cela marquerait un grand tournant dans la vie de tous les siens.

Logan avançait à l'aveuglette. La dernière blague de Cameron le dérangeait. Ce n'était pas la première fois qu'il était le jouet de ses farces en juste retour des siennes, mais là, il avait dépassé la limite des limites.

De plus, il avait un mal de chien, la blessure de l'abominable bonne femme à la dague lui cuisait les fesses. Pour être juste, il aurait dû dire « *la fesse gauche* », et pour être encore plus juste, il aurait dû s'avouer que la femme n'était pas si abominable que ça.

Bien au contraire !

Pour un peu, il en aurait oublié tous les événements depuis qu'il s'était réveillé dans le Cercle des Dieux.

La première fois qu'il avait posé son regard sur elle, instantanément, la douleur s'était évanouie. Il n'avait jamais rien vu de plus beau que ce brin de jolie fille sautillant sur ses pieds, habillée en tenue moyenâgeuse. Le choc de la rencontre de ses magnifiques prunelles émeraude lui avait fait perdre la tête. Pas seulement la tête, son corps avait réagi au quart de tour et quand il s'était écroulé sur elle et avait senti ses douces rondeurs féminines sous lui, il s'était dit qu'il y resterait bien des siècles pour partir à l'aventure de toutes les courbes voluptueuses de son corps.

Elle avait un parfum unique, épicé et sucré à la fois, ensorcelant, et sa peau... en touchant le grain velouté de son poignet, il avait failli oublier qu'elle était aussi redoutable qu'un barracuda.

Qui était-elle ?

Sophie-Élisa...

C'était son prénom et cela lui allait à ravir. Logan avait connu des tas de femmes, mais celle-là sortait de l'ordinaire et, à part sa famille et le laird, c'était la première femme qu'il rencontrait détenant elle aussi des pouvoirs magiques. De plus, elle n'avait pas besoin de réciter d'incantation pour la faire jaillir.

Non, c'était la deuxième femme qu'il rencontrait aujourd'hui ayant de tels pouvoirs. Enfin, si ceux-ci venaient bien d'elles et non de Cameron, car en digne fils des Dieux il excellait dans ce domaine.

L'autre disait se prénommer Awena.

Awena comme sa nièce !

Cameron manquait quelque peu d'imagination sur ce coup-là. Par contre, il lui donnait du vingt sur vingt pour l'histoire de la famille déjantée et du pégase ! Il se souvenait avoir hésité entre l'ahurissement et une grosse crise de fou rire nerveuse.

Il en était là de ses pensées quand il sentit sa nuque le picoter. On l'observait et en redressant la tête, il découvrit qui.

Devant lui s'attroupaient des centaines de personnes inconnues, femmes, hommes et enfants de tout âge en habits d'époque. Personne qu'il ne puisse reconnaître et derrière eux étaient visibles des toits de chaume aux cheminées fumantes et un peu sur la droite, l'imposant château des Saint Clare plus archaïque que jamais avec ses douves, ses remparts et son pont-levis.

Logan fut stoppé net dans son élan, poussa une exclamation étranglée puis jura bruyamment.

— *Cameron ! !* Tu pousses le bouchon un peu loin là ! hurla-t-il en direction de la colline et du Cercle des Dieux où devait se trouver son meilleur ami et laird à la fois. Ce n'est pas vrai, marmonna-t-il encore pour lui-même, il a dû cogiter cette mascarade pendant des semaines ! Il a même réussi à recréer les douves... sans compter l'odeur ! se lamenta-t-il encore en secouant la tête.

Cependant en y regardant de plus près, Logan eut un terrible doute.

Où étaient passés les lampadaires en fer forgé, les ruelles pavées et les routes goudronnées ? Qu'étaient devenues les enseignes clinquantes des commerçants et celle de son pub favori « *Au Haggis sauvage* » qu'il aurait dû apercevoir de l'endroit où il se tenait ?

De même, où était sa splendide demeure – plus un manoir qu'une maison – ?

Toutes ces questions et dérangeantes constatations lui donnaient le tournis, sans compter les légers frissons d'appréhension qui lui parcouraient le corps de la tête aux pieds.

— Cam ? gémit-il plus qu'il n'appela son ami.

— Logan ? chuchota la voix de la femme qui se prénommait Awena.

Logan ferma brusquement les paupières en serrant fortement les mâchoires et les poings.

— Ce que je vois n'est pas réel ! grinça-t-il.

— Si, au contraire, et si vous ouvriez les yeux vous pourriez le constater de visu, lui répondit Awena de sa douce voix. Il n'y a aucune magie à l'œuvre ici, continua-t-elle. Logan...

— *Madame !* Cessez de m'interpeller comme si nous nous connaissions de longue date ! La seule personne de votre groupe que je connaisse et qui ne semble pas vouloir l'admettre est ce sale type qui... se trouve derrière vous ! vociféra-t-il en ouvrant les yeux et en pointant du menton un Cameron grincheux, les sourcils froncés, l'air peu aimable, qui se tenait jambes écartées à quelques pas dans leur dos.

— Oui ! Et c'est bien ce que *MOI* je ne comprends pas ! trancha Awena, soudain agacée en tapant du pied par terre. Suivez-nous ! ordonna-t-elle tout en se dirigeant vers le pont-levis menant à la cour intérieure du château.

Logan allait répliquer vertement quand il croisa les yeux sombres du « mari » de la dame. Il sourit ironiquement, une bonne bagarre l'aurait bien défoulé et l'homme semblait de taille pour qu'il puisse user ses nerfs et ses muscles tendus une bonne fois pour toutes.

Mais... non !

Il décida qu'il agirait en digne seigneur et se détourna froidement de la belle Sophie-Élisa dont le regard le chavirait au moindre battement de cils, du ténébreux mari qui aurait fait un merveilleux *punching-ball* et de ce faux frère de Cameron, pour emboîter le pas de la harpie rousse.

Il aurait tout le temps de prendre son laird et ex-ami en aparté et de lui dire ses quatre vérités... par les poings avant de le faire par les mots !

Rien que d'y songer, il jubilait d'avance.

La foule s'était avancée et, silencieusement, les regardait passer jusqu'à ce qu'ils arrivent devant les immenses portes du château.

Toujours en claudiquant, l'air plus sombre que jamais, Logan stoppa net en marmonnant quand la rouquine s'arrêta pour parler à une sorte de servante, et se remit à marcher dès que les deux femmes se séparèrent. Quelques mètres plus loin, ils débouchèrent dans la grande salle.

Là encore, tout avait changé !

Finis le clinquant et la déco moderne de la salle d'apparat et retour à celle plus moyenâgeuse de cette comédie qui ne semblait pas vouloir s'achever.

Les murs de pierre étaient recouverts de tapisseries en tissus et broderies, il y avait ça et là de très beaux tableaux – qui dénotaient un peu dans le décor brut de pomme – des claymores et haches entrecroisées et le sol était parsemé d'herbes et de paille odorantes qui crissaient sous les semelles des chaussures.

De plus, des tables sur tréteaux et de longs bancs s'alignaient jusqu'à une sorte d'estrade où se situait une table d'honneur digne des films de cape et d'épée, à côté desquels trônaient d'immenses fauteuils.

Ce fut vers cet endroit que tous se dirigèrent.

Ouille !

Le fait d'essayer de suivre la prénommée Awena lui causait une brûlure affreuse dans la fesse qui s'élançait ensuite en douleur aiguë à l'intérieur de sa cuisse.

« *Comment rester digne avec une telle blessure ?* » grogna Logan intérieurement.

— Bien ! Asseyez-vous ! ordonna la harpie rousse assez sèchement.

— Elle est bonne celle-là, ricana Logan avant de sentir deux puissantes mains se poser sur ses larges épaules pour l'obliger sans cérémonie à s'asseoir.

Et ce fut aussi, sans cérémonie aucune, qu'il poussa un hurlement de douleur avant de jurer tous les gros mots de la terre.

— *Darren !* gronda Awena. Il est blessé... fais donc un peu attention !

— *Aye mo chridhe...* mais maintenant qu'il s'est mis sur son séant, il ne bougera plus, répondit mielleusement l'intéressé en foudroyant Logan du regard.

— Tu m'étonnes... maugréa Awena en levant les yeux au ciel. Les enfants... asseyez-vous aussi !

— *Màthair...* grommela Cameron tout en lui obéissant et en s'installant à un bout éloigné de la table.

« *T'as raison mon pote, reste le plus loin de moi possible* », enragea silencieusement Logan en lorgnant vers la haute et féline silhouette de Cameron.

Quand tous furent installés, la belle Sophie-Élisa assise, toute souriante, en face de lui, Awena reprit la parole ;

— Logan... euh... monsieur MacKlare, se corrigea-t-elle vivement en se raclant la gorge devant le froncement de sourcils de son ténébreux interlocuteur. Je ne sais pas par où commencer, alors, je vais aller droit au but !

— Cela risque de me plaire... susurra Logan avec sur le visage le plus gourmand des sourires.

— Ne va pas trop loin petit ! le prévint Darren d'une voix profonde et tranchante alors qu'il se tenait assis dans un grand fauteuil à la gauche de sa femme et de sa fille.

— Hum... revenons à nos moutons ! fit Awena avec un geste vague de la main. Êtes-vous Logan MacKlare, neveu de Suzie et frère de Dàrda ? demanda-t-elle en s'interrompant de parler pour attendre la confirmation de Logan.

— *Aye* m'dame ! opina-t-il en se soumettant à cet étrange interrogatoire, pressé d'en finir.

— Votre frère a bien épousé une jeune femme aux cheveux longs, noirs, se prénommant Iona et qui elle-même a un frère qui s'appelle Fife ?

— Courts les cheveux... marmonna Logan en se

regardant les ongles et en soufflant dessus d'un air désintéressé.

— Pardon ? fit Awena en écarquillant les yeux.

— Iona... elle a les cheveux courts... comme ça, répondit nonchalamment Logan en mettant sa main à la hauteur de son cou.

— Oh ! Dommage... ils étaient si beaux... bredouilla Awena complètement décontenancée. Enfin... bref ! Avez-vous dans votre famille et votre entourage des personnes se prénommant Calum, Emily, Ellie ?

— *Aye, aye* et *aye* ! D'où connaissez-vous...? Ah ! Mais bien sûr... mon très cher ex-ami Cam ? ! ironisa Logan en souriant méchamment au jeune Highlander qui lui retourna une grimace digne du requin des « Dents de la mer » avant de se lever brusquement et de donner du poing sur la table.

— Cela suffit ! vociféra un Cameron enragé.

— *Aye* ! C'est aussi mon avis ! lui rétorqua Logan sur le même ton.

— *STOP !* Ce *Cameron* ne peut être celui que vous connaissez ! cria Awena en se mettant brusquement debout à l'instar de son fils. Il est mon enfant et celui de Darren et il est né le dix avril 1393 ! Logan MacKlare... nous sommes le six mars 1416 et je suis Awena, celle que vous avez aidée à revenir dans le passé il y a de cela vingt-deux ans ! Je vivais à Brest, en France, en l'an 2010... Là ! Vous vous souvenez maintenant ?

Logan dévisageait Awena comme s'il lui avait poussé une deuxième tête. Tout ce qu'elle racontait était si absurde ! Cela n'avait décidément aucun sens. C'est à ce moment-là que résonna dans la grande salle une voix d'homme que, encore une fois, Logan ne reconnut pas.

— *Il ne peut se souvenir d'une chose qu'il n'a jamais vécue !*

Chapitre 3
Réveille-toi, Logan

— Aonghas ! s'écria Sophie-Élisa, tout heureuse et se trémoussant de joie sur son fauteuil.

Aonghas – qui signifie en gaélique écossais : choix unique – était celui que le noyau de la noblesse Saint Clare appelait « *l'Aîné* ».

C'était un enfant né d'une *bana-bhuidseach* (sorcière) du clan qui avait vu s'offrir à lui un destin terne du fait d'un désintérêt total de la part de sa mère, les *bana-bhuidseach* n'élevant que leurs filles, seules, selon elles, à posséder les pouvoirs de la sorcellerie.

Sur ce point-là... ces femmes exceptionnelles se trompaient.

Ce fut Diane Saint Clare, lady de Waldon, épouse du grand-père de Darren Saint Clare qui le découvrit.

Ne supportant pas de voir ces enfants errer sans but dans les rues du village, privés de l'affection d'une mère dès le plus jeune âge, elle était intervenue en les subtilisant tous et en leur faisant la classe dans le plus grand des secrets. Ce que Diane leur offrait était d'une valeur inestimable, surtout en ces temps reculés. La culture, l'instruction... promesses d'avenir plus clément pour ces « laissés pour compte ».

Dans les écrits de Diane, il était souligné que, nonobstant ce que disaient leurs mères *bana-bhuidseach*, ces garçons étaient bel et bien porteurs de dons magiques. Elle avait noté des faits de lévitation d'objets dans la classe dès qu'elle avait le dos tourné, de boules de feu se déplaçant en dansant dans les airs avant de se transformer en fumées.

Toujours d'après Diane, leurs pouvoirs augmentaient prodigieusement quand tous les enfants étaient réunis et qu'ils s'en amusaient grandement.

Après quelques années, Aonghas devint le « chef » de cette communauté magique secrète qui fut baptisée : *Les Veilleurs*. Et durant les siècles suivants, ils prirent comme patronyme le nom de MacKlare.

Ce fut grâce au concours d'Aonghas, des *Veilleurs* et de tous leurs descendants au cours des siècles entre 1392 et 2010, qu'Awena put rejoindre son époque pour que s'accomplisse « *la prophétie de la Promise* ».

Aonghas était un homme au corps efflanqué et âgé de soixante et onze ans. Autrefois, il avait été blond, mais les quelques mèches qui recouvraient encore son cuir chevelu avaient maintenant la couleur blanche de la neige la plus pure. Son visage s'était creusé, faisant ressortir son nez busqué et ses yeux bleus qui n'avaient rien perdu de leur vivacité. De prime abord, l'homme paraissait froid, mais dès que l'on croisait son incomparable regard, la première impression s'effaçait comme par magie, laissant la place à une sensation de bien-être, comme si l'on se retrouvait en face d'une personne chère à notre cœur.

— Bonjour *Lisa*, bien le bonjour à tous ! lança-t-il de sa voix éraillée en s'approchant du groupe, un mince sourire se dessinant sur ses lèvres fines presque décharnées.

— Bonjour Aonghas ! lui retourna chaleureusement Awena qui avait enfin réussi à refermer sa bouche ouverte de surprise en entendant les mots de l'Aîné. Que... que veux-tu dire par *ce qu'il n'a jamais vécu* ? lui demanda-t-elle encore.

— Eh bien dame, la vérité... L'actuelle quête des *Veilleurs* est allée jusqu'à son terme, la preuve en est ce jeune homme... ma descendance, murmura Aonghas un trémolo ému dans la voix en contemplant Logan. Seulement, reprit-il, cette quête a fait naître une nouvelle courbe du temps, dont vous Awena, n'avez jamais fait partie ! Logan ne peut donc pas avoir souvenir de vous.

— *Och* et moi ? coupa Cameron d'un ton courroucé. Il claironne me connaître, m'appelle Cam, alors que nous ne nous sommes jamais vus ! Que dites-vous de cela ?!

Aonghas se gratta le menton d'un air pensif tout en dévisageant un Logan qui se dandinait, mal à l'aise, sur son fauteuil.

— Là... j'avoue ne pas avoir de solution et il est tout à fait impossible de demander l'aide du *Leabhar an ùine* (livre du temps)... la quête aboutie risquerait d'être à nouveau modifiée. Jeune homme... fit-il en s'adressant à Logan, êtes-vous sûr de connaître le futur laird ?

Dans son coin, plus que songeuse, Sophie-Élisa suivait sans en manquer une miette le déroulement de l'histoire. Logan paraissait totalement dérouté et cela la touchait profondément. Elle avait envie de lui prendre la main, besoin de le rassurer, car elle le sentait confus, désorienté...

Mais ce n'était certainement pas la chose à faire, car il semblait fier et elle n'avait pour rien au monde le désir de lui ôter ce à quoi il se raccrochait. D'ailleurs, l'aurait-il laissée faire ?

Logan se redressa soudain, geste suivi de près par Darren qui faisait déjà le tour de la table d'une foulée déterminée pour l'aider *aimablement* à se rasseoir.

— Darren ! Laisse-le mon amour, intervint in extremis Awena qui semblait elle aussi désorientée par les propos d'Aonghas.

— Aonghas... *LE* Aonghas de la lignée des MacKlare ? balbutia Logan dont le teint hâlé avait viré au pâle. Alors... tout cela... fit-il en englobant ce qui l'entourait d'un ample geste de la main, tout cela est réel ? Et Cam ? interrogea-t-il à nouveau en se dirigeant vers Cameron, tanguant dangereusement sur ses jambes.

Le fils du laird s'était raidi sur son fauteuil et montrait presque les crocs comme un berger allemand, une seule manifestation quelconque de plus de la part de Logan déclencherait sa hargne, d'où s'ensuivrait irrémédiablement une bagarre. Mais celui-ci s'arrêta net à deux mètres de Cameron, ne s'apercevant nullement que son vis-à-vis était prêt à lui sauter au cou.

— *Aye*... tu... vous lui ressemblez de façon troublante, fit Logan en dévisageant intensément Cameron. Pourtant, mon ami a une cicatrice qui lui barre le sourcil gauche et dessine une ligne jusque sur sa pommette droite... il est aussi plus vieux... Quel âge avez-vous ?

— J'ai vingt-deux ans, bientôt vingt-trois et mon corps ne comporte que les traces de griffures des femmes que je mets dans mon lit ! ironisa l'aîné des Saint Clare.

— Cameron ! s'offusquèrent de concert Awena et Sophie-Élisa alors que Darren se frappait les cuisses de ses mains puissantes et éclatait d'un rire tonitruant.

— Voilà le digne mac de son *athair !* s'esclaffa-t-il.

— Et... depuis quand portes-tu de telles cicatrices *mon amour* ? intervint Awena d'un ton coupant, la jalousie transparaissant par tous les pores de sa peau.

— *Och !* Mais depuis que je te connais *mo chridhe !* chantonna Darren en croisant les bras, fier de sa répartie alors qu'il posait sur sa femme un regard sombre où apparaissaient les étincelles d'un désir toujours aussi intense.

Ce qui n'échappa guère aux jumeaux, qui se détournèrent à nouveau en faisant la grimace. Décidément, il allait falloir remédier à cela.

— Pourquoi suis-je ici et qui appelez-vous les *Veilleurs ?* coupa Logan qui ne faisait plus attention aux Saint Clare, entièrement focalisé sur l'Aîné.

— Je ne connais pas la raison de votre venue et si je la savais, il est évident que je vous aurais bien volontiers répondu... chuchota Aonghas en fronçant ses sourcils d'un blond grisonnant, l'air déconcerté, en haussant ses frêles épaules. Puis il se mit à lui raconter l'histoire des *Veilleurs*, ne comprenant pas – là encore – pourquoi le jeune homme ignorait tout de ses origines.

— Si la *Seanmhair* (grand-mère) et Larkin étaient ici en ce moment au lieu de vadrouiller à droite et à gauche, ils auraient certainement trouvé la clef de cette énigme ! suggéra soudain Sophie-Élisa.

— Je suis de ton avis ma fille, murmura Awena. Ils ne sont jamais là où il faut quand on a besoin d'eux !

— La faute à qui *m'eudail* ? fit Darren, pince-sans-rire, un sourire taquin flottant sur les lèvres.

— Il est vrai *màthair* que depuis que vous leur avez mis cette idée de « retraite » dans la tête, ils ne sont plus les mêmes, coupa à son tour Cameron.

— Oh ! Vous en faites tout un plat ! s'écria Awena en rougissant comme toujours quand elle se rendait compte – un peu tard – de l'ampleur que ses propos futuristes pouvaient engendrer pour l'époque actuelle. J'ai simplement... hum... expliqué, que dans le futur, les anciens ont le droit à ce que l'on appelle une retraite. Après une longue période de labeur, ils ont besoin de faire ce qui leur plaît, découvrir des choses, se reposer... couler de vieux jours en paix. D'ailleurs, qui s'en plaint ? Tous les anciens du clan ont voté pour que l'on applique la retraite ici. C'est donc que tous en avaient besoin !

— Et Iain t'en remercie vivement ! gloussa Darren. Tous les anciens ont choisi de le suivre lors de son aménagement dans le château qu'il s'est fait bâtir face à la mer du Nord. Je me demande qui leur a dit que l'air iodé leur ferait le plus grand bien.

— Bon ça va... marmonna Awena, je ne pouvais pas savoir que mon histoire de thalassothérapie intéresserait tant de monde et du reste, je ne sais même pas s'il y a autant de variété d'algues...

— *Mo chridhe*... coupa Darren en riant sourdement. Je ne m'en plains pas, alors ne t'offusque pas. Barabal et Larkin sont sûrement en train de pratiquer des bains de mer aux algues comme tu le leur as conseillé, pour leurs vieux os, si je me souviens bien de tes mots.

— Tu te souviens toujours trop bien de mes mots,

souffla Awena alors qu'un sourire amusé se dessinait sur ses lèvres en songeant à Larkin et Barabal pataugeant dans les laminaires gluantes.

Barabal, celle que l'on surnommait la *Seanmhair* en fonction de son âge très avancé avait été la grande *banabhuidseach* du clan et Larkin, tout aussi âgé, le grand druide et maître des potions farfelues.

Deux personnages incontournables et attachants au possible. Deux êtres qui avaient sauté sur leur nouveau statut de retraités pour léguer leurs rangs à d'autres et partir à l'aventure toutes voiles dehors, au grand étonnement de tous.

— Avez-vous fait un vœu ? demanda soudainement l'Aîné, ramenant tous les esprits sur le sujet présent.

— Et pourquoi aurais-je fait un vœu ? bougonna Logan qui sentait que sa tête allait exploser. Je me trouvais comme souvent dans le Cercle des Dieux qui me fascine depuis ma plus tendre enfance et la dalle centrale s'est mise à scintiller... ou luire, peu importe ! Je me suis approché et là... pfft... une vive lueur m'a ébloui et tout de suite après, le trou noir ! Je me souviens m'être réveillé à la suite d'une fulgurante douleur au derrière... par la faute de cette fille ! fit-il mordant, en pointant son menton dans la direction de Sophie-Élisa qui sembla se tasser sur son fauteuil sous le coup de l'accusation.

— Vous êtes blessé ? s'insurgea Aonghas en regardant tour à tour les deux jeunes gens tout en cherchant à localiser la blessure de Logan.

— Je ne l'ai pas fait exprès ! s'écria Sophie-Élisa le feu aux joues et en suppliant Aonghas du regard, comme pour se faire pardonner.

— *Och !* Menteuse ! réussit à s'amuser ouvertement Logan en voyant rougir derechef la jeune femme. Vous m'avez même traité de *sassenach*, ajouta-t-il perfide, rien que pour savoir jusqu'où la rougeur de la belle pouvait évoluer. Il avait beau avoir mal au crâne et au postérieur, ses instincts de mâle n'en étaient pas atténués.

De son trop sage décolleté au goût de Logan, jusqu'à la

pointe de ses charmantes oreilles apparemment.

Cela lui allait à ravir et donnait l'impression grisante à Logan de pouvoir enfin marquer une pause ensoleillée au milieu d'une tempête qui l'avait propulsé dans les courbes du temps, vers l'incertitude...

Incertitude...

Logan ! Réveille-toi !

Oui, mais il n'en avait pas envie, une bulle d'évasion, ne serait-ce que pour cinq minutes dans tout ce marasme, voilà ce dont il avait furieusement besoin. Et d'un sachet d'aspirine !

Pourtant...

—... faire venir Aigneas tout de suite ! était en train d'annoncer Awena à Aonghas. Elle va le soigner, ne vous en faites pas.

En entendant cela, Logan vit mentalement éclater sa merveilleuse bulle dans un *POP* sonore et s'éloigner la belle vision de la sirène qui de son envoûtant regard l'avait propulsé à mille lieues de son nouveau et ô combien désagréable présent.

— Personne ne me touchera à part ma belle-sœur Iona ! fit-il d'un ton grinçant en plissant les yeux et en se tournant vers Awena. Elle a toute ma confiance et de plus elle est doctoresse !

— Et *ma* sœur Aigneas est la grande *bana-bhuidseach* du clan, ainsi qu'une très puissante guérisseuse, le sermonna Awena en lui rendant son regard sombre et en croisant les bras sur sa poitrine menue. Alors pour le moment, on va laisser toute la famille MacKlare du futur au chaud là où elle est, et vous allez monter dans la chambre d'amis pour vous faire soigner bien sagement ! D'ailleurs... la voilà qui arrive !

Logan ne se retourna pas, bien qu'il sût qu'une nouvelle personne était entrée dans la grande salle. Pour lui, c'en était une de trop dans ce mélodrame qu'il avait encore bien du mal à assimiler.

— Je ne bougerai plus d'ici ! bougonna Logan tout en

croisant les bras et en se dandinant sur ses pieds.

Il avait la misérable sensation de se comporter comme un sale enfant gâté pourri, mais tant pis ! C'était à prendre ou à laisser.

Sur un imperceptible signe de connivence, Darren et Cameron sautèrent de concert sur le schtroumpf grognon pris par surprise, une échauffourée de mains et de pieds s'ensuivit où l'on vit sortir en vainqueurs les deux Saint Clare, tenant l'un les bras, l'autre les jambes d'un Logan tempêtant, saignant du nez et vociférant à qui mieux mieux.

— Alors... qu'est-ce que le futur nous a encore envoyé là ? s'exclama en gloussant une femme qui ressemblait beaucoup à Awena, habillée d'une toge blanche, d'une lourde cape en laine et tenant dans ses mains une sorte de besace médicinale.

Elle souriait de toutes ses dents en voyant passer l'étrange trio devant ses yeux et dans son coin, Awena en fit de même en songeant qu'il ne manquait que le tronc d'arbre pour y accrocher Logan, faisant de cela le cliché type des Indiens prêts à rôtir leur prisonnier.

— Je vais utiliser la magie ! les prévint Logan en feulant tel un gros chat sauvage tout en se tortillant comme une anguille.

— Moi aussi ! répliqua Darren qui sourit aux anges en entendant *meumeumer*[4] Logan dont les paroles suivantes avaient été étouffées par un sortilège qui l'avait affublé d'un bâillon bien serré.

Et un MacKlare privé de sa voix était un magicien sans pouvoir.

— Lui, tu le bâillonnes ! ironisa Awena qui leur avait emboîté le pas, tandis que moi, tu m'as rendue muette ! ajouta-t-elle encore.

— *M'eudail*, c'était il y a longtemps et c'était pour notre bien à tous, tu proférais tant de bêtises qu'il était impossible

---

4 *Meumeumer* : Verbe inventé de toutes pièces par les réalisateurs du film *Shrek*. Un mélange entre marmonner/baragouiner/fredonner.

de te laisser parler, jeta Darren d'un ton désinvolte par-dessus son épaule tout en louvoyant dans l'escalier en colimaçon qu'ils venaient d'atteindre et en tenant fermement les jambes de Logan.

— *Och athair* ! railla Cameron qui se tenait quelques marches plus bas, tu aurais dû me faire passer en premier dans l'escalier, le drôle a la tête en bas maintenant ! Il risque d'attraper un coup de sang...

— *Math dha rìreabh* (excellent) ! s'esclaffa Darren, ainsi il s'évanouira peut-être et arrêtera de se trémousser comme un verrat que l'on ébouillante !

— Papa ! s'outragea Sophie-Élisa un peu plus bas dans l'étroit escalier alors qu'elle suivait elle aussi l'étrange cortège. Je te soupçonne de l'avoir fait exprès ! Un coup de sang peut être grave !

— Ne te fais point de souci ma fille, lui retourna Darren en gravissant agilement les marches sinueuses, vu la quantité perdue par sa blessure, grâce à toi, souligna-t-il encore fielleusement, il n'aura pas de sitôt un coup de sang !

Sophie-Élisa ne put répondre que par un couinement. Elle était mortifiée par son geste et le regrettait infiniment.

— Il ne va pas mourir au moins, gémit-elle assez fort pour que sa plainte trouve écho.

— Mais non ma chérie, lui rétorqua affectueusement Awena qui se tenait entre elle et Cameron. Ce n'est qu'une toute petite estafilade et une blessure sur les fesses, tout comme sur la tête, cela saigne beaucoup, n'est-ce pas Aigneas ?

Le rire de la grande *bana-bhuidseach* se répercuta dans le dos de Sophie-Élisa en réponse à la question de sa sœur.

— *Aye !* se moqua Aigneas entre deux gloussements, ce serait bien la première fois que je perdrais un patient pour une telle blessure ! Mais qui sait ? Les hommes du futur sont peut-être beaucoup plus fragiles ?

Voilà qui n'était pas pour rassurer Sophie-Élisa, même si le ton enjoué de la voix de sa tante démentait ses propos.

C'est ainsi que Sophie-Élisa pénétra dans la chambre d'amis, perdue dans ses angoissantes pensées, rongée par le remords et l'inquiétude tout en se tordant nerveusement les mains.

Darren et Cameron avaient déjà installé – jeté devrions-nous plutôt dire – le blessé à plat ventre sur l'immense lit de la pièce. Logan essaya de se retourner sur le dos toujours en baragouinant derrière son bâillon, mais ne fit que s'empêtrer dans les fourrures et les draps. La rage transparaissait par tous les pores de son être, ainsi que par ses iris ambrés.

Sophie-Élisa vit très nettement l'aura rouge qui l'entourait, preuve s'il en était encore de son immense colère, ce qui la poussa à reculer de quelques pas, effrayée par l'intensité de la situation.

— Il doit rester couché sur le ventre ! ordonna Aigneas qui se dirigeait avec sa besace médicinale vers une petite table où se trouvaient un broc d'eau claire et une vasque en terre cuite pour se laver les mains.

— Qu'il en soit ainsi ! répondit Darren qui ficela Logan par magie, pieds et mains liés aux quatre montants du lit par des liens surgis de nulle part.

À ce moment-là, même le bâillon ne put retenir le hurlement de rage du blessé.

— Père ! s'insurgea derechef Sophie-Élisa en se portant vivement au chevet de Logan et en fusillant du regard son grand dadais de frère qui s'esclaffait bruyamment.

— Tu pourrais peut-être avoir la gentillesse de lui enlever son bâillon ? intervint Awena qui avait suivi le mouvement de sa fille et qui ne paraissait pas du tout heureuse de la tournure que les événements prenaient.

— Est-ce bien nécessaire ? rétorqua Cameron en haussant les épaules tout en faisant la grimace.

— Ce que ta *màthair* demande, elle l'a ! trancha Darren d'un ton rauque.

— De toute façon, coupa Awena en s'adressant à son fils,

ton père saura le faire taire d'une autre manière, comme il l'a fait avec moi il y a quelques années !

— De quoi ? s'enquit Sophie-Élisa soudain très intéressée par les propos de sa maman.

Riant doucement à ce souvenir auquel Awena faisait allusion pour la deuxième fois de la matinée, Darren fit disparaître le bâillon de Logan d'un simple claquement des doigts et la réponse qu'allait émettre Awena en retour à la question de sa fille fut perdue sous les jurons continus proférés par la voix éraillée de Logan.

— Tu vois *athair*, il aurait mieux valu le laisser comme avant ! marmonna Cameron.

— *Aye mac* ! en convint lugubrement Darren en hochant de la tête.

— Ne bougez pas ! s'exclama Sophie-Élisa en essayant de tranquilliser Logan tout en caressant son avant-bras tendu.

La caresse agit, le regard fauve s'accrocha au regard vert. Ce fut comme si le monde se mettait à tourner au ralenti, que le temps figeait sa course effrénée l'espace de quelques battements de cils.

Sophie-Élisa en eut le souffle coupé et d'après l'expression du beau visage de Logan, lui aussi devait ressentir les mêmes émotions de ce moment unique.

— Il est un peu trop habillé pour que je le consulte, disait la voix d'Aigneas, comme si elle provenait de très loin.

Sophie-Élisa ne voulait en aucun cas briser le lien qui venait de se tisser entre elle et cet homme du futur, gardant ses prunelles enchaînées à lui.

— Qu'à cela ne tienne ! lança joyeusement la voix moqueuse de Cameron.

Les cris qui suivirent sortirent Sophie-Élisa de sa transe, sans compter que le félin qui partageait ses émotions s'était brusquement remis à rugir en détournant les yeux.

— *Naye !*

— Non ! s'exclamèrent de concert Darren et Awena alors que Cameron et Aigneas éclataient de rire.

Quant à la jeune femme, elle ne savait plus du tout où poser son regard et une intense bouffée de chaleur avait envahi son corps.

Car Cameron, dans sa suprême bêtise, avait tout simplement fait disparaître les habits de Logan, qui se retrouvait nu comme un ver sur le lit en bataille.

« *Dieux ! Il est splendide !* », songea Sophie-Élisa, la bouche grande ouverte, les yeux écarquillés, en contemplant le corps de Logan.

Il avait un dos athlétique, des épaules larges bien découplées, des bras musculeux aux veines saillantes, un fessier rond et ferme, des jambes longues très poilues toutes de muscles elles aussi.

— Vous avez fini de me reluquer ? ! hurla Logan en se dévissant le cou pour incendier du regard les personnes qui l'entouraient.

La seconde d'après, il récitait un début de mélopée, ses iris irradiant une lueur rouge meurtrière digne des plus grands magiciens du clan, le tout vite interrompu par la toute-puissance magique du laird Darren. En moins de deux secondes, Logan fut transformé en muet et la lueur rouge disparut.

— Je ne vois pas pourquoi il en fait toute une histoire, marmonna cyniquement Cameron en faisant la moue.

— Tu ne vois pas ? s'emporta Awena en le foudroyant du regard. Le pauvre ! Tu viens par ton geste inconsidéré de le priver de sa dignité ! Et toi Darren, tu en rajoutes une couche ! Je ne suis pas fière de vous deux ! Sophie-Élisa... détourne-toi ma fille, ordonna-t-elle encore alors que la jeune femme contemplait, fascinée, le corps doré de l'apollon alité devant elle.

— J'aurais dû le laisser nous jeter un sort ? riposta Darren sans hausser le ton pour ne pas exacerber la colère de sa femme.

— Awena, intervint Aigneas au même moment, tu exagères ! Que peut faire la vision d'une paire de fesses ? De plus, vus de derrière, nous sommes tous égaux ! chantonna-t-elle l'air de rien en commençant à soigner Logan.

— Aigneas ! s'insurgea Awena en levant les bras au ciel. Logan a besoin d'intimité et ma fille n'a pas à voir ce corps d'homme... même si c'est un beau spécimen, ajouta-t-elle mielleusement avec un soudain petit sourire vengeur sur les lèvres.

La réponse que sous-entendaient ses mots ne se fit pas attendre, Darren réagit au quart de tour !

— Dehors ! tonna-t-il, rendu jaloux par les propos sibyllins d'Awena tout en la saisissant par le coude et en la conduisant vers la sortie de la chambre.

— Sophie-Élisa ! Toi aussi ! ordonna-t-il encore alors qu'Awena lui échappait d'une brusque secousse et le devançait vers le couloir, la tête haute.

— Oh papa ! Ce n'est pas comme si c'était la première fois que je voyais un homme nu, et tante Aignéas a peut-être besoin de mon aide, se plaignit la jeune femme.

— Et quand, jeune fille, te serais-tu trouvée en présence d'un homme nu ? s'enquit Darren d'un ton tranchant avant qu'Awena, qui était revenue sur ses pas, ne puisse elle-même poser la question.

Sophie-Élisa leva les yeux au ciel en faisant la grimace et coula un regard amusé vers sa tante qui gloussait en silence tout en terminant de faire quelques points de suture sur la fesse de Logan.

— Papa... tous les ans, lors de la fête de Lùnastal, quand vous jouez tous à l'harpastum, ajouta-t-elle vivement comme son père avançait vers elle d'un pas menaçant.

Un soupir de soulagement fut simultanément poussé par Awena, Darren et Cameron, tandis qu'Aigneas éclatait franchement de rire et s'essuyait les quelques larmes qui perlaient au coin de ses yeux bleus.

L'harpastum ! Évidemment !

Ce jeu était une sorte de compétition ressemblant étrangement au rugby moderne, qui se déroulait effectivement le jour de la fête de Lùnastal[5]. Le ballon était une panse de brebis fourrée de foin et de grains que deux équipes de Highlanders déchaînés devaient amener dans les lignes adverses pour gagner. C'était un jeu rude, sans règles imposées, et même s'il y en avait eu, jamais elles n'auraient été respectées. Les Highlanders se tartinaient le corps d'une sorte de grosse pâte graisseuse pour échapper plus facilement, en glissant, aux prises de leurs opposants.

À la fin du jeu, la coutume voulait que tous les guerriers ayant participé à cette compétition défassent l'unique habit qu'ils portaient – c'est-à-dire le kilt – et courent jusqu'au *Loch of Yarrows* pour se débarrasser de la pâte graisseuse et du sang de leurs innombrables blessures.

Ce qui voulait dire aussi que tous les ans, les plus beaux spécimens des hommes du clan Saint Clare paradaient complètement nus, fiers du corps que les Dieux leur avaient sculpté, et cela... devant tout le monde !

— Cameron, rhabille ce jeune homme, ordonna Darren en poussant fermement Awena dans le couloir sans attendre de réponse de la part de son fils.

Ce que le laird ordonnait, le laird l'obtenait.

— Za-Za, tu sors aussi ! fit Cameron d'un ton autoritaire qui provoqua instantanément la fureur de sa sœur.

Cependant, avant que Sophie-Élisa ne se rebiffe, ce fut Aigneas qui intervint :

— Cher neveu, tu peux suivre tes parents, j'ai besoin de Sophie-Élisa à mes côtés.

Cameron fronça les sourcils et ouvrit la bouche pour protester sans pouvoir placer un son, car sa tante reprenait l'air de rien :

— Allez mon petit, laisse-nous soigner mon patient.

Cameron rougit violemment, pinça les lèvres et sortit vivement de la pièce sans omettre de claquer la lourde porte en chêne derrière lui dans un signe non déguisé de colère.

---

5   *Lùnastal (gaélique écossais) : ou Lugnasad, Lúnasa en irlandais, est une des quatre grandes fêtes celtiques, célébrée aux alentours du premier août.*

À peine fut-il parti qu'Aigneas et Sophie-Élisa se mirent à rire à gorge déployée.

Aigneas en pleurait et hoquetait derrière sa main, tandis que Sophie-Élisa avait caché son visage dans ses bras posés sur le lit tout en y donnant des petits coups de sa main libre.

— *Ohhh...* tata... « *mon petit* »... je crois que Cameron va te prendre en grippe pour un bon moment !

— En grippe ? *Och* ! Je vois ce que tu veux insinuer. Tu as les mêmes expressions saugrenues que ta *màthair*.

— Oui et j'en suis très fière !

C'est à ce moment-là que les gesticulations saccadées de Logan attirèrent leur attention.

— *Och* ! s'exclama Aigneas. Ce garnement de Cameron a oublié d'habiller notre homme. Aide-moi à le couvrir d'un drap, demanda-t-elle à sa nièce.

— Pas la peine tatie !

Sophie-Élisa n'eut pas à se concentrer sur son objectif, elle laissa fuser la magie dans ses veines et deux secondes plus tard, Logan était à nouveau vêtu.

Sauf... qu'à la place de ses habits futuristes, il portait dorénavant la tenue du clan : kilt, chemise en lin blanc, chaussettes hautes en laine et bottes de cuir noir.

Sophie-Élisa hocha la tête de contentement. Logan avait véritablement fière allure ainsi habillé. Il avait l'air d'un guerrier highlander du clan.

Mis à part ses pauvres cheveux courts...

« *Tiens ! Mais là aussi je pourrais faire quelque chose* », se dit Sophie-Élisa avec un sourire malicieux en songeant à l'idée qui venait de surgir dans son esprit.

Tout occupée à faire de Logan un parfait Highlander pourvu d'une longue tignasse digne d'un lion, la jeune femme ne remarqua pas le regard interloqué que sa tante posait sur elle.

— Lisa ? murmura Aigneas comme si elle avait du mal à parler.

— Hum ? fit distraitement Sophie-Élisa, trop occupée à

lisser de ses doigts fins l'or liquide des toutes nouvelles mèches soyeuses de la chevelure de Logan.

— Lisa ! dit plus fortement Aigneas en faisant sursauter la jeune femme qui lui jeta un coup d'œil étonné tout en fronçant les sourcils.

— Quoi ?

— On ne dit pas *quoi* jeune fille, mais : *pardon* ! Et... dis-moi...

— *Moi !* émit spontanément Sophie-Élisa en souriant jusqu'aux oreilles.

Aigneas leva les yeux au ciel d'un air exaspéré, posa ses mains sur les hanches et attaqua derechef.

— Depuis quand es-tu capable d'intervenir dans les sorts magiques lancés par autrui ? Tout le monde sait que seul le magicien qui a créé l'enchantement peut le défaire !

— Euh... soupira Sophie-Élisa en rougissant tout en détournant les yeux, car elle ne pouvait rien dire de plus.

— J'attends ! trancha Aigneas en croisant les bras et en tapant du pied sur le sol.

— J'ai toujours pu le faire, lâcha la jeune femme dans un murmure. Je peux même rendre la parole à... Logan. C'est un jeu d'enfant pour moi ! D'ailleurs, il serait peut-être temps de le faire, ne crois-tu pas ?

— *Aye* ! acquiesça Aigneas en hochant la tête, mais tu ne perds rien pour attendre, je veux te voir chez moi ce soir pour que l'on parle de tout ça !

— Je viendrai ! promit Sophie-Élisa avec ferveur, peut-être un peu trop fervemment au goût d'Aigneas, qui la dévisageait d'un air soupçonneux.

Sophie-Élisa fit semblant de ne pas le remarquer et se pencha vers Logan qui gesticulait toujours en silence au milieu du lit désormais en bataille.

— Ne bougez plus ami, lui chuchota-t-elle doucement, je vais vous libérer et vous restituer votre voix. Mais, sachez qu'il me suffit de le penser pour vous rendre à nouveau muet dans la seconde. Êtes-vous d'accord ?

Logan frissonna en sentant le souffle tiède de la belle caresser son oreille et son cou échauffés. Il acquiesça en serrant les dents contre les émotions que ce souffle faisait naître en lui alors qu'il aurait dû être ivre de rage.

Il aurait sa vengeance pour toutes les humiliations subies depuis qu'il était dans ce château de fous. Cependant, il s'autorisa à se détendre en fermant les paupières, comme bercé par le murmure de Sophie-Élisa.

Quand il les souleva de nouveau, ses prunelles rencontrèrent celles de la jeune femme qui le scrutait intensément et Logan sentit des petites décharges électriques lui parcourir les papilles de la langue.

Elle n'avait pas prononcé un seul mot, aucune mélopée, mais il était sûr d'une chose... il avait retrouvé la faculté de parler.

— Sophie-Élisa... murmura-t-il, le ton rocailleux, frissonnant à nouveau alors qu'une douce chaleur se propageait dans son corps du simple fait d'avoir proféré son prénom.

Elle avait dû ressentir le même trouble émotionnel, car il la vit clairement frémir avant de se détourner précipitamment pour contourner le lit et disparaître de son champ de vision.

D'après les bruits qu'il perçut et les chuchotements, il en déduisit que les deux femmes étaient en train de ranger les effets médicinaux. Et puis, il se rendit compte que non seulement Sophie-Élisa l'avait transformé en homme des cavernes, lui avait rendu la faculté de parler, mais qu'elle l'avait aussi libéré des liens qui le maintenaient attaché aux quatre montants du lit.

Il était libre ! Cette femme était tout simplement prodigieuse ! C'était la première fois qu'il rencontrait une magicienne détenant un tel pouvoir. Seul le Cameron de son époque lui arrivait à la cheville. Logan en était quelque peu désorienté. Comment, en humble sorcier qu'il était, pourrait-il se battre contre toutes ces personnes, les Saint Clare, pour enfin retrouver le chemin qui le ramènerait en 2014 ?

« *C'est perdu d'avance...* », se découragea-t-il mentalement tout en cherchant à s'extraire du maudit lit.

Il mit quelques secondes à se débattre avec ses tout nouveaux et embarrassants cheveux longs, avalant une mèche ou deux en essayant de reprendre son souffle, les recrachant vivement en toussant alors qu'une furieuse envie de vomir le saisissait.

Comment faisaient les femmes avec de telles crinières ? Il comprenait mieux maintenant celles qui décidaient de les porter courtes !

C'était tout bonnement une torture !

Il réussit enfin à s'asseoir, pas aussi dignement qu'il l'aurait souhaité, mais comment faire avec une jupe qui entravait les cuisses et remontait de façon indécente sur ses jambes musclées ?

Le gloussement amusé des deux femmes attira à nouveau son attention sur elles.

— Vous avez fière allure, un authentique Highlander ! chantonna Aigneas alors que Sophie-Élisa masquait son hilarité derrière une main posée sur sa bouche.

— Les cheveux longs... c'était nécessaire ? réussit-il à marmonner alors qu'il était partagé entre la rancune et une incongrue envie de rire.

— Et comment ! s'écria Sophie-Élisa le plus sérieusement du monde. Un vrai guerrier est reconnaissable à sa longue chevelure. Je peux vous les natter si vous le souhaitez, ajouta-t-elle tout aussi sérieusement en faisant un pas vers lui.

— *Quoi ?* glapit Logan en couinant à moitié et en ouvrant de grands yeux outrés alors qu'il reculait sur les fesses, dos au montant du lit, pour garder assez d'espace entre la jeune harpie et lui, geste qui déclencha une nouvelle crise de fou rire chez Aigneas.

— Les nattes d'un Highlander sont signes de sa force et de sa bravoure ! lui reprocha Sophie-Élisa devant sa réaction. C'est une fierté que d'en porter !

— Si vous le dites belle dame, marmonna Logan en basculant souplement ses jambes sur le côté de la couche pour se remettre debout.

— Je ne ressens plus aucune douleur ! s'étonna-t-il soudain en portant les mains sur son fessier.

Aigneas gloussa derechef alors que Sophie-Élisa se mettait à rougir en suivant des yeux les mouvements de ses mains.

— Normal jeune homme, la médecine alliée à la magie est le meilleur des remèdes ! Cependant, prudence ! Ne défaites pas vos points de suture en dansant la gigue !

Ce ne fut pas à la gigue que Logan songea en posant un regard ardent sur Sophie-Élisa, mais à une tout autre... danse.

— Hum... fit celle-ci en se raclant la gorge, désorientée par la manière dont Logan la dévisageait et soudainement très nerveuse. Si nous rejoignions la famille dans la grande salle ? Aonghas sera peut-être de retour avec des nouvelles fraîches ?

— Et en ce qui concerne les sorts ? Comment expliqueras-tu aux tiens le fait que Logan se soit libéré ?

— Je ne sais pas... grommela Sophie-Élisa en fronçant les sourcils tout en se mordillant les lèvres.

— On ne dira rien ! trancha Logan dans un élan chevaleresque pour aider la jeune femme à se sortir du pétrin. Nous ferons diversion, ajouta-t-il serein en fixant avec envie et sans s'en rendre compte les lèvres pulpeuses de Sophie-Élisa.

— Bonne idée ! s'exclama celle-ci. Vous... vous n'en profiterez pas pour me dénoncer ? s'enquit-elle d'un ton incertain en le regardant droit dans les yeux.

— *Naye !* répondit-il tout de go, et au plus profond de lui, il savait qu'il en serait ainsi.

Curieusement, malgré ce qu'il venait de vivre, il ressentait le devoir de la protéger.

Allez savoir pourquoi ? !

— Bien ! Alors, en route ! lança Sophie-Élisa infiniment

soulagée tout en fuyant, plus qu'en sortant, de la chambre d'amis.

Aigneas eut un sourire étrange et marcha dans les pas de sa nièce.

— Venez jeune homme, l'aventure ne fait que commencer, ne la faisons pas attendre ! jeta-t-elle par-dessus son épaule.

— *Mouais*... c'est ma veine ! bougonna Logan en écartant d'un geste agacé de la tête les mèches soyeuses qui lui tombaient sur le visage. Elle aurait dû me les natter finalement ! grommela-t-il encore, mais cette fois, un fin sourire amusé incurvait sa bouche.

Chapitre 4

Prêtez-moi vos souvenirs

Logan retrouva facilement son chemin vers la grande salle, seul, car les deux chipies – nièce et tante – ne l'avaient pas attendu.

Facilement, car l'agencement du château ne différait en rien de celui du futur, mis à part les changements notoires dans la décoration plus moderne, de style contemporain, que *son* Cameron de l'an 2014 avait effectués.

Logan en était là, à se remémorer tel meuble à telle place, au lieu d'en profiter pour s'enfuir.

« *Pour aller où ?* », s'était-il demandé quelques instants plus tôt en secouant la tête d'un air désabusé tout en haussant les épaules d'impuissance.

Il avait d'ores et déjà admis qu'il n'était plus dans son époque, le moment de doute était dépassé depuis belle lurette, alors, où se rendre à part dans le Cercle des Dieux ou dans la grande salle ?

Ses pas avaient décidé bien avant son esprit, le conduisant vers la grande salle. Aonghas était revenu et discutait à bâtons rompus avec Darren, Awena et Aigneas. Un peu à part du groupe près d'une imposante cheminée, son regard fut attiré par les éclats acajou d'une longue chevelure sauvage... Sophie-Élisa.

Elle aussi échangeait une conversation très animée avec son frère – l'insupportable Cameron du passé – cependant, leur causerie semblait tourner au règlement de compte au vu des petits poings qu'elle agitait sous le nez de

Cameron.

De-ci de-là, dans l'indifférence des Saint Clare, des servantes et valets s'affairaient à disposer les tables sur tréteaux et à aligner les bancs. Dans l'air, flottait une succulente odeur de viande grillée, ce qui mit l'eau à la bouche de Logan et provoqua des gargouillements dans son ventre.

« *Ton estomac fonctionne encore, cela prouve que la situation n'est pas si dramatique qu'il n'y paraît !* », songea-t-il avec une pointe de sarcasme.

— *Mac !* s'écria la voix d'Aonghas. J'ai failli... ne pas te reconnaître ! ajouta l'Aîné en le contemplant de la tête aux pieds d'un air sidéré.

— *Aye !* J'ai moi-même l'impression de ressembler à Christophe Lambert du film *Highlander !* Les Saint Clare n'y sont pas allés de main morte. Et pour un peu, Sophie-Élisa m'aurait fait un chignon ! se moqua Logan devant Aonghas qui ouvrait des yeux aussi ronds que des soucoupes, alors qu'il savait que Sophie-Élisa s'était subrepticement rapprochée d'eux.

— Le menteur ! s'exclama-t-elle. Je voulais lui faire des nattes ! Pas un chignon !

Son air outragé s'effaça instantanément quand elle vit la mine largement enjouée de Logan. Il plaisantait et elle ne marchait pas, elle courait tout droit dans le panneau qu'il lui tendait !

— B... Bon ! Euh... j'étais revenu aux nouvelles. Eh bien... je constate que... tout se passe pour le mieux, baragouina Aonghas en coulant un curieux regard sur les deux jeunes gens qui se faisaient face en se désintéressant totalement de lui.

— Logan ! l'interpella à son tour Awena en le faisant sursauter, tant il était à nouveau envoûté par la belle Sophie-Élisa. Je voulais vous présenter nos plus humbles excuses pour... enfin... vous savez quoi ! lança-t-elle avec un geste vague de la main, le rouge aux joues, tout en essayant de sourire d'un air détendu malgré sa gêne évidente. Mais... que vous est-il arrivé ? Vos cheveux... vos habits ? fit-elle en balbutiant.

— *Och* ça ! Un relooking de dernière minute pour paraître moins déphasé dans cette époque, répondit-il en donnant un coup de tête agacé pour envoyer balader derrière ses épaules ses enquiquinantes mèches longues.

Il avait la très désagréable impression de ressembler à *Charmant,* un personnage du dessin animé de Shrek. Dire qu'il s'était moqué de ce prince un tantinet coquet à la blonde tignasse bien trop ordonnée quand il gardait sa nièce chez lui, alors qu'elle lui réclamait à cor et à cri de passer le film en boucle.

Logan en sourit de dérision tout en secouant la tête alors qu'une boule de nostalgie mêlée d'angoisse se formait dans sa gorge au souvenir de la fillette. La reverrait-il ?

Le rire clair d'Awena le prit au dépourvu. Elle se moquait de son allure ! C'était vexant, mais ô combien rafraîchissant ! Une douche revigorante sur ses tristes pensées.

Sophie-Élisa, soulagée de ne pas avoir été dénoncée et heureuse de la tournure que prenaient les événements, sourit avant de se diriger vers Darren qui lui faisait signe de loin.

— Qui lui a rendu la parole ? demanda ce dernier tout à trac dès que la jeune femme fut près de lui.

— *Ohhh...* je crois bien que c'est maman, mentit-elle effrontément.

— Hum... marmonna Darren pour qui cette réponse suffit, sachant que sa femme était capable de tout, même d'intervenir dans le sort des autres, même si c'était une nouveauté. Le détacher et l'habiller comme un des nôtres aussi ?

— Oui pour la première question et non pour la deuxième. C'est moi qui l'ai habillé puisque Cameron est sorti de la chambre d'amis sans le faire. Tu comprends papa, on ne pouvait pas laisser ce pauvre homme nu comme un ver !

minauda Sophie-Élisa en battant exagérément des cils sous le regard scrutateur de son père.

— Hum... fit à nouveau Darren.

Sophie-Élisa croisa les doigts derrière le dos en espérant que son papa chéri, bien trop perspicace à son goût, ne lui pose plus de questions et qu'il n'ait pas le temps de demander confirmation de ses propos auprès de sa mère et de Cameron.

Elle avait gardé le secret sur ses fabuleux pouvoirs une très longue période de sa vie et aspirait à le conserver encore un bon moment.

Comme l'avait souligné Aigneas, quand un magicien lançait un sort, lui seul était normalement capable de le lever. Cependant, Sophie-Élisa s'était rendu compte très tôt qu'elle avait la possibilité de les effacer et de faire ce qui lui plaisait avec ses dons. Chose qui avait été très pratique lors des nombreuses punitions qu'elle avait récoltées grâce à son frère.

Était-ce bien ? Était-ce mal ? Était-elle plus puissante que tout le reste de sa famille et en quoi avait-elle peur de révéler cette « anomalie » ?

Ces interrogations, elle se les était faites très souvent et avait décidé de garder tout ça dans un coin de sa mémoire. À quoi bon en parler puisqu'elle ne causait aucun tort ?

Et puis, dire que sa maman avait rendu sa voix à Logan n'était pas impossible, car Awena avait une magie bien différente de tous les membres de la famille, plus personne ne se posait de questions sur son compte et ses agissements farfelus depuis fort longtemps. Sophie-Élisa pouvait se servir – même si elle se sentait honteuse de le faire – des facultés exceptionnelles d'Awena.

Oui, mais voilà, Logan était arrivé, Aigneas l'avait – comme qui dirait – prise la main dans le sac et elle n'espérait plus qu'une chose : que ses mensonges divers ne soient pas découverts de sitôt. Les guerriers et certaines personnalités du clan n'allaient pas tarder à investir la grande salle pour le repas de midi et le temps que les siens s'interrogent les uns et les autres... eh bien... elle aurait trouvé une nouvelle fable à leur servir toute chaude !

Le brouhaha soudain autour d'elle confirma la venue du peuple et déjà ses proches faisaient signe en direction de Logan pour qu'il se joigne à eux à la table d'honneur.

Quelque peu soulagée de ne plus avoir à mentir, Sophie-Élisa s'autorisa à pousser un doux soupir et se dirigea vers sa place. Elle mourait de faim avec tous ces événements !

Logan jeta un dernier coup d'œil sur Sophie-Élisa en écoutant d'une oreille distraite les mots de son aïeul Aonghas. Il lui parlait d'un livre du temps appelé aussi *Leabhar an ùine*, une sorte de grimoire magique vivant qui relatait de manière autonome toute l'histoire du clan et la quête de ceux auxquels il ne fallait pas faire allusion et qui se nommaient les *Veilleurs*. Pour l'instant, disait-il encore, aucune note se rapportant à la venue de Logan dans cette époque n'y figurait et de ce fait, il n'avait aucune nouvelle intéressante à apporter. Il en était profondément désolé.

Après l'avoir réconforté, à défaut de l'être lui-même, Logan le laissa partir rejoindre sa chaumière et sa famille dont il devait faire connaissance un peu plus tard dans la journée, promesse qu'il tiendrait, car il était très curieux de rencontrer ses ancêtres.

Alors que Logan se dirigeait vers ce qui semblait être la place qu'on lui avait allouée, à la gauche du laird Darren, il croisa le regard féroce de Cameron et plutôt que de le lui retourner, il sourit simplement tout en faisant un gros clin d'œil. Son geste était calculé et l'effet escompté ne se fit pas attendre : le jeune coq enrageait !

« *Plus tard... nous réglerons nos comptes* ».

Le message silencieux de Logan porta ses fruits, car Cameron hocha imperceptiblement la tête sans détourner ses yeux de glace.

— Venez Logan, installez-vous, lui enjoignit Awena d'un ton poli en foudroyant de ses yeux verts son grand rejeton qui eut l'outrecuidance d'ignorer son avertissement muet.

À n'en pas douter, la dame du clan n'aimait pas du tout la tension qui s'était établie entre Cameron et Logan et de toute évidence, elle ne prenait pas le parti de son fils.

« *Un bon point pour elle* », se dit Logan en s'attablant nonchalamment.

Son ventre gargouilla derechef bruyamment, assez pour que Sophie-Élisa qui se tenait trois sièges sur sa droite s'en amuse en gloussant.

— Vu le décalage horaire entre nos époques, je comprends que vous ayez faim ! s'écria chaleureusement Awena alors qu'elle se penchait en avant sur son fauteuil pour lui parler, le grand corps athlétique de Darren faisant rempart entre eux.

Pour lui répondre, il fit de même, car le farouche laird ne donnait pas l'air de vouloir se reculer sur son séant, ne serait-ce que par politesse.

— *Naye* m'dame, j'ai eu le temps de prendre un solide petit déjeuner avant de... voyager.

Awena parut interloquée et disparut du champ de vision du jeune homme le temps qu'une servante dispose une assiette fumante de victuailles diverses devant elle.

Logan contempla d'un air étonné les assiettes, on aurait dit de la... porcelaine ? Il n'était pas très calé en histoire, cependant, ces ustensiles lui semblèrent dénoter dans le décor moyenâgeux. Par curiosité, il reporta toute son attention sur les tables à tréteaux en face de lui et découvrit, disposés devant les convives, ce que les historiens nommeraient plus tard des *tranchoirs*.

C'est aussi à ce moment-là qu'il remarqua l'intérêt non déguisé que lui vouaient les gens. Logan ne pouvait pas leur en vouloir de se poser des questions sur son compte, lui-même en aurait fait de même si la situation avait été inversée.

— J'en avais assez ! fit la voix d'Awena.

— Pardon ? s'enquit Logan en se penchant à nouveau vers elle alors qu'il avait perdu le fil du sujet de leur discussion et que le laird se positionnait à nouveau dans son champ de vision.

— Des tranchoirs ! J'en avais assez ! répéta-t-elle comme si elle avait lu dans ses pensées.

— Et assez de beaucoup d'autres choses ! lança Darren, le sourire aux lèvres tout en s'inclinant plus en avant, mouvement qui obligea Logan et Awena à basculer leurs bustes en arrière pour poursuivre leur conversation. Mais mangez jeune homme ! ajouta-t-il l'air de rien. Votre repas va refroidir !

L'espace de quelques secondes, Logan se demanda si le laird ne se moquait pas de lui en l'obligeant à faire de la balançoire d'avant en arrière pour s'adresser à la dame du clan. Alors, il s'assit confortablement devant son assiette et saisit de bon cœur sa fourchette et son couteau – ustensiles importés directement du futur – pour couper la viande grillée à point et les pommes de terre rôties.

— Awena, lança Darren l'air de rien, comment as-tu rendu sa voix à...

— Papa ! Pourrais-tu me passer le pain ? l'interrompit vivement Sophie-Élisa sans réaliser qu'elle avait déjà une belle tranche non entamée posée à côté de ses couverts.

Galamment, le laird lui tendit un bout de pain et reprit sa fourchette pour continuer son repas. Mais passé un laps de temps très court et après avoir mâché son morceau de viande, Darren poursuivit en se tournant vers sa femme :

— Awena, je te demandais...

— Papa ! J'aimerais avoir d'autres pommes de terre s'il te plaît ! coupa à nouveau Sophie-Élisa.

Darren fronça les sourcils, mais accéda à la requête de sa fille sans rechigner. Deux secondes après, il ouvrait à peine la bouche que Sophie-Élisa lançait d'une voix fluette :

— Maman ! Raconte-nous comment tu as connu Logan !

Celui-ci sourit tout en mangeant, admiratif de la façon qu'avait la jeune femme de se sortir d'une mauvaise passe.

— Oui, excellente idée ! Je vais vous prêter mes souvenirs Logan. Eh bien, en fait, je l'ai connu le jour même de son mariage avec ma mère d'adoption...

Une grosse toux oppressée se fit entendre du côté de Logan, le pauvre était penché sur son assiette et semblait s'étouffer avec les aliments qu'il venait d'avaler de travers. Darren lui tapa fortement à plusieurs reprises le dos, gestes qui se voulaient secourables, mais qui eurent pour effet d'aplatir la figure de Logan plusieurs fois dans son assiettée.

— Darren ! Arrête ! s'exclama Awena alors que Cameron éclatait de rire à l'autre extrémité de la table.

— Il s'étouffe ! proféra Darren en surveillant de près un Logan qui s'était enfin redressé, le visage rouge et couvert de mets divers : sauce, bouts de viande et pommes de terre écrasées.

— Qu'avez-vous dit ? croassa-t-il en essayant de reprendre un air digne tout en s'essuyant les joues et les paupières à l'aide d'une serviette.

— Je disais à mon mari d'arrêter !

— Je disais : *il s'étouffe !* lancèrent d'une même voix Awena et Darren.

— *Naye !* Pas ça... vous, Awena... vous insinuiez que j'avais épousé... votre mère ? baragouina Logan entre deux toux.

— Oh ! Oui. Cependant, je vous rassure, ce n'était pas un vrai mariage, tout était faux, du maire aux témoins...

— Mais ! *J'ai... épousé... votre mère ?* balbutia derechef Logan.

— Vous comprenez maintenant pourquoi j'ai muselé ma femme comme je l'ai fait avec vous tout à l'heure, marmonna Darren en se penchant subrepticement vers Logan. Dès qu'elle ouvre la bouche, c'est pour créer une catastrophe !

« *Mais où suis-je tombé ?* », se plaignit silencieusement Logan. En tout cas, Sophie-Élisa avait réussi son coup, haut la main, Darren ne semblait plus vouloir poser de questions à Awena.

— Je t'ai entendu Darren ! le gronda Awena. La courbe du temps n'est plus la même, donc, pour répondre à votre interrogation Logan, c'est l'autre *Logan* qui a épousé ma mère d'adoption.

— Je n'ai tout bonnement rien compris... se plaignit Logan en secouant la tête d'un air découragé.

— Utilisez du pain, jeune homme, pour saucer votre assiette, les cheveux... ce n'est pas très pratique ! susurra Darren un mince sourire aux lèvres et en désignant du regard les mèches longues de Logan qui baignaient dans le jus de viande.

— Vous voyez que j'aurais dû vous les natter finalement ! chantonna un peu plus loin la douce et angélique voix de Sophie-Élisa.

Angélique ? En cet instant suprême, Logan l'aurait bel et bien étranglée !

— Misère... gémit-il. Que me réservez-vous pour le dessert ? !

Une heure plus tard, le repas de midi venant enfin de prendre fin, Logan se trouvait dans le cabinet de travail de Darren en sa compagnie et celle d'Awena.

Ainsi en avait décidé le laird qui avait demandé à sa tendre femme de ne plus créer d'incident par ses paroles innocentes pour que tout le monde puisse dîner en paix sans qu'il y ait un bûcher funéraire à prévoir avant la fin du repas.

Loin d'en prendre ombrage, Awena s'en était amusée tout en réprimandant ses deux rejetons qui quémandaient eux aussi le droit de les rejoindre dans le cabinet de travail.

— Non les enfants ! Ceci se passera sans vous ! avait coupé la dame du clan d'un ton intransigeant.

— Votre *màthair* a raison ! avait appuyé Darren. D'ailleurs toi, Cameron, nos hommes t'attendent sur le pré d'entraînement et toi Sophie-Élisa... Eh bien ! Fais ce que tu fais d'habitude après le repas !

— *Oh non !* Pas aujourd'hui ! s'était plainte la jeune femme la mine boudeuse, je n'ai de toute façon plus aucune note à retranscrire pour le grand druide Ned ! Alors je peux...

— Cherche autre chose à faire dans ce cas ! l'avait sommée Darren en se levant de son siège à la table d'honneur, signal pour toute la famille et les convives de quitter la grande salle, mais aussi geste qui signifiait à Sophie-Élisa une fin de non-recevoir.

Donc, tous trois – Darren, Awena et Logan – s'étaient obligeamment retrouvés dans l'antre du seigneur Saint Clare.

Le cabinet de travail était de bonne dimension avec des étagères – croulantes de parchemins et objets divers – fixées aux quatre murs, sauf aux endroits où se situaient la cheminée toute en pierres de taille, une grande carte des Highlands grossièrement dessinée, d'imposantes fenêtres qui permettaient à la lumière du jour de diffuser un bon éclairage et la porte d'entrée.

Au centre de la pièce se trouvaient un immense bureau de bois sombre digne du fier Highlander qu'était Darren, un beau fauteuil en chêne avec des signes celtiques sculptés sur les pourtours du dossier ainsi que sur les accoudoirs, et un banc où le laird enjoignit à Logan de s'asseoir d'un mouvement de tête.

— Mettez-vous à l'aise jeune homme ! fit Darren en s'installant lui même dans son fauteuil.

À l'aise sur un banc ? Le laird avait décidément un drôle d'humour !

— Honneur aux dames ! s'enquit poliment Logan en faisant une courbette comique devant Awena.

— Je vous retrouve, Logan ! s'esclaffa-t-elle. Mais, non merci, sans façons ! Je suis bien trop nerveuse pour m'asseoir en cet instant. J'ai hâte de faire le point sur la situation et de partager avec vous mes souvenirs.

— J'avoue ne pas ressentir autant d'empressement que vous, grommela Logan en enjambant le banc pour y prendre place, en tenant les pans de son kilt sur ses cuisses puis en posant les coudes sur des rouleaux de parchemin qui recouvraient le bureau, chose qui n'eut pas l'air de plaire au laird.

Décidément, l'impression d'être un sale gamin collait un peu trop à la peau de Logan en ce moment ! Alors il décida crânement de rester dans cette position, écrasant un peu plus le parchemin tout en faisant risette à Darren qui grommela en retour avant de s'adosser à son fauteuil, ses larges mains posées sur les accoudoirs.

— Logan ! s'exclama Awena qui se faisait un devoir de faire les cent pas entre le bureau et la grande cheminée. Je ne sais pas par où commencer ! s'apitoya-t-elle en levant les bras au ciel sans cesser de marcher.

Logan essaya de la dévisager tout en se forçant à la garder dans son champ de vision, mais après quelques secondes de ce manège incessant et sentant le tournis lui monter à la tête, il se décida à reporter son attention sur Darren... qui était tranquillement occupé à se curer les ongles du bout de la lame d'une dague.

Il ne fallait certainement pas attendre d'aide de sa part !

— Bon... soupira Logan en plaquant ses mains bien à plat sur les rouleaux – écrasés – des parchemins qui émirent des sortes de crissements en signe de protestation.

— Donnez-moi ça, vous allez finir par les déchirer ! maugréa Darren en se penchant souplement par-dessus le bureau pour saisir les vénérables papiers et les ranger en pile branlante de son côté.

— Mon bureau est nettement plus ordonné que le vôtre ! ironisa Logan.

— Encore une remarque de ce genre et vous êtes un homme mort ! proféra Darren en pointant sa lame dans la direction du jeune prétentieux.

— Cessez vos enfantillages ! les interrompit Awena qui se tenait enfin droite devant eux avant de s'adresser à Logan. Je pense que la plus intelligente des choses à faire en ce moment, c'est que ce soit vous, Logan, qui me posiez des questions et dans la mesure de mes possibilités, j'y répondrai !

— O.K ! Tout d'abord... je sais maintenant que je suis un descendant des *Veilleurs*, que ce soit dans cette courbe du temps ou dans l'autre, et *qui* ils sont. Je connais aussi quelques bribes d'histoire concernant la prophétie de la Promise et... je sais que j'ai *épousé votre mère ?* ! s'écria-t-il soudain, le ton de sa voix montant anormalement dans les aigus, ce petit détail désagréable sur son autre vie lui revenant subitement à l'esprit.

— *Neònach* (Bizarre) tout de même que ce soit cet insignifiant détail qui vous intéresse le plus, fit Darren, pince-sans-rire, alors qu'il se curait à nouveau les ongles.

— *Là !* fit Logan en pointant un doigt dans la direction de Darren. En voilà un autre de détail ! Pourquoi je ne comprends pas tous les mots que vous marmonnez ?

— Vous non plus ? s'exclama Awena en venant vivement s'asseoir à ses côtés sur le banc.

— Depuis que je suis ici, Cameron et votre époux échangent par moments des propos que je n'assimile pas ! acquiesça Logan en se postant à califourchon sur le banc pour faire face à Awena.

— Cela vient de votre langue natale ! lança la dame du clan, les yeux pétillants d'entrain. Pour moi c'était pareil ! Je parlais le français et pas un mot de gaélique écossais et en changeant d'époque, je me suis mise à parler couramment cette dernière langue sans que je le sache, à part quelques mots qui ne passaient pas. Mais aujourd'hui, cela devient très rare ! Quelle est votre langue ?

— L'anglais ! lança négligemment Logan en haussant les épaules.

Le rugissement de Darren les lui fit baisser – ses épaules – et s'y carrer la tête. Un sifflement traversa les airs et le choc d'un imposant objet en bois touchant le sol se fit nettement percevoir.

Le laird avait tout simplement envoyé valdinguer son lourd fauteuil sur les dalles du sol en se redressant comme un diable dans sa boîte et le sifflement correspondait à la dague qui avait voltigé dans les airs avant de se figer en plein centre de la carte des Highlands dans un *PONK* sonore.

— Waouh ! Joli tir ! siffla Logan d'un ton admiratif alors qu'il se refusait à s'aplatir de frayeur.

La dame du clan ne l'avait pas fait, alors pourquoi le ferait-il, lui ? Awena ne tremblait pas, non, elle avait croisé les bras, ses minces doigts battant la mesure sur le tissu de ses manches et fusillait du regard son ténébreux mari.

— *Ils parlent l'anglais sur MES TERRES ! !* vociféra Darren tout en faisant une sorte de mimique d'excuse adressée à sa femme, expression qui passa presque inaperçue aux yeux de Logan.

Presque.

— Darren... le réprimanda Awena. Je t'ai déjà mis au courant ! Dans le futur l'anglais sera utilisé par beaucoup de monde et cela deviendra la première langue que ce soit en Angleterre, en Irlande ou en Écosse.

— *Aye !* Mais sur *mes* terres ?

— *Aye !* acquiesça Logan.

— Mais là, vous venez de dire *aye* en *gàidhlig !* lui asséna Darren en pointant un doigt accusateur dans sa direction.

— *Aye*, nous le disons tous dans ma famille et dans le clan !

— *Ce n'est pas suffisant ! !* tonna Darren en se dirigeant rageusement vers la porte dans le but évident de quitter le cabinet de travail.

— Où vas-tu ? s'écria Awena en se redressant sur le banc.

— Donner une nouvelle quête à Aonghas que les *Veilleurs* devront accomplir dans le futur ! répondit férocement Darren sans se retourner.

— Laquelle ? s'enquit vivement Awena.

— Que tous les gens vivant sur *MES TERRES* parlent le *gàidhlig* et non l'anglais ! cracha encore Darren avant de sortir en claquant la porte derrière lui.

— Mais!...

— Awena, il est sorti ! fit Logan en s'adressant gentiment

à la dame du clan comme si celle-ci ne l'avait pas constaté de visu. Est-ce que cela changera quelque chose ?

— Je suppose que non, soupira Awena en braquant ses yeux verts sur lui. Je pense que s'il parvient à créer cette troisième et *inutile* quête, vous comprendrez mieux mes deux ombrageux hommes, ajouta-t-elle en souriant malgré elle. Cela s'avérera être un plus en fin de compte !

— Si vous le dites ! s'amusa Logan. Où en étions-nous ? Ah *aye* ! Mon épouse !

— Allons-y pour ce passage qui semble vous avoir drôlement marqué ! chantonna Awena en se mettant debout et en se dirigeant vers l'immense fauteuil pour le redresser.

Logan se releva souplement et alla galamment remettre le monument sur ses quatre pieds avant qu'Awena ne se fasse un tour de reins.

— Merci !

— Mais de rien ! fit Logan tout sourire avant de retourner se jucher sur le misérable banc.

Au moins, depuis le départ de Darren, n'avait-il plus l'impression d'être un condamné attendant sa sentence.

— Dans la courbe du temps qui me concerne, commença à raconter Awena, j'avais une mère d'emprunt du nom de Marlène Guillou. Jusqu'à ce que je fasse le voyage dans les Highlands en 2010 et que je ne sois propulsée dans le passé, je croyais qu'elle était ma vraie mère.

— Ce n'était pas le cas ?

— Non et quelque part, heureusement ! Nous ne nous sommes jamais très bien entendues elle et moi, grimaça Awena devant le regard interrogateur de Logan. En fait, avant de vous parler de votre faux mariage, je vais vous raconter qui je suis vraiment. La Promise, ça, vous le savez déjà. Ce que vous ignorez, c'est que je suis née le vingt-quatre juillet 1371 au calendrier grégorien, d'une *bana-bhuidseach* du nom d'Isla De Brún et mon père, Ewan De Brún, était le meilleur ami de Iain, le grand-père de Darren. Mon père est mort au combat en sauvant Iain peu de temps avant ma naissance et ma mère est morte en couches en me mettant au monde. C'est là que mon destin s'est scellé. Celle qui était notre ancienne grande *bana-bhuidseach* et que nous appelons *Seanmhair* au vu de son grand âge, a assisté ma mère lors de l'accouchement. C'est dans ses bras qu'Isla a poussé son dernier soupir et que j'ai respiré pour la première fois. En me tenant dans ses bras, Barabal est entrée en transes et a eu le message des Dieux disant que j'étais la Promise de la prophétie. Elle m'a posée dans mon berceau, a recouvert le corps de ma mère d'un plaid, fait venir une nourrice et est partie au château pour annoncer la fabuleuse nouvelle à Larkin, notre ancien grand druide...

— Mais ça ne s'est pas bien passé, avança Logan alors qu'Awena s'était tue, retranchée dans ses pensées, le regard triste perdu dans le vague.

— Non... cela ne s'est pas bien passé du tout. Darren, alors âgé de huit ans, avait un père très peu aimant et réfractaire à toutes les croyances concernant les Dieux. Il s'appelait Carron Saint Clare, peut-être en avez-vous entendu parler dans vos livres d'histoire ?

— *Naye*, murmura Logan sur un ton d'excuse.

— Ce n'est pas grave, lui retourna Awena avec un geste rassurant de la main. Carron se trouvait au château cette nuit-là alors que ses parents et Darren étaient au loin, ils rendaient visite à des amis. Carron venait de sortir de la grande salle quand Barabal y est entrée pour parler à Larkin. Il a dû se cacher sous une arche pour écouter leur conversation, ou plutôt leur chamaillerie, car Larkin n'a pas voulu croire ce que lui annonçait Barabal.

Le temps qu'ils se prennent le bec, Carron est allé à la chaumière de ma mère et a trouvé la maison vide, car la nourrice était partie en me laissant dormir dans mon berceau, me croyant en sécurité. Sur ce point-là elle s'est trompée, mais d'un autre côté, comment aurait-elle pu savoir le danger que j'encourais ? Carron est entré dans le but avoué de me tuer pour que la prophétie ne puisse s'accomplir. Cependant, il n'a pas pu porter le coup fatal et a décidé d'utiliser les maigres pouvoirs magiques qu'il avait en lui pour me faire disparaître d'une autre manière.

— En vous envoyant dans le temps ! s'exclama Logan qui suivait avec une attention grandissante le cours de l'histoire.

— Exactement ! confirma Awena en souriant tristement. Mais avant, il a fait croire à tout le monde que quelqu'un m'avait enlevée et a jeté le plaid qui me recouvrait dans le *Loch* pour faire croire que j'étais morte noyée.

— *Och !* Le monstre ! cracha Logan. Et que s'est-il passé ensuite ?

— Beaucoup de choses. D'abord, ce qu'il ne savait pas, c'est que ma grande sœur Aigneas était cachée dans la chaumière et avait tout vu. Elle était toute petite à ce moment là, quatre ans et demi, et a essayé de me sauver en courant après lui et son cheval, sans jamais parvenir à les rattraper. Elle aussi a cru que j'étais morte noyée et a toujours proclamé que Carron était mon assassin, sans que personne ne veuille la croire. C'est donc Barabal qui l'a élevée par la suite. C'était la seule qui savait qu'Aigneas disait la vérité.

— Qu'est-ce que l'ignoble Carron a dit contre les accusations de la petite ?

— Rien, soupira Awena. À peine fut-il de retour du futur qu'il partit rejoindre les groupes d'insurgés highlanders, dans le but de tuer le plus possible d'Anglais envahisseurs. Le fait que Carron s'en aille n'a étonné personne, même pas ses pauvres parents et pendant longtemps, tout le monde a cru à ma noyade. De toute façon, personne n'y a vraiment porté attention, car Larkin ne voulait pas croire que j'étais la Promise et Barabal fut chassée du château. Donc... point mort.

— À quel moment se sont-ils rendu compte de leur bévue ? s'enquit à nouveau Logan qui ne pouvait pas s'empêcher de poser des questions.

— Au décès de Carron, lui répondit dans la foulée

Awena. Neuf ans après ma soi-disant disparition, un messager est venu déposer une lettre posthume de Carron où il relatait son forfait. Il y écrivait m'avoir enlevée après avoir entendu le discours entre Barabal et Larkin. Il y relatait aussi le fait qu'il ne m'avait pas tuée, mais envoyée dans le futur, assez loin pour que l'on ne me retrouve pas et que la prophétie soit caduque. Carron n'avait aucun regret, ne demandait aucun pardon, il avait écrit cette lettre pour soulager sa conscience, c'est tout.

— C'est tout ? Quel sale type ! Et après ?

— Attendez, souffla Awena en riant de l'impatience affichée de Logan. J'y viens ! Dans cette lettre, il avait pourtant laissé un indice, le nom de la femme à qui il m'avait confiée : Marlène Guillou. Ce qui n'a pas échappé à l'attention de Diane et Iain Saint Clare. Dans le même temps, Diane avait pris sous son aile, durant les neuf années passées, les enfants mâles des *bana-bhuidseach* et avait créé la communauté des *Veilleurs*. Sachant que je me trouvais quelque part dans le futur, et que j'étais destinée à leur petit-fils Darren, ils mirent au point un « plan d'attaque », comme je le dis souvent.

— Cette partie-là, je crois la connaître, puisque Aonghas me l'a succinctement relatée ce matin. La communauté des *Veilleurs* vous a recherchée à travers les siècles grâce à leurs descendants qui se firent appeler les MacKlare, pendant que dans le même temps, Diane et Iain partaient à votre recherche en utilisant les courbes du temps. Et c'est là que j'entre en scène ! proclama Logan pas peu fier d'avoir retenu l'histoire que lui avait narrée l'Aîné.

— Comme vous le dites ! C'est là que vous, que *l'autre Logan,* corrigea Awena, a participé au plus grand chamboulement de ma vie. Imaginez ! Pour moi, j'étais une jeune femme du futur, je ne savais rien ! Un jour, ma mère d'emprunt m'annonce qu'elle se remarie pour la quatrième fois, je fais votre connaissance et moins d'un mois après, je vole vers les Highlands à la rencontre d'une nouvelle famille par alliance !

— Pourquoi ai-je contracté un faux mariage ?

— Quand Carron m'a confiée, entre guillemets, à Marlène, il a tissé un lien magique entre nous, pour être certain que cette femme ne se débarrasse pas de moi en me donnant à quelqu'un d'autre. Il l'a appâtée avec des pierres précieuses et de l'or et elle a accepté le pacte sans savoir que nous étions liées jusqu'au jour de mon indépendance. Vous... enfin l'autre Logan... Excusez-moi, mais tout cela me semble un peu bizarre de parler de vous comme si ce n'était pas vous, fit Awena confuse.

— Je comprends, continuez, lui enjoignit-il.

— Vous l'avez épousée pour vous assurer que le lien était mort et lui faire prononcer des paroles qui me libéreraient de lui si cela n'avait pas été le cas.

— Que se serait-il passé, si le lien avait encore été actif ?

— Nous serions mortes toutes les deux. Le fait d'être éloignées l'une de l'autre en me faisant retourner dans mon époque d'origine nous aurait d'abord rendues malades et par la suite nous aurait tuées. Mais cela, personne ne le savait à part les derniers *Veilleurs* dont vous étiez le chef. Seulement voilà, tout n'a pas fonctionné comme vous le prévoyiez ! Car à peine suis-je arrivée dans le manoir familial que j'ai pris la poudre d'escampette pour m'aérer l'esprit. Je suis allée me promener dans le Cercle des Dieux et la brise m'a murmuré de faire un vœu. Je me suis prise au jeu, j'ai souhaité rencontrer mon Âme sœur, et *pouf* ! Je me suis retrouvée comme vous, téléportée dans le passé, en 1392.

Logan rit doucement en hochant la tête. Il avait enfin trouvé une alliée en Awena, quelqu'un qui avait vécu exactement le même événement que lui. Elle pouvait tant lui apprendre !

— Et là vous avez découvert qui vous étiez en réalité !

— Oh que non ! s'exclama Awena en pouffant. Ce fut une véritable catastrophe, mais je vous en parlerai plus tard. Sachez seulement que j'ai réussi à rentrer en 2010, croyant que c'était une bonne chose et ignorant encore tout sur ma véritable identité. Je me suis réveillée dans le Cercle des Dieux, à nouveau dans le futur sous un temps pourri avec une pluie mêlée de grêle, alors que nous étions en plein mois d'août ! ! Quand j'ai réussi à retrouver le manoir, j'étais dans un état d'hypothermie avancé et votre tante Suzie m'a claqué la porte au nez !

— *Naye !* Suzie a osé vous faire ça ? pouffa Logan, même si l'histoire était dramatique.

— Oh que oui ! gloussa Awena, elle a osé et ne s'en est pas privée ! C'est là que j'ai fait la connaissance de votre frère Dàrda et de Iona qui était très enceinte, si vous voyez ce que je veux dire, lança Awena en mimant de ses mains un ventre volumineux. C'est elle qui m'a tout raconté, qui j'étais, mes origines, ce qu'étaient les *Veilleurs*, la prophétie de la Promise, tout ! C'est drôle, aujourd'hui je fais de même avec vous, sourit Awena en jetant un regard chaleureux sur Logan qui le lui retourna de bon cœur.

Un lien fort venait de se tisser entre ces deux êtres. Ils avaient un vécu, une complicité évidente, beaucoup de points en commun et ressentaient une grande amitié l'un pour l'autre.

— Comment... hum... murmura Logan en se raclant la gorge nouée par une soudaine boule d'émotion.

— Comment suis-je retournée dans le passé ? vint à son secours Awena.

— *Aye !*

— Après que vous ayez fait fuir Marlène qui vous avait accompagné dans le manoir familial, le temps s'est encore plus dégradé à l'extérieur. Il faisait nuit noire alors qu'il aurait dû faire soleil. La pluie se transformait en glace et Suzie est venue nous rejoindre en criant que le *Leabhar an ùine* se mourait et que notre temps était compté !

— Que se passait-il au juste ? Et... qu'est réellement le *Leabhar an ùine*, Aonghas m'a parlé d'une sorte de livre vivant.

— Oh la la, si j'ai été aussi curieuse avec Iona à

l'époque, je ne m'étonne pas qu'elle m'ait dit de me taire ! le sermonna gentiment Awena. D'abord le *Leabhar an ùine* ! C'est un grimoire magique que Iain a offert à Aonghas avant de partir avec Diane dans les courbes du temps. Il devait permettre à l'Aîné d'y consigner toute l'histoire du clan et de relater les recherches de la quête dans les moindres détails. Ce grimoire fut transmis de génération en génération au sein des MacKlare et vous avez raison de dire qu'il est vivant ; il est indépendant, se gorge de la magie des *Veilleurs* et est d'une sagesse incommensurable. C'est une réelle entité ! Quand Suzie est venue nous dire qu'il mourait, c'était au premier degré, car effectivement le *Leabhar an ùine* vivait ses derniers instants.

— Mais pourquoi ? ne put s'empêcher de demander Logan.

— Quand je suis revenue du passé, croyant bien faire, j'ai quitté l'amour de ma vie, murmura Awena des trémolos émus dans la voix.

Il était clair que ces souvenirs étaient encore très forts émotionnellement parlant pour elle.

— Darren... Darren m'a crue morte, car il y a eu une énorme déflagration magique à mon départ, et fou de douleur, il s'est laissé bêtement tuer quelques mois plus tard dans une rixe contre un clan ennemi, les Gunn. En partant, j'avais complètement modifié le futur du clan et les liens entre les Hommes et les Dieux furent coupés au décès de Darren. Petit à petit, le trou noir du néant, la fin du monde avançaient sur nous et la seule façon d'y remédier était de me renvoyer le plus vite possible dans le passé et que je retrouve Darren pour le sauver. C'est cela que m'a montré le livre du temps en transférant toutes ses connaissances dans mon corps avant de s'éteindre. Oui, mais voilà, vous n'étiez plus que neufs *Veilleurs,* vos forces magiques étaient insuffisantes et le temps que nous arrivions dans le Cercle des Dieux, trois d'entre vous avaient disparu, volatilisés, il ne restait plus que des tas de vêtements puisque la courbe du temps les avait rattrapés et qu'ils n'avaient jamais existé.

— Awena... murmura Logan qui en avait le frisson. Vous êtes là, Darren aussi, cela veut dire que nous avons réussi !

— Non, si je ne m'étais pas transformée en ce que j'appelais à l'époque « mon état de Galadriel », nous aurions échoué. Sans les *Veilleurs* non plus, je n'y serais pas arrivée. Nous avons formé un tout, la magie a opéré et je vous ai fait la promesse avant de partir que dans la courbe restaurée du temps, vous renaîtriez tous. Quand je suis revenue en 1392, je suis allée voir Aonghas qui m'a bien obligeamment montré le *Leabhar an ùine*. Il était déjà éveillé, mais pas encore au stade d'entité. On aurait pu le comparer à un nourrisson à cette époque-là. J'ai transféré toutes les connaissances sur la généalogie des MacKlare dans le grimoire et ai donné une nouvelle quête à accomplir : reformer la lignée des *Veilleurs*-Macklare jusqu'aux jours de vos naissances, à vous, Dàrda, Iona et Fife.

— Et me voilà ! réussit à souffler Logan. Vous êtes en quelque sorte ma créatrice, une deuxième mère !

— N'exagérons pas tout de même, monsieur le fanfaron, l'écart entre nos deux âges n'est pas immense, quoique... je vous trouve... quelque peu différent. Cela me travaille depuis que nous nous sommes retrouvés, mais je n'arrive pas à comprendre ce qui me turlupine !

— L'inversion de nos âges peut-être ? Vous aviez vingt et un ans en 2010 et en avez donc quarante-trois aujourd'hui ! C'est bien cela ? demanda Logan.

— C'est exact !

— Et moi j'en ai vingt-neuf, donc vous êtes passée devant moi ! se moqua gentiment Logan.

Le hoquet de stupeur d'Awena et ses yeux agrandis de surprise effacèrent le sourire enjoué qu'il affichait.

— Que se passe-t-il ? Ai-je dit une bêtise ?

— Votre âge.... balbutia Awena. Oh la la, je sens que la migraine me gagne. Logan, ce n'est pas possible ! En 2010, vous étiez déjà âgé de trente-sept ans ! D'ailleurs... de quelle époque venez-vous ? Avec tout ça, nous ne sommes jamais venus à parler de ce détail !

— J'ai quitté mon époque en l'an 2014... et je puis vous assurer que j'ai bien vingt-neuf ans.

— *Bord... bazar, zut ! Triple zut ! !* s'écria soudain Awena alors qu'elle s'était remise debout et déambulait à nouveau entre le bureau et la grande cheminée en se tordant les mains.

— Quoi ? ! cria presque Logan, qui sentait un fort courant d'inquiétude le gagner.

— Logan ! En 2014, vous devriez avoir logiquement quarante et un ans ! Voilà où résidait le truc qui clochait ! Vous êtes bien trop jeune !

— Et qu'est-ce que cela peut faire ?

— Eh bien ! Je ne sais pas... Si ! Je sais une chose... *C'est le bazar !*

Chapitre 5
Premiers émois

— Awena ! l'interpella Logan, tout en essayant de suivre la dame du clan dans le couloir, chose perdue d'avance, car elle s'était transformée en comète, donc impossible à rattraper.

En passant le porche de la porte, il se heurta de plein fouet à un corps chaud tout en courbes. D'un réflexe, il tendit les bras et se saisit de Sophie-Élisa qui sous le choc, avait perdu l'équilibre et allait tomber à la renverse.

Logan la serra un peu plus qu'il ne l'aurait fallu tout contre lui, il savait qu'il n'aurait pas dû, mais c'était plus fort que lui. Glissant ses doigts sur sa taille fluette, il plongea son regard dans le vert intense de ses yeux lumineux.

— Sophie-Élisa ? Vous n'aviez pas des... choses à faire ? demanda-t-il en se penchant sur son visage, leurs bouches à quelques centimètres l'une de l'autre.

— Euh... oui... je faisais des choses, bafouilla-t-elle le feu aux joues, ses longs cheveux acajou légèrement échevelés.

— *Hum ?*

— Euh, je viens juste d'arriver, je n'ai absolument rien entendu de ce que vous racontait ma maman ! lança-t-elle soudain en appuyant de ses deux mains sur le torse ferme de Logan pour le repousser.

— Comment êtes-vous au courant que c'est avec votre mère que je discutais ? répliqua Logan pince-sans-rire en se penchant vers la courbe douce de son cou, inhalant avec délice le parfum sucré salé de la jeune femme et la chatouillant du bout de son nez fureteur.

— Je... je ne le... savais pas, balbutia Sophie-Élisa en frissonnant de la tête aux pieds. J'ai vu maman passer devant moi, alors que... j'arrivais dans le couloir. Que faites... vous ? s'enquit-elle dans un murmure, le corps en feu et le ventre en émoi tandis que Logan poursuivait son manège.

Aucun homme ne l'avait tenue d'aussi près dans ses bras, mis à part son père et son frère, mais jamais de cette manière-là ! Quoique, en ce qui concernait Logan, c'était la deuxième fois de la journée !

Son souffle tiède sur sa peau avait le don de faire pulser son cœur à un rythme endiablé. Elle avait l'impression que le pauvre allait réussir à sortir de sa poitrine et les mains puissantes qui glissaient sur son corps la brûlaient au travers du tissu de sa robe de lainage.

Elle avait chaud, elle avait le tournis, elle... elle n'était plus maîtresse de son corps et de ses émotions !

— Cela fait un moment que je désirais faire ça, susurra Logan en approchant sa bouche des lèvres pulpeuses et charnues de Sophie-Élisa.

Il allait l'embrasser !

« *Un baiser ? Oh non ! Il va briser mes rêves romantiques !* », s'inquiéta mentalement Sophie-Élisa dans un sursaut en se raidissant d'un coup et en trouvant la force de se dégager des bras musculeux qui l'enlaçaient.

— Non ! Je ne veux pas que vous m'embrassiez ! s'exclama-t-elle alors que Logan semblait se réveiller d'un songe troublant, ses somptueux yeux fauves, ardents, posés sur la bouche qui lui échappait.

— Pour quelle raison ? réussit-il à demander, le ton rauque, en essayant de reprendre la jeune femme dans ses bras.

— Vous alliez m'embrasser ! Pas vrai ? lança-t-elle dans un petit cri, puis telle une anguille, elle glissa loin de lui pour éviter ses mains trop entreprenantes.

Elle disait cela comme si c'était la pire catastrophe qui

pouvait lui arriver !

— Ce n'est qu'un simple baiser de rien du tout et je suis sûr que vous le désirez tout autant que moi ! fit-il moqueur.

— Oui... *Non !* Eh bien moi... je n'en veux pas ! baragouina Sophie-Élisa alors qu'elle fixait du regard avec envie la bouche de Logan comme si c'était un appétissant morceau de gâteau au chocolat.

Celui-ci en profita, taquin, et se passa la langue doucement sur les lèvres, geste qui fit frissonner Sophie-Élisa sans qu'elle ne s'en rende compte.

Elle était troublée ! Elle aspirait à ce baiser, mais se le refusait ! Pourquoi ?

— Pourquoi ? s'enquit Logan de vive voix en faisant écho à ses pensées, infiniment curieux d'entendre les explications de la jeune femme.

— Pourquoi quoi ?

— Pourquoi avez-vous si peur d'un tout petit et inoffensif baiser ?

— Inoffensif ? Vous plaisantez ? lui retourna-t-elle l'air interloqué. Je ne veux pas que la réalité brise mes rêves ! C'est peut-être bête pour vous, mais pour moi, cela a son importance !

Logan ne savait pas du tout où elle voulait en venir. Briser ses rêves ? Un simple baiser ? Il était sûr, lui, sans être prétentieux, qu'il l'amènerait au-delà de ses songes les plus fous. Confiant, il décroisa les bras et marcha doucement vers elle, alors qu'elle reculait, secouant la tête en signe de négation.

Sophie-Élisa se rendit vite compte qu'elle était acculée contre le mur du couloir et tendit devant elle ses fines mains en un geste dérisoire pour le repousser.

Logan s'appuya sur ses avant-bras tout en posant ses paumes sur les pierres rugueuses de la paroi de part et d'autre de la jolie frimousse de Sophie-Élisa. Il frémit en sentant les courbes souples et féminines épouser son torse.

— Dites-moi, où est le problème ? souffla-t-il tout en se

penchant lentement vers elle.

La poitrine de la jeune femme se soulevait en rythme avec sa respiration oppressée et le frôlait à chaque inspiration. Elle n'était donc pas du tout indifférente !

Logan s'approcha encore.

Il était à quelques millimètres de concrétiser son désir le plus fou : embrasser la douce sauvageonne.

— *Avant !* Crachez la gomme que vous avez dans la bouche ! l'apostropha Sophie-Élisa dans un dernier sursaut.

Logan se figea de stupeur. Avait-il bien entendu ce qu'il venait d'entendre ?

— De... la gomme ? balbutia-t-il en secouant ses longues mèches aux reflets dorés.

— Je ne veux pas vivre la même expérience que maman lors de son premier baiser ! Elle en a gardé un très mauvais souvenir et je ne souhaite pas que cela m'arrive !

— Chère petite intrigante, apprenez que cela s'appelle une langue, pas une gomme et que je fais des miracles avec celle-ci. Si seulement vous vouliez bien arrêter de dire des inepties et que vous me laissiez vous le démontrer !

— Oh ! Intrigante ? Je sais ce que c'est qu'une *langue*... et... non, je parle de votre gomme ! s'offusqua Sophie-Élisa dans un balbutiement, sous le coup de l'émotion, en songeant aux miracles que sous-entendait Logan.

— Le bellâtre qui a embrassé maman pour la première fois, reprit-elle vivement, la lui a mise dans la bouche et elle a failli vomir !

— De quoi?... fit Logan totalement dérouté alors que le dégoût s'affichait ouvertement sur le beau visage de son interlocutrice. C'est la première fois qu'une femme me coupe toute envie de l'embrasser ! s'écria-t-il sans s'écarter pour autant.

Après un court instant dans cette position, un éclair lumineux traversa le regard de Logan et il se mit à pouffer avant de rire aux éclats.

— Ne serait-ce pas... plutôt... d'un chewing-gum... dont

parlait votre terrible maman ? réussit-il à dire entre deux hoquets.

— Oui ! Voilà ! Gomme, *cheouing-quelque chose*... c'est pareil ! dit Sophie-Élisa, visiblement soulagée que Logan découvre enfin où elle voulait en venir.

— *Naye,* ce n'est pas pareil, mais je comprends pourquoi vous semblez dégoûtée et je plains votre maman d'avoir vécu un moment aussi... éprouvant ! s'esclaffa-t-il encore, ouvertement moqueur.

— Vous vous gaussez maintenant ! l'accusa Sophie-Élisa on ne peut plus sérieuse, et cette fois-ci, la rougeur qui lui colorait les joues provenait directement d'un sursaut de colère.

— Sophie-Élisa...
— Oui ?
— Je ne mâche jamais de chewing-gum...
— Ah oui ? soupira la jeune femme avant qu'il ne la capture dans ses bras et de sentir sa bouche se poser sur ses lèvres.

Sophie-Élisa se raidit tout d'un bloc en crispant les yeux. Elle était sûre et certaine de faire une très laide grimace en même temps. Mais peu importait, elle avait peur de ce qui allait s'ensuivre.

Elle entendit Logan rire tout près de son visage et son souffle la caressa juste avant qu'une plume vienne taquiner ses lèvres en y traçant un sillon d'une exquise douceur. Elle se posait, s'envolait, revenait, et la sensation qu'elle distillait dans le corps de Sophie-Élisa devenait électrisante.

Elle avait envie de s'ébattre avec cette plume et tendit les lèvres à sa recherche sans pour autant ouvrir les yeux. Quand elle se déposa à nouveau, la douceur se fit plus chaude, plus appuyée sans toutefois cesser son jeu de papillonnement.

Logan sut exactement à quel moment Sophie-Élisa s'abandonna à lui. La grimace qui défigurait son minois avait disparu, ses paupières recouvraient ses yeux sans aucune crispation et sa bouche venait quémander la sienne.

Alors il l'embrassa vraiment, tout en la serrant au plus près de son corps. La pulpe de ses lèvres avait un goût de fraise, constatation qu'il se fit tout en glissant le bout de la langue en petites caresses sensuelles sur la fine peau veloutée. Au doux gémissement qu'elle poussa, il sut qu'il pouvait aller plus loin et prit le visage de la jeune femme en coupe dans ses mains pour l'orienter sous un angle propice à un baiser profond.

Sophie-Élisa sursauta imperceptiblement quand leurs langues se rencontrèrent, eut un instant d'incertitude, puis se laissa emporter par la lame de fond du désir qui se formait en elle à chaque assaut conquérant de Logan.

Grommelant, essayant de ne pas perdre le contrôle, il la serra encore plus près et s'aperçut trop tard de son erreur. Le témoin physique de son désir exacerbé était appuyé contre le ventre de Sophie-Élisa qui innocemment se trémoussait, envoûtée par les vagues d'émotion que le baiser faisait naître en elle.

À ce rythme-là, ils n'allaient pas rester longtemps dans le couloir et l'idée d'un lit ou d'une alcôve sombre sauta à l'esprit enfiévré de Logan.

« *Naye... il faut s'arrêter !* », se dit-il avant de repartir avec ardeur à la conquête de la bouche de Sophie-Élisa.

Les gémissements se succédaient en cadence avec le ballet incessant et langoureux des langues qui se cherchaient, se caressaient, se livraient un duel audacieux.

À quel moment Logan s'aperçut-il qu'il plaquait de tout son corps Sophie-Élisa contre la paroi murale ? Qu'une de ses mains avait remonté un de ses genoux à hauteur de sa hanche pour permettre à son bassin d'entamer une danse sensuelle au plus près de sa féminité ? Les Dieux le savaient ! Cependant, il trouva le courage d'y mettre fin en relâchant la pression de son corps et en libérant à regret la jambe de la jeune femme.

Ils étaient essoufflés, se sentaient inassouvis. Front contre front, les doigts entrelacés, buste et poitrine palpitants, ils essayaient tous deux de reprendre pied avec la réalité.

— Voilà ce qu'est un baiser... haleta Logan qui sut que pour lui aussi cela venait d'être une véritable découverte.

Jamais baiser ne l'avait propulsé ainsi vers les cimes d'un désir fou.

— *Hun-hun...* fit Sophie-Élisa en retour et en ouvrant ses paupières pour le dévisager.

Les lacs de ses yeux étaient voilés par la passion. Logan crut qu'il allait encore une fois défaillir et reprendre là où ils en étaient restés, pour la conduire plus loin ensuite.

— Si... si nous partions retrouver votre famille, réussit-il à proférer en se raclant la gorge, la voix rendue rauque par ce qu'ils venaient de partager.

— *Hun-hun...* souffla à nouveau Sophie-Élisa sans cesser de le dévisager, ce qui fit sourire Logan.

— On y va ? s'enquit-il en la secouant doucement par les épaules et en s'efforçant de ne pas céder à l'envie de goûter encore à sa bouche tentatrice.

— *Hun-hun...* il faudra que je dise à maman qu'un baiser c'est... magique... murmura-t-elle en lui souriant en retour.

— Alors on recommencera ! s'esclaffa Logan en lui câlinant les avant-bras tout en faisant un pas en arrière pour la libérer.

La sensation de froid qui le saisit lui fit regretter son geste, mais il le fallait. Mettre des distances entre lui et Sophie-Élisa deviendrait sa priorité. Il ne devait rien se passer entre eux !

Il était indispensable qu'il puisse retourner chez lui en 2014 la conscience tranquille. Enfin, s'il repartait !

— Merci... souffla encore Sophie-Élisa en faisant quelques pas le long du mur tout en s'éloignant de lui.

— De quoi ?

— De m'avoir prouvé qu'un premier baiser ne briserait pas mes rêves... bien au contraire ! lança-t-elle avant de puiser dans ses forces intérieures le courage de courir dans le couloir puis l'escalier en colimaçon qui la conduirait vers les siens.

— Au contraire ? Bon sang ! jura Logan en passant une main nerveuse dans ses longs cheveux alors qu'il se trouvait soudain seul. Si vous saviez Sophie-Élisa, pour moi aussi... *pour moi aussi,* répéta-t-il à haute voix dans le silence pesant qui se faisait autour de lui.

Avec le départ de la jeune femme, il avait l'impression d'avoir perdu une partie de lui-même.

« *Allez, secoue-toi Logan, tu n'as pas le temps de batifoler ! Va à la rencontre d'Awena et trouve le moyen de rentrer chez toi !* », s'admonesta-t-il en pensée tandis que ses pas le conduisaient déjà dans la direction qui le mènerait à la grande salle.

« *Folle ! Tu es folle ! Le remercier pour t'avoir embrassée ?* », se morigéna mentalement Sophie-Élisa tout en dévalant les marches au risque de se rompre le cou, le claquement des talons de ses bottes en cuir résonnant dans le tourbillon de pierres.

Elle n'en revenait pas !

Logan l'avait embrassée et lui avait prouvé haut la main à quel point elle se trompait ! Il n'avait pas brisé ses rêves, bien au contraire, il les avait incendiés, ou tout du moins il lui avait fourni tous les détails, toutes les émotions pour que cela en soit ainsi les mille prochaines nuits à venir !

Jamais Sophie-Élisa n'aurait songé qu'un échange charnel pourrait éveiller de telles sensations au plus profond de son être. Sa conscience avait déserté son poste – *la lâcheuse* – et son corps avait répondu aux appels de Logan – *le traître* – et de la plus primitive des manières qui soit ! Elle aurait dû en avoir honte ! Mais non ! Elle était tout sauf honteuse !

Sophie-Élisa se sentait seulement stupide d'avoir « remercié » Logan. Une dame ne devait pas se comporter ainsi et aurait dû le souffleter dès qu'il avait posé sa bouche sur la sienne.

Oui, mais voilà, il lui avait fait découvrir un monde...

inconnu et attirant au possible. Elle en frissonnait encore et son souffle était toujours trop rapide, sans parler de son pauvre petit cœur qui palpitait quasi à lui en faire mal. Dans quel état pitoyable devait-elle se trouver ?

Le visage enflammé, la respiration hachée, les lèvres sûrement gonflées de trop de passion... Heureusement qu'elle fuyait sa femme de chambre tous les matins et laissait ses cheveux libres de toute entrave. Un chignon écroulé aurait été la preuve la plus flagrante de ce qu'elle venait de vivre et voulait cacher à tout prix. Personne ne devait apprendre ce qui s'était passé là-haut ! Personne !

— Où est-il ? résonnait l'écho d'une voix très grave sous les voûtes de pierre menant à la grande salle.

Une voix qui s'apparentait considérablement à celle de son père, sauf... que ce n'était pas lui... c'était...

— *IAIN !* s'écria-t-elle, la joie de revoir son arrière-grand-père reléguant très loin ses pensées désordonnées et ses pas déjà rapides se transformant en foulées aériennes qui la firent ressembler à un elfe éthéré.

— *Lisa !* s'exclama l'immense Highlander – presque sosie de Darren – en venant à sa rencontre pour la prendre dans ses bras vigoureux et la faire tourbillonner dans les airs.

Le rire de Sophie-Élisa cascada et se répercuta sur les murs, alors que le rire rauque de Iain lui faisait écho.

— Lisa ! Quelle gracieuse jeune femme tu es devenue ! Comment te portes-tu ma fillote ? Tes belles joues rouges sont signe d'une bonne santé !

« *Si tu savais d'où provient ma rougeur* », songea innocemment Sophie-Élisa avant de sourire derechef à son arrière-grand-père et de se serrer encore plus dans ses bras protecteurs.

— Tu m'as manqué *Pa'* !

— *Och !* À moi aussi et arrête de m'appeler Pa', cela me fait penser à un de ces *bodaich* (vieillards) qui grâce à ta chère maman ont pris leur retraite chez moi à *Caistealmuir !* la gronda gentiment Iain d'un ton amusé.

Caistealmuir était le nom du château que s'étaient fait bâtir Iain et Diane Saint Clare, à quelques kilomètres de la mer du Nord, pour laisser à leur petit-fils Darren la seigneurie des Terres du clan et le fief du laird en place.

— Mais, c'est que tu es *vieux* ! chantonna Sophie-Élisa qui adorait chahuter avec Iain.

— *Aye*, mais pas autant que cela, car grâce aux courbes du temps, j'ai le même âge que ton père, alors garde ta langue dans ta bouche !

Ce que disait Iain était vrai. Quand Diane et Iain avaient en effet décidé d'utiliser les courbes du temps au travers du Cercle des Dieux dans le but d'atteindre au plus vite l'époque où vivait Awena, ils s'étaient retrouvés emprisonnés, perdus sur les sentiers des âges, et ce, sans aucune chance de pouvoir localiser une issue qui les libérerait en leur permettant de rentrer chez eux. Et chose incroyable, le temps qu'ils avaient passé à l'intérieur des courbes les avait rajeunis. C'est Awena qui les délivra grâce à un sort très puissant et quand ils réapparurent, resplendissants de jeunesse, la seule phrase que trouva à dire Iain fut : « *qu'il était plus que temps qu'ils sortent de là avant de se transformer en bébé baveux se trémoussant en couche-culotte !* ».

Aujourd'hui, Iain était âgé de cent sept ans et Diane de quatre-vingt-quatorze alors qu'en apparence, lui avait la cinquantaine et elle rayonnait à l'approche d'une seconde quarantaine.

— Où est Diane ? s'enquit Sophie-Élisa en regardant tout autour d'elle dans l'espoir d'apercevoir son arrière-grand-mère.

— Tes grands-oncles Fillan et Gordon ont... hum... comme qui dirait inauguré une nouvelle de leur invention... ils se sont un peu contusionnés et Diane est restée là-bas pour...

— Quoi ? Mes oncles sont blessés ? s'affola la jeune femme, qui se calma bien vite en voyant le sourire narquois qu'affichait le beau visage de Iain.

— Tu les connais, ils n'ont rien, quelques petites brûlures ici et là. Diane a surtout peur que ces deux chenapans recommencent, c'est pour ça qu'elle a préféré demeurer à *Caistealmuir*. Je suis venu avec d'autres personnes... et d'ailleurs, pourrais-tu faire en sorte que ton père les garde auprès de lui ? lui demanda Iain d'un air de conspirateur après s'être penché pour lui souffler les derniers mots dans l'oreille.

— Qui ?

Devant les étincelles d'humour qui pétillaient dans les yeux de Iain et son grand sourire, Sophie-Élisa devina instantanément à qui il faisait référence.

— Barabal et Larkin ? Ils sont là ? *Oh oui !*

— *Och, naye !* se lamenta la voix de Cameron quelque part derrière le dos de sa sœur.

— Ils n'ont pas cessé de me tarabuster pour m'accompagner dès que nous avons senti ce souffle de magie puissante nous atteindre. Impossible de m'en défaire, alors nous voilà !

— L'onde de magie est arrivée jusqu'à *Caistealmuir* ? s'inquiéta Cameron qui s'était approché.

— *Naye mac,* nous l'avons ressentie ici ! fit Iain en posant son poing sur son impressionnant buste, à l'endroit où se situait le cœur.

Il ressemblait tant à Darren que cela en paraissait étrange. Les seules différences étaient la couleur des yeux de Iain, bleu gris et le fait qu'il attachait toujours ses longues mèches noires par un lacet de cuir, alors que Darren les laissait libres.

— Où sont-ils tous alors ? quémanda Sophie-Élisa, impatiente de retrouver Larkin et Barabal.

— Nous sommes arrivés au moment même où ton père sortait comme un fou du château. Nous avons eu le temps de comprendre qu'il se rendait chez Aonghas pour changer un futur *MONSTRUEUX !* Tu penses bien qu'il nous a fichu une trouille du tonnerre ! Larkin l'a suivi et depuis je ne les ai pas revus. Quant à notre très *aimée* Barabal, elle est partie mener sa petite enquête dans le Cercle des Dieux. Si seulement les Dieux, justement, dans leur grande sagesse, pouvaient la happer dans les courbes du temps, ils nous octroieraient un immense service !

— Oh Pa' ! Quel plaisantin tu fais ! gloussa Sophie-Élisa.

— Moi, je crois qu'il est très sérieux, ironisa Cameron en faisant un clin d'œil à Iain.

— Tu n'as pas croisé maman ? s'enquit la jeune femme, toujours en s'adressant à Iain.

— *Aye !* Heureusement d'ailleurs, car j'étais prêt à lever une armée pour contrer la folie qui s'était emparée de mon clan. Elle m'a tout raconté et est partie rejoindre Barabal en marmonnant quelque chose comme « *Quel bazar ! ».* Alors, où est-il ?

— Je suis là ! lui répondit la voix de Logan, ce qui fit frissonner Sophie-Élisa et réapparaître des rougeurs sur ses joues.

Chose qui n'échappa pas au regard avisé de Iain qui hocha la tête en silence avant de dévisager le guerrier à la tignasse dorée qui se tenait un peu en retrait.

— Nos hommes du futur ont toujours aussi belle allure ! J'en suis heureux et très fier ! clama Iain en s'avançant vers Logan et en lui posant une main sur l'épaule en signe de bienvenue.

— Si tu l'avais vu à son arrivée, tu ne le serais plus du tout, grommela Cameron qui s'était à nouveau raidi aux côtés de sa sœur.

Iain haussa les sourcils en fixant son arrière-petit-fils puis reporta son attention sur Logan.

— Alors ce voyage ? Pas trop mal passé ? s'informa-t-il sur le ton de la plaisanterie.

— *Naye !* Très bien au contraire, encore que je n'y fusse pas préparé du tout ! lança Logan sur le même ton, en souriant de toutes ses belles dents blanches. Et le service des hôtesses de l'air laisse complètement à désirer, ajouta-t-il pince-sans-rire, je n'ai pas eu une goutte de champagne ni de cacahouètes à grignoter !

Iain fronça un instant les sourcils puis tapota l'épaule de Logan en partant dans un rire rocailleux.

— Pas de doute ! Vous êtes un homme du futur, la preuve... je n'ai pas compris un traître mot !

Sans nul doute, ces deux-là s'étaient plu au premier regard et quand Iain accordait sa confiance, le geste n'était pas à prendre à la légère. Il avait le don de « deviner » les gens. Il ressentait la méchanceté, la félonie, la malveillance.

En ce qui concernait Logan, il apparaissait très nettement que Iain l'acceptait comme l'un des leurs. Ce qu'il était de toute façon, d'une certaine manière et à quelques siècles près.

— *Quoi bazar être ? !* caqueta une voix qui oscillait entre l'aigu et l'enroué. Pas changé tu as ! Humpf...

— Je viens de tout t'expliquer Barabal et toi tu n'as retenu que « *bazar* » ? s'impatienta la voix d'Awena.

— Correctement parler tu dois ! Humpf !

— Ah ben si l'on en arrive à ce point, laisse-moi te dire Barabal que tu me gonfles à parler comme maître Yoda depuis des années, et permets-moi de te dire aussi... Oh ! Vous êtes tous là ? s'interrompit Awena qui venait d'apparaître au détour du couloir aboutissant dans la grande salle, suivie de près par une vieille dame à l'allure hirsute, le dos voûté, une main crochue enserrant un long bâton composé d'un entrecroisement de plusieurs bois au sommet desquels reposait une sorte de quartz blanc.

— Gonflée, toi pas l'être... maître Yoda, moi pas connaître ! marmonna rageusement celle qui s'appelait Barabal avant de cracher par terre une espèce de liquide verdâtre visqueux.

Les exclamations dégoûtées de l'assistance ne se firent pas attendre et Awena réprimanda de plus belle la *Seanmhair* qui ne l'écoutait pas et se dirigeait assez promptement vers Logan, comme si elle avait repéré un fabuleux insecte, ultime ingrédient manquant pour une de ses horribles potions.

— Les Dieux n'ont pas réalisé mes vœux, grommela Iain qui se tenait près de Logan, comme s'il s'investissait soudain de la mission de garde du corps.

— Qui est-ce ? souffla Logan qui essayait de rester stoïque en voyant ce petit bout de femme au visage ridé et aux cheveux blancs neigeux s'avancer rapidement vers lui.

Il lui semblait qu'elle avait un sourire de type « carnassier » affiché sur la figure et il entendait une voix chantonner dans son esprit, comme une macabre ritournelle : *Je vais te manger* !

Elle était la réincarnation vivante – le pire du pire – de toutes les sorcières qu'il avait aperçues dans les dessins animés et son aura magique était si développée qu'il en avait presque des frissons.

— Barabal ou la *Seanmhair,* notre ancienne grande *bana-bhuidseach* qui a décidé de ternir *ma nouvelle* vie en s'installant dans *mon tout récent* château, lui répondit en marmonnant sombrement Iain en inclinant sa tête sur le côté.

Celle-ci venait de se poster devant Logan et le regardait droit dans les yeux. Elle avait beau être courbée, se tenir à peu près au niveau de son abdomen dans sa longue toge plus grise que blanche, Logan avait la forte et désagréable impression de se sentir minuscule.

Elle l'avait peut-être transformé en insecte pour ses potions justement. Logan allait le vérifier en se palpant le corps, quand Barabal se mit à caqueter de son affreuse voix. Elle avait au moins le mérite d'avoir de belles dents, c'était déjà ça ! Car Logan imaginait les sorcières avec une horrible dentition toute pourrie ou alors... sans aucune dent.

— Jeune il l'est ! Bien ça l'être ! Bon mariage lui faire avec Lisa ! Trop belle, elle l'être, pour vieux machin croulant épouser ! Humpf ! croassa-t-elle tout en mâchouillant et se penchant soudain pour cracher aux pieds de Iain.

— *Non !*

— *Naye !* crièrent Awena, Cameron et Sophie-Élisa

tandis que Iain sortait sa claymore de derrière son dos, dans le but évident d'étriper la *Seanmhair*.

Celle-ci eut un sourire – ou une grimace – d'excuse en ravalant son crachat dans un *GLOUP* sonore.

— Âme sœur de Lisa lui être et de lui elle l'être aussi ! Premiers émois, eux échangés ils ont ! Magie réglée ! À *Caistealmuir*, repartir, je dois !

— Certainement pas ! clama haut et fort Iain sans ranger sa claymore dans son fourreau.

— Je ne suis pas son Âme sœur ! s'insurgea Sophie-Élisa en pointant du doigt Logan.

— Tu résous trop vite cette histoire Barabal ! la gronda Awena. C'est du travail bâclé !

— Sophie-Élisa ne se mariera jamais avec ce freluquet ! enrageait Cameron dans son coin. Et de quels premiers émois parles-tu ? vociféra-t-il encore.

Tout le monde s'était mis à s'exprimer en même temps !

C'était une véritable cacophonie !

Logan était trop bouleversé pour émettre la moindre protestation. Sophie-Élisa son *Âme sœur ?* Cette légende avait toujours cours dans le futur, mais lui savait que jamais il ne rencontrerait... la sienne. Car son cœur était vide.

Il savait... un point c'était tout, que sa moitié n'était pas de ce monde ou pas encore née. Mais qu'elle soit plus vieille que lui de plus de six cents ans ? Et que ce soit pour ça qu'il fût dans le passé ?

— *Quel bazar !* s'écria-t-il enfin au plus grand étonnement de tous.

Chapitre 6

Méfiez-vous de l'eau qui dort

« Bazar ? *Il découvre qu'il est mon Âme sœur et il s'écrie bazar ?* » songea Sophie-Élisa en s'offusquant de la réaction de Logan.

Tout autour d'elle, ce n'était plus que maelström de mots qui fusaient de part et d'autre. Personne ne s'écoutait, tous parlant – caquetant comme à son habitude, en ce qui concernait Barabal – en même temps et ce brouhaha intense martelait le crâne de Sophie-Élisa de la même manière qu'aurait fait le marteau du forgeron dans la réalité.

Elle n'en pouvait plus ! Se bouchant les oreilles de ses mains tout en fermant et crispant les paupières, elle se mit à hurler. C'était plus un cri de douleur que de rage.

Son hurlement eut pour effet immédiat de réveiller sa magie endormie qui se manifesta en milliers d'explosions sous les hautes arches de la grande salle, faisant trembler tout l'édifice seigneurial et gémir les vieilles poutres de soutien.

En un ensemble parfait, après s'être eux-mêmes bouché les oreilles, Iain, Awena, Cameron et Barabal utilisèrent leur propre magie pour réparer les dégâts occasionnés avant que le château ne s'écroule sur leurs têtes.

Dans le même temps et en quelques foulées rapides, Logan vint se jeter sur Sophie-Élisa pour la plaquer au sol et faire rempart de son corps contre tout débris pouvant tomber du haut plafond.

Passé l'instant atroce où il avait cru que ses tympans allaient être pulvérisés par le hurlement et les explosions, il s'était aperçu que la forteresse était sur le point de s'effondrer et n'avait pensé qu'à secourir celle-là même qui était la cause de cette catastrophe. Au péril de sa propre vie s'il le fallait, car seule Sophie-Élisa comptait.

Il n'avait pas réfléchi, il avait agi ! Et en remerciement ? Que faisait-elle ? Elle lui mordait le bras et tentait de le griffer pour se libérer de lui !

— Mais vous allez cesser *aye !* la houspilla-t-il en essayant de lui faire desserrer les dents sans la blesser.

Il ne la reconnaissait plus : un moment plus tôt dans le couloir elle n'était que douceur, passion, volupté dans ses bras et...

— *Aïe !* hurla-t-il en sentant des petites canines s'enfoncer dans le muscle de son bras.

— Lisa ! Lâche-le ! ordonna la voix d'Awena.

C'est ce qu'elle fit sans pour autant arrêter de se débattre.

— Mais maman ! Il m'a attaquée ! vociféra la sauvageonne.

— *Naye*, j'ai essayé de vous protéger ! gronda Logan en se saisissant de ses fins poignets.

Sophie-Élisa se figea tout net.

— C'est... c'est vrai ? bafouilla-t-elle tout en lançant un regard à sa famille et Barabal qui les dévisageaient en fronçant les sourcils.

Il n'y avait que Cameron, un peu plus en arrière du groupe, qui affichait un sourire largement réjoui.

Si elle avait eu un doute quant au comportement de Logan, ce simple détail – la mine réjouie de Cameron – l'effaça complètement, ce qui eut comme conséquence de faire naître en elle un sentiment nouveau : la honte.

— Pa... pardon Logan, souffla-t-elle toute penaude en détournant les yeux.

Il devait la prendre pour une folle ! Cette honte était par trop lourde à porter ! Elle ne pouvait pas rester ici et voir le désappointement ou toute autre expression de ce type s'afficher sur le beau visage de Logan. Alors elle fuit... même si cela n'avait jamais été dans sa nature.

Dommage, parce que si elle avait eu le courage de le regarder, elle aurait pu apercevoir le sourire attendri qui se dessinait sur sa bouche. Certes un peu crispé, mais un sourire tout de même.

— Lisa ! l'appela Iain en vain.

— J'y vais ! firent de concert Cameron et Logan en voulant suivre la jeune femme.

— Non ! lança Awena. Laissez-la partir, je sais de quoi je parle, il faut qu'elle se retrouve un peu toute seule. Personne n'est blessé ? s'enquit-elle à nouveau alors que son fils revenait de mauvaise grâce sur ses pas et que Logan se redressait en tenant son bras douloureux.

— Je crois que l'homme du futur l'est ! ironisa Cameron en pointant le menton dans sa direction.

— Logan ? demanda Iain.

— Ce n'est rien, marmonna le jeune homme qui en avait plus qu'assez de la petitesse d'esprit de Cameron.

— Montrez ! ordonna tout de même Iain en s'approchant et en lui faisant signe de relever sa manche.

— Je vous assure que ce n'est rien, répéta Logan tout en répondant à l'injonction de Iain et en remontant le tissu sur sa chair tuméfiée.

Iain siffla longuement en découvrant la trace de morsure bien nette qui se dessinait en marques violacées sur la peau tannée de Logan.

— On peut dire qu'elle ne vous a pas raté, heureusement que vous avez la peau dure mon ami, pas une goutte de sang !

Iain plaisantait tout en apposant ses doigts sur les meurtrissures, ce qui déclencha d'affreux tiraillements dans les muscles du jeune homme qui se dégagea dans un sursaut.

Élancements qui disparurent aussi vite qu'ils étaient apparus. De surprise, Logan porta son attention sur la morsure, pour constater in petto qu'elle s'était volatilisée !

— Vous...

— Ne me remerciez pas Logan, un petit tour de passe-

passe pour réparer les dégâts de ma fillote. Ne lui en veuillez pas, elle a cru...

— C'est déjà oublié ! coupa Logan en exprimant sa gratitude par l'entremise d'un geste amical. Sophie-Élisa ne pouvait pas connaître mes intentions.

— Et elle en est certainement mortifiée à l'heure qu'il est ! plaida Awena.

— Que lui a-t-il pris ? demanda Iain en s'adressant à Awena.

— Je pense que c'est un trop-plein d'émotions, et Barabal n'est pas allée de main morte pour annoncer la venue de son Âme sœur ! ajouta-t-elle d'un ton accusateur en se tournant vers la *Seanmhair* qui mâchouillait ses immondes plantes d'un air innocent et totalement désintéressé.

— *Seanmhair* ! Qui vous dit que ce que vous avancez est la vérité ? l'interrogea Iain sombrement en croisant les bras.

— Parce que ! cracha Barabal sans prononcer un mot de plus.

— Cette fois-ci, je vais l'étriper ! grommela Iain en faisant mine de se saisir de sa claymore tout en se déplaçant rageusement vers la vieille femme.

— *Och !* Toi laisser ton joujou à sa place. Deux voyages dans le temps, se faire, se former, deux couples l'ont fait... pourquoi le troisième, différent serait ? baragouina-t-elle en faisant quelques petits pas vers la grande cheminée et en ignorant souverainement les menaces de Iain. Froid ici il fait ! Bon feu, allumer je dois !

— *Och naye !* ! cria Cameron en courant vers Barabal dans le but évident de la stopper net dans son entreprise.

Mais avant qu'il ne fasse un mouvement de plus, Barabal avait déjà récité une mélopée en agitant son bâton vers les braises mourantes dans l'âtre.

Awena, Iain et Logan – entraînés par le déplacement des deux premiers – s'étaient vivement écartés, chance que n'eut pas Cameron... ni la *Seanmhair*. Au lieu de redonner de la puissance au feu, l'ancienne grande *bana-bhuidseach* déclencha un immense tourbillon de cendres et d'étincelles qui tournoyèrent sur elle et le fils du laird.

Là où se trouvaient deux personnes quelques secondes auparavant, se tenait un énorme nuage âcre, noir et épais d'où sortaient des sons étouffés ressemblant à s'y méprendre à des toux de futurs *asphyxiés notoires*.

L'effet de surprise passé, et le nuage allant en se dissipant, Awena se mit à glousser puis à rire aux larmes à l'instar de Iain, qui se frappait les cuisses de ses mains tout en essayant de reprendre son souffle entre deux quintes d'hilarité, et de Logan qui ne put se retenir de se joindre à eux.

— *Hein hein...* Riez... marmonnait un Cameron méconnaissable saisi de toussotements, ses longs et beaux cheveux noirs et feu transformés en un immense tas de nœuds digne de la tignasse des frères Jackson à leurs débuts dans la chanson, et le corps ainsi que le visage totalement recouverts de suie. Il n'y avait que le blanc de ses yeux et sa dentition immaculée quand il parlait qui ressortaient sur toute cette noirceur !

C'était une situation hilarante au possible, sans compter le petit corps voûté à ses côtés qui avançait à tâtons, un bras couleur charbon tendu en avant à la recherche d'un tissu secourable pour s'essuyer les yeux avant d'ouvrir les paupières. Ce fut la tunique de Cameron qui répondit à sa prière.

— *Och !* Mal entretenue... cheminée... doit être ! toussota Barabal sans s'apercevoir qu'elle se barbouillait encore plus la figure de suie au lieu de se nettoyer.

— J'en connais une autre qui est mal entretenue ! cracha Cameron au plus haut point vexé par les esclaffements qui fusaient, dont un en particulier : celui de Logan ! Lâchez-moi vieille pie, je vais me laver ! jeta-t-il méchamment en quittant la salle à grandes enjambées rageuses.

— Qui ça être vieille pie ? caqueta comme à son

habitude Barabal en ouvrant de grands yeux, immenses, ronds et blancs dans un visage sombre, ce qui déclencha une nouvelle vague d'hilarité.

Elle ne comprenait pas pourquoi tous s'amusaient ainsi, cependant elle s'unit à eux dans un affreux gloussement.

— *Och*, soupira Iain dans un souffle tremblant tout en s'essuyant une larme au coin des yeux. J'avais presque oublié à quel point on pouvait mourir de rire chez mes petits-enfants. Rit-on toujours autant dans votre époque sur les terres Saint Clare ? demanda-t-il taquin à l'intention de Logan.

Celui-ci se crispa légèrement, un muscle battant sur sa mâchoire, signe de la tension qui venait de le gagner au rappel de sa vie dans le futur.

— *Naye*… Malheureusement, pas autant que je le voudrais, mais j'avoue essayer d'y remédier plus qu'à mon tour ! J'aime beaucoup les farces et attrapes, une véritable passion pour moi, et je gère pour notre laird la brasserie familiale de bière de bruyère ainsi que la distillerie de whisky.

— De la bière de bruyère ? s'extasia Awena. Dire que la première fois que j'en ai bu c'était ici il y a vingt-deux ans. Imaginez Logan ! Je ne savais pas que cette boisson existait en l'an 2000 ! Il a fallu que je revienne six cents ans dans le passé pour le découvrir. J'ai mis du temps à m'adapter à son goût et à l'aimer, cependant aujourd'hui, je ne pourrais plus m'en passer. Quant aux farces et attrapes, ajouta Awena avec un doux sourire, cela ne m'étonne pas de votre part, vous étiez déjà quelqu'un de très enjoué et grâce à vous, j'ai pu faire une superbe fête la veille de mon mariage. Digne d'un enterrement de vie de jeune fille !

— *Aye*… marmonna Logan, une ombre soucieuse peinte sur le visage. Awena… J'ai bien réfléchi à tout ce que vous m'avez dit, mais ce Logan, celui dont vous me narrez les exploits… Ce n'est pas moi !

— Mais…

— *Naye* ! s'écria Logan comme Awena faisait mine de reprendre la parole. Vous me donnez ses souvenirs, vous me prêtez ses talents, vous m'avez accueilli en ami... Mais cette connaissance, ce n'est pas moi ! répéta-t-il avec un peu plus de fougue dans la voix tout en fixant intensément la dame du clan qui bougeait lentement la tête de droite à gauche en signe de négation.

— Ce qu'affirme ce jeune homme est vrai ! retentit la voix de stentor de Darren qui s'était approché d'eux sans que personne l'aperçoive.

Tous se tournèrent vers lui d'un même bloc et découvrirent sa mine préoccupée.

— Je reviens de chez Aonghas, murmura-t-il l'air funèbre. D'ailleurs Logan, vous ne pourrez plus voir votre ancêtre avant un long moment, lui-même en ayant décidé ainsi... Attendez je m'explique ! lança Darren en levant les mains dans un signe d'apaisement comme Logan fronçait les sourcils, le visage soudain assombri. Vous connaissez désormais l'histoire du grimoire enchanté que l'on nomme le *Leabhar an ùine*. Ce grimoire a la capacité d'absorber tout charme se trouvant à sa portée, du moins une partie, et l'onde de choc qui a précédé votre arrivée était chargée de toute la mémoire magique contenue dans votre corps. Le *Leabhar an ùine*, ainsi, a pu nous dire que vous étiez bien Logan MacKlare, que vous veniez de l'an 2014, que vous êtes âgé de vingt-neuf ans, les noms de votre père, de votre mère, de votre frère et de toute votre famille ! Mais ce n'est pas tout ! Il nous a révélé une faille... Une faille qui a une grande importance et qui me rend aujourd'hui très soucieux. Deux personnes avant vous ont voyagé elles aussi dans le temps. Peut-être y en a-t-il eu d'autres, mais pas à ma connaissance. Il s'agit bien entendu d'Awena et de Diane ma grand-mère. Toutes deux sont arrivées le jour même de leur départ du futur à quelques heures près de décalage, vous me suivez ?

— *Aye*, vous voulez dire qu'Awena ou Diane ayant quitté leur époque par exemple un sept mai, l'une ou l'autre serait arrivée à la même date dans le passé.

— Exactement ! Et quelle est la date d'aujourd'hui ?

s'enquit vivement Darren, sa question ne concernant que Logan.

— J'ai quitté le Cercle des Dieux le jeudi dix avril 2014 et il semblerait que je n'aie pas subi de décalage horaire, est-ce là le problème ?

— *Naye ! Aye !* s'écria Darren en se passant une main nerveuse dans les cheveux. Logan, il ne s'agit pas là de quelques heures de différence, mais de jours entiers !

Un murmure d'ahurissement circula entre toutes les personnes présentes autour des deux hommes avant que Iain ne s'approche de Darren l'air inquiet.

— Où veux-tu en venir *mac* !

— J'y arrive Iain ! coupa Darren. Logan, au calendrier grégorien, pour que tout le monde se comprenne puisque je ne sais pas si dans le futur le calendrier du clan correspond toujours à celui de nos Dieux ou non, la date d'aujourd'hui est le six mars 1416, vous avez fait un bond dans le passé de six cent vingt et un ans et trente-cinq jours ! Non seulement ces trente-cinq jours supplémentaires ne sont pas normaux, mais à cela vient s'ajouter le fait plus qu'étrange que vous soyez parti le jour de l'anniversaire des jumeaux !

— Tu crois que cette date a son importance ? l'interrompit anxieusement Awena en serrant fortement ses deux mains.

— *Aye !* J'en suis sûr et certain car depuis que le *Leabhar an ùine* nous a révélé ce détail, ses pages ne cessent de s'ouvrir et de se refermer, il est complètement déstabilisé ce qui peut mettre en péril la quête d'Awena d'où découlerait inévitablement le fait que vous ne voyiez jamais le jour, Logan !

— Darren… souffla Awena en pâlissant.

— *Aye mo chridhe*… Je lis dans tes yeux que tu as compris la situation… Logan peut s'évanouir dans les airs à tout moment, se volatiliser comme une simple volute de fumée, mais Aonghas et Larkin essayent par tous les moyens de trouver une solution pour y remédier.

Les mots de Darren prenaient petit à petit un sens dans l'esprit de Logan et un froid glacial s'abattit sur ses épaules. Avait-il fait ce bond dans le temps tout bonnement pour disparaître dans le néant ? Il voulait de toutes ses forces croire en autre chose. Il le fallait ! Son chemin, sa destinée ne devaient pas s'arrêter là.

C'est dans le brouillard gelé qu'était devenue sa conscience qu'il entendit croasser une petite voix nasillarde. S'il n'avait pas été autant saisi par la révélation de Darren, les mots qui suivirent l'auraient sûrement fait sourire.

— Bazar, ça *aye*, être ! caqueta la *Seanmhair* qui ne se retint pas ce coup-ci de cracher par terre son immonde jet verdâtre.

Bazar... Étrange tout de même comme ce petit terme de rien du tout, énoncé plusieurs fois dans la même journée, pouvait si bien résumer une situation de type apocalyptique pour Logan.

Et à l'immense étonnement de tous, il se mit à ricaner puis à rire aux éclats.

À mille lieues de là, loin du drame qui était en train de se dérouler dans la grande salle du château, Sophie-Élisa, l'esprit sombre, se remémorait le moment où Logan s'était jeté sur elle pour la protéger, alors qu'elle, folle qu'elle était, n'avait vu en son geste que l'acte délibéré d'une personne qui voulait l'agresser.

Après avoir réalisé son erreur, Sophie-Élisa s'était sentie si mal qu'elle avait fui la forteresse à toutes jambes, courant comme si des milliers de korrigans démoniaques la pourchassaient, et s'était dirigée vers le seul endroit où elle pourrait soigner ses plaies de l'âme et se retrouver.

Cet endroit portait le nom de *Cascade des Faës*, connu uniquement par les gens du clan et presque aussi mystique que le Cercle des Dieux. Cette chute d'eau était au sein d'une clairière perdue dans la forêt environnante. Un site unique en son genre, constamment ensoleillé le jour, même au plus fort des tempêtes, où la flore était toujours verte et fleurie des berges du bassin formé par la cascade et ce, jusque sur trente mètres sur son pourtour.

Un lieu où, disait-on, la paroi entre le monde des hommes et le monde des Sidhes était aussi fine qu'une tendre feuille d'arbre à peine éclose. De ce fait, presque personne ne s'y promenait, de peur que les esprits des tertres enchantés ne viennent les enlever pour un aller sans retour dans leur univers.

De mémoire, aucun être humain n'avait jamais disparu en ce lieu. Cependant, les légendes couraient et quand tard après la nuit tombée, lors d'une veillée, les bardes et conteurs narraient l'histoire d'un tel ou d'une telle qui s'étaient volatilisés à la Cascade des Faës un soir de pleine lune, alors les doutes surgissaient... et la peur s'insinuait petit à petit dans les veines en longs frissons glacés.

Sophie-Élisa n'avait jamais cru en tous ces boniments. La Cascade des Faës l'avait toujours attirée et c'était aussi en ce lieu que résidait une étrange et inestimable amie : Reflet.

Reflet était unique et chère au cœur de Sophie-Élisa. Elle était sa confidente, reine-détentrice de tous ses secrets, l'amie de son enfance et de tous les jours qui succédèrent à cette époque bienheureuse. Cependant, Reflet était une amie très singulière... unique. Car elle n'était pas faite de chair et de sang et ne porterait jamais de jugement sur ses actions.

— Si tu m'avais vue Reflet, disait Sophie-Élisa d'un ton pitoyable. Je me suis complètement ridiculisée... je ne pourrai plus jamais le regarder droit dans les yeux. C'est la première fois que je vis une telle situation. La honte... je n'ai jamais éprouvé cette sensation ô combien déplaisante, cela s'apparente à du poison ! Oh... ne t'en fais pas, je fais une comparaison très bête, car je n'ai jamais absorbé de poison... mais... je pense que cela pourrait y ressembler, dans la mesure où ça me rend malade.

La jeune femme était agenouillée sur de la mousse verte et tendre, au bord de l'étang né de la chute d'eau, là où des vaguelettes chatoyantes venaient lui caresser le bout des doigts. La brise chaude qui circulait en souffles exquis lui déposait de temps en temps sur les lèvres quelques gouttelettes cristallines qui s'échappaient du bouillonnement vrombissant dû à la rencontre des courants provenant des hauteurs et se déversant dans l'étendue iridescente, paisible, du bassin.

En redressant la tête, Sophie-Élisa porta son attention sur les flots palpitants et sourit malgré elle, touchée par la sublimité de l'arc-en-ciel qui se dessinait au bas de la cascade, là où de téméraires papillons s'amusaient à batifoler au travers des couleurs et des minuscules sphères liquides argentées.

— Oh... Reflet, que je t'envie... J'aimerais tant être comme toi et vivre toute ma vie en la chaleur de ce lieu, n'avoir jamais froid et ne me sustenter que de la beauté qui règne ici.

Face à Sophie-Élisa, agenouillée dans la même position sur la surface ondoyante de l'eau, Reflet reproduisait à l'identique ses gestes et ses lèvres bougeaient... mais aucun son ne s'en échappait.

Il y avait une raison à cela...

Effectivement, la précieuse amie de Sophie-Élisa n'était pas faite de chair et de sang, mais constituée d'eau et ce jusque dans la plus infime de ses particules. Reflet était une réplique exacte de Sophie-Élisa en statue vivante, cristalline et liquide. Un élémentaire d'eau d'une somptuosité translucide et d'une perfection absolue.

— Avec tout ça, j'ai presque oublié de te dire qu'il m'a embrassée. Oui, j'en conviens, j'avais affirmé haut et fort qu'aucun homme ne me toucherait de cette... manière-là, chuchota Sophie-Élisa en rougissant. Pourtant cela s'est passé et... j'ai beaucoup apprécié ! Tu es la seule à savoir que sous ma carapace de frondeuse, je suis une romantique dans l'âme. J'avais tellement peur que ce Logan brise mes rêves, mais... bien au contraire, il a éveillé en moi des sensations du même genre que celles que je ressens quand j'utilise la magie. Oui !

C'était presque cela... et... différent à la fois.

Sophie-Élisa se tut un instant et ferma les yeux pour mieux se focaliser sur le murmure du vent qui agitait les branches des arbres aux feuilles éternellement vertes.

— Barabal affirme qu'il est mon Âme sœur ! s'exclamat-elle à nouveau en rouvrant les paupières sur de grands yeux outrés et en apeurant par la tonalité de sa voix les papillons qui s'enfuirent à l'opposé du bassin en de furieux battements d'ailes. Lui ! Logan ! Un homme du futur ! Qui répond « *bazar* » quand on lui annonce que je suis sa moitié ! Tu sais bien toi, combien j'ai espéré rencontrer celui qui m'était destiné, le nombre de fois où je me suis retournée en souhaitant le voir apparaître au détour d'un chemin. Et puis voilà que cet homme arrive, et que la *Seanmhair* déclare qu'il ne fait qu'un avec moi ! Où est le coup de foudre dans tout ça ? Le moment où le monde se fige et que seuls mon prétendant et moi puissions évoluer l'un vers l'autre comme au ralenti ? Tu parles ! Rien de tout ça ! Je lui ai troué les fesses, oui, et je l'ai mordu ! Ne trouves-tu pas que c'est le comble du romantisme ?

Reflet s'exprimait et s'agitait silencieusement, reproduisant la tension physique de Sophie-Élisa par les mêmes gestes saccadés.

La jeune femme l'avait baptisée ainsi la première fois qu'elle l'avait invoquée alors qu'elle était âgée de cinq ans. Ce prénom était apparu tout naturellement dans l'imagination de la petite fille d'alors, car l'élémentaire avait pris pour aspect la silhouette qu'un miroir d'étain aurait renvoyée d'elle. Reflet avait évolué avec elle, changeant de forme et grandissant au même rythme qu'elle. D'accord, d'aucuns diraient que l'élémentaire n'était qu'un beau mirage magique et rien de plus. Cependant, dans l'esprit de Sophie-Élisa, Reflet était bien vivante ! Elle était plus qu'un caprice, qu'un doudou, qu'une compagnie... Un lien enchanté les unissait qui allait au-delà de toute raison.

— Si seulement tu pouvais me parler, que de merveilles

tu me raconterais, murmura-t-elle en dévisageant son sosie. Mais tu es là, et ta présence m'apaise comme toujours et comme d'habitude... le temps a dû passer vite depuis que je suis avec toi. Il va falloir que je retourne au château et que je présente mes plus plates excuses auprès de... Logan, marmonna-t-elle encore en faisant la grimace, mimique qui fut superbement reproduite par son amie pour son plus grand amusement.

— Il est l'heure, Reflet... Nous allons nous dire au revoir pour aujourd'hui... Mon féal, ma sœur. J'ai toujours tant de mal à te laisser...

Sophie-Élisa se redressa sur les genoux, leva les bras et tendit ses mains, paumes à la verticale de celles de Reflet, alors que de son côté celle-ci en faisait autant. Nulle froideur au contact de la chair et de l'eau, car une autre des particularités de la Cascade des Faës était que l'eau prenait la température de la personne qui la touchait ou s'y baignait.

Elle savoura encore quelques secondes ce contact unique, sourit doucement, puis se releva sur ses jambes en faisant un signe de main que Reflet reproduisit simultanément, et coupa mentalement le lien enchanté qui l'unissait à l'élémentaire d'eau. En un centième de seconde, celui-ci perdit sa forme humaine et tomba en une mini cascade sur la surface ondoyante de l'étang, effaçant ainsi toute trace de l'amie fabuleuse qui habitait ces lieux.

— À bientôt Reflet... chuchota Sophie-Élisa avec un brin de tristesse.

Combien de fois avait-elle rêvé que son amie lui parlerait enfin, que ses gestes seraient différents des siens et que peut-être quelque part, Reflet l'emporterait pour une balade sur les sentiers des tertres enchantés.

« *Oui, mais aller-retour, car je veux rentrer chez moi !* », songea Sophie-Élisa, le cœur battant la chamade à la pensée des siens qui l'attendaient et qui comptaient tant pour elle.

— Zut ! Il fait presque nuit, je n'ai pas vu le temps passer ! s'écria-t-elle en faisant la grimace et en allongeant ses pas pour quitter au plus vite la forêt soudainement plus froide et ténébreuse, loin de la chaleureuse protection magique de la Cascade des Faës.

Ce fut le bruit d'une brindille brisée qui la figea net dans son élan. Quelque part sous les sombres frondaisons, quelqu'un se tapissait et l'épiait. Un deuxième craquement de branchages le lui confirma.

Ne connaissant pas la peur, la jeune femme sortit sa dague de son fourreau et se déplaça subrepticement vers l'endroit où devait se terrer l'homme ou l'animal qui la guettait. Elle poussa tout de même une exclamation de frayeur en voyant surgir devant elle une ténébreuse et imposante stature.

— Ahhh... Que cela fait du bien de se soulager, soupira de bien-être la voix de Logan.

Car c'était lui ! Sophie-Élisa grogna tout en invoquant mentalement des lucioles qui vinrent par centaines les éclairer de leur douce lueur.

— Logan !

— *Aye*, pour vous servir damoiselle, dit-il moqueur tout en faisant une courbette exagérée pour la saluer.

C'est ainsi qu'il se retrouva nez à nez avec la lame de Sophie-Élisa.

— Vous aviez dans l'idée de me trouer la deuxième fesse alors que j'étais au petit coin ?

— Trouer ? Deuxième fesse ? Alors que vous ?... Oh ! Vous avez osé faire vos besoins à quelques mètres seulement d'un lieu sacré ? s'offusqua Sophie-Élisa.

— Ça pressait ! rétorqua Logan. Avec tout ce que j'ai bu depuis ce matin, j'avais la vessie aussi pleine que...

— Je ne veux rien savoir ! s'écria Sophie-Élisa qui avait le feu aux joues et tentait de faire glisser sa dague dans le fourreau à l'aide de ses doigts tremblants.

— Souhaitez-vous un coup de main ? Je n'aimerais pas que cette lame blesse vos si jolies mains par ma faute, susurra Logan.

Au diable les excuses qu'elle voulait lui formuler !

Cet homme était tout bonnement insupportable, malotru, et irrespectueux…

— Que marmonnez-vous ?

— Rien, je suis scandalisée que vous soyez venu, hum...

— Uriner ?

— Oui, uriner... euh... vous soulager ici alors qu'il y a des toilettes au château ! Il suffisait de demander, on vous aurait dit où les trouver.

— N'en faites pas tout un plat ! Ce n'est pas comme si j'avais fait ma grosse commission !

— Ohh... s'étouffa Sophie-Élisa. Jamais personne ne m'a parlé comme vous le faites ! Vous êtes… Vous êtes…

— Un homme du futur sans aucune fioriture ! Allez, venez que je vous raccompagne au château. La nuit s'installe et ce n'est pas prudent de se balader dans les bois avec tous ces loups qui rôdent.

Logan saisit le coude de la jeune femme qu'il avait cherchée depuis des heures avant que ses pas ne le guident vers la forêt où se situait la Cascade des Faës. Il l'entraîna agilement dans la direction de la forteresse en évitant les racines au sol et en retenant de son autre main les branchages qui auraient pu blesser Sophie-Élisa.

Son cœur avait battu plus vite, ce qu'il ne s'expliquait pas, quand il avait vu sa fine silhouette se découper dans l'ombre des bois. Cette femme l'attirait comme un aimant, mais il avait décidé de lui mentir, de faire comme si leur rencontre n'était qu'une simple coïncidence.

— Pas mal le coup des lucioles, la gratifia-t-il d'un ton admiratif. Grâce à vous, je découvre pour la première fois toute leur utilité.

Sophie-Élisa grommela peu gracieusement en essayant de se dégager de sa forte et ô combien électrisante poigne.

Il fallait qu'elle s'éloigne le plus possible de lui et des émotions qu'il faisait naître en elle. C'était par trop déstabilisant.

— Il n'y a pas de loups dans ces bois, lança-t-elle en s'efforçant de marcher plus vite que lui.

— Pas de loups ? Oh, alors de bons gros et terrifiants sangliers ?

— Non plus !

— Vous n'éprouvez aucune peur pour ces grosses bêtes ? Voilà une femme selon mon cœur, scanda Logan en souriant de toutes ses dents et en portant la main sur sa poitrine. Qu'en est-il des araignées ? fit-il mielleusement.

— Il y en a plein ! Mais elles sont totalement inoffensives, rétorqua crânement Sophie-Élisa.

Elle commençait sérieusement à s'essouffler en essayant de devancer Logan, la preuve en était sa respiration rapide et des bouffées de buée qui s'échappaient en longs panaches de sa bouche dans l'air frais ambiant. Elle avait quitté le château sans se munir de sa cape fourrée, la fraîcheur hivernale des Highlands étant, à ce moment-là, à mille lieues de ses préoccupations et la Cascade des Faës avait pris le relais de ses émotions volcaniques en l'entourant de sa douce et constante chaleur.

Malheureusement, ce n'était pas sa robe de lainage et sa tunique à manches longues qui allaient la mettre à l'abri du froid, tandis qu'en marchant rapidement, Sophie-Élisa avait de fortes chances de se réchauffer. Quoique, elle pouvait peut-être compter sur Logan, qu'elle sentait très proche dans son dos, pour faire remonter la température de son corps… ?

« *N'importe quoi !* », se morigéna-t-elle in petto en essayant d'allonger ses pas dans le but avoué de semer Logan en cours de route.

Peine perdue, car il avançait en grandes foulées agiles, et cela, sans être le moins du monde essoufflé.

— Et l'araignée qui se balade sur votre manche, est-elle inoffensive ? s'enquit-il en désignant du menton un endroit sur le bras de la jeune femme.

Sophie-Élisa pila net en poussant un hurlement de frayeur, tout en se frappant les bras de ses mains et en sautillant sur place pour faire tomber rapidement la maudite bestiole. L'éclat de rire de Logan lui fit comprendre qu'il s'était moqué d'elle. Il avait réussi l'exploit, haut la main, de la réchauffer. Elle bouillonnait littéralement de rage !

— Vous êtes le pire de tous les individus que j'ai pu croiser ! vociféra Sophie-Élisa en l'incendiant du regard et en pointant un doigt vengeur dans sa direction.

— En avez-vous rencontré beaucoup ? fit Logan en se rapprochant d'elle, paraissant soudain plus sérieux et très intéressé.

— Une flopée, pour votre gouverne ! lança Sophie-Élisa en reprenant sa route, l'air souverain. Et vous ? Que faisiez-vous dans la forêt ? jeta-t-elle par-dessus son épaule.

Logan sourit et la rattrapa en deux enjambées. Il était toujours aussi admiratif de la facilité avec laquelle la jeune femme arrivait à détourner la discussion.

— Je cherchais un petit coin tranquille, avez-vous oublié ? s'enquit-il narquois.

— Ne revenons pas là-dessus ! s'exclama Sophie-Élisa sans se retourner.

— Et vous ? Que fait la fille du laird dans les bois sombres alors que la nuit approche, et toute seule de surcroît ? Sans dame de compagnie ni garde ?

— Ce ne sont pas vos affaires ! clama haut et fort Sophie-Élisa alors qu'elle sentait le regard scrutateur de Logan posé sur elle.

Elle préféra l'ignorer et soupira de soulagement en sortant des sous-bois. Elle n'avait plus qu'à sauter par-dessus un ruisseau, traverser un grand pré couvert de plaques de neige et jonché de trous boueux, prendre le chemin qui menait à la fois au village et au château, franchir le pont-levis, la cour intérieure, pour qu'enfin... Oui, enfin, elle puisse se débarrasser de son encombrant homme du futur.

Sophie-Élisa ne s'était pas aperçue qu'elle était restée tant de temps auprès de Reflet. Cependant, il en était souvent ainsi, les heures semblant s'écouler différemment dans les lieux enchantés. Les druides racontaient que le temps pouvait suspendre son cours si les divinités se trouvaient près des humains et, ne disait-on pas que la Cascade des Faës appartenait aux deux mondes ? Que seule une infime paroi invisible les séparait ?

— Vous êtes très silencieuse tout à coup, remarqua Logan dans un murmure nonchalant.

— C'est que j'avais oublié votre présence ! avança-t-elle perfidement.

— Vous me rassurez ! Durant deux secondes, j'ai bien cru que les craintes de mon aïeul s'étaient concrétisées et que je venais de me volatiliser.

Ils étaient presque arrivés sur le chemin, mais en entendant les derniers propos de Logan, Sophie-Élisa stoppa sa course pour se retourner d'un bloc vers lui. L'instant d'après, elle percutait de plein fouet son torse puissant alors que deux bras possessifs l'enserraient pour l'empêcher de tomber, ou bien pour mieux l'attirer ?

— Qu'avez-vous dit ? souffla Sophie-Élisa, un panache de buée s'échappant de ses lèvres alors que le froid environnant gagnait du terrain sur son corps.

Ou alors étaient-ce les mots de Logan qui la glaçaient petit à petit de la tête aux pieds ?

— Lisa… murmura-t-il d'une voix rauque en utilisant le diminutif des prénoms de la jeune femme, ses mains lui caressant langoureusement le dos.

Il avait soudain l'air très sérieux, trop sérieux ! Son beau visage penché sur elle, chaque trait viril était mis en valeur par le doux halo des lucioles.

— Je vous annonce la vérité. La sentence est tombée. Personne ne sait pourquoi je suis ici, par contre, d'après votre père, Aonghas et Larkin, mon arrivée aurait fortement perturbé le *Leabhar an ùine*, mettant ainsi en péril la quête de votre mère concernant les *Veilleurs*. D'où découle le risque que dans le futur je ne voie jamais le jour.

— Mais…

— Chut ! Lisa... Si je dois disparaître, je veux pouvoir réaliser tous mes souhaits sans attendre.

— Et... quels... sont-ils ? bafouilla la jeune femme qui sentait que son cœur allait exploser.

Perdre Logan ?

Elle ne savait pas pourquoi, cependant un mot hurlait dans son esprit : jamais ! !

— Eh bien... murmura Logan en penchant la tête pour approcher son visage de celui de Sophie-Élisa. Je commencerai par un long baiser, ajouta-t-il dans un souffle brûlant en posant sa bouche sur les lèvres tremblantes d'une Sophie-Élisa plus que consentante.

Chapitre 7
Comme chien et chat

Ce n'est pas une chaleur bienfaisante qui envahit le corps de Sophie-Élisa au contact des lèvres charnues de Logan, mais un véritable brasier.

L'espace d'une seconde, elle songea qu'un feu avait dû l'embraser des pieds à la tête. L'instant d'après, elle eut encore le temps de penser qu'elle se consumait alors que la langue de Logan partait à la conquête de la sienne sans aucune retenue. Puis Sophie-Élisa oublia de penser et laissa les émotions électrisantes de cet instant hors du temps occulter tout le reste.

La sentant réceptive et malléable dans ses bras, Logan grommela de désir et la serra encore plus fort contre son torse. Il ne souhaitait tout d'abord qu'un petit baiser, cependant son envie s'était furieusement décuplée en prenant possession de la bouche au goût de fraise. Elle était ce fruit, un mets délicat, un dessert qu'il désirait savourer en le dégustant lentement.

Soupirant de plaisir, Logan approfondit son baiser, sa langue guidant celle de Sophie-Élisa dans une danse de plus en plus rythmée et sensuelle. Les gémissements voluptueux de la jeune femme le galvanisaient et l'encourageaient à se conduire en conquérant, le Nouveau Monde qu'il voulait faire sien étant le corps de Sophie-Élisa.

Logan connaissait désormais son goût envoûtant, il lui restait à découvrir les plaines et les vallées de son corps dissimulées sous les tissus de la robe et de la tunique. Dans son esprit enfiévré par la passion, il se voyait la dévêtir et la coucher sur un tapis fait de pétales de roses devant un feu de cheminée. Les flammes dessineraient et révéleraient de leur lueur jaune orangé une partie de l'anatomie de Sophie-Élisa, tout en laissant dans l'ombre l'autre partie qu'il se ferait un plaisir de découvrir du bout de la langue, de ses lèvres et de ses doigts...

La jeune femme s'agitait contre lui, le ramenant petit à petit à la réalité. Sans s'en apercevoir, ses mains avaient entrepris de la dévêtir, élargissant au niveau du buste le tissu de sa tunique et de sa robe, lui permettant ainsi de tracer de ses lèvres avides un sillon enflammé de sa bouche, le creux tendre de son cou, vers la douce vallée de ses seins.

Il fallait qu'il s'arrête, il le devait ! C'était ce que sa conscience lui criait, mais son corps faisait la sourde oreille et ne répondait plus aux injonctions de Dame Convenance.

— Logan... chuchota Sophie-Élisa dans un souffle haché.

Il ne put lui répondre que par un feulement contrarié.

— Logan ! Il... faut... arrêter, bafouilla la jeune femme alors que ses mains lui enserraient la nuque et le retenaient en démentant ses mots.

Il était évident que le fait de rompre leur corps à corps la mettait elle aussi à la torture.

— J'aimerais bien... gémit Logan en butinant les lèvres de la jeune femme. Mais le goût de fraise de votre bouche m'en empêche. J'adore ce fruit ! J'en suis fou ! lança-t-il fougueusement avant de l'embrasser à nouveau.

Sophie-Élisa se crispa légèrement dans ses bras et réussit à le repousser un peu en plaquant ses mains sur son torse, là où le cœur de Logan pulsait à coups redoublés.

Malgré le voile de désir qui lui obscurcissait la vue, Logan put se rendre compte du changement d'humeur de sa belle qui affichait un sévère froncement de sourcils.

— Qu'y a-t-il mon ange ? réussit-il à demander dans un

murmure, alors qu'il aurait plutôt voulu pousser un feulement d'exaspération, bien sonore celui-là.

— Vous ! C'est vous qui n'allez pas bien ! Et ne m'appelez pas mon ange ! s'écria Sophie-Élisa l'air profondément outré.

— Si vous m'expliquiez… *mon cœur.*

— Je ne suis pas votre cœur non plus ! Vous gâchez tout ! Vous m'avez embrassée uniquement pour le goût des fraises ! Ce n'était pas la peine de vous donner tout ce mal, il vous aurait juste fallu m'en demander et je vous en aurais offert bien volontiers !

Logan cherchait silencieusement à comprendre ses sautes d'humeur en la laissant se dégager de ses bras pour se réajuster à l'aide de ses doigts tremblantes.

— Ouvrez la main ! lui ordonna-t-elle sèchement alors qu'elle sortait d'une des poches cachées de sa robe, une petite sacoche de cuir.

Celle-ci contenait une sorte de petite poussière étrange, faite de centaines de minuscules pépins. Sophie-Élisa en déposa quelques-uns précautionneusement dans la paume ouverte de Logan et invoqua sa magie. Les pépins – ou akènes – se transformèrent instantanément en une petite montagne de fraises rouges bien trop importante pour que la main de Logan puisse toutes les contenir. Dans un réflexe, il tendit son autre main pour sauver de la chute les malheureux fruits qui n'avaient pas trouvé de place où se loger.

— Ça alors ! s'exclama-t-il en riant tout bas, secouant la tête de droite à gauche, ses longues mèches de cheveux dorés dansant sur ses épaules.

— Voilà ! Comme cela vous ne serez plus obligé de m'embrasser pour assouvir votre envie de fraises ! fit Sophie-Élisa en grinçant des dents et en rangeant tout aussi précautionneusement sa petite sacoche de pépins dans la poche de sa robe.

Logan releva vivement les yeux de ses mains vers le visage de Sophie-Élisa. Il souriait de toutes ses dents sans qu'aucune trace de moquerie ne soit visible sur les beaux traits de son visage.

— Lisa, j'aime les fraises, mais le plus beau fruit qu'il m'ait été donné de déguster est celui de votre bouche ! La saveur qui y résidait n'est qu'un petit plus de volupté.

La mine offusquée de Sophie-Élisa s'effaça instantanément. Ses yeux grands ouverts brillaient sous des cils longs à n'en plus finir et sa bouche formait un « O » de surprise autant que de ravissement. Sans compter la rougeur soudaine de ses joues que la lueur provenant des lucioles mettait en évidence.

Logan en profita pour croquer une moitié de fraise et déposer sensuellement l'autre partie sur la lèvre inférieure de Sophie-Élisa. De belles gouttes juteuses et sucrées nappèrent sa fine peau, la parant d'un chatoiement ensorcelant, incitant inconsciemment la jeune femme à pointer le bout de sa langue pour en recueillir l'élixir.

Logan grogna à nouveau de désir et se pencha en avant dans le but évident d'embrasser Sophie-Élisa. L'espace d'une seconde, elle papillonna des paupières comme si elle se réveillait d'un songe et se recula vivement en faisant un pas en arrière.

— Un dernier baiser Lisa, quémanda Logan en se penchant plus avant pour combler l'espace qui s'était fait entre eux.

Peine perdue, Sophie-Élisa recula derechef tout en secouant la tête en signe de négation.

— Alors, nous allons danser, mes pas suivant les vôtres, jusqu'à ce que votre dos se retrouve accolé au mur du château, proféra Logan un sourire coquin se dessinant sur son visage.

— Vous danserez seul ! proclama la voix tendue de Cameron, dont la stature massive venait d'apparaître en ombre chinoise sous l'imposant porche d'entrée.

Logan et Sophie-Élisa se figèrent et se retournèrent vers le grincheux arrivant.

— Cameron ! Quelle bonne surprise ! fit Logan sarcastique en adoptant un air innocent tout en s'empiffrant de fraises.

— Que faisiez-vous seul avec ma sœur ?

— Seul ? Vous voulez rire ? se moqua Logan en haussant les épaules. Avec toutes ces lucioles qui batifolent autour de nos têtes ? *Arch!...* cracha-t-il, je crois qu'il y en a une de moins... je viens de la croquer !

— *Beurk !* ne put s'empêcher de s'exclamer Sophie-Élisa en faisant la grimace. Je vais les faire repartir tout de suite à la Cascade des Faës, car si le froid ne les tue pas, ce sera vous !

La seconde d'après, l'essaim de lucioles s'envolait en un nuage de poussière dorée, droit en direction des sombres contours de la forêt.

Logan et Sophie-Élisa se retrouvèrent ainsi privés de leur douce lumière, dans l'ombre déformée et menaçante de Cameron.

Derrière lui, plusieurs torches fixées au mur de pierres semblaient leur faire signe par le mouvement oscillant de leurs flammes, de venir vers elles pour se mettre à l'abri.

Oui... Mais avant, il fallait contourner le Highlander qui ne semblait pas vouloir bouger, ne serait-ce que d'un pouce. Sophie-Élisa marcha droit sur son frère et le contourna la tête haute pour s'engouffrer ensuite dans le grand hall d'entrée et disparaître à la vue de Logan.

Celui-ci sourit et goba une nouvelle fraise tout en s'avançant nonchalamment dans la direction qu'avait prise la jeune femme. C'était sans compter sur Cameron qui se déplaça d'un pas sur le côté pour lui barrer ostensiblement le passage.

Cet homme était décidément immense et doté d'un corps athlétique à faire pâlir d'envie ou de jalousie tout sportif qui se respectait. Cependant, Logan n'en avait cure. Il se savait fort et même s'il était plus petit que le fils du laird, il savait que celui-ci ne ressortirait pas sans de méchantes égratignures d'un combat contre lui.

— Moi qui croyais que vous aviez disparu, glissa Cameron comme s'il parlait de la pluie et du beau temps.

Logan ricana en calant son épaule contre le chambranle de la grande porte tout en croisant les jambes et en se pourléchant le bout des doigts couverts de jus sucré.

— Ne soyez pas déçu, vos vœux se réaliseront bien assez tôt et avec l'espoir, pour moi, que ce soit parce que je serai rentré chez moi. En attendant... Que diriez-vous d'une bonne bagarre ? !

— *Och aye ! Air adhart* (en avant) ! s'exclama spontanément Cameron en s'enfonçant dans la nuit alors que Logan lui emboîtait le pas en sifflotant gaiement.

Déjà l'adrénaline fusait dans ses veines. Il ne savait pas ce qui l'avait poussé à faire une telle proposition à Cameron, néanmoins, il en remerciait presque les Dieux.

Il avait un besoin pressant de se faire les nerfs... et les poings.

— Vous avez peur que votre maman vous voie vous bagarrer comme un chiffonnier pour que l'on s'éloigne autant du château ? se moqua Logan alors qu'ils s'engageaient sur le pont-levis.

Cameron continua de s'enfoncer dans le noir en lâchant un bref grommellement.

— *Promenons-nous dans les bois, alors que le loup n'y est p...* se mit à chantonner Logan avant de recevoir un premier uppercut qui l'atteignit droit sous la mâchoire, faisant claquer ses dents et apparaître quelques canaris jaunes qui le narguaient, battant des ailes en rond au-dessus de sa tête.

Il s'ébroua d'un coup et essaya de localiser Cameron qui se déplaçait aussi silencieusement qu'un chat, totalement invisible dans le décor nocturne.

Les canaris jaunes piaillaient encore aux oreilles de Logan quand un nouveau coup de poing vint l'atteindre en plein estomac, lui coupant le souffle et le forçant à se plier en deux.

Cameron en profita pour agripper les cheveux de Logan de part et d'autre de sa tête et lui envoyer un coup de genou. Ce geste aurait fatalement cassé le nez de Logan s'il n'avait pas eu le réflexe de se propulser en avant, tête la première, tel un boulet de canon et de déséquilibrer son adversaire dans la foulée par un agile croche-pied.

Le bruit du corps de Cameron s'écrasant au sol procura à Logan une joie immense qui fut de courte durée, car lui-même atterrit sur le sol gelé et boueux, déstabilisé par une prise ciseau très bien placée autour de ses mollets.

— Tu veux te bagarrer comme un môme ? cracha Logan tout en roulant sur Cameron et en envoyant son poing en direction de l'endroit où il estimait que son visage se situait. Pas de problème ! Faire joujou dans la boue... J'adore !

— Je vais t'écorcher vif ! Ver de terre ! gronda Cameron en parant les coups de Logan.

Le temps passa ainsi, les deux corps musculeux se combattant avec frénésie et rage, sans qu'aucun prenne l'avantage sur l'autre. La magie aurait pu faire balancer la chance de gagner pour l'un des deux protagonistes, cependant, par un tacite accord muet, aucun d'eux ne l'utilisa. Était-ce du fair-play ? Peut-être.

À n'en pas douter, Logan et Cameron ne désiraient aucune intervention extérieure ou magique. C'était une bataille d'homme à homme... point.

Après les cris de rage, exclamations diverses et grommellements, on n'entendait plus que le souffle précipité et haletant de deux respirations. Les nuages qui cachaient la lune s'écartèrent à ce moment-là, lui permettant de napper de sa lueur laiteuse le *Loch of Yarrows*, le village de Clare et tout ce qui l'entourait. Y compris Logan et Cameron, allongés l'un à côté de l'autre, leurs respirations rapides s'échappant en panaches de buée au-dessus de leurs visages, seuls signes externes permettant d'affirmer qu'ils étaient encore en vie.

Ah non ! Pas les seuls...

Dès que l'un d'eux reprenait un minimum de tonus, il

soulevait pesamment l'un de ses bras et envoyait un poing dans la direction de son adversaire. Cela ressemblait plus à des pichenettes qu'à de réels coups.

Un dernier duel de : qui aurait le « dernier poing » pour avoir le dessus sur l'autre, une fois pour toutes.

— C'est moi qui ai gagné, marmonna Logan alors que chaque centimètre carré de son visage le faisait atrocement souffrir.

Il était sûr d'avoir une lèvre et une arcade sourcilière fendues. Ses paupières commençaient à enfler et… non, par miracle, il ne lui manquait aucune dent. Le reste de son corps devait être dans le même état et il était cependant très fier d'avoir pu garder sa virilité intacte, alors que – Logan en était presque certain – Cameron ne pourrait pas en dire autant.

OK, le coup avait été plus que vicieux, mais si Logan n'avait pas agi ainsi, il se serait retrouvé comme Van Gogh, avec un bout d'oreille en moins.

Un effleurement atteignit son bras, suivi de peu par un grommellement à peine audible de Cameron.

— *Naye*… Vous avez perdu…

Logan n'avait pas dit son dernier mot.

Il n'avait peut-être plus la force de lui balancer son poing, mais il avait une autre main toute proche des cuisses de Cameron. Alors il se concentra et le pinça méchamment. Le cri de douleur qui suivit fit sourire aux anges Logan.

— T'as perdu mec ! lança-t-il en crachant du sang avant de crier à son tour.

Et la bataille de « pince-mi, pince-moi » continua ainsi, jusqu'à ce que des voix se fassent entendre et des halos de lumière orangée atteignent les rétines des deux hommes à travers leurs paupières gonflées.

— *Cameron ! Logan ! !* hurlait quelqu'un… un peu trop fort au goût de Logan qui en grimaça de douleur.

— Tu les vois Awena ? demandait une voix d'homme lointaine.

— Oui… Par ici ! Ils se sont entre-tués ! Faites vite !

Le bruit d'une cavalcade... ou alors d'un troupeau d'éléphants ?...

Logan avait du mal à analyser ce qu'il entendait, n'empêche que de gros animaux très très bruyants faisaient résonner le sol par leur course et allaient sûrement les piétiner bientôt !

« *Qu'ils écrasent Cameron en premier, comme ça j'aurai gagné* », eut encore la force de songer Logan.

— Par les Dieux ! s'exclama Awena qui s'était agenouillée près de Cameron et les contemplait tous deux les larmes aux yeux. Qu'avez-vous fait ? se lamenta-t-elle dans un souffle horrifié.

— Awena, pousse-toi *mo chridhe*, je vais m'occuper d'eux, chuchota la voix tendre de Darren qui venait certainement de la rejoindre.

— Morts, eux être ? caqueta à son tour la *Seanmhair*

— *Naye !* gronda Darren, regardez par vous-même, ces deux nigauds ont encore la force de se battre du bout des doigts en se pinçant !

— Je vais faire demander des civières pour les transporter, intervint la voix moqueuse de Iain. Les imbéciles ! Je n'ai jamais vu deux jeunes coqs s'affronter ainsi et en arriver à un tel résultat ! On ne sait pas lequel des deux est le plus amoché...

— Iain ! gronda Awena en essuyant furtivement ses joues. Ne parle pas sur ce ton désinvolte, si Sophie-Élisa ne nous avait pas prévenus en s'inquiétant de ne pas les apercevoir au repas, ils seraient toujours dans le noir et le froid... et... ils seraient peut-être... morts, hoqueta-t-elle en essayant de refouler ses sanglots.

— *Beag blàth*, on va s'occuper de les remettre à neuf... Comme tu le dis si souvent, murmura affectueusement Darren.

— Oui mon amour. Pour l'instant, nous n'avons pas le temps d'attendre des civières. En plus des contusions, ils vont vite se retrouver en hypothermie, reprit Awena en se redressant sur ses pieds. Poussez-vous ! reprit-elle sèchement. Je vais les faire léviter jusqu'au château !

À peine avait-elle fini sa phrase que Cameron et Logan se mirent à planer à un mètre au-dessus du sol, toujours en position horizontale.

— Je vais joindre ma magie à la tienne ! intervint Darren le ton soucieux. Je ne veux pas que tu t'épuises en utilisant trop de force vitale.

— D'accord... *Mais quelle bande d'imbéciles ! !* s'exclama soudain Awena. Darren ! Occupe-toi de Cameron, je me charge de Logan ! Regarde-les, ils continuent de se pincer ! Il faut absolument les éloigner.

— *Aye !* répondit Darren d'un ton rageur en songeant aux deux stupides jeunes hommes, alors que le rire rauque de Iain résonnait dans leur dos.

— Arrête de rire Iain ! Ton petit-fils est au plus mal et cela t'amuse ? s'offusqua Awena d'un ton revêche.

— Awena, ils n'ont rien de cassé, je les ai auscultés par magie. Ils s'en tireront avec des bleus et coupures sur tout le corps. Ce sera une bonne punition !

— Oui, ben, ils vont quand même m'entendre et je t'assure que leurs oreilles vont chauffer, grommela Awena entre ses dents.

Logan murmurait quelque chose d'inintelligible et Awena se pencha pour percevoir les paroles qu'il avait de toute évidence beaucoup de mal à formuler.

— Que dites-vous Logan ? chuchota-t-elle, aux petits soins malgré sa colère.

— *J'ai... gagné...* l'entendit-elle marmonner.

— *Abruti !* ne put-elle se retenir de lui crier à la figure.

Chapitre 8

Une nuit pour se reposer

— Eh bien ? ! s'exclama Sophie-Élisa quelques heures après que les deux hommes eurent été conduits dans leurs chambres respectives, alors qu'elle faisait les cent pas devant l'imposante cheminée de la grande salle et avait aperçu sa tante Aigneas qui revenait d'avoir prodigué ses soins.

— Quoi « *Eh bien* » ?

— Comment se portent-ils ? s'impatienta la jeune femme.

— Tu parles des deux affreux ? fit Aigneas en riant et en s'asseyant sur un tabouret près de l'âtre. Ne t'en fais pas, ce n'est qu'une bagarre et ils s'en remettront rapidement !

— Tout de même ! s'écria Sophie-Élisa en levant les bras au ciel. Je ne reconnais plus Cameron ! Depuis que Logan MacKlare est arrivé, il a changé du tout au tout.

Aigneas soupira profondément en étendant ses jambes devant elle.

— Les hommes Saint Clare ont toujours eu du caractère ma petite. Ils sont ténébreux, colériques, cependant ils sont également justes et droits. Ton frère est contrarié et ce sentiment le déstabilise. Ton père est ainsi et Iain l'est aussi…

— Il a peur oui ! affirma Sophie-Élisa. C'est beaucoup plus que de la contrariété. Nous sommes si proches que je l'ai ressenti et… je l'ai déjà connu dans cet état-là maintes et maintes fois. Aujourd'hui, c'est différent... La question serait plutôt de savoir : peur de quoi ?

— *Och*, petite ! Pour sa famille et toi pardi ! Tant que

l'on ne découvre pas la cause de l'arrivée de ce Logan, il a le droit d'éprouver de la crainte. Mais c'est un homme et il l'exprime à sa manière. Nous, les femmes, tempêtons, posons des questions, ou, pour quelques-unes, fuyons… L'homme et la femme sont vraiment deux espèces à part, se moqua Aigneas en acceptant une grande chope de bière de bruyère qu'une servante venait de lui apporter à sa demande.

— Merci Megan… *hummmm*... que j'avais soif... souffla-t-elle d'un air extasié après avoir bu une gorgée et avant de rire à nouveau. Tu ne devineras jamais de quoi se préoccupait le plus Logan MacKlare !

— Dis-moi ? fit Sophie-Élisa soudain tout ouïe, trop curieuse pour essayer de dissimuler son vif intérêt.

Avait-il parlé de leurs baisers et de quelque chose ayant rapport à leurs étreintes enfiévrées ?

— Il s'inquiétait de savoir si les points de suture sur son postérieur avaient résisté ! pouffa Aigneas. Lui et ton frère ont des hématomes et de vilaines coupures dus aux coups qu'ils se sont infligés, mais le sieur Logan tremble pour ses fesses ! Ahhh... ma petite, si cet énergumène se trouve être réellement ton Âme sœur, alors tu ne t'ennuieras jamais !

Sophie-Élisa fit semblant de partager l'humour de sa tante.

— Ce n'est pas l'homme de mes rêves tatie. C'est, je l'admets, le plus bel homme qu'il m'ait été donné de voir, mais…

— Tu n'imagines pas que cela puisse être lui.

— Non, soupira Sophie-Élisa en cessant de marcher de long en large pour approcher un autre tabouret et s'asseoir aux côtés d'Aigneas.

— Tu sais Lisa, quelqu'un m'aurait dit il y a vingt-deux ans que j'épouserais ton oncle Ned, je crois bien que je l'aurais étripé sur place. Nous étions comme chien et chat à l'instar de Cameron et de Logan en ce moment même. Nous n'en sommes jamais arrivés aux mains, s'esclaffa Aigneas, mais nous n'en étions jamais très loin. Pourtant, l'amour était là, sous-jacent, et un vent a soufflé sur les braises pour l'animer.

— Qu'est-ce qui t'a fait comprendre que c'était oncle Ned ton promis ? demanda Sophie-Élisa d'un ton badin, en faisant semblant de s'intéresser aux flammes qui dansaient joyeusement dans la cheminée.

— *Och !* La jalousie ! Je ne supportais pas qu'une autre femme s'approche de lui et puis... il y a eu la fête que ta maman a organisée la veille de son mariage, ajouta Aigneas presque en murmurant, tout en se raclant la gorge, alors que ses joues se coloraient d'une jolie teinte rougeâtre. Vois-tu... j'avais un peu trop bu et... je me suis réveillée dans les bras de Ned.

Sophie-Élisa se retourna tout de go vers elle en ouvrant de grands yeux ébahis.

— Tu... tu veux dire que... bafouilla-t-elle sans pouvoir s'exprimer plus avant.

— Tu peux formuler ta question sans aucune gêne... Que nous avons couché ensemble ? *Aye !* Je ne me souviens de rien. À part la tache de sang sur les draps prouvant que j'avais perdu mon innocence. Un conseil ma petite, sois à jeun à l'occasion de ta première expérience sexuelle, cela t'évitera des migraines à essayer de te rappeler des événements qui restent et resteront à jamais obscurs.

Aigneas se mit à siroter sa bière sans plus faire attention aux réactions de sa nièce qui demeurait totalement bouche bée à la suite de ses propos.

Sophie-Élisa ne savait pas ce qui la scandalisait le plus, le fait qu'Aigneas ait couché avec Ned – son oncle – avant leur mariage ou le fait que sa tante lui narre sans fioritures ce qui s'était passé.

— Ferme ta bouche ! Tu vas finir par gober une mouche ! On dirait que je discute avec une toute jeune fille et non à une femme. Pourtant je suis certaine que ta mère t'a mise au fait de tout ce qui se déroule entre un homme et sa compagne dans un lit !

Sophie-Élisa opina de la tête en essayant de dissimuler sa propre rougeur. Oui, Awena lui en avait touché quelques mots plusieurs fois ces derniers temps, sans détours, mais se heurtait à la pudeur excessive de sa fille.

Oh, bien sûr que cela l'intéressait, l'intriguait...

Cependant, la gêne qu'elle ressentait dès qu'elles abordaient le sujet était trop forte et Sophie-Élisa finissait toujours par trouver une raison de fuir ces discussions.

— Lisa... tu es assez mûre pour que l'on puisse dialoguer librement du vaste thème des relations intimes. Dans les autres clans, beaucoup de femmes de ton âge sont déjà mariées depuis belle heurette[6] et ont une ribambelle d'enfants !

— Je sais Aigneas, souffla Sophie-Élisa d'un air dépité. Mais maman, tout comme toi maintenant, parlez de choses que j'aimerais garder... plus plaisantes, plus romantiques. D'en discuter... eh bien... cela casse tout et rend la... le... enfin le...

— Le coït ? L'acte sexuel ? La copulation ou bien tout simplement l'accouplement ? l'aida Aigneas tout en riant silencieusement.

— Voilà ! s'offusqua à moitié la jeune femme. C'est exactement à ça que je veux en venir ! Tous ces termes sont horribles...! Alors si la... hum... Oh ! Arrête de te moquer tatie ! Donc, je disais que si l'acte en lui-même ressemblait aux expressions employées, le résultat en serait que cela ne me plairait pas du tout ! J'en suis sûre et certaine !

Aigneas réussit à canaliser son rire et sourit en avançant sa main près du visage de Sophie-Élisa qui vint y lover sa joue.

— Ces mots-là ont tous été inventés par des hommes ma douce... Les Dieux savent qu'ils ne peuvent pas s'exprimer en termes romancés mais plutôt crus et stupides ! Cela dit, Lisa... tu n'es qu'une rêveuse, la réprimanda tendrement Aigneas. L'amour au lit, quand il est accompli par deux personnes qui

---

6 *Heurette/Étymologie. Du français (il y a bel)le heurette signifiant " il y a longtemps ", belle lurette de nos jours.*

s'aiment, dépasse et de loin, les fantasmes les plus fous. Un jour tu le découvriras... et tu comprendras que ce que nous t'avons relaté est vrai. Il ne faut pas se précipiter, celui qui t'est destiné viendra ravir ton cœur... d'ailleurs, peut-être est-il déjà là ?

— Non ! s'exclama Sophie-Élisa en se dégageant de la douce caresse d'Aigneas. Non ! répéta-t-elle plus fortement en se remettant debout pour marcher à nouveau de long en large.

L'idée que Logan soit son promis la terrifiait ! Mais pourquoi ? D'un côté, elle éprouvait des bouffées de chaleur, rien qu'en pensant à lui, de l'autre, elle en avait des sueurs froides.

Était-ce parce que c'était un homme du futur ? Qu'il y avait trop d'ombres et d'incertitudes autour de lui ?

Il pouvait repartir chez lui d'un moment à l'autre ou disparaître dans le néant et ne jamais avoir existé si le *Leabhar an ùine* n'était pas maîtrisé par Aonghas et Larkin.

Oui, voilà la raison qui l'empêchait de l'aimer, Logan pouvait s'en aller comme il était arrivé, emportant le cœur de Sophie-Élisa et la laissant dépouillée de toute aura derrière lui.

— Nous serons fixées bientôt Lisa, ne te mets pas martel en tête. Ton destin est entre tes mains et les choix t'appartiennent. Laissons faire le temps... Nous devions avoir une autre discussion toutes les deux ! lança soudain Aigneas, dans le but évident de couper court aux songes torturés de sa nièce.

Ce qu'elle réussit haut la main ! Sophie-Élisa se tenait bien droite face à elle, les yeux grands ouverts. Aigneas sourit subrepticement, car elle pouvait presque voir les rouages de son esprit se mettre en place pour sortir de cette impasse.

Néanmoins, elle eut pitié de sa nièce, soupira longuement et posa sa chope de bière vide sur la table derrière son dos. La journée avait été éprouvante et était loin de s'achever pour elle. Il était temps de libérer la jeune femme et qu'elle aille se reposer de toutes ses émotions.

— Nous en reparlerons une autre fois, Lisa ! fit Aigneas en se mettant à son tour debout et après avoir aperçu l'éclair fugace de soulagement qui était passé dans le regard vert de Sophie-Élisa. Je suis épuisée et je dois rejoindre Eileen chez elle pour lui donner des nouvelles de ton oncle Ned, de ton cousin Tom, de son mari Clyde et de ses deux fils.

— Oh tatie ! Comment ai-je pu oublier ! se lamenta Sophie-Élisa, honteuse tout à coup. Ils sont partis depuis si longtemps maintenant ! Sais-tu s'ils ont réussi à localiser le groupe de druides et de *bana-bhuidseach* qui était en danger ?

— *Aye !* Darren m'a confirmé cette nouvelle quand je soignais les deux jeunes coqs. D'après le message que Ned lui a fait parvenir, il les aurait retrouvés assez loin dans les Lowlands[7] près de *Dùn Dèagh*[8], alors que l'équipée avait été faite prisonnière par des soldats anglais. Nos druides ont neutralisé les Anglais et, toujours d'après le message, ils auraient tous pris la route des terres Saint Clare. Ne tarde pas, toi, à aller te reposer, à demain ma chérie.

— Bonne nuit, souffla Sophie-Élisa en embrassant Aigneas et en la suivant du regard jusqu'à ce qu'elle disparaisse au détour d'une alcôve.

Cela faisait plus de trois mois à présent que Ned le grand druide du clan et mari d'Aigneas, leur fils Tom, ainsi que Clyde un guerrier-druide, mari d'Eileen – meilleure amie d'Awena et sa dame de compagnie – et leurs deux fils Taliesin et Niven, étaient partis au secours d'une communauté de druides et de sorcières blanches. Peut-être les derniers rescapés d'une longue chasse aux païens comme les appelaient ceux qui les traquaient.

Pour ce que Sophie-Élisa savait, cette chasse – *ce génocide* – avait débuté des siècles plus tôt, très exactement

---

7   *Les Lowlands (basses terres) sont les parties de l'Écosse qui n'appartiennent pas aux Highlands, bien qu'elles ne constituent pas une zone géographique officielle du pays. Les Lowlands s'étendent le long de la ligne de faille des Highlands.*
8   *Dùn Dèagh Dundee en gaélique écossais.*

en 52 av. J.-C. après la chute de l'Arverne[9] Vercingétorix devant les troupes de Jules César à Alésia, lors de la guerre des Gaules.

Là, commencèrent les premières exécutions des prêtres celtes qui avaient soutenu la résistance gauloise.

Cela continua avec les édits de Tibère et de Claude au premier siècle, sans oublier Néron. Tous trois pourchassèrent les membres de la caste religieuse et les tuèrent par milliers, dans leurs cirques ou les campagnes.

C'est ainsi qu'au fil des siècles, sous le joug de l'administration romaine, les druides, sorcières et tout ce qui rattachait le peuple gaulois, dit celtique, à ses racines, ses croyances, fut éradiqué. Un moyen sûr pour Rome de soumettre les Gaulois plus rapidement en affaiblissant la caste supérieure de ces peuples et d'étouffer dans l'œuf toute rébellion.

La plupart des survivants se cachèrent sous de nouvelles identités, tels que médecins, bardes, voire troubadours ou même en pratiquant des métiers d'art tels que forgerons ou charpentiers. Les autres, ceux qui refusaient d'abandonner leurs croyances, s'enfuirent vers de nouveaux horizons, à l'extrême ouest de l'Europe, en Angleterre, Irlande et Écosse.

« *Là, sur ces terres, tous pensaient être à l'abri des tueries. Comme ils se trompaient...* », songea amèrement la jeune femme.

Car, après les deux premières vagues d'extermination commanditées par les Romains, en arriva une troisième : celle du christianisme...

Sophie-Élisa avait entendu lors des conversations animées de son clan, que certains druides s'étaient convertis au christianisme, devenant des prêtres ou des moines, dans le but ultime de faire renaître le culte druidique un jour, au travers – ironie du sort – de leurs écritures chrétiennes et pour que le monde n'oublie jamais les exactions commises à leur

---

9   *Les Arvernes (Arverni en latin) étaient un peuple gaulois très puissant du Massif Central (France).*

encontre.

C'est aussi ainsi – autre ironie du sort – que le christianisme s'appropria des fêtes dites païennes et les transforma en fêtes dédiées à leur culte. La célébration d'Imbolc fut remplacée par la Chandeleur, celle de Lùnastal par la Transfiguration ou encore celle de Samhuinn rebaptisée par la Toussaint... et tant d'autres...

Ce fut en ces temps de troubles majeurs que les druides du clan, soutenus par leurs *bana-bhuidseach* et leurs lairds, du premier Saint Clare jusqu'à Darren, décidèrent de faire de leurs plaines la Terre patrie des druides.

Protégés par les *Runes du pouvoir*, ces territoires mettraient définitivement à l'abri tous les sages celtiques et toutes leurs connaissances qui étaient transmises de façon orale, leur plus grand point faible, car s'ils disparaissaient tous, plus personne ne se souviendrait de leur culture et de leur religion.

Les *Runes du pouvoir* étaient des *Mots* des Dieux, des *Mots* sacrés et infiniment puissants inscrits sur des petites pierres disséminées en des endroits stratégiques des terres Saint Clare, alors que les Dieux eux-mêmes foulaient encore de leurs pas les prairies, montagnes et forêts de ce monde aux côtés des druides et des hommes.

Ces Runes avaient – et ont toujours – pour fonction, d'élever un champ surnaturel redoutable et invulnérable qui engloberait les terres du clan.

Quiconque entrerait sur ces territoires sacrés ne verrait en ses habitants qu'un peuple normal, ayant les mêmes croyances et cultures que les autres : un laird-magicien apparaîtrait tout aussi simple qu'un autre laird des Highlands, les druides et sorcières seraient perçus comme des prêtres ou des nonnes et la magie serait totalement occultée au regard du visiteur.

De même, toute personne du clan autre que druide, sorcière ou magicien de sang, sortant des limites des terres sacrées et n'ayant pas absorbé le *philtre du souvenir*, oublierait tout de ses croyances et magies. Si l'on venait à la questionner, rien ne serait dévoilé, car sans la potion magique, son existence lui apparaîtrait en esprit et à travers ses mots tout à fait identique à celle de tout un chacun.

Souvent, alors qu'elle n'était qu'une enfant, Sophie-Élisa se cachait sous les alcôves sombres attenantes à la grande salle et écoutait les débats houleux que sa famille et les gens du clan échangeaient.

Un discours en particulier l'avait profondément marquée :

« — *De nouveaux grands druides se sont fait christianiser ! Ce sont tous des traîtres ! aboyait un homme dans la grande salle alors que des murmures d'assentiment se faisaient entendre.*

— *Naye*, nulle traîtrise ici mes frères ! leur rétorqua Darren de sa voix calme et grave. Certains de nos grands druides ont été assez intelligents et courageux pour se cacher derrière une religion pour en sauver une autre. Regardez ce que sont devenus ceux qui ont résisté !

— On les assassine ! cracha un autre homme en montrant le poing. On les traque comme ne le mériterait pas le plus miséreux des chiens et on les brûle sur des bûchers, s'ils ne sont pas soumis à la torture pour avouer... mais avouer quoi ? Qu'ils sont le mal incarné ? Alors que ces hommes et ces femmes n'ont jamais prêché autre chose que l'harmonie ? ! Ils sont la sagesse personnifiée ! Les chrétiens, comme les Romains l'ont fait avant eux, nous imputent de pratiquer des sacrifices humains !

La voix de l'homme se perdit un moment sous un tollé général, le sang des guerriers s'échauffant au rappel des accusations mensongères qui pesaient sur les leurs.

— *Tha sin gu leòr* (Ça suffit) ! fit Darren en haussant le ton. Tout cela est faux ! Jules César avait besoin de s'appuyer sur de tels faits qu'il a retranscrits dans son "De bello gallico", alors que nous savons qu'ils sont erronés, tout cela pour pouvoir justifier sa campagne d'éradication ! Lui-même n'a jamais assisté à des sacrifices et s'est basé sur les notes d'anciens Grecs ou Romains tels que Posidonius, Cicéron ou encore Diodore de Sicile ! Des écrits de Grecs et de Romains ! ! souligna rageusement Darren. Ceux qui, justement, pratiquaient impunément des meurtres en tout genre et toute occasion ! Ce sont bien les Romains qui organisaient, à titre de rite religieux et pour rendre honneur aux défunts de leur aristocratie militaire lors de leurs funérailles, des combats à mort d'esclaves ! Ces faits-là sont avérés, tout comme le massacre dans leurs amphithéâtres de milliers de chrétiens livrés aux bêtes fauves ! Ces mêmes chrétiens qui nous persécutent aujourd'hui et reproduisent ce que leur ont fait les Romains ! Mais ils n'y arriveront pas, car nous savons qui nous sommes, gens du clan Saint Clare, descendants de la lignée des hommes et des Dieux et que nos mains sont propres et nos croyances pures. Nous ferons face comme nous l'avons toujours fait. Les Dieux comptent sur nous autant que nous sur eux ! Nous allons continuer d'aider les nôtres, la tête haute, mais nous ne pourrons pas nous battre contre...

— L'imbécillité humaine ? avait lancé la voix suave d'Awena qui assistait à toutes les réunions du clan, alors que Darren faisait une pause pour chercher ses mots. Oui, ce serait se battre contre du vent, ou contre un rouleau compresseur... euh, contre des rochers en mouvement, s'empressa-t-elle de dire en s'apercevant des mines interloquées des hommes qui lui faisaient face devant l'estrade alors qu'elle avait encore employé des mots futuristes. Je suis bien placée pour connaître l'avenir. Rien n'empêchera tout ce qui s'est produit et continuera de se produire. Les guerres de religions pour la domination absolue et les richesses qu'elles procurent vont aussi frapper dans le futur, aucune croyance ne sera épargnée, aucun peuple, de même que les civilisations qui vivent au fin fond des vastes forêts de ce monde, sur d'autres continents ! Néanmoins, pour notre propre peuple, rien ne nous empêche de sauver ce qui peut l'être encore !

— *Aye* ! clamèrent de concert plusieurs voix tonitruantes.

— Utilisons nos pouvoirs ! cria quelqu'un.

— *Aye* ! Levons l'interdiction et employons la magie pour sauver les derniers de nos sages ! hurla quelqu'un d'autre.

Le son de sa voix se perdit sous un nouveau tollé d'assentiments.

— Nous ne le pouvons pas ! tonna Darren pour se faire entendre. Et vous le savez tous, ajouta-t-il quelques octaves plus bas, pendant que le calme revenait. Si nous utilisons la magie en dehors de nos terres, hors du pouvoir protecteur des Runes, alors le monde entier verra nos charmes et cela condamnera d'autant plus nos druides et bana-bhuidseach ! Ce serait fournir de l'eau à leur moulin ! Naye, nous agirons comme nous l'avons toujours fait et nous sauverons tous ceux que nous pourrons. Mais sans magie !

Les murmures contrariés qui s'échappèrent de la foule prouvèrent à quel point les gens du clan n'étaient pas du même avis que leur laird. Cependant, tous comprenaient son point de vue et même si cela les dérangeait, ils ne pouvaient que l'approuver. Si la magie venait à être aperçue des autres, alors, même les Runes du Pouvoir ne pourraient les protéger et à leur tour ils seraient tous – hommes, femmes et enfants – décimés.

Awena se taisait, songeuse, laissant parler les hommes. De là où elle se cachait, la petite Sophie-Élisa pouvait percevoir la contrariété de sa mère et surtout, prendre conscience de sa profonde tristesse. Le monde était-il ainsi fait ? Les monstres tapis dans les légendes existaient-ils bel et bien ?

La fillette frissonna de frayeur dans son coin, sans oser courir se jeter dans les bras protecteurs de sa mère et sut que ce qu'elle venait d'entendre et d'assimiler malgré son jeune âge, la poursuivrait durant de longues années. »

Elle ne s'était pas trompée...

L'écho de ce souvenir se dissipa peu à peu dans le silence de la grande salle désertée et Sophie-Élisa s'aperçut qu'elle avait enserré son buste de ses bras, comme cette nuit-là, où l'enfant qu'elle était avait subitement mûri.

La peur avait été son ennemie la plus vicieuse et la mort venait souvent rôder dans ses cauchemars. Combien de fois avait-elle craint que sa mère ne disparaisse brusquement d'une maladie quelconque, ou que son père ne se fasse tuer quand il était loin des terres du clan ?

Avec le temps, elle avait appris à s'endurcir, à paraître détachée, voire de marbre en certaines occasions. Cependant, à l'intérieur, sa sensibilité était à fleur de peau et la petite fille devenue femme souffrait encore. Le rire avait été son meilleur allié. Qu'il était facile de se cacher derrière des sourires et des pitreries. Si facile, et pourtant...

Elle se mit à frissonner de plus belle en se passant les mains sur ses bras tremblants et sans s'en apercevoir, s'approcha de la grande cheminée, comme si son corps indépendamment de son esprit espérait ainsi se réchauffer du froid qui venait de le saisir à l'évocation de ses sombres méditations.

Sophie-Élisa pensa à nouveau à son oncle Ned, son cousin Tom, à Clyde et ses deux fils, Taliesin et Niven ainsi qu'au groupe de druides et de *bana-bhuidseach* qu'ils escortaient vers le *Loch of Yarrows* et adressa une prière muette aux Dieux pour qu'ils veillent à leur sécurité tout au long du rude chemin qui les mènerait vers les terres Saint Clare, là où personne ne pourrait plus les atteindre, dans ce vaste sanctuaire sacré, protégé par les mages et les Dieux.

Alors que la tempête monstrueuse du changement tourbillonnait un peu partout dans le monde, une oasis de magie pure ouvrait ses bras accueillants aux derniers piliers de la croyance celtique et la jeune femme en sourit faiblement pour la première fois de cette fin de soirée, tant elle était fière de ce que les siens accomplissaient depuis des générations, et ce, au péril de leur propre vie.

— Soyez prudents... murmura-t-elle dans un souffle en songeant au grand druide Ned et à son groupe, alors que des bûches craquaient dans le foyer de la cheminée en projetant un panache d'étincelles incandescentes vers la hotte puis le conduit d'évacuation des fumées menant à l'extérieur de la forteresse.

Ces étincelles étaient-elles une réponse céleste à sa prière ? Un signe favorable ? Pouvait-elle espérer être entendue des Dieux ? Le temps le lui dirait.

En ce qui concernait le temps présent, il devait être très tard et il semblait que Sophie-Élisa ne dût plus croiser âme qui vive dans le château. Les servantes elles-mêmes avaient disparu depuis un bon moment. Et sa famille ?

Awena devait se trouver au chevet de Cameron à le gronder en même temps, malgré tout, qu'elle le dorlotait. Darren avait dû se rendre dans son cabinet de travail avec Iain. Larkin et Aonghas se débattaient certainement encore avec le *Leabhar an ùine*. Barabal s'était retirée dans sa vieille chaumière, désertée depuis son départ pour *Caistealmuir* et être en train de trépigner de joie à la vue des quantités d'araignées qui y avaient élu domicile.

Sophie-Élisa avait presque l'impression de l'entendre, comme à son habitude , caqueter :

« — *Bonne potion, de vous, je vais faire !* »

Et Logan... ? Qu'il dorme ! Ce qu'il faisait ne la concernait pas du tout, mais alors *pas du tout !* Sophie-Élisa s'en souciait comme d'une guigne ! Il pouvait être au plus mal, oui vraiment, elle s'en moquait royalement et d'ailleurs, d'ici quelques minutes, elle n'y penserait plus !

Curieux comme son corps pouvait se réchauffer alors que les bûches étaient presque de cendres... Car c'était bien d'elles que venait la chaleur salvatrice ? Pas de Logan ?

« *Non ! Pas de lui !* », trancha mentalement Sophie-Élisa.

— *Allez vous délasser...* lui chuchota une voix féminine

inconnue.

La jeune femme sursauta violemment, car elle se croyait seule et se retourna tout de go pour s'apercevoir... qu'elle l'était effectivement.

— Qui est là ? s'exclama-t-elle en fronçant ses fins sourcils et en faisant quelques pas dans l'immense salle.

— Montrez-vous ! ordonna-t-elle encore en sortant discrètement sa dague de son fourreau dissimulé dans la poche de sa robe.

Elle fit à nouveau un bond de surprise en entendant un bruit de craquement dans son dos. Cependant, là encore, ce n'était autre que les dernières bûches qui exhalaient quelques essaims d'étincelles avant de s'éteindre tout doucement dans des soupirs sifflants.

— Là, je crois que je suis bonne à être enfermée ! s'écria-t-elle en secouant la tête, ses longues mèches soyeuses suivant le mouvement.

Sophie-Élisa attendit encore un moment en faisant le tour de la grande pièce à pas furtifs, ses prunelles vertes fouillant la pénombre, ses oreilles analysant le moindre bruit à la recherche d'une respiration et son instinct de guerrière éveillé en mode maximal.

Pour se rassurer une bonne fois pour toutes, elle décida de se planter au centre de la salle, rengaina sa dague et fit appel à sa magie en fermant les yeux pour se concentrer.

La chaleur troublante qui envahissait son corps à chaque fois que la magie opérait se propagea dans son sang en un instant. Canalisant la puissance phénoménale de ses dons, Sophie-Élisa ouvrit les paupières et contempla à nouveau son environnement.

Un halo de lumière cendrée se déployait autour d'elle en douces volutes. Son aura de magicienne de sang avait toujours eu cette nuance, identique à la lueur que reflétait la pleine lune dans le firmament nocturne.

Si un être humain était tapi là, la *Vision* lui permettrait de le découvrir. Rien, enfin, pas d'humains... que des souris affolées et un chat qui se pourléchait les babines en courant frénétiquement après elles. À part cela ? Sophie-Élisa percevait des milliers de battements de cœurs, les uns proches, les autres éloignés, mais aucun ici dans cette grande salle, à part le sien qui demeurait silencieux à ses oreilles. La magie avait parlé... et son verdict était sans appel : personne aux alentours. Il ne restait plus qu'à la rendormir. L'aura disparut et la chaleur surnaturelle reflua au fin fond de son corps.

Rassurée et sentant la fatigue peser plus lourdement sur ses épaules, Sophie-Élisa quitta sereinement le lieu et s'engagea dans le corridor qui la mènerait vers l'escalier en colimaçon puis le long couloir dans lequel se trouvait sa chambre.

Elle ne s'aperçut pas que loin au-dessus du sol, à toucher les immenses voûtes du plafond, un regard fin comme l'ambre[10] épiait ses moindres faits et gestes pour s'évanouir dans le néant dès que sa silhouette disparut au détour d'une alcôve...

---

10   *Fin comme l'ambre, adjectif (vieux) : subtil, intelligent, pénétrant.*

Chapitre 9

Ou... une nuit pour rêver

Logan et Sophie-Élisa rêvaient...

Le premier s'était enfin endormi, heureux de se plonger dans une sorte de coma réparateur pour ne plus souffrir de ses innombrables blessures.

La deuxième s'était tout bonnement écroulée sur son lit après avoir procédé à ses ablutions, le sommeil la saisissant dès que sa tête avait touché l'oreiller gonflé à souhait par une abondance de plumes.

L'un et l'autre furent attirés en un endroit merveilleux, où le soleil brillait au zénith dans un ciel d'un bleu azuré inondant de sa clarté et de sa chaleur un somptueux lac aux reflets de diamants. Celui-ci était mis en valeur par un écrin de paysage champêtre, vallonné, aux herbes hautes, vertes et fleuries, lui-même auréolé d'une forêt majestueuse et luxuriante composée d'arbres plus que centenaires, tels que des chênes-liège, des chênes rouges, des hêtres, des châtaigniers, des charmes, des frênes, des merisiers, des peupliers et des pins.

Nul nuage en ce décor enchanté, pas de demeure, chaumière ou château et encore moins de silhouettes d'hommes, de femmes ou d'enfants. Au loin sur l'horizon bleu, se découpaient d'immenses et impressionnantes montagnes dans des nuances allant du noir au gris puis au violacé. Leurs crêtes enneigées semblaient frôler l'empyrée de leurs pics audacieux.

Logan et Sophie-Élisa s'étaient laissé envoûter par un

chant unique, céleste...

Une voix d'une pureté absolue modulait des sons harmonieusement dans une langue inconnue. Elle possédait la capacité de partir d'une tonalité très basse pour monter crescendo dans les aigus. Ce chant faisait battre le cœur plus vite, frissonner le corps de la tête aux pieds et précipitait la respiration en souffles ténus sous le coup d'une émotion intense, grisante.

Logan apparut sous les ombrages de la forêt, tandis que Sophie-Élisa marchait déjà dans la plaine, les herbes hautes et dansantes lui caressant les bras, les fleurs la couvrant de leurs effluves parfumés et le lac semblant lui faire mille appels de ses éclats radieux.

Le jeune homme sut tout de suite qu'il rêvait.

Car, comment aurait-il été possible de voir Sophie-Élisa transformée en une nymphe uniquement parée de ses cheveux de feu ?

Ses longues mèches acajou lui tombaient bien en dessous des fesses, mais ne pouvaient masquer ses jambes déliées aux courbes aguichantes et admirablement proportionnées... Cela ne pouvait être qu'un rêve ! Le fantasme d'un homme fou de désir ! Logan n'avait qu'une envie, courir à perdre haleine, s'emparer de cette sylphide au déhanchement de sirène et lui faire l'amour comme un possédé.

Le chant était toujours là, portant son sang déjà échauffé à ébullition. Logan eut tout de même un dernier sursaut de lucidité... rêvait-il vraiment ?

En dépit du décor similaire à celui qu'il se représentait des tertres enchantés, de la présence de celle qui faisait chavirer tous ses sens et malgré cette voix céleste, divine... une part de doute venait inopinément de surgir dans son esprit. Alors, pour se convaincre qu'il était victime d'un sublime mirage, il leva ses mains devant ses yeux. Ses phalanges étaient intactes de toute meurtrissure, celles qui dans la vie réelle lui déformaient les doigts après la mémorable échauffourée contre Cameron.

Cependant, il avait encore besoin de preuves, et se palpa le visage à gestes mesurés.

Rien...

Là encore, plus aucune coupure ni sur ses lèvres, ni sur son arcade sourcilière et surtout... aucune douleur ! Son torse nu était lui aussi exempt de toute ecchymose, et il rit d'étonnement en constatant que contrairement à Sophie-Élisa, il était vêtu d'un kilt !

Décidément, ce voyage dans le temps lui avait sérieusement abîmé le ciboulot, si même dans ses fantasmes il réussissait à s'accoutrer de cette jupette !

Néanmoins, plus de doute !

« *C'est bel et bien un rêve !* », conclut-il songeusement alors qu'un sourire gourmand se dessinait sur ses lèvres charnues et sensuelles et que son beau visage affichait un air guilleret.

Puisqu'il en était ainsi, alors rien ne pourrait l'empêcher de donner libre cours à ses idées impudiques...

Ce fut sur cette pensée, plus qu'alléchante, que Logan se décida à sortir de sous la futaie des arbres centenaires pour marcher en longues foulées félines vers sa proie.

Sophie-Élisa chantonnait de concert avec la voix céleste tout en foulant de ses pieds nus les herbes odorantes qui se dressaient sur son chemin.

Jusqu'au lac scintillant, s'étendaient des prairies de fleurs multicolores dont elle s'amusa, totalement fascinée, à citer les noms au passage. Se trouvaient là, se mouvant au rythme lancinant d'une brise légère : des gypsophiles qui se déployaient telles des grappes vaporeuses opalescentes, des soucis aux abondants pétales ambrés gorgés de la chaleur des rayons du soleil, des cosmos qui festoyaient par leurs somptueuses nuances diversifiées partant du blanc le plus pur, au rouge, rose, jaune ou encore à l'orangé, des silènes aux calices argentés et aux pétales neigeux, des coquelicots qui semblaient se vermillonner de leur propre délicatesse, des tournesols qui pour une fois ne tournaient pas le dos à l'astre du jour, des bleuets élégants exposant leurs demi fleurons en forme d'éventail aux riches tonalités allant du pourpre violacé au bleu le plus vif... et tant d'autres variétés florales à perte de vue, tout aussi extraordinaires, resplendissantes, les unes que les autres.

Devant ses yeux émerveillés, Sophie-Élisa s'aperçut que le décor ne cessait de s'enjoliver... Comme si un peintre divin s'amusait à le compléter de mille et une petites touches d'harmonie.

C'est ainsi que naquit une rivière, l'eau claire filant joyeusement le long de son lit nouveau, grognant et bouillonnant au contact de roches grises inopinément dressées et repartant de plus belle en ondoyant et chahutant vers le lac, tout heureux de rencontrer une âme sœur.

Là, le long de la rive, apparurent des saules, des aulnes et des bouleaux aux proportions gigantesques, comme s'ils étaient jaloux des montagnes lointaines et cherchaient à leur tour le moyen d'atteindre le ciel de leur canopée.

Sophie-Élisa s'était immobilisée, à la fois subjuguée par la féerie de ce mirage, mais aussi parce que la rivière, en coquine facétieuse, venait de lui barrer le chemin.

Qu'à cela ne tienne, le peintre divin coucha sur le décor, grâce à son pinceau invisible, un petit pont réalisé au moyen d'un entrelacement sinueux de planches de bois et de lianes diverses, ce qui fit rire aux éclats la jeune femme.

Se précipitant sur le pont, Sophie-Élisa se mit à pirouetter et danser, tout en recommençant à fredonner l'air de la chanson céleste.

Elle tenait du bout des doigts la nuisette en lin fin et à multiples dentelles dont elle était vêtue. Celle-ci lui arrivait à peine en haut des cuisses et s'évasait en corolle vaporeuse chaque fois qu'elle tournait sur elle-même. C'était un vêtement de nuit très féminin qu'Awena lui avait offert lors de l'été passé, car les nuitées avaient été particulièrement chaudes et que Sophie-Élisa ne supportait pas de dormir nue. L'habit l'avait fait rougir, cependant, elle l'avait trouvé si beau qu'il avait été adopté tout de suite, au grand amusement de sa mère.

    Reléguant au fond de son esprit ce tendre souvenir, Sophie-Élisa traversa résolument la dernière partie du pont puis s'avança à nouveau dans les herbes et fleurs dans la direction du lac qui n'était plus qu'à une cinquantaine de mètres.

    Alors qu'elle sondait, de son regard vert pétillant de gaieté, la surface lumineuse et presque lisse de l'eau, Sophie-Élisa cilla soudainement et ralentit le pas jusqu'à s'arrêter.

    Un léger bouillonnement venait de se produire sur la surface du lac à quelques pas du rivage au sable nacré. Interloquée, Sophie-Élisa contempla l'éruption liquide qui se transforma en écume puis en vaguelettes de plus en plus hautes, avant qu'une forme longiligne et translucide ne surgisse de leur sein pour se tenir face à Sophie-Élisa.

    — Reflet ! ne put-elle s'empêcher de s'exclamer.

    Oui, aucun doute, c'était l'élémentaire d'eau qui venait de faire son apparition. C'était Reflet, et en même temps... ce n'était pas elle, car elle paraissait différente...

    Mais en quoi ?

    « *Pas de mimétisme ! Reflet est autonome de tout mouvement !* », songea Sophie-Élisa dans un déclic en comprenant avec ahurissement la cause du changement perçu chez son amie.

    De plus, elle ne l'avait aucunement invoquée !

    Reflet la détaillait de ses yeux translucides et un fin sourire ourlait ses lèvres pulpeuses, si semblables à celles de Sophie-Élisa. Tout doucement, l'élémentaire leva une main et lui fit un léger signe comme pour la saluer, avant de pointer du doigt un endroit dans le dos de la jeune femme. Un centième de seconde plus tard, elle se dissolvait et faisait à nouveau corps avec les vaguelettes du lac, seules preuves de sa présence passée.

Toujours interloquée, Sophie-Élisa se demanda ce que Reflet avait voulu lui montrer en même temps qu'un sentiment d'euphorie parcourait son être.

« *Elle a enfin bougé indépendamment de moi !* » exultait-elle en esprit avant de ressentir autre chose.

Dans l'air ambiant, les odeurs s'étaient transformées en une douce odeur mi-épicée, mi-sucrée... Et elle sut... oui, elle sut que si elle se décidait à se retourner vers le point que Reflet lui avait désigné, elle rencontrerait l'élu de son cœur, son Âme sœur, celui qu'elle espérait entrevoir au détour d'un chemin, celui qui viendrait l'enlever sur son fier destrier... celui qui ne s'était encore jamais présenté...

Le cœur battant à toute vitesse, les mains soudain moites, Sophie-Élisa fit doucement demi-tour et aussi lentement que possible vu que ses jambes lançaient des signes inquiétants de faiblesse. Elle allait enfin pouvoir mettre un visage sur l'élu de son cœur, elle allait le...

— *Logan ?* s'étrangla-t-elle à moitié en voyant surgir dans sa ligne de mire un homme à la peau bronzée, aux muscles saillants et déliés, uniquement habillé d'un kilt, ses longues mèches dorées flottant dans la brise et sur ses larges épaules, ses magnifiques yeux de braise ne la quittant pas au fur et à mesure qu'il s'avançait vers elle, sûr de lui, tel un conquérant...

Sophie-Élisa en avala sa salive de travers, se mit à tousser, et ne sut comment, mais trouva la force de faire volte-face et de courir droit vers le lac. Ça y est ! Le rêve se transformait en cauchemar !

Logan en resta coi une seconde. Son fantasme absolu et grisant ne venait-il pas de prendre la poudre d'escampette en le voyant ?

Décidément ! Même dans ses songes enflammés, la donzelle se dérobait encore à ses désirs !

De plus, envolée l'image du corps nu qu'il s'était représenté maintes et maintes fois en poursuivant Sophie-

Élisa à travers la prairie puis le pont qui avait surgi de nulle part, sans compter la gazouillante rivière foisonnante de grosses truites frétillantes, qui auraient fait le bonheur de son pêcheur de frère, Dàrda.

Quant à lui, Logan, il préférait reporter son objectif sur une tout autre prise... qui était vêtue d'une nuisette en dentelle ! Dans son rêve ! Une nuisette ! Non mais, quel sacrilège ! Il allait y remédier en rectifiant ce petit détail... dès qu'il aurait rattrapé sa nymphe.

Le sourire aux lèvres, son cœur battant à coups redoublés sous les montées successives d'adrénaline et de désir, Logan allongea ses foulées pour se rapprocher de l'objet de ses convoitises, qui lui, était arrivé sur la plage et se tournait sur lui-même, visiblement désorienté, ne sachant plus quelle direction prendre.

— Où que tu ailles, tu ne m'échapperas pas ! proféra Logan à haute voix alors qu'il accentuait encore la vitesse de ses enjambées.

Voyant cela, Sophie-Élisa poussa un cri de petite souris aux abois et courut dans l'eau pour plonger ensuite et nager de toutes ses forces... mais vers où ? L'autre rivage ? Le lac était si étendu qu'il était impossible d'en apercevoir la fin.

Tant pis, elle rêvait... non... cauchemardait... donc, même si elle se noyait, ce serait pour se réveiller dans son lit, débarrassée de son poursuivant !

Rêve ou pas – cauchemar ou pas – Sophie-Élisa sentit une main saisir sa cheville pour la tirer brusquement sous l'eau où elle but copieusement la tasse !

Se débattant comme une tigresse et toussant à qui mieux mieux en revenant à l'air libre, elle décida de ne plus fuir, mais de se battre comme une fière guerrière des Highlands. Son corps glissa souplement contre celui de Logan qui venait de percer la surface de l'eau à sa suite.

Deux bras musculeux l'enserrèrent tendrement et tout à coup, son magnifique visage aux traits virils se retrouva nez à nez avec le sien. Aux oubliettes, la combattante highlander !

Sa hargne et son envie de lutter fondirent comme neige au soleil.

Sophie-Élisa l'avait déjà décrit comme le plus bel homme jamais rencontré. Cependant, là, dans ce rêve qui frôlait la réalité, Logan était plus irrésistible que jamais. Sa crinière de félin était plaquée sur sa tête et ses longs cheveux encadraient son noble visage, tels des lignes ou des tatouages dessinés à l'encre fine. Des gouttes d'eau translucides glissaient le long de son front, sur ses pommettes hautes, ses lèvres aux contours parfaits, sa mâchoire carrée, pour poursuivre leur course vers son cou et ses larges épaules.

Sans s'en apercevoir, Sophie-Élisa suivait leur cheminement d'un regard avide et émerveillé, ce qui fit sourire Logan et naître des éclats de pépites dorées dans ses yeux fauves.

Elle était là, dans l'écrin de ses bras, ses propres mains posées sur les biceps saillants de Logan, leurs jambes se caressant à chaque mouvement de la nage, corps contre corps, cœurs palpitants... souffles mélangés.

Dans un geste d'une totale innocence, elle lécha les quelques gouttes qui lui chatouillaient les lèvres, acte qui attira l'attention de Logan sur les pétales rosés et alluma dans ses yeux des étoiles de feu.

— Lisa... murmura-t-il d'une voix rauque presque voilée, avant de se pencher sur elle et de l'embrasser.

Sophie-Élisa sursauta légèrement au contact des lèvres veloutées et entrouvrit les siennes pour pointer timidement le bout de sa langue à la rencontre de celle de Logan.

Ajustant sa prise autour d'elle, Logan grogna de contentement et approfondit son baiser. C'était le plus érotique baiser de toute son existence, leurs langues se défiaient, dansaient, s'enlaçaient alors que la pression de leurs bouches se faisait plus avide que jamais et que des spasmes inouïs naissaient au creux de leurs reins.

Le souffle court, Logan plaqua le corps chaud de Sophie-Élisa tout contre lui et bascula sur le dos en brassant fortement l'eau de ses jambes. Il nageait, son précieux fardeau allongé sur son torse, les bras de la belle lui enserrant le cou, telles des lianes, collant les globes de sa poitrine contre ses pectoraux, son ventre doux glissant sur son abdomen et se balançant en suivant ses puissants mouvements, alors que son bassin s'était niché sur sa virilité enfiévrée.

Jamais natation n'avait paru aussi volcanique, allumant en brasiers furieux tous les sens de Logan, et son esprit se gorgeant des gémissements lancinants de la jeune femme.

Il se redressa en sentant le fond sablonneux sous ses pieds, soutenant Sophie-Élisa d'un bras alors que de sa main libre, il lui caressait le dos et descendait imperceptiblement plus bas, vers la rondeur veloutée de ses fesses.

Ils n'avaient cessé, à aucun moment, de s'embrasser. La passion des attouchements décuplait leurs envies, leurs besoins et des tremblements d'impatience les parcouraient de la tête aux pieds.

C'est à peine s'ils prirent conscience que leurs corps étaient dénués de tout habit. Ils vivaient un rêve prodigieux et dans les songes, tout était possible, tout était réalisable, même de faire disparaître le superflu.

— Lisa... murmura à nouveau Logan en grommelant alors que Sophie-Élisa enroulait ses jambes autour de sa taille dans un geste totalement impudique pour se hisser plus haut contre son torse.

Elle l'embrassait partout, ses lèvres papillonnant de sa bouche à ses pommettes pour descendre dans son cou où ses petites dents nacrées prenaient le relais et le mordillaient.

Logan en devenait fou et tout en marchant vers les hautes herbes proches de la rive, plaqua plus possessivement contre lui les courbes envoûtantes, brûlantes, de sa proie enfin capturée... et terriblement consentante.

Dans ce même mouvement, le bassin de Sophie-Élisa venait aguicher le sexe de Logan, son mont de vénus frottant sa virilité fièrement dressée et avide de se glisser dans le doux fourreau de soie qu'il supposait chaud et accueillant.

Sophie-Élisa poussait des petits cris perçants à chaque déhanchement alors qu'elle collait fiévreusement ses seins aux pointes roses tendues contre la peau cuivrée de Logan.

Elle ne semblait pas savoir ce qu'elle cherchait aussi frénétiquement, mais dans tous les cas, « *c'était certainement sa mort* », réussit à songer Logan dans un demi sourire.

Si elle continuait de bouger ainsi, ils en auraient terminé bien avant d'avoir commencé ou son cœur allait lâcher tant son sang pulsait furieusement dans ses veines. Suffit, les préliminaires ! C'était un rêve, un fantasme érotique ! Logan n'avait pas peur de la prendre comme ses désirs le poussaient à le faire. Nulle douleur pour une vierge dans un songe...

— Logan... ne t'évanouis pas maintenant, ne nous réveillons pas... si tu es mon Âme sœur, alors... réalise mon souhait, souffla Sophie-Élisa dans une supplique tremblante tout contre sa bouche, en même temps qu'il l'allongeait précautionneusement sur l'herbe odorante gorgée de la chaleur du soleil et la couvrait de son corps athlétique, les muscles roulant sous sa peau cuivrée, tendue.

— *Aye* mon aimée, je transformerai ce songe en éternité... pour que jamais plus nous ne nous réveillions, lui répondit-il avec ferveur en la contemplant comme si elle était un inestimable trésor.

Les sourcils froncés de Sophie-Élisa s'effacèrent tant elle était rassérénée par les mots tendres de Logan. Soulevant la tête de son oreiller de verdure, elle prit l'initiative de l'embrasser et de le taquiner du bout de la langue alors que ses doigts curieux partaient à la découverte de son corps.

Elle le sentait trembler sous ses attouchements, ses muscles se crispant sous sa peau fine, et elle posa tranquillement sa main là où son cœur battait au rythme du philtre sanguin de la passion.

Le baiser doux se fit possessif puis ardent.

Les deux amants étaient si avides de se toucher qu'ils ne se rendaient pas compte de la bataille érotique qu'ils venaient d'entamer. C'était à celui qui trouverait la caresse la plus exquise, l'endroit du corps de l'autre le plus réceptif, tout en refusant de séparer leurs bouches et de mettre fin au ballet de leurs langues qui se prenaient, cédaient et revenaient à l'assaut dans de fougueux va-et-vient.

Logan, allongé sur le flanc près de Sophie-Élisa, se retenait de ne pas lui sauter dessus. Même en rêve, il avait pris la décision de ne pas brusquer ce qu'ils vivaient en cet instant. Il s'appuyait sur un coude, son torse sculptural penché sur les seins tendus en forme de pomme et faisait courir ses doigts des bourgeons rosés, aux aréoles d'un rose plus pâle, jusqu'à son ventre d'albâtre velouté.

Sophie-Élisa ondulait des hanches en gémissant de plus belle, le baiser et les caresses subtiles avaient allumé un brasier dans son sang et ses reins alors que plus bas, sa féminité lui faisait presque mal d'un appel charnel qu'elle ne s'expliquait pas. Des contractions intenses lui parcouraient l'intérieur du bas-ventre et elle se sentait brûlante, humide...

Elle avait besoin de lui... ce qu'il comprit sans paroles. Logan lui souleva une jambe, l'incitant à poser sa cuisse fuselée sur sa hanche de manière à ce qu'ils soient face à face, bassin contre bassin.

La danse d'amour était universelle, gravée dans les gênes et Sophie-Élisa bougea en cadence avec Logan, sans rougir une seconde de sentir son membre dressé glisser contre sa féminité.

Pas le temps de rougir, pas le temps d'y songer, pas de pensée d'ailleurs... juste celui d'éprouver des sensations vertigineuses.

— *Ahhhhh...* gémit Sophie-Élisa alors que Logan lui caressait une zone extrêmement sensible au creux de la partie la plus intime de son anatomie.

— Ici... grogna-t-il de désir en lui mordillant l'épaule, trône la fleur des plaisirs... elle s'offre à l'amour et émet des ondes brûlantes allant crescendo... je pourrais te faire jouir uniquement en la flattant du bout de mes doigts... et là... chuchota-t-il dans un souffle haché, sa voix rendue encore plus rauque qu'elle ne l'était déjà auparavant, ici coule le miel de ton corps... il accentue la sensation de mes attouchements et... me permettra de te pénétrer... quand tu seras prête à m'accueillir...

Entre chaque mot, ses doigts savants jouaient avec la fleur de son corps et s'aventuraient vers la cascade de miel qui naissait du désir intense de Sophie-Élisa. De temps en temps, il immisçait un doigt dans sa chaleur qu'il ressortait lentement pour reproduire sa ronde de caresses. À chaque gémissement de la jeune femme, il l'embrassait à corps perdu, sa langue allant profondément à la rencontre de la sienne.

— Je suis prête ! s'écria Sophie-Élisa alors qu'il se reculait pour mieux admirer les signes de la passion sur son visage en forme de cœur et que le corps de la jeune femme échappait à son contrôle en se déhanchant éperdument.

Les yeux de Logan se mirent à chatoyer d'un éclat ardent, comme si des flammes dansaient derrière ses iris et il l'embrassa fougueusement tandis qu'il forçait son corps à s'allonger sur le dos d'une main sûre.

Il se positionna au-dessus d'elle, en appui sur ses avant-bras et ondula du bassin de concert avec le sien, son sexe allant et venant sur la fente humide où se nichait la fameuse petite fleur incandescente. Puis, alors que Sophie-Élisa sentait croître du tréfonds de son être des sensations palpitantes et irrépressibles, n'y tenant plus, il la fit sienne d'un profond coup de reins, l'empalant jusqu'à la garde tout en poussant un long feulement.

Sophie-Élisa cria aussi, mais de douleur... Logan se figea net, se retenant en tremblant d'entamer le va-et-vient endiablé que ses reins quémandaient en crampes oppressantes.

Se pouvait-il que la douleur soit réelle dans les rêves ? Où était-ce ce fantasme érotique qui lui faisait vivre le moment où il prendrait la virginité de son Âme sœur, parce qu'il désirait être le seul à l'avoir, à lui faire l'amour, à la marquer pour la vie...

Lentement, il se mit à bouger tout en chuchotant des mots doux dans le creux de l'oreille de Sophie-Élisa, l'embrassa dans le cou, sur les joues où apparaissaient ses attendrissantes fossettes, puis sur sa bouche qui s'ouvrit tout de suite pour l'accueillir.

— Lisa... Lisa... psalmodiait-il en serrant les dents comme il sentait les muscles intimes de la jeune femme se contracter autour de son sexe.

Elle ondulait maintenant à sa rencontre, cherchant sans le savoir quelque chose qu'il était le seul à pouvoir lui donner. Son souffle se faisait court, ses yeux verts, alanguis, suppliants, étaient braqués sur lui et ses mains caressaient son puissant torse, pour s'agripper ensuite en prises spasmodiques sur ses larges épaules.

— Tu es à moi ! grogna-t-il soudain en se remettant à se mouvoir, de plus en plus fort, de plus en plus loin aux sons chantants et divins des cris de Sophie-Élisa.

Ses assauts se transformèrent en poussées rapides et intenses, Logan ne se contrôlant plus, ses cris gutturaux résonnant avec les gémissements aigus de Sophie-Élisa.

Il s'échappa brusquement de ses mains qui le griffaient tout en maintenant son membre enfoui au plus profond de son brûlant fourreau, se positionna à genoux entre ses cuisses et l'agrippa aux hanches pour la surélever tout en la possédant par de furieux coups de reins.

La jeune femme arqua le dos pour venir plus facilement à sa rencontre, s'accrocha de ses poings aux tiges d'herbes de chaque côté de son corps et renversa la tête en arrière.

Elle offrait à la vue de Logan un tableau saisissant de sensualité et il décida de ne plus la quitter des yeux jusqu'à ce qu'ils atteignent les sommets vertigineux de l'extase.

Sophie-Élisa se sentait sur le point d'exploser, Logan allait et venait en elle puissamment, son membre épais s'enfonçant au plus profond de son ventre. Une houle titanesque de lave en fusion avait pris naissance à cet endroit et remontait vers son cœur et ses poumons en lui coupant presque la respiration.

Ce feu qui la gagnait, ce sexe qui la possédait, tout cela était par trop intense, aux limites du supportable, et c'est là qu'elle sentit quelque chose exploser en elle alors que son corps était saisi de spasmes fous et incontrôlables.

Elle hurla sa jouissance !

Logan continua de lui faire l'amour, amplifiant ses mouvements alors qu'il crispait frénétiquement ses doigts sur ses hanches et serrait les dents en grognant.

Le désir n'était pas mort et Sophie-Élisa se retrouva à nouveau emplie de sensations incandescentes sous les redoutables assauts de Logan et soudain, alors qu'une autre déferlante s'abattait sur elle pour la faire hurler de plaisir, elle sentit Logan se figer en elle et des jets brûlants l'envahir au rythme des grognements de fauve qu'il poussait vers l'astre du jour.

L'orgasme avait été violent et les avait frappé par sa prodigieuse puissance.

Essoufflés et tremblants de tous leurs membres, les deux amants échangèrent des regards chavirés par la fulgurante passion des sens qu'ils venaient de vivre. Logan se pencha précautionneusement vers le visage de Sophie-Élisa en s'appuyant sur ses avant-bras, les mains posées de part et d'autre de sa tête, buste et poitrine palpitants se retrouvant avec bonheur, ses lèvres s'approchant de celles de la jeune femme, avec le souhait ténu de partager un dernier baiser de douceur...

Mais ses lèvres ne rencontrèrent que la douceur râpeuse de son oreiller de lin. Le corps recouvert d'une fine pellicule de transpiration, il était à demi allongé dans son lit en bataille.

Il cilla, et porta son regard désorienté sur le décor environnant.

Pas de doute, il était de retour dans la chambre d'amis, et la lueur d'un jour naissant apparaissait au travers des rideaux épais qui masquaient la fenêtre. Un coup d'œil sur ses mains lui apprit qu'elles étaient à nouveau tuméfiées et les élancements sur son visage signifiaient que ses coupures étaient bel et bien réelles.

Logan jura fortement et sursauta en basculant sur le flanc.

Nulle trace de sperme sur les draps blancs du lit. Il poussa un soupir de soulagement, il n'aurait plus manqué qu'il éjacule en dormant tel un adolescent boutonneux, et fronça tout de même les sourcils en remarquant quelques taches de sang sur le drap en lin...

« *Quelques coupures ont dû se rouvrir pendant mon sommeil agité* », se dit-il mentalement, alors que son cœur se resserrait et que son esprit réalisait avec désappointement que tout ce qu'il venait de vivre... n'avait été qu'un sublime et fantasmagorique rêve.

Sophie-Élisa ferma lentement les paupières, attendant de sentir et de savourer la douce caresse des lèvres voluptueuses de son prodigieux amant.

Elle attendit longtemps...

Et finit par se décider à rouvrir les yeux.

D'un bond, elle s'assit dans son lit et contempla bouche bée le décor de sa chambre.

— Non ! s'écria-t-elle le cœur battant à tout rompre en voulant se redresser, mais une douleur à l'entrejambe la fit se recoucher en gémissant.

La chiche lueur du jour lui permit de voir qu'elle était toujours habillée de sa longue chemise de nuit en laine épaisse bien que celle-ci se fût entortillée autour de son ventre en formant une énorme bouée de tissu.

Elle fronça les sourcils en constatant que du sang avait taché l'intérieur de ses cuisses. Il ne manquait plus que ça ! Elle venait de vivre un rêve... torride... et se réveillait avec ses menstrues ! Une quinzaine de jours en avance de plus !

Sophie-Élisa s'écroula à nouveau sur le lit, les yeux fixés sur le plafond aux poutres saillantes. Tout ce qu'elle avait partagé, ressenti... tout cela n'était que chimère...

Elle en eut brusquement les larmes aux yeux, et plutôt que de se laisser aller à la tristesse, décida de se lever pour faire sa toilette et chercher des linges intimes pour parer aux écoulements de sang de ses « règles » comme disait sa mère.

Une chose était certaine, elle n'oserait pas croiser le chemin de Logan avant un bon millénaire... au moins !

Chapitre 10

Vent de folie

En ce début de matinée du sept mars 1416 au calendrier grégorien, les rayons du soleil levant inondaient par leur douce chaleur hivernale la chambre sens dessus dessous de Sophie-Élisa.
La jeune femme était de très vilaine humeur.
Pourquoi ?
Petit un : elle avait ses menstrues, du moins l'avait-elle cru jusqu'à ce que le flux sanguin se fasse inexistant après ses ablutions, et petit deux : parce que son songe de la nuit l'avait laissée plus exténuée que jamais !
Et puis si elle voulait bien l'admettre, ne serait-ce qu'une minute, elle aurait pu ajouter un petit trois : elle était totalement déçue, car quelque part, ce fichu rêve, elle l'aurait souhaité réalité !
Sophie-Élisa se remémora ce qu'elle avait dit à Logan dans le couloir où se situait la chambre d'amis après qu'ils eurent échangé leurs premiers baisers... très concrets ceux-là :
« — *Merci... avait-elle soufflé en faisant quelques pas le long du mur tout en s'éloignant de lui.*
— De quoi ? avait-il demandé avec un étonnement amusé.
— *De m'avoir prouvé qu'un premier baiser ne briserait pas mes rêves... bien au contraire ! avait-elle lancé avant de se séparer de lui en courant.* »
À ce souvenir, elle secoua la tête et fit la moue.

— Voilà ce qui se passe quand on se laisse embrasser dans les couloirs ! maugréa-t-elle en fourrageant dans la malle de linges de lit propres devant laquelle elle était agenouillée. Un baiser langoureux d'accord... plusieurs, soupira-t-elle encore, et je me retrouve propulsée à la case *je fais l'amour dans mes rêves* !

— Lisa ? l'interpella la voix chaude d'Awena.

Sophie-Élisa sursauta de surprise et se releva prestement pour faire face à sa mère qui se tenait sur le pas de la porte de la chambre.

Comme à son accoutumée, Awena apparaissait fraîche et détendue, somptueuse dans un bliaud vert feuille et tunique aux interminables manches froufroutantes. Pour une fois, elle avait rassemblé ses longs cheveux roux en une lourde natte qui reposait sur son épaule et descendait bien en dessous de sa taille fine.

Sophie-Élisa rougit violemment en se demandant soudain depuis combien de temps sa mère se tenait là, et surtout, si elle avait entendu son monologue...

Awena ne semblait pas avoir perçu ses mots et regardait d'un air mi-amusé, mi-contrarié, le formidable désordre de la chambre.

— Que fais-tu ?

— Je... range, toussota Sophie-Élisa qui avait du mal à parler tant elle était soulagée et en même temps ennuyée qu'on vienne la trouver en ce moment, alors que ses nerfs étaient à vif.

— Drôle de rangement ma fille, cela ressemble à ma propre chambre quand je suis en colère après ton père, lança Awena dans un sourire tout en s'avançant en slalomant autour des diverses piles de linges et d'objets en tout genre qui s'étalaient sur les dalles du sol, le lit, et surplombaient les meubles en tas dangereusement branlants.

— Ah... souffla Sophie-Élisa en se détournant du regard scrutateur et curieux d'Awena, tout en se penchant à nouveau vers la malle pour s'efforcer de faire rentrer du bout de son pied nu le linge de lit qui y était sagement plié quelque temps auparavant... juste avant son passage pour être exact, et qui formait maintenant de grosses boules de tissus informes.

— Laisse tout cela Lisa, et accompagne-moi pour prendre le petit déjeuner. Tu... rangeras... plus tard, ajouta Awena en riant doucement. Oh... d'abord, essaye de quitter ta robe de chambre et d'enfiler quelque chose de plus chaud.

— Je n'ai pas faim, ni froid, maman ! grogna Sophie-Élisa qui se mordit la langue, honteuse de son comportement, mais qui continua de tourner le dos et monta directement dans la malle pour sauter à pieds joints sur les maudits draps qui ne voulaient pas y retourner.

Awena la dévisageait de ses yeux interloqués.

— Oh toi ! Il y a quelque chose qui te tracasse !

— *Mouuaa ?* couina Sophie-Élisa en s'arrêtant de bondir sur le linge et faisant des mouvements de moulinet avec ses bras pour garder l'équilibre.

Awena fronça les sourcils et tapa du pied en cadence.

« *Oh non... je connais cet air-là !* », songea aussitôt la jeune femme.

— Dis-moi tout ! Tu ne me parles jamais ainsi et surtout... je n'ai que très rarement vu tes appartements dans cet état, sauf les fois où tu étais chagrinée, et encore... là, tu t'es surpassée ! ajouta Awena en désignant ce qui l'entourait d'un ample geste de la main.

— Maman... marmonna la jeune femme en sautant agilement de son perchoir précaire sur le sol et en resserrant nerveusement la ceinture de sa robe de chambre, tout en évitant soigneusement le regard par trop inquisiteur de sa mère.

— Écoute, souffla celle-ci en se penchant pour commencer à ranger – vraiment – tous les tissus, vêtements et objets éparpillés. Si c'est le comportement de ton frère et de Logan qui te met dans cet état, sache que cela n'en vaut pas la peine, ils ne le méritent pas !

« *Oh.... la belle perche de secours !* », jubila une petite voix dans la tête de Sophie-Élisa.

Qu'elle s'empressa de saisir aussitôt !

— Oui c'est ça ! s'écria-t-elle rapidement en provoquant un nouveau froncement de sourcils sur le visage maternel. Je veux dire... quelle bande de crétins tout de même !

Et de se pencher pour aider Awena à mettre un semblant d'ordre dans le chaos ambiant.

— Hum...

Sa mère était trop perspicace pour être dupe, mais s'abstint d'émettre tout commentaire et ne parla plus jusqu'à l'arrivée d'une servante qui apportait du bois pour ranimer le feu de la cheminée.

— Bonjour Lydie, fit Awena avec un sourire avenant. Je vous saurais gré de bien vouloir finir ce... hum... rangement, nous allons descendre ma fille et moi, dès qu'elle se sera décemment vêtue.

Lydie, une jeune femme toute ronde aux jolies joues roses faisait oui de la tête en dévisageant Awena, et non dès que ses yeux se portaient sur le désastre ambiant.

Derrière le paravent installé près de la cheminée, Sophie-Élisa se dépêchait d'enfiler le tartan du clan par-dessus sa tunique. En deux temps trois mouvements, elle le plissa et l'attacha de manière à en faire une belle jupe longue, un bout du plaid lui barrant la poitrine pour passer sur son épaule et redescendre dans le dos.

Elle s'habillait ainsi à chaque fois qu'elle se rendait au village pour aider les uns et les autres dans leurs tâches quotidiennes. Elle saisit un châle chaud au passage – dans les mains de Lydie qui venait de le plier – puis chercha, trouva et enfila ses hautes bottes de cuir par-dessus ses bas en laine, le tout en sautillant dans la direction d'Awena.

Celle-ci fit à son tour un mouvement de négation avec la tête et leva les yeux au ciel en soupirant longuement.

— Tu ne peux pas t'arrêter un instant ! Tout le temps en train de bouger ! Se chausser de ses bottes en continuant de marcher, il faut le faire ! Et tes cheveux ?

— Oups !

Décidément, Awena ne reconnaissait plus sa fille, jamais elle ne l'avait vue aussi agitée et tête en l'air.

— C'est bon ! fit la jeune femme en passant devant elle alors que ses longues mèches acajou se torsadaient toutes seules pour s'enrouler en un immense chignon bas sur la nuque.

Awena hoqueta et se mit à rire allégrement.

— Génial ! Même ça, tu le fais sans t'arrêter ! Cependant, je ne dirai plus rien, car tu viens de me montrer comment gagner un temps précieux pour me coiffer.

Un instant plus tard, elles longeaient toutes deux les couloirs en conversant de tous les trucs et astuces que la magie pouvait apporter, là où l'on s'y attendait le moins.

La famille Saint Clare avait pris l'habitude de se réunir dans la grande salle pour le petit déjeuner, et ce, depuis que les jumeaux étaient en âge de marcher et manger tout seuls.

C'était pour eux le meilleur moment de la journée, car tous papotaient à bâtons rompus en se chamaillant joyeusement la plupart du temps.

Pourtant, en ce jour, ne se trouvaient à table que Barabal et Iain qui essayait d'ignorer la *Seanmhair* en grimaçant de dégoût à chaque fois qu'elle rotait bruyamment.

Il eut l'air infiniment soulagé en voyant apparaître Awena et Sophie-Élisa, se redressa de son banc et déplia sa belle stature pour venir à leur rencontre, tout sourire. Superbe occasion pour lui de s'éloigner de l'immonde petite mère.

— Bonjour Iain !

— Bonjour Pa' ! s'exclamèrent de concert les deux femmes alors que Iain les prenait dans ses bras pour de tendres accolades.

— Bien le bonjour ! leur répondit-il en les escortant vers la table où trônaient des petits pains encore fumants, une grosse motte de beurre salé, de la confiture, mais aussi du fromage, des filets de truite fumés, du lard et des saucisses grillées, juteuses à souhait.

— Bonjour Barabal ! lancèrent joyeusement Awena et Sophie-Élisa.

— Nia, nia, nia... jour ! marmonna la *Seanmhair* en mastiquant – quelque chose – et rotant avant de dire : *jour.*

Et à Awena et Sophie-Élisa de grimacer à leur tour en s'attablant le plus loin possible de Barabal.

— Papa n'est pas là ? s'étonna Sophie-Élisa en saisissant un petit pain qu'elle rompit en deux à l'aide de ses mains.

— *Naye !* répondit Iain en leur tendant un pichet de liquide odorant et fumant d'une couleur noir ambré. Et d'ailleurs, je vous attendais pour le rejoindre. La nuit n'a pas été de tout repos...

Il fut interrompu par le toussotement de Sophie-Élisa qui venait d'avaler de travers et se tapait sur la poitrine pour retrouver son souffle.

— Ça va mieux ? s'inquiéta Awena qui lui passait doucement la main sur le dos.

— Oui... hum... ce n'est rien, juste un petit bout de pain...

— Les dents, servir à quoi ? cancana la *Seanmhair* tout en continuant de s'empiffrer.

Sophie-Élisa préféra l'ignorer et se tourna vers Iain qui leur faisait face à sa mère et elle, de l'autre côté de la table.

— Que disais-tu Pa' ?

— Darren est parti prendre la place de Larkin et Aonghas auprès du *Leabhar an ùine.* Les pauvres sont épuisés et n'arrivent pas à trouver une solution pour que le grimoire reste stable.

Un long rot intempestif coupa son dialogue et le fit tiquer alors qu'il louchait dangereusement vers sa dague dont le pommeau dépassait de sa botte.

— Nous allons les remplacer Darren et moi, ce qui nous oblige à demeurer dans la chaumière d'Aonghas là où réside le livre magique jusqu'à ce que l'Aîné vienne nous relever à son tour. De plus, fit-il, tous les aïeux de Logan doivent impérativement quitter le secteur ainsi que les *Veilleurs.* Il ne faut pas qu'ils se rencontrent, cela pourrait faire empirer la situation qui se trouve déjà être limite catastrophique.

On n'entendait plus que la mastication et la déglutition de Barabal. L'information était de taille et paraissait alarmante.

— Comment se porte Logan ? As-tu des nouvelles ? Je suis restée si longtemps auprès de Cameron que je ne m'en suis pas souciée... se lamenta Awena.

— Il se portait on ne peut mieux quand je suis passé le voir aux aurores. Je devais m'assurer qu'il n'avait pas disparu pendant la nuit et j'en ai profité pour le soigner intégralement de ses blessures. Cela n'aurait pas été juste vis-à-vis de Cameron qui lui se porte comme un charme, son sang de magicien lui ayant permis de guérir durant son sommeil... D'ailleurs, si tu cherches ton *mac* Awena, tu le trouveras sur le pré d'entraînement, là où il s'échine à martyriser ses adversaires tout en beuglant dessus !

— Bon *mac* il est ! Terrible futur laird, il sera ! Humpf... approuva Barabal en hochant de la tête à chaque tirade.

— Son comportement n'est plus tolérable ! gronda Awena en fusillant du regard la *Seanmhair*. Sache Barabal, qu'un *bon laird* ne doit pas se conduire comme une brute sanguinaire !

— De mauviette, non plus, il doit ! croassa la vieille femme en se levant de son banc dans le but évident de s'en aller.

Awena allait lui lâcher ses quatre vérités quand elle intercepta le regard suppliant de Iain, qui semblait vouloir dire : « *Laisse-la partir par pitié !* »

Sophie-Élisa avait dû, elle aussi, comprendre sa supplique muette, car elle éclata de rire et lança « *Bonne promenade* » à Barabal qui sonna étrangement aux oreilles de Iain et Awena comme un « *Bon vent !* ».

— Humpf... beaucoup d'araignées, mettre en terrine je dois ! grommela la *Seanmhair* qui leur tournait son dos recourbé et avançait lentement en s'appuyant pesamment sur son bâton tressé.

— *Móran taing* (merci beaucoup) Awena, soupira Iain. Je n'en pouvais plus et je crois bien que j'aurais commis un assassinat sur sa personne si tu ne l'avais pas laissée partir. De plus, où pensez-vous qu'elle va apporter ses monstrueuses décoctions d'araignées ?

Sophie-Élisa et Awena firent mine de ne pas avoir entendu la question et recommencèrent à déjeuner.

— Ne parlons plus des sujets qui fâchent, émit Awena au bout d'un moment. Mettons Barabal et Cameron de côté. Iain, dis-moi plutôt sincèrement comment se porte Logan, n'as-tu pas perçu des changements qui pourraient être imputés au *Leabhar an ùine* ?

Sophie-Élisa était soudain tout ouïe et faisait son possible pour ne rien laisser paraître en sirotant sa boisson.

— *Naye*, comme je te l'ai annoncé, il va bien. Il semblait simplement épuisé et m'a fait savoir qu'il avait passé une très mauvaise nuit...

Sophie-Élisa, sous le coup de l'émotion explosive qui venait de la saisir, ne put s'empêcher de cracher à la volée le liquide ambré qu'elle avait dans la bouche.

C'était ça où s'étouffer à nouveau ! Logan avait passé une mauvaise nuit ? Bien sûr ! Rien à voir avec le rêve de Sophie-Élisa ! Ce qui réveilla sa méchante humeur et la décupla.

Iain et Awena la regardaient avec de grands yeux ahuris en se servant de serviettes en lin pour s'éponger les habits.

— Awena ! Je te l'avais dit que cette mixture du futur que vous appelez café n'est certainement pas bonne ! Rien ne remplace une bienfaisante bière de bruyère tiède au petit déjeuner ! Ma fillote n'a pas l'air de l'apprécier !

— Lisa ? s'étonna Awena sans tenir compte des propos de Iain.

La jeune femme se leva brusquement de table en s'essuyant rageusement le menton d'où coulaient quelques gouttes de café.

— Je t'avais dit maman que je n'avais pas faim ! aboya-t-elle avant de tourner les talons et de marcher furieusement vers la sortie.

Awena en restait abasourdie, bouche bée. Les siens étaient-ils tous devenus fous ?

— Bon, euh... je vais rejoindre Darren... lança Iain d'un air détaché qui cachait mal son embarras. Et il quitta la table à son tour.

C'est ainsi qu'Awena se retrouva seule, contemplant les vestiges du petit déjeuner sans les voir. Elle n'y comprenait plus rien à part que cela sentait l'avis de tempête à plein nez.

Une chose était certaine, et il fallait bien qu'elle le reconnaisse, depuis l'arrivée de Logan dans le Cercle des Dieux, plus rien ne se déroulait correctement, tout partait à vau-l'eau...

— Dieux... aidez-nous, gémit Awena en se prenant la tête entre les mains. Envoyez-nous un signe...

Chapitre II

Seraient-ce les divinités ?

Logan avait fini par se décider à quitter sa confortable chambre d'amis et déambulait de-ci de-là dans l'immense forteresse des Saint Clare, le tout sans rencontrer âme qui vive. Ce qu'il trouva étrange. Avait-on passé le mot pour que personne ne croise sa route ?

Il n'avait aucun but, ou plutôt si... se changer les idées qu'il avait très sombres et cela allait en empirant au fur et à mesure que le temps s'écoulait. Le seul visage ami qu'il avait vu aujourd'hui était celui de Iain.

Ce dernier était venu de très bonne heure dans sa chambre, juste après son retour du pays des fantasmes pour être précis, et l'avait averti sans détour que sa situation était devenue plus que précaire.

— *Naye*, je ne ressens aucune modification d'ordre physique ou moral, *naye*, il ne me manque rien, ni oreille, ni gros doigt de pied, ni robinetterie... avait-il répondu aux questions en rafales du patriarche qui ne faisait décidément pas ses cent sept ans avec son corps d'athlète, sa peau lisse tannée par la vie au grand air et ses longs cheveux noirs rassemblés sur sa nuque à l'aide d'un lien en cuir.

« *Les courbes du temps se sont montrées plus clémentes avec lui qu'avec moi !* », avait songé Logan avec amertume, lui qui aurait volontiers échangé sa place de futur homme dématérialisé contre un élixir de jouvence.

Quoique... à y réfléchir de plus près, cela n'aurait pas été un cadeau de se retrouver dans la peau d'un bon gros bébé baveux et joufflu s'égosillant à qui mieux mieux sous les yeux ahuris des Saint Clare.

Iain avait profité que Logan soit perdu dans ses pensées pour lui porter une accolade amicale sur l'épaule. Le jeune homme s'était aperçu rapidement que ce geste avait eu un double sens : le premier était effectivement amical, le deuxième avait été de le soigner.

Iain avait simplement souri en coin en haussant les sourcils d'amusement devant son étonnement limite ronchon et l'avait à nouveau questionné pendant qu'il se lavait et s'habillait derrière le paravent de sa chambre.

Pourquoi le fait de ne plus être couvert de coupures et d'ecchymoses le dérangeait tant ? Il aurait été stupide d'en vouloir à Iain de faire disparaître les douloureuses traces de sa victoire contre Cameron. Car victorieux il l'était, sans nul doute ! Alors, à quoi bon conserver ses contusions, tels des trophées glorieux ? Un peu de sérieux, il n'était plus un gamin ! Iain avait excellemment agi.

Le son de la voix rauque de Iain l'avait fait revenir à sa sombre réalité. Il s'enquérait simplement de savoir s'il avait bien dormi.

— *Naye !* J'ai affreusement mal dormi ! lui avait répondu Logan en grommelant tout en bataillant avec son kilt et le plaid qu'il devait plisser et passer de travers sur son torse et dans son dos.

Comment expliquer à Iain, alors qu'il ne le pouvait décemment pas, que sa mauvaise humeur était tout bonnement due à son retour à la réalité ? Retour décidément insupportable qui l'avait arraché au monde des Sidhes et aux doux bras de la *bean shìth*[11] qui s'était donnée à lui sans aucune réserve.

Un blanc avait suivi sa réponse avant que Iain ne prenne congé en lui enjoignant de ne pas quitter l'enceinte du château.

— Pour votre propre sécurité ! avait-il souligné pour

---

11   *Bean shìth : fée en gaélique écossais.*

bien lui faire comprendre la situation.

Logan n'avait pas besoin qu'on lui répète qu'il pouvait se dématérialiser d'un instant à l'autre et que le risque était plus grand hors des murs, le livre magique pouvant le percevoir plus facilement et perdre d'un coup le fil de sa quête.

Il ne le savait que trop !

Et malgré la sensation de froid qui circulait dans ses veines à chaque fois que quelqu'un y faisait allusion, Logan ne pouvait s'empêcher de ne songer qu'au fantastique rêve de sa nuit passée et à la frustration qu'il avait vécue à son réveil.

Mort ou amour, amour ou mort... son esprit choisissait la passion et la vie en occultant les ténèbres.

« *D'ailleurs, puisque je suis consigné au château, pourquoi ne pas me recoucher ?* », s'était-il dit en contemplant avec envie le grand lit qui semblait lui tendre... ses draps.

Logan était épuisé, courbatu... néanmoins, étrangement comblé, comme s'il avait réellement fait l'amour toute la nuit dans une volupté des plus absolues.

— Tu dérailles ! avait-il grondé pour lui-même en passant une main nerveuse dans sa maudite tignasse pleine de nœuds qu'il démêla à l'aide d'un peigne de nacre tout en grimaçant à chaque cheveu qu'il arrachait.

Logan revint au moment présent en souriant de la quantité de touffes de poils qu'il avait amassées sur la table de toilette. Perdu dans ses songes, il fut presque déstabilisé par l'apparition soudaine, quasiment sous son nez, d'une servante qui soutenait un lourd plateau de victuailles.

La première personne qui croisait enfin sa route depuis des heures ! Ce qui le rendit tout guilleret et encore plus quand il prit réellement conscience de ce que la soubrette portait ! De quoi le rassasier... au plus grand soulagement de son estomac qui criait famine et qu'il avait décidé d'ignorer.

Elle s'arrêta vivement devant lui, si brusquement que son plateau en vacilla, faisant dangereusement obliquer les aliments vers le vide.

Logan saisit lestement ledit plateau avant qu'il n'échoie au sol et sourit gentiment à la jeune femme qui s'empourpra joliment.

— *Och*, messire ! *Tapadh leibh !* Je débarrassais la table du petit déjeuner... enfin... je croyais que... tout le monde avait fini depuis le temps... je veux dire... dame Awena m'en a donné la permission ! bégaya-t-elle d'embarras.

— Il n'y a pas de mal, je ne comptais pas m'attabler. Je vais alléger votre fardeau de ce petit pain et... de ce fromage ! Souhaitez-vous un peu d'aide pour porter tout cela ?

— *Och naye* messire ! ! s'écria la servante dans un cri offusqué avant de s'enfuir à toutes jambes dans le couloir sombre qui la mènerait aux cuisines.

Logan s'esclaffa en apercevant divers mets tapissant les dalles du sol à sa suite, car en se sauvant, la soubrette s'était transformée en Petit Poucet. Sa silhouette avait disparu de son champ de vision, mais il rit derechef en entendant le joyeux tintamarre des pichets, bols et autres ustensiles qui s'entrechoquaient sur son plateau.

Logan haussa ses larges épaules en affichant sur son visage une moue moqueuse. Voilà qu'il apeurait les femmes maintenant ! Il n'avait qu'à proposer son aide pour qu'elles détalent comme des biches effarouchées.

Cet intermède avait eu du bon en effaçant quelque peu sa mauvaise humeur et il mangea avec appétit son pain et son fromage tout en ayant un pincement de regret : il aurait drôlement bien apprécié un mug de café noir et corsé.

Et puis soudain, il en eut assez ! Assez de déambuler sans nul but, assez d'avoir des regrets pour un café inexistant, assez de ressasser les souvenirs de la nuit passée qui restaient gravés dans sa mémoire comme à l'encre indélébile, assez de fuir...

Il allait sortir de ce château et affronter son destin comme un homme. Si la mort devait le faucher, elle le trouverait face à elle tel un guerrier et non embusqué dans un trou de souris, même si ce trou avait des allures de palace moyenâgeux. Toute la physionomie de Logan afficha instantanément sa farouche détermination. Ses mâchoires se contractèrent, ses lèvres charnues se pincèrent, ses yeux fauves se mirent à étinceler du feu intérieur qui l'animait, il redressa les épaules et joua avec les muscles de son dos et de ses abdominaux.

Il était temps...

Logan gagna l'extérieur de la forteresse en longues enjambées décidées, son regard intense se dirigeant tout de suite vers le pont-levis et le paysage semi-hivernal qui se profilait au-delà des remparts.

Le soleil avait beau s'afficher dans un ciel bleu azuré, il n'en restait pas moins que la fraîcheur ambiante l'atteignit de toute part de ses dards glacés dès qu'il traversa la cour intérieure. Pourtant, malgré les milliers de petits pincements sur sa peau, il n'éprouvait pas la sensation de froid. Ce n'était certes pas grâce à ses habits qui se résumaient en la stricte tenue de base du Highlander, mais plutôt à la brusque montée d'adrénaline qui pulsait furieusement dans son sang.

Que vienne à lui sa destinée... il l'attendait de pied ferme. Et si elle ne se décidait pas, eh bien, c'est lui qui la provoquerait !

Sophie-Élisa devisait gaiement avec sa mère et Eileen, la meilleure amie de celle-ci depuis son arrivée dans les Highlands en 1392.

Eileen était une blondinette au caractère bien trempé et aux grands yeux noisette, fidèle à la première dame du clan jusqu'à la suivre dans ses pitreries, toujours prête à lui porter secours ou à couvrir ses innombrables gaffes dont elle avait maintes fois fait les frais.

Toutes trois s'étaient retrouvées en milieu de matinée près de la chaumière d'Aonghas, à attendre des nouvelles de Darren et Iain, alors que les corvées des unes et des autres prenaient fin. Sophie-Élisa doutait de voir son père ou son arrière-grand-père faire une apparition. Le moment avait besoin de toute leur attention, sans compter qu'ils devaient être très occupés à calmer les soubresauts magiques du *Leabhar an ùine*. Sophie-Élisa fit part de ses déductions à sa mère qui essaya de la tranquilliser en retour par un sourire qui n'atteignait pas ses yeux, ceux-ci affichant clairement son inquiétude.

— Tout se passera bien maman... souffla Sophie-Élisa qui se voulait confiante.

Honteuse de son comportement dans sa chambre et au petit déjeuner, Sophie-Élisa s'était excusée un peu plus tôt auprès d'Awena qui l'avait affectueusement prise dans ses bras en la rassurant de quelques mots tendres. Eileen avait d'autant plus allégé l'atmosphère en relatant quelques crises de nerfs de la dame du clan à grand renfort de mimes et d'imitations divers.

— Telle mère telle fille, était-elle en train de chantonner, quand son regard se porta sur un point dans le dos de Sophie-Élisa et d'Awena et que ses yeux s'agrandirent de surprise. Par les Dieux ! Les voilà qui nous ont envoyé un faë vengeur ! s'exclama-t-elle. Mais... qui est-ce ? souffla-t-elle encore comme hypnotisée par l'apparition du faë en question.

Sophie-Élisa avait su qu'*Il* arrivait bien avant qu'Eileen le voie et ne parle de *lui*. Son cœur s'était mis à battre sourdement alors que sa bouche s'asséchait.

Logan...

Il était là, derrière elle, et voilà qu'elle n'osait pas se retourner. Comment l'aurait-elle pu ? Ses membres paraissaient totalement tétanisés et échappaient à sa volonté.

— Logan MacKlare dans toute sa splendeur, murmura Awena en coulant un regard en biais vers Eileen qui en fit autant en hochant la tête.

— Oh, oh... il vient droit sur nous !

— L'imprudent ! Iain m'a affirmé lui avoir fait comprendre de demeurer au château ! gronda soudain Awena en faisant les gros yeux, mais sans partir à la rencontre du nouveau venu.

Tout dans l'impressionnante stature de Logan lui disait de rester à sa place et Awena comprit instantanément ses intentions... il allait affronter son destin, comme elle l'avait fait à son époque. Le Logan qu'elle avait connu était déjà d'une constance et d'un courage incroyables, alors comment être étonnée que ce Logan-ci ne soit pas différent ?

Sophie-Élisa se décida enfin à faire volte-face avec le peu de forces qu'elle avait puisées au tréfonds de son être, alors que ses muscles lui obéissaient avec un peu plus d'entrain. Pourvu que sa mère et Eileen ne s'aperçoivent pas de son subit essoufflement, son cœur et ses poumons quémandant toujours plus d'oxygène sous le coup des émotions qui la submergeaient telles des vagues nées d'une tempête et s'abattant sur le rivage sablonneux d'une plage.

Logan...

Eileen avait trouvé les mots justes, ce guerrier altier qui s'approchait de sa démarche féline, ses longs cheveux dorés accrochant les rayons du soleil à chacun de ses pas, n'avait plus rien à voir avec un homme ordinaire et ressemblait plus à l'idée qu'elle se faisait d'un faë mâle.

Il était exactement comme dans son souvenir, le Logan qui avait fait d'elle une femme le temps d'une nuit féerique... l'instant d'un songe...

Oui, mais là, plus de rêve et Sophie-Élisa se prépara mentalement à se comporter normalement pour ne rien laisser transparaître de ses émotions. Ce qu'elle avait vécu resterait son secret le plus intime, celui qu'elle chérirait toute sa vie.

— Logan ! lança Awena d'un ton grave alors qu'il arrivait à leur hauteur. Vous ne devriez pas être ici...

— Bonjour à vous aussi Awena, lui répondit le nouvel arrivant en saluant les trois femmes d'une courbette malicieuse, mais sans quitter de ses yeux ambrés ceux de Sophie-Élisa qui se raidit instinctivement et afficha son plus bel air détaché, enfin, c'est du moins ce qu'elle espérait.

— Êtes-vous inconscient ? ne put-elle s'empêcher de le houspiller à son tour.

— *Naye,* jeune demoiselle, je suis on ne peut plus conscient de la situation et...

Logan venait de se crisper tout entier. Un tic nerveux battait sur sa mâchoire ombrée d'une barbe naissante, ses iris fauves lancèrent des éclairs alors qu'il portait ses mains de chaque côté de sa tête, se bouchant les oreilles comme pour se protéger d'un son infiniment douloureux.

Sophie-Élisa, tout comme les deux autres femmes, assistèrent impuissantes aux premiers signes du combat invisible de Logan contre les effets des courbes du temps.

Soudain, il rugit en se pliant en deux, ses muscles roulant sous le tissu de sa tunique de lin...

— Logan ! cria Sophie-Élisa en se jetant sur lui pour lui venir en aide. Logan, je vous en supplie, appuyez-vous sur moi et retournons au château...

— Trop... tard... grogna Logan en tremblant de la tête aux pieds.

— Darren ! Iain ! Au secours ! s'époumonait Awena en tambourinant sur la porte d'entrée de la chaumière de l'Aîné.

— Maman ! hurla de son côté Sophie-Élisa, en larmes, et qui passait sa main en transparence dans le corps de Logan. Il disparaît ! Maman, ne laisse pas les courbes du temps s'emparer de lui !

Eileen avait plaqué ses doigts contre sa bouche pour étouffer un cri de terreur. Elle n'avait jamais vu situation aussi effrayante, plus traumatisante que celle qu'elle avait vécue le soir où Awena s'était retrouvée prise au piège du sort de séparation d'âmes. Malgré le danger du moment, Awena avait été de toute beauté sous l'emprise du charme maléfique, tandis qu'ici, celui qui s'appelait Logan se volatilisait littéralement sous son regard, et ce, dans d'atroces souffrances.

— Lisa... murmura Logan en fixant son beau regard sur le visage de Sophie-Élisa.

Déjà, les étincelles ambrées de ses yeux perdaient de leur intensité, on pouvait voir à travers son corps, comme s'il n'était plus qu'un calque sur une image. Il s'était laissé tomber à genoux sur le sol boueux devant la jeune femme en pleurs, totalement désemparée.

— J'aurai au moins eu le bonheur de... faire la connaissance de... mon Âme sœur...

— Logan... sanglota Sophie-Élisa en s'agenouillant face à lui, ses doigts tremblants essayant de toucher la peau de son beau visage, mais ne rencontrant que la froideur du vide. Bats-toi... pour moi... et reste...

— Lisa... souffla-t-il, ses traits presque flous faisant apparaître l'esquisse d'un tendre sourire. Nous nous retrouverons... dans une autre réalité...

Son étincelle de vie était sur le point de s'éteindre. Des gens s'attroupaient de-ci de-là sans oser s'approcher. Quand il s'agissait de magie, seuls les enfants des Dieux, les *banabhuidseach* ou les druides pouvaient intervenir.

Awena, qui savait que sa magie serait totalement inefficace, frappait toujours sur le battant de la porte en sanglotant. Ni Darren, ni Iain n'étaient venus et même en employant sa propre magie, Awena n'avait pu forcer l'entrée de la chaumière.

Les divinités n'étaient pas de leur côté. Aucun sort ne serait assez puissant pour sauver Logan.

C'en était fini.

Des guerriers en armes, Cameron, Aonghas ainsi que celui que l'on appelait Larkin arrivèrent sur le lieu du drame en bousculant hommes et femmes dans leur précipitation.

Tous se tétanisèrent d'effroi devant le spectacle qui s'offrait à leurs yeux. La dame du clan sanglotait au pied de la porte de la chaumière, Eileen semblait s'être transformée en statue blanche de frayeur et Sophie-Élisa contemplait d'un regard hagard un nuage à peine visible de forme humaine qui s'élevait à quelques centimètres au-dessus de la terre boueuse du chemin.

— Nous arrivons trop tard... ne put que chuchoter

Larkin, le vieux grand druide habillé de sa toge immaculée, son bâton de mage serré dans une main osseuse, sa barbe et ses longs cheveux neigeux oscillant mollement dans la brise fraîche.

Cameron et Aonghas ne purent que consentir d'un vague hochement de la tête. Pour une fois, même le fils du laird avait l'air consterné par la situation. Il sentait la douleur de sa sœur lui fouailler les entrailles et en ressentait un immense chagrin.

Le soleil lui-même paraissait s'endeuiller en cachant sa peine derrière un grand nuage de pluie.

Soudain, alors que s'était installé un silence pesant entrecoupé des sanglots et hoquets d'Awena et d'Eileen, Sophie-Élisa se mit à chanter.

Un chant d'une puissance émotive phénoménale. Sa voix semblait vouloir percer l'empyrée de ses notes chargées de toute sa douleur, de son chagrin. Elle chantait l'adieu à son Âme sœur...

Sophie-Élisa accompagnait Logan pour son ultime chemin de la seule façon qui lui était permise sur la terre des Hommes. Sa tristesse devint celle de tous. Ses pleurs furent partagés. Et ses mots dévoilèrent l'ampleur de l'abîme où elle se trouvait :

Il est des larmes de sel,
Qui jamais ne se changent en gel,
Lentement elles coulent et ruissellent,
Cristallines aux tons universels,
Sur les joues elles sillonnent, rebelles,
Retrouvent leurs chemins, fidèles.

Il est des larmes de sel,
Qui naissent de l'angoisse éternelle,
De la douleur torturante qui siffle,
Déluges et ouragans qui soufflent,
Cataclysmes des émotions sensorielles,
De l'être qui se noie et appelle.

Il est pourtant des larmes de sel,
Qui naissent d'un bonheur étincelle,
Touchantes, bouleversantes et belles,
D'une joie pure qui ensorcelle,
Brisant les barrages émotionnels,
Suivant les rires en larmes d'aquarelle.

Je t'offre ô mon Âme sœur,
Toutes ces larmes, joie et chagrin,
De t'avoir connu et si tôt perdu,
Il est des larmes de sel,
Qui jamais ne se changent en sel,
Ni en larmes d'aquarelle...

Le nuage de pluie contenue qui cachait le soleil portait en son sein un orage. Il devait en être ainsi, car à peine le chant terminé, sa dernière note planant encore au-dessus de l'assistance, un grondement sourd se répercuta sur les terres, le lac et les forêts du clan.

Personne n'y accorda une réelle attention dans un premier temps car ils étaient trop bouleversés par le chant qui avait touché leur âme. Cependant, le bourdonnement persistait et semblait, si possible, prendre de l'ampleur. Les uns après les autres, tous sortirent de leur sombre torpeur et tournèrent la tête en tous sens pour constater avec ébahissement que ce bruit ne provenait pas du nuage.

La chaumière d'Aonghas se situait à quelques centaines de mètres des bois. À leur canopée s'était formé un tourbillon lumineux, juste au-dessus de l'endroit où se tenait la Cascade des Faës.

Au fur et à mesure que le vortex allait s'amplifiant, le grondement agissait à l'identique et se propageait en ondes assourdissantes.

Sophie-Élisa sortit de son hébétude, son corps tremblant et transi de froid soudainement parcouru de vifs élancements.

Sa magie se réveillait et semblait vouloir répondre à l'appel de l'étrange tourbillon et de son cortège.

Jamais elle n'avait ressenti une telle puissance dans son organisme et cela lui coupait littéralement le souffle, tandis qu'une aura cendrée l'enveloppait des pieds à la tête. Une chaleur bienfaisante se propageait dans ses veines et redonnait le courage à son cœur de battre, de revenir à la vie alors qu'il n'espérait qu'une chose, s'éteindre.

Les vrombissements infernaux se faisaient petit à petit douloureux pour les personnes qui entouraient Sophie-Élisa et qui essayaient de se protéger les oreilles à l'aide de leurs mains, les tympans mis à rude épreuve par les ondes auditives.

Au moment où tous pensaient ne plus pouvoir supporter la torture, une forte explosion se fit au centre de la nébuleuse et une boule d'énergie pure fut projetée directement sur la demeure de l'Aîné.

La vitesse à laquelle elle se déplaça et percuta le toit de chaume ne permit à personne de se mettre à couvert. La seconde d'après, certains songeaient qu'ils avaient eu de la chance d'être toujours de ce monde avant de se tasser à nouveau sur eux-mêmes quand une seconde déflagration se produisit à l'intérieur de l'humble bâtisse.

Là encore, étrangement, plus de bruit que de mal...

N'osant y croire, les uns et les autres se regardèrent et se touchèrent comme pour se rassurer d'être encore en vie, alors que du conduit de la cheminée et des fenêtres, s'échappaient de nombreuses volutes de poussières... Pas de flammes, pas de fumée âcre typique d'un début d'incendie, non, simplement de la poussière.

Le toit de chaume était intact, la boule d'énergie l'avait comme par enchantement traversé alors que les vitres[12]

---

12 *Le verre existe déjà naturellement depuis plusieurs centaines de milliers d'années. L'Homme l'utilisa pour la première fois il y a 100 000 ans sous forme d'obsidienne, (verre naturel d'origine éruptive) pour fabriquer des outils, des armes coupantes et des bijoux.*

s'étaient éparpillées en centaines d'éclats scintillants sur le pourtour de la demeure. Là encore, miracle, car personne ne fut blessé !

Le ciel s'était à nouveau éclairci, le nuage pluvieux avait disparu, de même que le tourbillon lumineux au-dessus de la Cascade des Faës et son cortège de vrombissements douloureux.

S'il n'y avait pas eu toute cette poussière dans l'air, tous auraient pu croire à l'hallucination ! Et tous revinrent de leurs émotions en entendant les cris d'Awena qui tambourinait derechef sur le montant de la porte qui n'avait pas cédé.

— Darren ! Darren ! Ouvrez !

Cameron, qui s'était approché de sa sœur au moment où son aura cendrée l'avait enveloppée et était resté auprès d'elle jusqu'à ce que la magie déserte son corps, se précipita au secours de sa mère. Il fallait faire un choix et Sophie-Élisa semblait être saisie d'une sorte de torpeur. Elle devait être en état de choc, alors Cameron se dirigea vivement vers Awena qui était en train de faire jaillir des flammèches de ses mains. Elle avait l'intention de pulvériser la porte, mais si elle agissait ainsi, il y aurait de fortes chances pour que la chaumière s'embrase d'un coup !

Son père était à l'intérieur et il fallait le délivrer, ainsi que Iain !

— *Naye* pas le feu *màthair !* Je vais m'en occuper, rejoins Eileen et Aonghas ! ordonna-t-il en se plaçant devant l'entrée avant d'utiliser sa magie pour faire disparaître le panneau de bois d'un puissant souffle d'air. Celui-ci céda enfin et s'écroula en basculant en dedans de la demeure dans un grincement strident.

D'autres volutes épaisses s'échappèrent par l'ouverture et deux toux se firent nettement entendre, tout comme les jurons et les rugissements qui suivirent.

— *Athair ?* cria Cameron tout en ceinturant Awena de ses bras musculeux. *Naye, màthair,* c'est trop dangereux, je ne peux te permettre d'aller là-dedans.

Il reculait en se dirigeant vers Aonghas et Larkin qui ne savaient plus où donner de la tête tout en maintenant son précieux fardeau qui se débattait comme une tigresse.

— *Darren !* hurla Awena en essayant de se libérer.

— On arrive ! lui répondit la voix rauque et enrouée de Darren avant de tousser et de jurer encore. Ne m'approche pas Iain... Outch!... Mais tiens-toi donc à distance!... Corne de bouc !... Aïe !

— Fiston... Ouille ! C'est toi qui ne cesses... Crénom de nom ! De me coudoyer... Aïe... laisse-moi passer... je suis devant toi bougre d'âne !

Les deux hommes semblaient se porter à merveille, car nonobstant le fait que l'on ne pouvait pas les voir, on pouvait clairement les entendre. Leurs cris, toux et jurons prouvaient qu'ils étaient en forme, ou tout du moins vivants...

Des filaments électriques bleus et blancs zébrèrent le nuage de poussière qui se faisait moins dense sur le pas de la porte. Tous reculèrent instinctivement d'un même mouvement sauf Awena que Cameron tira par le bras, d'un geste déterminé, en arrière. Sa mère était une tête de mule !

— *Ohhh...* ce n'est pas vrai ! s'exclama-t-elle soudain en posant une main tremblante sur sa bouche et en gémissant.

En fait de gémissements, elle était prise d'un fou rire nerveux et Cameron fit instantanément volte-face pour découvrir la cause de cette situation saugrenue.

Darren et Iain se tenaient à un mètre l'un de l'autre, sales, les habits collés sur leurs corps comme s'ils étaient compactés dans un sachet sous vide, leurs cheveux longs se dressaient droits au-dessus de leur tête et à chacun de leurs mouvements, d'autres arches électriques se dessinaient entre eux avant de les faire sursauter et jurer tous les gros mots de la terre.

— *Athair ?* souffla Cameron qui n'en croyait pas ses yeux.

— Ne t'approche pas *mac !* Je ne voudrais pas te blesser avec... aïe ! Nom d'une pipe Iain ! Ne bouge plus ! vociféra Darren qui venait encore de se prendre un coup de jus.

— Cesse de te lamenter fiston... outch ! Et écarte-toi de mon chemin ! gronda le patriarche du clan en essayant de décoller son kilt qui moulait son bas-ventre et ses jambes dans un crépitement sonore et visuel.

Awena éclata franchement de rire et d'autres personnes se joignirent à elle. Les émotions avaient été portées à leur comble : que ce soit pour les larmes comme pour les rires, tout devenait incontrôlable.

Cependant, un son différent parcourut la foule. Un murmure qui prenait peu à peu de l'ampleur et qui attira l'attention de la famille Saint Clare sur Sophie-Élisa.

Elle était toujours agenouillée dans la boue, son chignon avait disparu et ses longues mèches acajou drapaient son dos ou voltigeaient au gré de la brise. Elle chantonnait à nouveau et tenait la main... de Logan.

— *Logan ?*

Ce prénom se répercuta en exclamations de stupeur sur toutes les lèvres des Saint Clare et de ceux qui l'avaient rencontré.

Il était inconscient, son torse puissant se soulevait sur une respiration ténue... il était vivant ! Logan, de chair et de sang. À ce moment-là, Sophie-Élisa se retourna à demi pour dévisager Awena de ses grands yeux verts larmoyants.

— Mère... seraient-ce les divinités ?

Awena comprit tout de suite la question à peine formulée de sa fille. Les Dieux auraient-ils sauvé le jeune homme ? Certainement, car qui d'autre aurait pu réaliser un tel miracle ?

— De toute évidence... fut sa réponse dans un murmure ému en venant s'agenouiller près d'elle et de Logan qui ressemblait plus que jamais à un faë de lumière.

Ses cheveux resplendissaient, oscillant entre la couleur cuivre et or, sa peau paraissait plus tannée comme s'il avait pris un bain de soleil, son corps semblait plus athlétique et viril qu'il ne l'était déjà. Il était tout simplement sublimé... Un félin racé au sommet de la perfection.

Chapitre 12

Quelques explications

— Crois-tu qu'il se réveillera un jour ? Son cerveau est peut-être... cuit ? demandait Cameron à Iain en baissant le ton sur le dernier mot.

— Personne ne t'entend dans ces bois, à part moi, *mac* ! Tu peux hausser la voix, sauf si tu penses que mes oreilles sont trop vieilles pour percevoir tes commérages ? !

— Je ne commère pas ! se récria Cameron en redoublant d'efforts pour couper les branchages touffus à l'aide de sa claymore en souples mouvements du poignet, comme si celle-ci ne pesait pas plus lourd qu'une plume.

— Cela ne fait que trois jours qu'il se repose pour répondre à ta première question et *och,* si ! Tu ressembles de plus en plus à une commère ! ironisa Iain avec un sourire amusé avant de trancher d'un coup une brassée de fougères.

Son arrière-petit-fils lui tourna le dos et répliqua par un grommellement signifiant son désaccord.

— Combien de temps va-t-on encore ratisser ces bois ? Nous sommes là en train de nous faire dévorer par les tiques, à suer sang et eau pour débroussailler les forêts autour du château et explorer de fond en comble la Cascade des Faës pendant que messire Logan est dorloté par toutes les femelles de la famille et du village !

— Commère... geignarde, chantonna Iain en s'accroupissant devant un endroit obscurci par un entrecroisement de racines et de feuilles, et en l'auscultant de sa vue perçante de magicien. De plus, ce ne sont pas des femelles, mais des femmes, aie un peu de respect vis-à-vis de la gent féminine, petit ! Je dirais que tu es également jaloux... reprit-il en se redressant souplement pour slalomer entre les arbres.

— Jaloux ? Pfff... ne me fais pas rire ! Je n'ai qu'à siffler pour avoir toutes les femmes que je veux à mes pieds ! se vanta Cameron en relevant le menton.

— Jeune coq prétentieux... marmonna Iain en passant devant lui sans retenir, et de façon délibérée, une basse branche qui atterrit dans un bruit sec sur le beau visage de Cameron qui en jura les mille bons Dieux.

— Je sais ce que j'ai vu ! grommela-t-il, évitant précautionneusement de suivre les pas de Iain en se frottant la joue qui se barrait d'une ligne rouge.

— De quoi parles-tu maintenant ?

— De Sophie-Élisa !

— Où veux-tu en venir ?

Cameron poussa un long soupir agacé.

— Je fais allusion à ce qui s'est passé il y a trois jours ! Je suis certain que Za-Za a utilisé ses pouvoirs pour faire revenir Logan du monde des Sidhes ! J'étais non loin d'elle quand sa magie s'est réveillée et que son aura cendrée est apparue pour l'englober toute. Cela s'est produit juste avant que le tourbillon enchanté projette la boule de... je ne sais quoi sur la chaumière d'Aonghas !

Ce fut au tour de Iain de pousser un gros soupir d'exaspération en faisant volte-face pour dévisager Cameron en fronçant les sourcils.

— *Och !* Tu es pire qu'un chien sur son os, tu ne lâcheras pas prise ! Lisa te l'a affirmé cent fois, elle ne sait pas pourquoi sa magie s'est éveillée à ce moment-là, ni pourquoi elle s'est mise à chanter, ni d'où venaient les mots de sa complainte ! Coïncidence que tout cela ! Quant à son aura, j'ai toujours su que ta sœur possédait de grands pouvoirs, peut-être bien plus que toi. Après tout, vous êtes les Enfants de la prophétie des Dieux et vous portez tous deux leur marque !

ajouta-t-il en reprenant ses recherches tout en contournant agilement un nid de ronces vicieuses.

Cameron grommela derechef, dubitatif, en passant inconsciemment une main nerveuse sur la petite excroissance de peau blanche en forme d'étoile qu'il avait à la base du cou et maugréa :

— Rappelle-moi encore une fois pourquoi nous sommes en train de défricher ces maudits bois au lieu de savourer une bonne pinte de bière de bruyère ! *Outch ! !*

Une branche traîtresse venait à nouveau de le gifler et ce n'était en aucun cas un acte à imputer à Iain qui se tenait à quelques pas dans son dos. On n'insultait tout bonnement pas les arbres de ces forêts enchantées sans en subir les conséquences !

Iain ricana et ses yeux pétillèrent d'un amusement nullement déguisé quand il contourna son petit-fils et ladite branche vengeresse qui oscillait encore sous son nez, comme pour le narguer.

Iain reprit néanmoins la parole pour essayer de faire comprendre à cette tête de bois qu'était devenu Cameron que ses suppositions étaient peu crédibles.

— *Mac*, tout ce qui s'est déroulé il y a trois jours est l'œuvre d'une puissante magie blanche. Il est évident au vu de ce qui en a découlé qu'elle est venue à nous à des fins bienfaisantes et secourables. La boule d'énergie nous a sérieusement secoués ton père et moi en nous... *och*... comment Awena nomme-t-elle cela ?

— *Màthair* a parlé d'électrocution.

— *Aye* ! Nous nous sommes fait *électrocouturer*... ou quelque chose comme ça, marmonna Iain avant de poursuivre de sa voix rauque. Et Dieux qu'il a été difficile de revenir à la normale ! Ta mère aurait au moins pu nous dire de ne pas courir dans le *Loch* pour nous débarrasser de ce sort ! grommela-t-il en frissonnant d'horreur à ce souvenir.

À peine avaient-ils plongé dans l'eau claire du *Loch of Yarrows*, Darren et lui, que les filaments bleus et blancs s'étaient déchaînés de plus belle en crépitant cruellement sur leur peau et en faisant écumer l'eau autour d'eux. Ils étaient sortis de là en criant et vociférant alors qu'une forte odeur de corne brûlée planait dans l'air. Instinctivement, les deux hommes avaient porté leurs mains sur leur tête et avaient soupiré de soulagement en constatant que leurs cheveux étaient toujours présents, intacts. Ils avaient souri, goguenards, pensant être libérés du sort et s'étaient tendu la main pour une poigne victorieuse... Précoce, la poigne, car une arche électrique s'était formée et leur avait à nouveau fait danser une gigue endiablée.

Cameron ricana avant de rire à gorge déployée. Le même souvenir que Iain venait de défiler dans son esprit à une différence près, lui était spectateur et s'amusait autant à ce moment-là que dans le présent.

Iain lui envoya une chiquenaude à l'arrière de la tête, l'air faussement vexé et sourit lui aussi en reprenant ses fouilles.

— Tout de même ! Awena avait le moyen de nous soulager de ce sortilège et il a fallu qu'elle nous fasse poireauter plus d'une journée !

Cameron pouffa derechef en fauchant joyeusement d'autres obstacles végétaux qui se dressaient sur son parcours.

— Je dois dire, à la décharge de *màthair*, que vous ne lui en avez pas donné l'occasion ! Vous vous êtes évanouis dans la nature, mieux encore, vous vous êtes cachés tels des lapins !

— Nous ne nous cachions pas, jeune intrigant ! s'exclama Iain, piqué dans sa fierté de mâle.

— *Och*, si !

— *Naye* ! Nous cherchions à vous protéger des effets néfastes du sort !

— N'empêche que si *màthair* n'avait pas eu autant de mal à vous débusquer au fin fond de la grotte à *uisge*[13], étrange endroit pour se terrer soit dit entre nous, vous auriez été libérés plus tôt !

---

13 *Uisge : Whisky en gaélique écossais.*

— Nous ne pouvions pas le savoir ! rétorqua Iain. Quand on pense qu'une simple lance de fer plantée dans le sol nous a soulagés de ces décharges... ajouta-t-il en secouant la tête.

Quoi de plus aisé, en effet, que de se délester de l'électricité grâce à un fil conducteur métallisé relié à la terre ? Aussi, aurait-il fallu savoir ce qu'étaient de l'électricité et un fil conducteur, en ces temps moyenâgeux ! Dans ce cas, l'honneur était sauf !

Cameron ricanait tout bas ce qui hérissa les poils de son aïeul.

— Quoi encore ! aboya-t-il en se retournant vers Cameron qui visiblement buvait du petit lait.

— *Naye* vraiment... quelle idée d'aller dans la grotte à *uisge* ! Vous n'étiez pas en état de savoir que *màthair* vous cherchait, ni quoi que ce soit d'autre... vous étiez saouls !

— Seulement éméchés... grommela Iain.

Cameron s'esclaffa ouvertement.

— Ivres morts ! Ronds comme des barriques !

Iain redressa le menton et bomba son puissant torse en détaillant Cameron d'un air docte.

— Il est bien connu, mon garçon, que d'absorber une petite quantité d'alcool atténue considérablement les douleurs...

— Là ! Tu prêches un converti ! Cependant, entre un peu... et des outres pleines d'eau-de-vie... il y a une *énorme* différence !

— Nous disions donc, concernant cette phénoménale magie blanche, qu'elle nous a sérieusement amochés ton père et moi... *arrête de sourire, nigaud...*

Cameron effaça son rictus enjoué, pour se mettre à siffloter sans quitter Iain de ses yeux railleurs.

—... mais elle a... *cesse de siffler !* Ce puissant sort a touché de plein fouet le *Leabhar an ùine* et l'a aidé à retranscrire les écrits du futur dans ses pages. Ce faisant, il a contribué à sauver la quête d'Awena et certainement la vie de Logan ! C'est donc, logiquement, ce sortilège qui est à la base de la résurrection de Logan et *naye* ta sœur !

Cameron semblait soudain beaucoup moins fanfaron. À quoi bon se bercer d'illusions ? Il savait au fond de lui que Sophie-Élisa ne pouvait pas avoir accompli de tels prodiges, sans vouloir la dénigrer le moins du monde. Non ! Ce n'était pas elle, mais cette option aurait été plus rassurante.

Depuis l'arrivée de Logan, Cameron était à l'affût, sa propre magie bouillonnant dans son corps. Il sentait que quelque chose était en mouvement. Quelque chose après quoi il essayait de se battre à tout prix.

C'est ainsi qu'il avait décidé de se joindre aux recherches ordonnées par son père Darren, pour découvrir d'où provenait le puissant sortilège. Deux options étaient plausibles.

La première : il venait des hommes. Pas de simples hommes, non, des druides qui ne faisaient pas partie du clan et qui vivaient dans les grottes alentour. Ils s'étaient peut-être tous ralliés en guise de remerciement pour leur protection et avaient créé ce charme...

La deuxième : il provenait d'ailleurs. Un ailleurs auquel Cameron avait peur de songer... le *monde des Sidhes*.

Dans un cas comme dans l'autre, il fallait trouver quelqu'un ou quelque chose qui lèverait le voile sur tout ce mystère. Cameron priait dans son coin pour tomber nez à nez avec un druide et prenait son temps pour que ses pas ne le portent pas trop vite vers la Cascade des Faës. Il fut brusquement arraché de ses pensées par la grande main de Iain qui venait de se poser sur son torse. Un regard vers son visage lui fit comprendre de se taire. De son doigt, Iain indiquait quelque chose... dans la clairière.

Le cœur de Cameron se mit à battre sourdement avant qu'il trouve le courage de tourner la tête vers le point désigné. Ce qu'il vit lui fit courir un fluide glacial dans le sang. Ses craintes allaient-elles donc se réaliser ?

Chapitre 13

Je t'aime, moi non plus !

Deux nuitées de veille incessante et un troisième jour levant avaient eu raison des forces physiques et morales de Sophie-Élisa.

Logan, malgré les soins apportés par sa tante Aigneas aidée des meilleures guérisseuses *bana-bhuidseach* du clan, de Barabal, de sa mère Awena et d'elle-même, n'avait toujours pas repris connaissance.

Son souffle régulier et puissant prouvait toutefois que l'homme alité ne se trouvait pas aux portes de la mort. Il semblait en bonne santé, simplement apathique, captif d'un sommeil qui n'en finissait pas. Quelle en était la cause ? Pourquoi ne s'éveillait-il pas ?

Certaines guérisseuses commençaient à émettre leurs craintes à voix haute, en avançant la sombre hypothèse que l'esprit de Logan n'ait pas pu suivre son retour charnel dans le monde des hommes et soit resté dans celui des Sidhes.

Cela s'était déjà vu par le passé, le ou la patiente finissant par décéder sans jamais rouvrir les yeux sur ceux qui l'entouraient et les appelaient de tous leurs vœux.

Sophie-Élisa rejetait férocement l'idée que cela puisse être le cas de Logan. Son propre esprit ne pouvait pas, *ne voulait pas*, admettre cette horrible possibilité.

La jeune femme avait failli le perdre il y a peu, aspiré dans le néant des courbes du temps distordues et instables. Il lui était revenu in extremis grâce à l'entremise du prodigieux sortilège qui avait figé les chemins de vie du futur dans les pages enchantées du *Leabhar an ùine*.

Nul doute pour Sophie-Élisa que les Dieux avaient entendu et répondu à son appel au secours. Il était d'autant plus inimaginable qu'ils n'aient fait réapparaître Logan que de moitié en restituant son corps, mais sans son âme. Cela n'avait aucun sens !

Iain était venu un peu plus tôt avant de partir rejoindre les hommes qui se préparaient à ratisser les environs, à la recherche du moindre indice concernant le vortex lumineux ou d'une personne qui pourrait éventuellement fournir une explication au phénomène magique.

Son apparition fit naître une étincelle d'espoir dans le cœur de Sophie-Élisa avant qu'il n'applique ses paumes sur les pectoraux saillants de Logan, car lui seul avait le don de guérir par une simple apposition des mains.... mais sa tentative échoua. Sophie-Élisa en aurait pleuré de déception.

— Il n'a besoin d'aucun soin, avait-il murmuré dans un signe d'impuissance. Son corps est exempt de toute blessure. Lisa... il n'aspire qu'au repos. Deux nuits et trois jours ne sont rien au vu de ce qu'il a subi, avait-il ajouté dans un sourire rassurant.

Oui, il avait raison ! Il *devait* avoir raison ! Iain était d'une grande sagesse et il fallait lui faire confiance. Beaucoup plus qu'à Barabal que l'on devait surveiller du coin de l'œil, car elle avait décidé de faire de Logan son nouveau cobaye pour une potion à base de suc d'araignées.

— Une goutte ! s'exclamait-elle quand on lui proférait un non catégorique.

— Petite la goutte sera ! croassait-elle à nouveau cinq minutes plus tard, et ainsi de suite jusqu'à ce qu'une âme charitable la fasse sortir de la chambre.

— Bon jus être ! disait-elle alors de l'autre côté de la porte. Et aux personnes qui se tenaient au chevet de Logan de lever les yeux au ciel dans un gros soupir désabusé.

Pour un peu, Sophie-Élisa l'aurait laissée faire, elle était prête à tout tenter pour que Logan se réveille, même à lui faire ingurgiter la nouvelle décoction de Barabal. Elle se promit d'y songer sérieusement si une autre nuit puis une autre journée s'écoulaient sans qu'il y ait le moindre signe d'amélioration.

— Lisa, file te coucher ! lui ordonna Awena alors que la jeune femme bâillait pour la millième fois à s'en décrocher la mâchoire.

— Maman...

— Fais ce que je te dis ! Tu ne nous seras d'aucune utilité dans cet état si jamais nous avons besoin de ton aide. Va, obéis-moi !

Sophie-Élisa acquiesça en dodelinant de la tête et quitta la chambre pour se retrouver devant une angélique Barabal qui faisait danser une fiole emplie d'un liquide brun mousseux sous son nez.

— Je peux ?

— Non ! s'esclaffa Sophie-Élisa en embrassant la petite mère sur sa joue parcheminée. Merci *Seanmhair* de me faire rire. À défaut de guérir Logan, c'est mon âme que vous illuminez !

Barabal grimaça ce qui ressemblait le plus à un sourire ému et suivit de ses petits yeux noirs la silhouette de la jeune femme qui avançait en tanguant dans le couloir, tant elle était ivre de fatigue.

Cependant, au lieu d'obliquer vers sa chambre le moment venu, elle sortit du château et se dirigea droit vers les sous-bois. L'envie d'une baignade à la Cascade des Faës la tenaillait depuis longtemps et puis... elle avait quelqu'un à voir.

— Pas un geste ! intima Iain d'une voix sourde à Cameron qui faisait mine d'émerger de leur cachette improvisée.

Ils étaient tapis sous les frondaisons denses des arbres qui entouraient la Cascade des Faës et contemplaient, les sourcils froncés, la scène qui se déroulait près du bassin aux eaux miroitantes.

Sophie-Élisa s'y tenait debout, drapée dans une grande cape de laine bleue, de dos par rapport à eux, et faisait face à quelqu'un avec qui elle semblait dialoguer tout en nattant ses longs cheveux mouillés. Le discours était inintelligible à cause de la distance qui les séparait, cependant Cameron et Iain ne s'en souciaient guère, tant leur attention était focalisée sur le « *quelqu'un* » en question.

Ce n'était pas un homme, ni une femme... même si la créature en avait la silhouette concernant cette dernière.

Bon sang ! L'apparition n'était tout bonnement pas humaine ! Elle était le parfait sosie de Sophie-Élisa et resplendissait de sa constitution liquide, cristalline.

D'un accord tacite et silencieux, Cameron et Iain surgirent dans la clairière en s'approchant subrepticement de Sophie-Élisa et... de la chose avec qui elle discourait.

—... si seulement tu pouvais me dire comment procéder pour qu'il se réveille enfin, murmurait Sophie-Élisa dans un hoquet.

Il était évident qu'elle pleurait devant l'apparition qui reproduisait sa peine en mimes tristes et gracieux.

— Lisa ? appela Iain alors que Cameron restait quelques pas en arrière, les yeux grands ouverts d'ébahissement et bouche bée.

La jeune femme sursauta violemment, comme prise en faute, et fit volte-face alors que la créature faisait de même en sens inverse avant de se dématérialiser en une immense gerbe d'eau.

— Qu'est-ce... que c'était ? bafouilla Cameron en s'approchant du bassin tout en fouillant du regard la surface ondine où ne subsistaient que des vaguelettes pour preuves de la chose qui s'était tenue là un instant plus tôt.

À la stupeur de Sophie-Élisa fit place une sourde colère, celle d'être dérangée dans son sanctuaire. Sans compter qu'un de ses plus grands secrets venait d'être éventé.

— Que faites-vous ici ? ! gronda-t-elle en les fusillant de ses prunelles vertes ombrées de ses longs cils sur lesquels s'accrochaient encore quelques larmes.

— Et toi ? lui répondit Iain du tac au tac. Lisa, avec qui communiquais-tu ?

Sophie-Élisa se mordilla les lèvres d'un air embarrassé même si ses traits affichaient toujours son courroux.

À quoi bon se taire ? Reflet était démasquée et plus vite elle parlerait, plus vite elle pourrait se soustraire aux questions de son arrière grand-père et de son persécuteur de frère.

— Za-Za, dis-nous tout, je t'aime petite sœur et je m'inquiète pour toi...

— Tu m'aimes ? s'écria Sophie-Élisa en sentant la moutarde lui monter au nez. Tu as d'étranges façons de me montrer ton amour depuis quelque temps ! Sans cesse sur mon dos, me questionnant à n'en plus finir, tu m'étouffes Cameron... tu m'aimes ? Eh bien moi non plus !

— Que... ? fit Cameron, complètement déstabilisé par la répartie cinglante de Sophie-Élisa.

— Suffit, jeune fille ! trancha Iain en la saisissant par le bras. Tu régleras tes comptes avec ton frère une autre fois ! Tu vas plutôt me parler de la chose liquide qui se tenait là il y a un instant !

— Toi aussi tu t'y mets ? Oh, pas de problème, je vais vous dire ce que c'était, je peux même vous la montrer, elle s'appelle Reflet, c'est un élémentaire d'eau que je fais apparaître quand j'ai besoin de vider le trop-plein émotionnel. Certaines femmes possèdent des carnets secrets, moi j'ai Reflet. C'est uniquement de la magie, rien d'autre... regardez !

D'un geste de la main vers le bassin, Sophie-Élisa fit surgir des eaux son sosie. L'effet était toujours grandiose et donnait la chair de poule. Reflet apparut et reproduisit les gestes de la jeune femme.

Un mouvement de bras gracieux et souple, un signe de la tête, une caresse du pied à fleur d'eau comme si elle s'apprêtait à danser...

— Vous voyez ? Elle imite mes gestes, elle n'est qu'une présence qui n'existe que par ma volonté et qui m'était indispensable jusqu'à présent. Mais vous venez de tout gâcher ! Jamais plus je ne pourrai revenir ici !

Sophie-Élisa rompit le contact enchanté avec Reflet qui disparut à nouveau comme la première fois, et elle s'enfuit en direction du château. Ses sanglots répondirent à l'appel des deux hommes avant qu'un silence pesant et gêné ne s'installe.

— Un élémentaire d'eau, baragouina Cameron qui avait le cœur lourd. Sa sœur ne venait-elle pas de lui dire qu'elle ne l'aimait plus ? Nous ne sommes que des imbéciles... fit-il dans un souffle.

— *Och*, pour une fois, je ne te contredirai pas, acquiesça Iain tout penaud en grattant la barbe naissante qu'il avait sur la joue. Nous avons saccagé son sanctuaire comme de gros balourds. Allez viens, *mac*, nous lui présenterons nos excuses plus tard, sans compter que nous ne pouvions pas savoir pour son secret et que nous recherchions une activité d'ordre magique en ces lieux.

Iain suivait déjà les pas de Sophie-Élisa alors que Cameron contemplait le bout de ses bottes d'un air attristé. Il redressa la tête pour jeter un dernier regard sur la magnificence de l'endroit... et pensa rêver !

L'espace d'un battement de paupières, derrière la chute d'eau de la cascade, il crut distinguer la silhouette d'une superbe femme nue aux longs cheveux noirs... Elle se tenait là un instant et le moment suivant, plus rien... Ses prunelles bleu azur eurent beau chercher à percer le mur liquide et écumant, il ne discerna plus aucune forme féminine.

« *Un mirage... ce ne peut être que ça !* », songea-t-il en secouant la tête et en prenant à son tour le chemin de la forteresse.

Pourtant, la silhouette était gravée dans son esprit. Cameron se remémora, en retenant son souffle, ce qu'il avait imaginé entrapercevoir : une peau laiteuse, un corps longiligne superbement formé, un visage en forme de cœur aux traits flous et une interminable chevelure noire qui oscillait de concert avec le mouvement de l'eau.

Cela faisait trop longtemps qu'il n'avait pas fait l'amour, ses besoins physiques se manifestaient à lui par le biais d'un mirage ô combien sensuel ! Il allait de ce pas y remédier et passer la nuit à combler les attentes charnelles de son corps avec une femelle plus que complaisante... peut-être deux. Idée qui le fit sourire aux anges.

Chapitre 14

Désirer si fort

La paix. C'est enfin dans cet état d'esprit que Sophie-Élisa se retrouva après un certain temps passé dans sa chambre. Elle était assise sur une chaude peau de mouton blanche non loin de la cheminée et brossait ses longues mèches acajou à l'aide d'un peigne de nacre en lents mouvements élégants.

Ses yeux verts fixaient sur les flammes dansantes ses traits tristes mais apaisés, ses cheveux sublimés de reflets cuivrés grâce à l'éclat du feu, dans une position sereine, simplement habillée d'une nuisette de lin immaculé et de dentelles, donnaient d'elle l'image même de la quiétude et de la beauté tranquille.

Cela n'avait pas été le cas quelques heures plus tôt quand elle était revenue de sa balade à la Cascade des Faës. Sophie-Élisa s'était d'abord acharnée à remettre un peu de pagaille dans ses appartements. Pauvre Lydie qui avait dû passer des heures à tout ranger, cirer, lisser...

Oui mais voilà, tout était *trop* ordonné, jusqu'à ses oreillers qui reposaient droits et gonflés sur les draps et fourrures du lit, les tapis alignés en parallèle des divers meubles, la chaise sagement placée sous le bureau et les habits classés par ordre de couleur et d'usage dans l'armoire...

Tout cela ne correspondait pas à Sophie-Élisa et encore moins quand elle était d'humeur massacrante. Elle aimait le désordre car cela la rassurait, lui paraissait vivant et non figé. Elle voulait les oreillers de guingois contre le montant du lit, les tapis de travers, les draps ouverts et prêts à l'accueillir pour dormir... D'ailleurs, à quoi bon faire sa couche au carré si c'était pour la défaire quand arrivait l'heure d'y retourner le soir ? Quelle perte de temps !

Sophie-Élisa avait fini de mettre sa petite touche personnelle au décor en envoyant valdinguer ses bottes crottées devant le paravent et en semant sa cape de lainage bleu, ses bas épais disgracieux, mais chauds, et ses atours ici et là en tas semi-chatoyant et surtout... chiffonné.

Oh ! Elle avait été sage pour une fois, car elle n'avait en aucun cas déballé les draps de lit et serviettes de bain délicatement pliés et parfumés dans la malle en chêne.

D'accord ! Ils avaient été sauvés du bazar parce que Sophie-Élisa n'en avait pas eu besoin, et ce, pour deux raisons toutes simples : la première, un linge propre l'attendait déjà pour une toilette vite expédiée par un unique brossage de dents... et la deuxième : elle s'était précédemment longuement baignée dans le bassin de la cascade enchantée aux eaux perpétuellement chaudes, avant de se sécher avec ses vêtements et de se rhabiller pour ensuite invoquer son amie aquatique.

Reflet...

Ce rappel la fit grimacer et sa main tenant le peigne suspendit son mouvement dans le vague. Indépendamment de sa volonté, quelques larmes montèrent à ses yeux. Les traîtresses ! Sophie-Élisa s'était juré de ne plus pleurer !

Oui mais voilà, comment ne pas craquer en songeant au lamentable gâchis des événements qui s'étaient déroulés l'après-midi passé ? Ses mots durs envers Cameron et Iain, sa réaction qui aurait pu être prise pour excessive, mais ne l'était pas, tant Sophie-Élisa tenait à préserver son contact avec Reflet secret.

Pour abriter ce lien unique de tout regard extérieur, elle avait fait de la Cascade des Faës son sanctuaire, mais là non plus, il ne pouvait plus l'être parce que deux membres mâles de la famille l'avaient foulé de leurs grosses bottes !

Sophie-Élisa avait la stupide impression d'avoir été prise en flagrant délit de jeu avec une poupée... Si elle avait été une personne tout à fait sensée, elle n'aurait jamais invoqué une amie imaginaire, tout du moins elle aurait cessé de le faire plus tôt, avant la période que sa mère appelait « l'adolescence ». Elle aurait dû le faire, mais elle avait continué… Qu'est-ce qui clochait chez elle ? !

Sophie-Élisa avait tout pour être heureuse et pourtant elle avait au fond d'elle un sentiment constant de nostalgie inexplicable, que seuls comblaient les moments vécus avec Reflet.

Mais c'était fini ! Il fallait qu'elle mûrisse et passe le cap des gamineries. D'autant plus qu'à vingt-deux ans, bientôt vingt-trois, il était plus que temps de le faire.

Une page venait définitivement de se tourner sur une partie de sa vie et Sophie-Élisa allait attaquer la suivante sous un nouveau jour, celui d'une vraie femme !

Revigorée par cette forte résolution, elle déplia ses longues jambes fuselées pour se relever et tira sur le bas de la nuisette qui lui arrivait à mi-cuisses. Quelle idée de mettre cet habit ! D'ailleurs, c'était le même vêtement léger qu'elle portait dans son rêve avec Logan.

Logan... Sophie-Élisa n'avait pas voulu prendre de ses nouvelles et le regrettait amèrement maintenant. Un regard vers la grande fenêtre de sa chambre lui apprit que la nuit était bien avancée car la pleine lune couronnée de son halo opalescent avait passé le cap du zénith.

Trop tard donc, pour se rendre au chevet de...

— Mon Âme sœur, murmura Sophie-Élisa alors que son cœur battait plus vite sous le coup de cette vérité enfin prononcée et totalement consentie.

La jeune femme le retrouverait le lendemain et le surlendemain et tous les jours suivants, si les Dieux daignaient le lui restituer.

Sophie-Élisa bâilla en ajoutant une grosse bûche de bois dans l'âtre pour conserver une bonne chaleur ambiante toute la nuit, alla procéder à quelques ablutions de dernière minute à l'abri du paravent et sautilla d'un tapis à l'autre pour se jeter sur son lit.

La liberté de mouvement que lui conférait la nuisette avait quelque chose de jubilatoire. Sa pudeur n'en souffrait pas puisqu'elle n'était pas nue et son corps criait sa joie d'évoluer sans entraves.

Enfin... il la crierait plus tard, car là, il était plus que temps de dormir !

Une sensation de caresses légères sur ses jambes, les pieds nus rencontrant la fraîcheur d'une verdure parfumée et le bruit d'une eau gazouillante, lui firent brusquement ouvrir les yeux.

Les tertres enchantés !

Sophie-Élisa se promenait à nouveau dans le superbe paysage de ce qui avait été le berceau de son rêve érotique.

Tout y était à l'identique de son souvenir. Les forêts ancestrales dont les feuillages se teintaient du mordoré au jade, les grandes prairies resplendissantes sous leurs parures de fleurs variées et multicolores, la coquine rivière qui chahutait avec les roseaux, les racines des saules et les rochers avant de rejoindre en vaguelettes mutines l'immense lac cristallin et argenté. Sans oublier la majestueuse ligne montagneuse qui se profilait à l'horizon sur le bleu du ciel et là... beaucoup plus proche de Sophie-Élisa, plus accessible, se trouvait le joli pont constitué d'un entrelacement de plusieurs planches et branchages rattachés les uns aux autres par des liens de lierre aux feuilles vertes ou rouges.

Un hoquet de stupeur saisit la jeune femme quand elle aperçut de l'autre côté de ce guet la haute carrure féline d'un homme à la crinière longue, soyeuse et dorée, uniquement vêtu d'un kilt. Logan...

Son somptueux faë de lumière avait enfin répondu à son appel et Sophie-Élisa ne savait plus où poser ses prunelles, de ses épaules larges à ses pectoraux saillants, de ses abdominaux d'apollon à ses cuisses puissantes, de ses bras aux courbes robustes toutes masculines à ses mains racées posées de part et d'autre de ses hanches ou sur son magnifique visage... Il ne l'avait pas encore vue et se tenait légèrement de profil, ses yeux aux éclats ardents étaient fixés sur un point à l'orée des bois, son nez droit et ses hautes pommettes lui conféraient un air noble, ses joues étaient ombrées d'une barbe de quelques jours et sa bouche charnue s'étirait en un pli soucieux.

Logan semblait attendre... et Sophie-Élisa respirait de plus en plus difficilement, la poitrine soulevée par un souffle rapide en rythme avec son cœur qui n'allait pas tarder à sortir de sa cage thoracique s'il continuait de battre ainsi !

Et puis, ce fut la rencontre foudroyante. Regard vert et regard fauve. Logan venait de reporter son attention dans sa direction et Sophie-Élisa se rendit compte qu'elle avait subrepticement avancé d'un pas.

Qui des deux fut le plus prompt à rejoindre l'autre ?

Elle ne le sut pas, et eut la sensation que tout se déroulait de manière éthérée. Néanmoins, ils se retrouvèrent au milieu du pont, en s'enlaçant fébrilement et s'embrassèrent à perdre haleine alors que leurs mains impatientes partaient à la redécouverte du contact de leurs peaux échauffées tandis que leurs corps se collaient pour onduler dans une danse enfiévrée.

Les baisers étaient profonds, sensuels, leurs langues s'entrelaçant et se poussant aux sons ténus de leurs gémissements de désir. C'est tout juste s'ils arrivaient à respirer tant ils étaient saisis tous deux d'une ardeur sauvage et insatiable.

Logan la dévorait, l'absorbait... Sophie-Élisa enfin ! Il avait erré dans les plaines et les forêts du monde des Sidhes, ne s'arrêtant que pour se désaltérer à l'eau claire et fraîche d'une source ou pour manger des fruits des bois, en laissant volontairement les petites fraises rouges qui semblaient exquises, mais qui développaient un goût de cendre dans sa bouche simplement à leur vue.

Ce fruit-là était par trop associé à l'image de son Âme sœur.

Il n'avait plus aucune notion du temps – si cette notion avait cours dans les tertres enchantés – et avait fini par retrouver l'endroit exact où il s'était uni à Sophie-Élisa l'espace d'un mirage fabuleux.

« *Rêvait-il encore ?* », s'était-il demandé en contemplant le paysage autour de lui, à la recherche d'une silhouette aux courbes langoureuses et aux cheveux de feu. Mais rien... personne... il était seul en ce nouveau songe.

Désabusé, il était parti se baigner, nageant d'un crawl vigoureux, pour essayer de dépenser sa peine et son trop-plein d'énergie. Il avait ensuite lézardé au soleil, allongé sur le sable fin et nacré de la rive du lac.

La peau gorgée de chaleur, il avait décidé de revenir sur ses pas et s'était arrêté à quelques mètres du pont. Son cœur battait sourdement et son souffle se faisait plus rauque. Logan avait senti l'approche de Sophie-Élisa, mais ne la voyait toujours pas. Allait-elle sortir du sous-bois ?

Naye, elle apparut dans l'ombre d'un saule et ce fut l'instant le plus émouvant que Logan ait jamais vécu, à part celui où il l'avait faite sienne pour la première fois.

Et enfin, Sophie-Élisa se tenait dans ses bras, répondant avidement à ses baisers et caresses insatiables. Sa peau était douce et parfumée d'un effluve mi-sucré mi-épicé, réceptive à tout contact, chaude, délicieuse...

Les ondulations de leurs corps se faisaient effrénées, leurs langues se livraient un combat passionné, avivant le feu du brasier qui avait pris vie dans leurs reins et leurs ventres en spasmes presque douloureux d'intensité.

Logan en voulait plus, toujours plus, et déchira le décolleté de la nuisette dans sa hâte à toucher la peau veloutée de Sophie-Élisa.

Aucun des deux ne perçut le grondement qui s'était fait

soudain, ni les oscillations du pont. Ce ne fut que quand celui-ci émit un craquement sinistre que leurs corps se désunirent dans un sursaut.

À leurs pieds, une fissure en dents de scie venait d'apparaître, les branchages et planches s'étaient brisés à cet endroit-là et la rivière en dessous des deux parties divisées du pont semblait s'élargir à vue d'œil. Le temps qu'ils se rendent compte de la situation, Logan et Sophie-Élisa se tenaient éloignés par une distance qu'il était impossible de franchir en sautant.

Ils étaient à nouveau séparés, de la plus cruelle des façons qu'il soit alors que le ciel s'assombrissait et que l'eau se faisait furie et torrent.

Leurs appels furent étouffés par un fort vent naissant et le grondement d'un orage sortit d'on ne sait où...

L'instant de quelques battements de cœur affolés et Sophie-Élisa se réveilla en sursaut dans son lit en criant le nom de Logan.

Elle tremblait de la tête aux pieds, les draps et fourrures de sa couche gisaient pitoyablement sur le sol, le feu se mourait dans l'âtre... mais de tout cela elle se moquait comme d'une guigne !

On lui avait à nouveau arraché son amour. Rêve ou réalité, réalité ou rêve, cela n'avait pas d'importance, la douleur de son cœur et de son âme était à vif. Non ! Cela ne pouvait se passer ainsi !

Elle allait rejoindre Logan dans ses appartements et se coucher dans ses bras jusqu'à ce qu'il se réveille ou qu'elle s'endorme, à jamais, avec lui.

Elle avait besoin de lui, un besoin vital... et une fois qu'elle serait près de lui, nul rêve ou réalité ne pourrait les arracher l'un à l'autre.

Toute frémissante et encore essoufflée de l'ardent désir qui couvait en elle, Sophie-Élisa se leva de son lit et se dirigea vers la porte de sa chambre. Elle poussa la clenche du loquet, ouvrit en grand le lourd panneau de bois qui couina sur ses gonds graisseux et l'instant d'après, se heurta de plein fouet dans un corps musculeux à moitié nu qui venait de se matérialiser devant elle.

— Plus jamais seul sans toi ! gronda Logan, la voix rauque de désir avant de saisir Sophie-Élisa par la taille et de la plaquer contre son torse puissant.

Lui aussi s'était réveillé dans sa chambre, complètement déboussolé, avant qu'il ne comprenne qu'il était revenu dans le monde des hommes et qu'il avait à nouveau été séparé de son amour.

Car, amoureux, il l'était ! Un amoureux devenu fou par la privation de son Âme sœur.

Grognant comme un fauve blessé, Logan s'était jeté hors de son lit en arrachant un drap au passage, qu'il avait entouré autour de ses hanches nues. C'est à peine s'il s'était rendu compte qu'un vieux monsieur aux longs cheveux blancs et à la barbe neigeuse dormait en ronflant sur un fauteuil au pied de sa couche.

Logan ne s'était pas posé de questions, tant il était obnubilé par l'idée de rejoindre au plus vite Sophie-Élisa et avait quitté la pièce à la vitesse d'un ouragan.

Il arrivait devant sa porte quand un miracle se produisit, *elle* apparut en face de lui, telle qu'elle était dans son souvenir. Déesse de l'amour aux longs cheveux libres et sauvages, corps vêtu d'une nuisette déchirée au niveau du décolleté, sa poitrine palpitant au rythme de sa respiration hachée... Il n'en fallut pas plus à Logan pour dire les premiers mots qu'il avait dans la tête : « *Plus jamais seul sans toi !* » et la prendre avec fièvre tout contre lui.

— Plus personne ne nous séparera ! souffla-t-il encore avec ardeur en s'arrachant à leur baiser et en encadrant de ses mains le visage en cœur de Sophie-Élisa.

Elle lui répondit dans un doux gémissement, ses yeux verts lumineux détaillant ses traits comme si elle avait toujours des doutes quant à sa présence en ces lieux.

Il prit à nouveau sa bouche avec passion et les doutes s'envolèrent au loin.

De sa langue, il la fouaillait, la faisait sienne, aspirant son haleine comme s'il voulait s'emparer de son âme. De ses mains, il partit à la fiévreuse découverte de son grain de peau, de ses adorables seins ronds aux pointes roses tendues. Il déchira complètement le tissu de la nuisette, déjà malmenée, et qui, dans un crissement plaintif, chuta au sol dans un froufroutement léger en même temps que le drap qui lui ceinturait la taille.

À chaque geste, son baiser se faisait plus audacieux, prédateur, pendant qu'il avançait en plaquant son corps palpitant contre celui de Sophie-Élisa et l'obligeait à reculer encore avant de claquer la porte de la chambre et de la faire basculer d'un bras, dos contre le montant de bois.

Logan avait conscience de se comporter comme un sauvage, un homme rendu fou par la passion, mais il n'en avait cure et Sophie-Élisa se conduisait à l'identique de lui, portant son désir d'elle à un summum jamais égalé.

Il abandonna sa bouche en plaquant derechef son grand corps viril contre la douceur accueillante du sien. D'un mouvement de hanches, il lui fit découvrir l'ampleur de son appétit charnel, son membre fièrement dressé, palpitant, se nichant sur son ventre brûlant.

Sophie-Élisa gémit à nouveau en essayant de recouvrer son oxygène. Une torturante tension prenait naissance dans son bas-ventre pour se propager en ondes électrisantes dans tout son être. Elle en voulait plus et partit à l'assaut de son faë à l'aide de ses mains, de ses ongles et de ses lèvres.

Basculant la tête en arrière sans interrompre son déhanchement, Logan émit une longue plainte gutturale en crispant les poings de part et d'autre du visage de Sophie-Élisa. Elle se laissa légèrement glisser pour prendre dans sa bouche une petite pointe tendue du mamelon sombre de Logan qui lui répondit en la collant vivement contre la porte d'un formidable coup de reins.

Galvanisée par sa réaction, Sophie-Élisa continua de le mordiller, alternant avec des baisers des souffles chauds et des attouchements de langue. Ses mains redessinèrent les contours de ses bras aux veines saillantes pour revenir sur ses pectoraux qui se crispaient sous ses caresses, et descendre vers ses abdominaux.

Logan était la beauté personnifiée. Un homme viril et bien bâti, tant que cela aurait pu effrayer la jeune femme, mais au contraire, cela déclencha en elle un désir sauvage de s'aventurer encore plus loin.

— *Aye*... touche-moi... grommela Logan en plongeant son regard de feu dans celui de Sophie-Élisa.

Il avait le souffle court et un muscle battait sur sa mâchoire. Logan la laissait le découvrir en serrant les dents, les poings crispés et le corps tremblant. Deux fossettes se dessinèrent dans le creux des joues de Sophie-Élisa quand elle lui retourna un sourire coquin. L'instant d'après, elle effleurait son membre sur toute la longueur, enserrant son épaisseur du mieux qu'elle pouvait entre ses doigts, allant et venant d'un geste maladroit dû à son innocence, mais qui ne manquait pas de fermeté.

— Logan... souffla-t-elle avant de poser ses lèvres sur les siennes et de pointer le bout de la langue à sa rencontre en une manifestation audacieuse.

— Je te veux ! grogna-t-il soudain, n'y tenant plus, ses mains puissantes la caressant sur le buste avant que l'une d'elles ne lui agrippe les fesses pour la plaquer au plus près de sa virilité, tandis que l'autre s'aventurait vers son intimité.

Il la pénétra d'un doigt et émit un feulement en la sentant plus que prête à l'accueillir. Sophie-Élisa lui mordilla l'épaule, le cou tandis qu'il glissait un genou entre ses cuisses pour les écarter et la rendait folle par le déplacement circulaire de ses caresses.

À l'intérieur, à l'extérieur, encore et encore jusqu'à ce que la jeune femme se mette à proférer de petits cris aigus qu'il se chargea d'étouffer par ses lèvres et sa langue qui imitait le mouvement de va-et-vient dans son fourreau intime.

Logan tremblait, il n'allait plus pouvoir se contenir longtemps. Son sexe déjà engorgé de désir trouvait encore à se gonfler, avide de pousser profondément dans le ventre brûlant de sa compagne.

Les muscles du vagin de Sophie-Élisa se crispaient de plus en plus fort en essayant de retenir ses doigts, l'orgasme arrivait et s'annonçait aussi dévastateur pour elle que le plus puissant des tsunamis.

— *Naye...* pas sans moi ! rugit Logan.

Il n'en continua pas moins de la caresser en la possédant de sa bouche, de sa langue qui l'emplissait pleinement, et quand elle se cambra en basculant la tête en arrière, il la saisit de ses mains sous chaque cuisse, la haussa à la hauteur de son bassin et l'empala d'un phénoménal coup de reins qui la fit remonter contre le panneau de bois de la porte.

Ils ne purent masquer leurs cris d'extase communs alors que Logan se retirait pour revenir encore plus fort et que Sophie-Élisa l'enserrait de ses cuisses passées autour de ses hanches, ses mains se crispant à la base de sa nuque.

Logan crut devenir fou et lui murmura des mots d'amour sans suite entrecoupés de soupirs affolés. Elle le brûlait, l'aspirait encore plus loin, lui donnait envie de se comporter comme un fauve en rut. Il allait et venait, toujours plus puissamment en elle, cherchant à la combler en entier, à s'enfouir à jamais dans son antre de feu qui déclenchait sur son membre des milliers de petites décharges électriques.

— Plus... plus fort... bafouilla-t-elle en se cambrant à nouveau, son bassin bougeant au rythme fou des redoutables assauts de Logan qui la clouait toujours plus haut contre la porte.

Sophie-Élisa avait l'impression de n'être plus que vibrations, son corps lui échappait totalement, des ondes de lave coulaient dans ses veines alors que son ventre se contractait en spasmes de plus en plus rapides.

— *Och aye!...* Ouvre-toi... là... là... *aye...* serre-moi...

psalmodiait Logan à chaque coup de reins endiablé.

Elle ne pouvait lui répondre et mordait son épaule musclée pour s'empêcher de crier. Puis tout s'accéléra, tout éclata... Logan sembla être pris d'une nouvelle lame de fond frénétique et brusqua ses puissants mouvements en cherchant avidement les lèvres de Sophie-Élisa.

L'orgasme les cueillit au sommet de la vague torride sur laquelle ils étaient parvenus, les faisant trembler de la tête aux pieds, Sophie-Élisa pleurant tant ce qu'elle vivait était bon et Logan la plaquant contre la porte, profondément enfoui dans son ventre alors que son membre se libérait en interminables jets salvateurs, tout en déclenchant des décharges de plaisir qui le firent frissonner longuement.

Tous deux mirent très longtemps à se calmer, à reprendre une respiration presque régulière. Sophie-Élisa avait posé sa tête dans le cou de Logan et celui-ci, toujours figé en elle, lui embrassait le front de mille baisers papillon.

— Tu es à moi Lisa et je suis venu te chercher... lui souffla-t-il dans le creux de l'oreille, en se dégageant tout doucement de son fourreau intime pour ensuite la porter dans ses bras et l'allonger entre les draps et fourrures du lit.

Sophie-Élisa redressa la tête et avança la main comme il faisait signe de rester debout. Superbe dans sa beauté brute, il lui sourit tendrement en retour, entrelaça ses doigts aux siens et vint la retrouver dans sa couche.

— Jamais plus je ne partirai Lisa. Je t'aime et demain... nous nous marierons...

Sophie-Élisa hoqueta d'émotion, les larmes aux yeux en contemplant le magnifique visage aux iris fauves qui la dévisageaient. Tout dans sa façon de la couver prouvait ô combien il disait la vérité.

— Je t'aime... souffla-t-elle dans un demi-sourire avant de l'embrasser avec lenteur, acceptant par ce geste la demande en mariage de Logan, même s'il l'avait plutôt ordonnée... que demandée.

Ils passèrent la nuit entre veilles passionnées et sommeil, à refaire l'amour tendrement ou sauvagement et dormir, pour se réveiller à nouveau dès que l'un ou l'autre ne sentait plus la présence du corps aimé près de lui.

Sophie-Élisa ouvrit ses paupières lourdes de fatigue à la lueur d'une aurore orangée. Elle se sentait courbatue et follement comblée. Elle sourit, tendit la main dans son dos en direction de Logan et rencontra quelques grains rugueux à la place de son amant. Elle sursauta et se retourna vivement dans le lit.

Effectivement, Logan avait à nouveau disparu, le cœur de Sophie-Élisa se serra douloureusement, alors qu'inconsciemment, ses doigts s'ouvraient pour lui montrer ce qu'ils avaient découvert.

Les petits grains rugueux n'étaient autres que des grains de sable d'un blanc nacré... Le même sable qui se trouvait dans... *les tertres enchantés !*

Sophie-Élisa écarquilla les yeux de stupeur alors qu'une certitude se faisait peu à peu jour en elle...

Ses rêves... n'en avaient jamais été. Elle en tenait la preuve dans sa paume. Ce qu'ils avaient vécu dès la première fois, Logan et elle... faisait partie de la réalité ! Mais comment ? Et où était Logan ? Elle n'eut pas le temps d'avoir peur, car un grattement se fit sur le chambranle de la porte de la chambre.

— Sophie-Élisa ? Tu es là ma chérie ? Il faut absolument que je te parle ! disait Awena alors que le panneau en bois s'ouvrait déjà sur elle et que Sophie-Élisa remontait vivement les draps sur son corps nu.

Oh, oh... les ennuis se profilaient à l'horizon.

Chapitre 15
Un appel au matin

Une heure plus tôt,

« *Venez...* »

Logan marmonna dans son sommeil en se collant instinctivement contre les douces et chaudes courbes de Sophie-Élisa.

Elle se tenait dos à son torse et il passa un bras possessif autour de sa taille pour mieux l'attirer à lui, avide de ne sentir que le grain de sa peau épouser en totalité le sien.

Elle lui répondit d'un faible soupir en ondulant des hanches sans se réveiller une seconde.

Bon sang !

Ils avaient fait l'amour toute la nuit, mais ce simple mouvement inconscient raviva les ardeurs de Logan, son membre se dressant fièrement sur le sillon des fesses rebondies de Sophie-Élisa.

« *Venez...* »

À nouveau cet appel !

Logan redressa la tête de son oreiller de plumes recouvert des mèches acajou soyeuses, parfumées, de Sophie-Élisa et s'appuya sur un coude en relevant le buste.

Les braises dans la cheminée étaient mourantes, mais leur chiche lueur lui permit de discerner ce qui l'entourait et de se rendre compte que personne d'autre ne se trouvait dans la chambre avec eux.

Avait-il des hallucinations ?

Il avait pourtant cru entendre une voix chaude, féminine, aux intonations riches, lui enjoindre de venir... Mais *venir* où ?

— Bah... souffla-t-il en secouant la tête d'un air flegmatique tout en bâillant et en se recouchant paresseusement, dans le but évident de se rendormir.

« *Venez !* »

Logan bondit dans le lit sous la force de l'appel qui n'en était plus au stade du simple murmure lointain, mais à celui d'un ordre impérieux fouettant ses oreilles.

De son côté, Sophie-Élisa grommela en attirant sur elle la totalité du cocon chaud constitué de l'ensemble des draps et fourrures.

Il sourit en la contemplant, appuyé dos au montant du lit, alors qu'une autre vision, des plus précises celle-là, se faisait dans son esprit. Celle d'une clairière lumineuse avec en son centre un bassin alimenté par une chute d'eau miroitante.

Il sut tout de suite qu'il s'agissait de la Cascade des Faës et que c'était en cet endroit qu'il devait se rendre.

Une partie de lui ne désirait que se recoucher dans la chaleur des bras de Sophie-Élisa alors que l'autre était comme possédée par la *voix*.

Ce fut plus fort que lui, Logan se leva et prit au passage un grand plaid qui traînait par terre. Il l'attacha et le plissa autour de sa taille pour en faire un long kilt lui arrivant bien au dessous du mollet et s'en alla sur la pointe des pieds, évitant de faire du bruit pour ne pas réveiller sa belle au bois dormant. Il faillit pourtant le faire en jurant tout bas après s'être pris les pieds dans un tas de draps et une nuisette déchirée qui gisait sur le pas de la porte.

— *Chut...* se morigéna-t-il en posant l'index sur sa bouche avant de sourire derechef, comme un nigaud, de sa propre bêtise.

Logan fit un rapide détour par sa chambre qui se situait dans l'aile opposée aux appartements de Sophie-Élisa et sursauta de surprise en observant le vieil homme qui dormait toujours en ronflant alors qu'il avait glissé sur son fauteuil et que son corps adoptait une posture impossible. Le pauvre, il allait se réveiller avec d'atroces douleurs dans les articulations. De plus... que faisait cet inconnu au pied de son lit ?

Sans plus se poser de questions, Logan subtilisa ses bottes et une cape de fourrure pour se prémunir du froid extérieur. Chercher sa tunique et ses autres habits aurait été une perte de temps supplémentaire et aurait sorti de son sommeil le drôle de bonhomme à la toge blanche.

« *On dirait Merlin l'enchanteur* », songea Logan avec une pensée amusée, avant de se mettre au pas de course dans les couloirs et corridors déserts à cette heure matinale et de passer à la barbe des gardes assoupis sur les remparts du pont-levis.

La nuit était dense et la pleine lune commençait à disparaître à l'ouest pour laisser place au couronnement du soleil qui ne tarderait pas à se manifester à l'aube puis dans une resplendissante aurore orangée.

Logan se trouvait stupide à patauger dans la gadoue alors qu'il aurait pu être tranquillement en train d'éveiller le corps de Sophie-Élisa de mille baisers coquins. Il grogna de plus belle contre le sort qui s'acharnait sur lui en trébuchant contre une grosse racine d'arbre à l'instant où il pénétrait dans la sombre forêt.

Qu'est-ce qui le poussait à suivre les injonctions de la voix ?

« *Je n'y vois goutte !* », pesta-t-il en lui-même, l'esprit de plus en plus contrarié.

Cependant, ses pas, comme indépendamment de lui, s'allongeaient en foulées rapides et semblaient savoir où le mener.

Au fur et à mesure qu'il avançait dans les sous-bois touffus aux senteurs d'humus, une lueur d'abord laiteuse puis rayonnante se profila droit devant lui. Le décor avait quelque chose d'irréel avec tous ces troncs ancestraux qui se découpaient en ombres chinoises.

Et soudain, il crispa douloureusement les paupières, tout en portant une main secourable devant ses yeux. La luminosité de type irradiant venait de lui sauter au visage aussi sûrement que l'aurait fait celle d'une explosion. Peu à peu, ses pupilles se rétractèrent, les élancements diminuèrent d'intensité et il put enfin observer les lieux qui paraissaient, plus que jamais, proches du monde des Sidhes.

Combien de fois s'était-il promené ici à son époque, sans jamais ressentir la magie de l'endroit ? Il restait bouche bée devant cette cathédrale de lumière pailletée et de flore riche de ses centaines de variétés. Sans compter ce bassin d'une eau pure et cristalline auquel on pouvait accéder par de grands rochers plats taillés par dame nature, couverts d'un somptueux tapis de mousse.

Des papillons aux ailes multicolores voletaient en essaims joyeux, des arcs-en-ciel naissaient au bas de la cascade écumante, les feuilles des arbres étincelaient grâce à des milliers de gouttelettes en forme de diamants...

Ce lieu portait bien son nom et n'avait jamais était aussi près de ressembler aux tertres enchantés qu'il avait visités dans ses songes.

« *Vous avez mis du temps !* », chantonna la même voix féminine aux riches intonations.

Logan ferma d'un coup la bouche qu'il avait grande ouverte depuis un moment et chercha des yeux la femme qui venait de l'interpeller.

Personne !

— Qui parle ?

— Moi ! fit la voix qui se répercuta en échos de plus en plus faibles.

— Montrez-vous ! s'impatienta Logan. Et cessez ce petit jeu !

— Le voulez-vous réellement ?

Mais... se moquait-elle de lui ? D'ailleurs à quoi

répondait-elle ? Son interrogation ou son injonction ?

— Me montrer... chantonna la voix alors que ses questions étaient restées muettes, seulement posées dans son esprit.

— *Aye* ! Je n'aime pas parler sans avoir été présenté !

Un rire argentin, puis un bruit d'éclaboussures...

La femme devait se tenir près de l'eau, mais Logan avait beau fouiller de ses prunelles la cascade et avancer à pas feutrés, il ne l'apercevait toujours pas !

— Que les humains sont compliqués...

Les humains ? Et elle, ne l'était-elle pas ?

Un frisson d'anticipation parcourut le corps de Logan.

— Qui êtes-vous ? l'interrogea-t-il à nouveau, cette fois dans un murmure ténu.

Un long moment suivit sa question, si long que Logan crut qu'elle était partie.

— Je suis... une, comment dites-vous déjà?... *Amie* !

— Alors, approchez et parlons justement comme des amis.

— Cela fait très longtemps que je ne me suis pas montrée aux hommes, il se pourrait que vous ne surviviez pas...

— *Och !* Restez où vous êtes al... s'exclama Logan avant de perdre la parole et d'écarquiller les yeux.

Un mouvement s'était fait derrière la chute d'eau, une silhouette longiligne se profilait, de toute évidence féminine, et soudain, la cascade cristalline se scinda en deux parties qui s'écartèrent comme on ouvre les rideaux d'un théâtre pour laisser la créature apparaître à la vue de Logan.

C'était bien, au premier regard, une femme qui avançait lentement en face de lui et marchait sereinement sur l'eau avant de s'arrêter au milieu du bassin. Cependant, le doute ne pouvait subsister, il n'avait pas affaire à un être humain, car aucune femme au monde ne pouvait égaler la plastique parfaite et la magnificence absolue de cette créature qui irradiait littéralement de l'intérieur.

Logan n'avait jamais ressenti une telle aura de magie, un tel pouvoir... Elle n'était pas très grande, environ un mètre soixante au jugé, la peau d'une blancheur d'albâtre et se tenait devant lui totalement nue, son corps aux courbes enchanteresses simplement vêtu d'une chevelure noir ébène lui tombant jusqu'aux genoux. Qu'elle avait d'ailleurs très mignons !

Logan s'ébroua en secouant la tête et essaya de détourner le regard sans pouvoir le faire.

— Vous êtes nue ! couina-t-il comme s'il avait une arête coincée dans la gorge.

— Ah ? fit la créature en écartant ses bras harmonieusement galbés avec une grâce presque éthérée tout en se détaillant d'un air étonné.

Ses longues mèches cachaient sa poitrine, mais pas le sillon qui se creusait entre ses seins, ni le ventre ferme et plat, ni le nombril bien dessiné en forme de coquillage et encore moins le duvet noir de forme triangulaire qui se nichait à la jointure du haut de ses cuisses fuselées.

— Les humains, pourtant, sont ainsi faits ?

Logan se racla la gorge plusieurs fois avant de lui répondre :

— Les femmes, *aye* ! Mais elles s'habillent en général !

— S'habiller ? Oh, oui... j'oubliais à quel point vos corps sont vétustes...

— Vétustes ? se récria Logan en écarquillant ses yeux fauves.

— Non... ce n'est pas le mot, fit la créature en penchant la tête sur le côté d'un air pensif, dévoilant par ce geste innocent un sein plein en forme de poire, orné d'une pointe couleur framboise. Je voulais dire *fragile* ! ajouta-t-elle en redressant la tête, ses longs cheveux ébène dissimulant à nouveau sa poitrine.

Logan fronça les sourcils alors qu'une pensée se faisait jour dans son esprit et l'enjoignit à reculer d'un pas en serrant les dents.

— Vous ne me charmerez pas ! gronda-t-il.

Ce fut au tour de la somptueuse apparition d'afficher un air étonné sur son joli visage en forme de cœur alors que ses lèvres rouges et pulpeuses se pinçaient légèrement.

— Pourquoi ferais-je cela ?

— Je concède que vous êtes sublime, mais vous ne m'attirerez plus dans votre monde ! Tous vos artifices enchantés n'y feront rien. J'ai trouvé mon Âme sœur, je l'aime et je vais de ce pas la rejoindre ! lança-t-il avant de faire volte-face pour retourner au château.

— Je sais cela Logan MacKlare et je suis heureuse que tout ce soit bien passé ! chantonna la voix dans son dos, le stoppant net dans son élan et le contraignant à revenir sur ses pas. Il n'en croyait pas ses oreilles !

— Vous le savez ? Que tout s'est bien passé ?... Mais... qui êtes-vous à la fin et pourquoi m'avoir fait venir en ces lieux ?

La créature sourit en découvrant de ravissantes dents d'une blancheur nacrée et s'approcha de lui en faisant quelques pas dansants sur l'eau.

Mauves ! Elle avait des yeux en forme d'amandes et ses iris resplendissaient d'un beau mauve améthyste, mis en valeur par d'interminables cils noirs. Un regard à damner un saint... ou un démon !

— Je ne suis pas venue vous ensorceler, lui répondit-elle d'une voix où perçait un étrange accent, inconnu de Logan. Je suis celle que l'on nomme la *Dernière née*, fille d'un dieu et d'une déesse, je suis princesse du monde des Sidhes et je vous ai fait voyager dans les courbes du temps pour retrouver votre Âme sœur et... la sauver.

Une chape de plomb venait de s'abattre sur les épaules de Logan. Les mots de la princesse des Sidhes résonnaient comme un sinistre écho à ses oreilles.

— Sophie-Élisa est en danger ? rugit Logan en serrant les poings.

La *Dernière née* l'observa intensément un moment et hocha doucement la tête sans le quitter du regard.

— Oui Logan, elle l'est ! Et je ne pouvais pas laisser son destin sur terre arriver à son terme précocement sans intervenir.

— Vous parlez d'un danger mortel ? gronda à nouveau Logan en avançant d'un pas sur la mousse recouvrant les roches plates du bassin.

— D'une certaine manière oui, si l'on fait référence à sa vie charnelle, mais pas en ce qui concerne son âme qui rejoindrait toutes les autres pour amplifier de sa beauté le chant des tertres enchantés. Toutes les âmes se retrouvent pour former des notes et intensifier de leur mélodie un des liens qui unissent les Dieux aux Hommes.

Logan se passa une main nerveuse et tremblante dans les cheveux pour ensuite faire les cent pas comme un fauve en cage.

— Dites-moi tout ! Que dois-je faire ?

— Vous êtes ici, c'est déjà une bonne chose. Je sens votre contrariété et votre envie d'agir à l'instant. Mais vous ne sauriez pas contre qui ou quoi vous battre. Il faut que je vous narre toute l'histoire, la mienne, celle de mes pairs, pour en venir après quoi à Sophie-Élisa et vous. N'ayez crainte, vous sauverez votre Âme sœur et je vous aiderai, autant que faire se peut.

Logan était en ébullition, son esprit tournait à cent à l'heure, mais en croisant le regard améthyste, d'une sagesse ancestrale, il sentit l'accalmie prendre le dessus sur ses nerfs tendus et acquiesça de la tête, prêt à écouter tout ce que la princesse des Sidhes avait à lui apprendre.

— Comme je vous l'ai dit, je suis la *Dernière née*. On me nomme ainsi, car je suis la dernière fille d'un dieu et d'une déesse qui soit née dans le monde des hommes, en une époque reculée où les miens avaient encore un corps de chair et de sang d'or, et ce, avant l'Élévation. J'ai eu le temps de grandir et de vous côtoyer. J'étais fascinée par vos émotions, vos comportements bons ou mauvais qui, s'agissant de ces derniers, m'intriguaient énormément. J'essayais de vous comprendre et puis, alors que je n'avais passé qu'une vingtaine de périodes lumineuses[14]... mes pairs ont annoncé notre départ pour le monde des Sidhes, notre tâche sur celui des hommes étant accomplie et notre temps révolu. Je n'étais pas prête, j'étais bien trop jeune et d'un côté, je crois avoir ressenti ce que vous nommez de la tristesse, car après avoir quitté mon corps, je me suis élevée comme ceux de mon peuple, mais je n'ai pas pu les suivre au bout du chemin... Je suis revenue ici.

— Vous voulez dire que vous êtes une sorte de princesse-déesse égarée entre nos deux mondes ? s'enquit Logan alors que la princesse s'était tue un instant pour jouer du bout des doigts avec quelques papillons.

— Égarée ? Non, j'ai fait mon choix. Je suis simplement solitaire, je croise ma famille au gré des courbes du temps et à force d'avoir voyagé de cette manière, je dois avouer être beaucoup plus âgée que mes propres parents. Les divinités me laissent en paix, car elles ont surtout peur de ma puissance ! L'âge pour une déesse est un élixir de pouvoirs à l'état brut et me confère le droit à une totale liberté de mouvement et de pensée. C'est ainsi qu'il m'est arrivé d'agir suite à quelques-unes de leurs actions ou inactions, en intervenant directement ou indirectement grâce aux courbes du temps. Il en a été de même pour Diane, pour Awena et pour Sophie-Élisa en ce jour.

— C'était vous ? souffla Logan en écarquillant les yeux.

— Oui, mais la magie qui coule dans les veines de ce clan m'a beaucoup aidée. Je ne me suis que très peu investie en ce qui concerne Diane et Iain, mais beaucoup plus auprès d'Awena, qui, je dois l'avouer, m'a donné beaucoup plus de mal. Ses pouvoirs sont très puissants, difficiles à contrôler, et sa volonté l'est bien plus encore.

— Les yeux mauves... quand Awena évoquait ses

---

14 *Période lumineuse (druidisme) : période englobant le printemps et l'été.*

moments Galadriel, les voix, les chants, le sortilège de l'autre jour quand je disparaissais... tout cela... c'était vous ? bégaya Logan en observant la *Dernière née* sous un nouveau jour.

— Oui, acquiesça-t-elle en toute humilité dans un doux sourire. Bien que le chant de Sophie-Élisa ne fût, en aucun cas, de mon fait. Elle chantait pour vous les maux de son cœur et pendant un instant, nos auras se sont liées par la beauté du son.

— Je me souviens, je l'ai entendue... et... merci, car je vous dois la vie... souffla-t-il, très ému. Et en ce qui concerne Sophie-Élisa ?

— Je vous ai réunis dans cette époque. D'une part parce que vous êtes effectivement des Âmes sœurs et d'autre part...

Le visage de la princesse des Sidhes se figea un instant avant qu'elle ne reprenne la parole :

— D'autre part, parce que vous n'étiez pas destinés à vous retrouver, ni maintenant, ni jamais, et ce, par la faute de mes pairs !

Logan frissonna de la tête aux pieds. Il savait qu'une révélation importante était sur le point d'être proférée et son cœur palpitait d'une anticipation presque douloureuse.

— Vous avez raison Logan MacKlare, lui retourna la princesse qui avait lu dans son esprit. Il y a de cela vingt-deux ans, Awena a donné naissance à deux enfants alors que la prophétie des divinités n'en annonçait qu'un. Ces deux enfants sont venus au monde avec la marque étoilée de l'élu. Ils se sont donc partagé les pouvoirs magiques qu'un seul devait posséder. L'Enfant unique a un destin tout tracé, mais voilà, il n'est pas... unique, justement. Pour remédier à cela, le conseil des Dieux a décidé de réparer ce qu'ils considèrent comme une erreur, en faisant disparaître Sophie-Élisa au profit de Cameron qui est né cinq minutes avant elle. Son trépas doit rendre les pleins pouvoirs à l'élu.

— Elle doit mourir ? Quand vous me disiez de la sauver, vous me demandiez de combattre les Dieux ?

— Pas de les combattre... il y a un moyen détourné pour

que leur jugement soit caduc.

— Lequel ? s'enquit Logan dans un cri.

— Je vous ai fait venir à une date bien précise, pour que vous ayez le temps de vous unir à Sophie-Élisa et que vous repartiez avec elle dans votre époque. Mais vous étiez trop lents, tous les deux, à vous déclarer votre flamme ! Oh ! Ce que la parade nuptiale peut être longue chez les humains, les animaux sont moins stupides que vous et s'unissent sans simagrées et courbettes inutiles ! s'écria soudain la princesse au grand étonnement de Logan qui voyait pour la première fois en elle, une facette tout humaine. Alors... reprit-elle, je vous ai transporté dans une partie du monde des Sidhes, mon royaume...

— Les rêves... ils n'en étaient pas !

— Non, et au regard des divinités, vous êtes tous deux mariés. Par contre, j'ai eu beaucoup de mal à vous faire revenir auprès de Sophie-Élisa après le sort sur le *Leabhar an ùine*. Je pense que mes pairs complotent dans mon dos et savent ce que je suis sur le point d'accomplir avec votre aide. Ils vous ont fait prisonnier de mon royaume, alors j'ai eu l'idée de vous réunir à nouveau tous les deux et de vous séparer en pleine passion ! Cela vous a tellement enragé, Logan, que vous avez cassé les charmes qui vous retenaient captif et avez rejoint Sophie-Élisa dans sa chambre ! chantonna-t-elle soudain.

Logan ressentit une vive émotion, Sophie-Élisa était sa femme, et ce, depuis le premier songe ! Ils étaient unis corps et âme devant les Dieux !

— Oui Logan. Mais il faut vous unir devant le clan et la famille au plus vite maintenant et dès que cela sera fait, vous l'emmènerez dans votre époque, loin d'ici pour ne plus jamais revenir.

— Qu'ont décidé les vôtres ? fit Logan en sentant la colère monter en lui en vagues de plus en plus fortes.

— Pour que Cameron redevienne l'Enfant unique, Sophie-Élisa doit mourir, cela vous le savez... Cet événement surviendra à l'heure exacte de la date de naissance des jumeaux qui est 23 h 23 dans... vingt-neuf jours à compter d'aujourd'hui. Si à cette heure-là, ce jour-là, vous et Sophie-Élisa êtes établis dans le futur, elle vivra, car il faut qu'il y ait transfert de magie entre les corps des jumeaux, que ce soit de près ou de loin. Se cacher à l'autre bout du monde n'y changerait rien, là où se trouvera Cameron, si Sophie-Élisa est dans la même époque... elle trépassera. Par contre, si vous partez dans le futur... Cameron aura depuis longtemps disparu et ne représentera plus aucune menace pour sa sœur. La mort de l'un met à l'abri la vie de l'autre.

— C'est cruel... s'étouffa Logan alors que des pensées noires naissaient à l'encontre des Dieux.

— Ils ne savent pas... Logan. Ils n'ont pas côtoyé les hommes comme je l'ai fait depuis une éternité. Pour eux, faire mourir Sophie-Élisa ce n'est qu'une simple correction. Ils ne comprennent pas ce que signifie à vos yeux la fin de la vie physique, puisque vos âmes rejoignent le monde des Sidhes au bout du chemin terrestre. Le bien, le mal... ils les voient ailleurs. Et si cette prophétie de l'Enfant Unique échoue... la princesse secoua la tête sans ajouter un mot de plus.

— Cameron ? Que vouliez-vous dire ? Que lui arrivera-t-il s'il n'obtient pas les pleins pouvoirs ?

— Cela, jeune homme, ce sera une autre histoire...

Logan se posait déjà les questions quant à la suite des événements. Pour le mariage au sein du clan, il ne se faisait pas de souci, il avait défloré la fille du laird, alors réparation il y aurait, dans le sang ou par les liens sacrés dans le Cercle des Dieux. Et après ? Comment allait-il convaincre Sophie-Élisa de l'accompagner dans le futur ? Comment partiraient-ils de cette époque ?

— L'esprit de l'homme m'a toujours fascinée ! chantonna la princesse en attirant l'attention de Logan sur elle.

La *Dernière née* avait les paumes tendues vers lui, et en leur jointure se trouvait une pierre... extraordinaire. Elle était, en aspect, le mélange de toutes les pierres précieuses du monde des hommes et se marbrait de fils d'or qui paraissaient scintiller comme si un courant les animait.

— Ne parlez en aucun cas à Sophie-Élisa de tout ce que je vous ai révélé. J'ai passé beaucoup de temps avec elle sous l'apparence d'un élémentaire d'eau au nom de Reflet, et je peux affirmer que cette jeune personne n'écoutera rien et restera auprès de son frère jusqu'à ce qu'il soit trop tard. Par contre, vous aurez besoin d'alliés précieux qui vous aideront à accomplir votre quête. Donnez cette *pierre de Lïmbuée* à Darren et Awena. Tout ce que je viens de vous annoncer est contenu dans son cœur, il suffira qu'ils la prennent dans leurs mains pour qu'ils sachent tout instantanément. Ils vous assisteront, car ils comprendront que c'est la seule solution. Pas un mot à quiconque et surtout pas à Cameron... il en deviendrait fou, murmura la princesse avec une curieuse expression chagrine. C'est aussi la *pierre de Lïmbuée* qui vous permettra de retourner en 2014... gardez-la toujours près de vous. Partez maintenant, le château s'anime, l'aube s'efface pour laisser la place à l'aurore... et... vous allez avoir une belle journée devant vous !

Elle disparut dans un rire !

Logan observait l'étrange pierre scintillante au contact chaud, il entendit la princesse rire, redressa la tête... Elle s'était déjà volatilisée.

La luminosité baissa en intensité et une chiche lueur de soleil levant s'installa, perçant les frondaisons des arbres.

Logan frissonna, la chaleur ambiante ayant elle aussi chuté. Il allait rentrer au château et emporterait dans son époque... sa femme !

Chapitre 16

Plus facile à dire qu'à faire !

Qu'est-ce qui mit la puce à l'oreille d'Awena ? Étaient-ce les cheveux en bataille de sa fille, le fait que celle-ci soit totalement nue sous le drap qu'elle serrait sur sa poitrine, son visage et ses lèvres rouges étrangement gonflées, ou la nuisette déchirée qui gisait sur le pas de la porte à côté d'un autre drap qui, de toute évidence, ne provenait pas du lit de sa fille ?
Certainement l'ensemble !
— *Ohhh !* s'exclama Awena en portant ses mains à ses joues. *Ohhh !* fit-elle à nouveau, l'incrédulité cédant la place à la colère. Lisa ! Il était avec toi, n'est-ce pas ? Non, ne me réponds pas ! C'est d'une évidence ! Et dire que je venais t'annoncer qu'il avait disparu, que j'allais prendre mille précautions pour ne pas te le faire savoir trop brusquement ! Et pendant tout ce temps il était dans tes bras ? ! Où est-il ? cria Awena alors que Sophie-Élisa se faisait aussi minuscule que possible.
Elle n'avait jamais vu sa mère dans cet état. D'habitude elle rayonnait d'une beauté tranquille... Là, elle rayonnait de fureur !
— Où est-il ? répéta-t-elle en se mettant peu gracieusement à quatre pattes à côté du lit pour regarder sous le sommier.
— Je ne sais pas maman, murmura Sophie-Élisa d'une petite voix. À mon réveil, je n'ai trouvé que quelques grains de sable à sa place.

Awena, hirsute, se redressa en la dévisageant comme s'il lui avait poussé une deuxième tête.

— Tu te moques de moi ? couina-t-elle.

— Je ne me le permettrais pas maman, regarde plutôt, souffla Sophie-Élisa.

Elle tendit ses doigts tremblants sur lesquels quelques grains d'un blanc nacré luisaient à la lueur des rayons d'un soleil matinal qui se déversaient dans la pièce au travers de la grande fenêtre.

La jeune femme en avait les larmes aux yeux. Pas parce que sa mère avait découvert sa liaison avec Logan, même si la situation avait quelque chose de dramatique, mais parce que Logan avait de nouveau disparu... remplacé par du sable provenant directement des tertres enchantés.

À travers ses hoquets de chagrin et ses sanglots irrépressibles, Sophie-Élisa narra toute l'histoire à Awena. De son premier rêve à la nuit passée où Logan était venu la rejoindre dans la réalité. Elle évita les détails intimes, mais n'omit aucune autre information.

Visiblement, Awena avait du mal à croire le récit que lui débitait sa fille, malgré son apparente sincérité.

— Pourquoi vous seriez-vous retrouvés dans des rêves ? s'enquit Awena d'un air pincé. Allez jeune femme, je vais te faire monter de l'eau chaude pour un bain. Tu vas te préparer et prendre ton petit déjeuner ici. Nous parlerons de tout ça avec ton père ensuite...

— À quoi bon ? fut le cri du cœur de Sophie-Élisa. Si Logan s'est vraiment... dé... dématérialisé... à quoi bon en discuter avec papa ? se mit-elle à sangloter de plus belle.

Awena se retenait de toutes ses forces de serrer sa fille dans ses bras pour la rassurer, son cœur de mère souffrait pour elle, cependant, les actes de cette nuit ne pouvaient pas être ignorés, ni les conséquences possibles...

— Lisa... tu pourrais te retrouver enceinte !

Sophie-Élisa arrêta de pleurer en écarquillant ses yeux larmoyants pour dévisager Awena.

— Que croyais-tu ? Ne t'ai-je pas informée que les bébés ne naissaient pas dans les roses ou les choux ? Lisa... soupira Awena soudain très lasse. Rejoins-nous dans la grande salle d'ici une heure.

Sur ce, elle quitta la chambre de sa fille sans une caresse, sans un baiser, le dos légèrement voûté comme sous le poids d'une lourde charge et ne se retourna pas un instant en refermant la porte sur elle.

— *Je vais le tuer !* tonitrua Darren dans son cabinet de travail après avoir entendu ce qu'Awena avait à lui dire.
— Darren, il a de nouveau disparu, et visiblement pour de bon. Larkin qui était supposé le surveiller s'est endormi et ne l'a pas vu dans son lit à son réveil, et pour cause, mais depuis, il a ratissé les environs du château sans le trouver. Cameron et des hommes se sont joints aux recherches. Mais... pour en revenir aux rêves de Sophie-Élisa, ils ont peut-être été créés par les Dieux et...
— Et quoi ? ! Ma fille n'est plus vierge, il se peut qu'elle soit grosse de ses œuvres et qu'elle se retrouve sans mari, ni père pour son enfant ! Et tout ça s'est passé sous mes yeux, sous mon toit ! Et les Dieux auraient permis cela ?
— N'exagère pas ! Nous n'étions pas mariés quand nous avons fait crac-crac pour la première fois ! Et les Dieux s'en moquaient complètement ! ne put s'empêcher de s'exclamer Awena d'un ton narquois dans le but évident de couvrir les agissements de sa fille.
— Crac-crac ? s'étouffa Darren.
— De plus, ce n'était pas vraiment sous *notre* toit, puisqu'ils se retrouvaient dans leurs rêves... Bon, à part cette nuit... je te le concède...
— *Och !* Awena, ne me dis pas que ce qu'ils ont fait est bien ? gronda Darren en venant se poster devant sa femme et en la dévisageant de son regard bleu nuit intense.

Dieux, que cet homme était toujours aussi beau, viril ! Awena ne pouvait s'empêcher de le contempler sans que son cœur s'emballe d'un immense amour et que son corps ne soit saisi de frissons de désir irrépressibles. Ses longues mèches noires retombaient de chaque côté de son visage, ses fossettes creusaient ses joues fraîchement rasées et sa bouche aux lèvres pulpeuses, pour l'instant pincées de colère, appelait celle d'Awena pour un baiser passionnel.

— Awena ? Tu m'écoutes ?
— *Hum-hum....*
— *Och !* Je connais cet air-là, murmura soudainement Darren d'un ton rauque en se penchant sur son petit bout de femme, ses yeux captifs de sa bouche aux pétales roses, attirante, ensorcelante... Mais tu ne m'auras pas ainsi sirène ! Je vais de ce pas mettre la main sur ce Logan MacKlare de malheur et quand je le trouverai...

Darren laissa sa phrase lourde de menaces en suspens et sortit du cabinet de travail aussi vite qu'il le put.

Awena, malgré les circonstances, sourit d'un air mutin. Son colosse de mari avait failli céder à son appel langoureux et s'était tout bonnement enfui pour ne pas perdre le contrôle de la situation.

Elle devait se dépêcher de le rejoindre et ferait un petit détour par les cuisines avant cela, car il lui manquait un ustensile important en cas de grabuge. Les hommes étaient si difficiles par moments, se battant d'abord pour s'expliquer ensuite... s'ils le pouvaient encore. Si cela tournait mal, elle aurait de quoi leur remettre les idées en place !

Logan tomba nez à nez avec Cameron, le drôle de vieux bonhomme qui avait dormi dans sa chambre, et quelques guerriers highlanders, au sortir de l'ombre touffue de la forêt qui abritait la Cascade des Faës.

Tous se figèrent d'étonnement en le dévisageant et tous... étaient armés jusqu'aux dents, à part Merlin l'enchanteur qui ne possédait qu'un simple bâton grossièrement taillé.

— Que se passe-t-il ? Sommes-nous attaqués ? s'enquit Logan, qui était déjà soucieux des révélations de la *Dernière née* et le fut plus encore de l'air peu commode des hommes.

— Attaqués ? *Naye* ! Cela fait des heures que nous nous efforçons de vous localiser ! s'exclama Cameron aigrement tout en agitant sa claymore sous le nez de Logan. Ma *màthair* s'inquiétait du fait que vous aviez à nouveau disparu et nous a envoyés ratisser les environs à votre recherche. Notez que j'aurais été heureux de lui apprendre que vous étiez définitivement introuvable !

Ah ! C'était donc pour ça qu'il avait l'air déçu, ronchon. Cameron s'était de toute évidence réjoui trop vite !

Et qu'avait voulu dire le fils du laird par des heures ? Logan n'avait pas passé plus d'une heure en compagnie de la princesse des Sidhes ! Pourtant... le soleil était haut dans un ciel mitigé, prouvant que la matinée était bien avancée.

— Que portez-vous sur vous ? gronda soudain Cameron qui fronçait sévèrement les sourcils en regardant le kilt exagérément long de Logan. Je reconnais ce plaid ! C'est celui de ma sœur !

La claymore ne s'agitait plus du tout sous le nez de Logan. Cameron avait dirigé la pointe effilée sur sa gorge et avait appuyé, menaçant, jusqu'à ce qu'un petit filet de sang coule le long du cou. Logan ne grimaça pas un instant, se contentant de fixer de ses yeux fauves aux étincelles incandescentes le jeune imbécile qui le tenait en joue.

— Où est-elle ? Était-elle avec vous dans les bois ? Qu'avez-vous fait ensemble ? grogna Cameron en regardant de temps en temps par-dessus l'épaule de Logan, attendant certainement de voir surgir sa sœur à tout moment.

— Cameron ! *Tha sin gu leòr* (C'est assez) ! s'écria le vieil homme en faisant mine de s'interposer et se faisant bousculer sans cérémonie par le bras musclé de Cameron.

— Reste à ta place Larkin ! Je veux que cet individu réponde de ses actes ! Il porte le plaid de ma sœur, par les Dieux ! vociféra Cameron en appuyant encore plus sa lame sur la peau meurtrie de Logan, non loin de l'aorte.

Un geste malheureux, un tremblement du poignet, et

Logan se viderait de son sang en un instant.

— J'aime Sophie-Élisa, nous allons nous marier... nous sommes déjà unis devant les Dieux !

— *Menteur !* hurla Cameron alors que Logan se reculait d'un mouvement vif pour éviter un coup fatal et prenait une claymore des mains d'un guerrier dérouté par la situation.

Cameron attaqua de toutes ses forces en fendant les airs de sa lame monstrueuse et sifflante, un tel coup aurait pu tailler net un bœuf en deux. Cependant, Logan l'esquiva d'un souple bond sur le côté et para aisément un autre vicieux coup de tranchant au niveau des jambes.

Les deux hommes reculèrent en se jaugeant du regard. Cameron ne s'attendait certainement pas à ce que le Logan du futur sache manier la lourde épée des Highlands. Pourtant, c'était le cas, et il semblait avoir la force et la maîtrise de cet art de combat.

Ils se mirent à tourner en rond à pas de félins. Logan se débarrassa d'un mouvement rapide de sa cape de fourrure et Cameron en fit de même de sa tunique.

Torses nus, les muscles se crispant et roulant sous leur peau, ils se faisaient face et guettaient le moindre signe de l'autre, tels deux fauves à l'affût. Le tigre contre la panthère noire. Ils étaient éblouissants, magnétiques, splendides... Et la passe d'armes débuta.

Ils se battaient d'estoc et de taille, se mouvaient avec fluidité, évitant les coups meurtriers ou les parant dans de grands chocs métalliques des lames qui remontaient en ondes jusqu'aux muscles tendus de leurs bras.

Logan ressemblait à un samouraï, sa jupe longue voltigeant et épousant ses pas, sans l'entraver un seul instant dans cette danse macabre, tandis que Cameron luttait plus rudement, privilégiant la force à la souplesse, les coups à la ruse... Il se battait avec rage et Logan répondait avec sang-froid.

Il fut vite évident que le fils du laird se fatiguait et d'attaquant, passait à la position de défense contre Logan qui avait cessé de tourner en rond pour épuiser son ennemi et fonçait sur lui dans une série de coups que Cameron avait de plus en plus de mal à parer.

Voyant cela, Logan profita d'un moment de répit pour s'éloigner et laisser Cameron récupérer son souffle sans baisser sa garde un instant.

— Messieurs ! Il est temps de reprendre vos esprits ! leur enjoignit soudain la voix cassée de Merlin l'enchanteur.

— Jamais Larkin ! hurla Cameron.

« *Ah non ! Pas Merlin, mais Larkin...* », se dit Logan dans une seconde d'inattention qu'il rattrapa vite en bloquant la lame de Cameron qui venait de bondir sur lui.

Un mouvement dans son champ de vision lui fit desserrer sa prise. Encore une étourderie de sa part que Cameron utilisa pour le blesser au bras. C'en était assez !

Logan para le tranchant malveillant de la lame qui visait son cou et retourna sa lame vers Cameron en lui entamant les chairs du visage en une longue entaille qui descendait du sourcil gauche à la joue droite.

La blessure était peu profonde, mais fit tout de même reculer Cameron qui lâcha sa claymore pour se tenir la face, tandis que le sang coulait abondamment entre ses doigts.

Le hurlement d'une femme brisa l'instant et Logan, qui s'était approché du fils du laird tout comme les autres hommes, fit volte-face pour en découvrir la source.

Awena, la dame du clan, arrivait en courant à la vitesse de la lumière en brandissant une immense poêle à frire. Logan n'avait décidément pas fini de se battre... Un combat perdu d'avance, car il ne savait pas manier la poêle.

Logan n'eut pas à livrer cette lutte-là en fin de compte, car le grand druide Larkin s'interposa entre lui et Awena pour relater vivement le comportement de Cameron, le combat qui en avait résulté et surtout le fait que son fils n'avait en aucun cas été blessé grièvement. À part, peut-être, dans son amour-propre.

Logan profita de la discussion pour s'approcher de Cameron et lui tendit la main en signe de trêve. Le jeune Saint Clare redressa la tête et le fusilla de ses yeux bleu azur dont l'éclat glacial ressortait en contraste sur sa peau rouge de sang, et cracha dans la main tendue.

— Jamais ! Ce n'est pas fini entre nous deux ! éructa-t-il avant d'empoigner le pommeau de sa claymore allongée dans l'herbe boueuse et de partir en longues foulées rageuses vers le château.

— Cameron ! l'appela anxieusement Awena en faisant un pas vers lui.

— Laissez-le ! la pria Larkin en lui saisissant doucement le bras de sa poigne osseuse. Il s'est très mal comporté vis-à-vis de Logan et...

— Mal comporté ? Vis-à-vis de Logan ? s'écria Awena en pirouettant sur elle-même pour dévisager l'intéressé dans un regard sombre.

— Il faut que nous parlions ! lança celui-ci en s'avançant vers elle et en rendant son épée au guerrier highlander.

— Parler ? Oh, oui ! Nous allons *parler* ! Suivez-moi, à l'instant ! lui ordonna-t-elle d'un ton coupant en prenant la direction de la forteresse et en tenant fortement le manche de son arme improvisée.

Logan soupira longuement, croisa les petits yeux noirs de Larkin qui semblaient lui dire « *Courage* », et s'engagea à son tour vers le plus sombre chemin de son existence. Car la vérité qu'il avait à transmettre ne serait pas sans de lourdes conséquences.

Awena et Logan arrivaient au château quand ils rencontrèrent Darren en contre-sens.

— Awena ! C'est avec ça que tu as frappé notre *mac ?* l'interrogea-t-il de vive voix en montrant du doigt la poêle qu'elle tenait toujours dans son poing nerveux. Et... *Logan ! !* vociféra-t-il en faisant mine de sortir sa claymore après avoir aperçu la silhouette athlétique de l'homme qui avait défloré sa fille.

— Ah non ! cria Awena en brandissant sous son nez l'ustensile en fonte. Nous allons nous rendre comme des gens civilisés dans le cabinet de travail où nous réglerons tous les problèmes en cours. Tout de suite ! lança-t-elle aux deux hommes qui se faisaient face, l'un prêt à parer de nouvelles attaques, l'autre se demandant s'il aurait le temps d'en assener une avant de se prendre un coup de poêle sur la tête.

Pour le plus grand soulagement d'Awena, ils ne croisèrent pas Sophie-Élisa. Cette conversation devait se passer entre les parents et le fauteur de troubles. Logan était d'un charme fou et avait certainement abusé des faiblesses de leur fille. Elle était innocente. Mais les conséquences... n'en seraient pas moindres.

Darren claqua violemment la lourde porte en chêne de son cabinet de travail après Logan alors qu'Awena se retournait vers lui en croisant les bras.

— Il y a une explication, commença Logan en serrant les dents sans baisser les yeux devant ses accusateurs.

— Laquelle ? demanda vivement Awena.

— Je ne veux pas savoir laquelle ! s'exclama Darren de concert avec Awena.

La seconde d'après, ils se dévisageaient l'un et l'autre en fronçant les sourcils.

Logan soupira et décida de sortir de sa botte l'objet que la princesse des Sidhes lui avait confié. Il se redressa et s'arrêta à mi-hauteur en voyant le bout d'une lame pointer vers son nez.

— Ce n'est pas une dague que je viens d'extirper de ma botte, mais l'explication de tout, marmonna Logan en ouvrant la main doucement.

Darren écarquilla les yeux et lâcha sa claymore qui échoua au sol dans un bruit métallique fracassant.

— Une *pierre de Lïmbuée* ! s'exclama-t-il d'un ton extasié en tendant les doigts puis en suspendant son geste.

— Tu sais ce que c'est ? s'étonna Awena qui s'était

approchée à son tour alors que ses prunelles vertes réfléchissaient les étincelles de lumières des veinules d'or de l'étrange pierre.

— *Aye* ! Mais elle faisait partie des légendes, souffla respectueusement Darren. J'ai vu un dessin la représentant sur un vieux grimoire du clan il y a de cela longtemps, mais... c'en est bien une ? N'est-ce pas ? demanda-t-il à Logan qui confirma d'un simple hochement de tête.

— D'où la tenez-vous ? murmura Awena.

— De la princesse des Sidhes et elle vous est destinée, lui répondit Logan sur le même ton.

— À nous ?

— *Aye*, dans un premier temps tout du moins. Il faut que vous la preniez dans vos mains jointes pour que le message qu'elle contient vous soit délivré.

Darren cilla en contractant la mâchoire puis joignit ses mains à celles d'Awena, un peu hésitante et pâle d'un coup.

— J'ai un mauvais pressentiment... lâcha-t-elle dans un souffle ténu.

— *Mo chridhe*, je suis là, tout se passera bien ! la rassura Darren en lui souriant tendrement tout en faisant signe à Logan de déposer la pierre entre leurs doigts.

À peine la *pierre de Lïmbuée* fut-elle en contact avec leur peau que Darren et Awena fermèrent les yeux et semblèrent entrer en transes. Des volutes dorées les entouraient dans un tourbillon de lumière, leurs cheveux dansaient au rythme d'un courant invisible et Logan attendit, fasciné, triste et anxieux, leur retour à la réalité.

Chapitre 17

Donnez-nous du temps !

Les volutes lumineuses diminuèrent d'intensité pour disparaître totalement.

Logan guettait avec inquiétude le retour de transes du couple Saint Clare. Il se sentait mal de leur annoncer par le biais de la *pierre de Lïmbuée* la déchirante séparation qui se profilait à l'horizon.

Une fille allait leur être arrachée au profit d'un fils et cela dans le but de la sauver, pour qu'elle vive, mais loin des siens et de leur amour.

Logan revint au présent en entendant un choc sourd puis le bruit d'un roulement sur le sol. C'était la pierre qui venait de tomber en glissant des doigts tremblants de Darren et d'Awena qui se dévisageaient d'un regard hagard, éperdu, sans émettre un son. Il se souvenait lui-même de sa réaction le jour où on lui avait annoncé la mort de ses parents dans un accident de voiture. La douleur était toujours là, bien qu'amoindrie au fur et à mesure que le temps était passé. Cependant, celle de Darren et d'Awena venait de naître, vive, brûlante, insoutenable...

Awena gémit en contractant ses doigts fins autour de ceux de Darren et il semblait qu'ils ne tenaient tous deux sur leurs jambes que grâce à cet unique contact.

— Non, non, non... psalmodia Awena en secouant la tête alors que son corps s'affaissait sous le poids du chagrin.

Darren la saisit dans ses bras puissants et l'enserra de toutes ses forces contre son torse en crispant les paupières.

Awena gémissait comme un animal blessé et répétait « *Non* » à l'infini alors que lui n'émettait aucun bruit, se contentant de la retenir captive de sa force rassurante. Il essayait de la calmer par des caresses éperdues dans sa chevelure, autour de son visage baigné de larmes et lui prodiguait des centaines de baisers sur le sommet de la tête, sur son front et sur ses joues humides.

Awena se débattait, cherchant à se libérer de l'étau protecteur de ses bras et Darren raffermissait sa prise en lui soufflant fervemment des mots d'amour.

Il ressentait la même effrayante émotion qu'Awena, cette sensation terrible de se tenir au bord d'un précipice et cette déchirure dans le cœur qui faisait mal, si mal... Pourtant il puisait dans ses ressources, encore et encore, pour se maintenir debout, ne pas plier le genou et rester l'épaule solide dont son Âme sœur avait éperdument besoin.

— *Non !* hurla Awena dans un long cri poignant.

— Tout se passera bien *mo chridhe*, elle vivra, tu m'entends ? Sophie-Élisa vivra !

— Je les déteste ! Pourquoi nous font-ils subir ça ?

— Je ne sais pas *beag blàth*, et j'espère sincèrement pour eux qu'ils ont une bonne raison d'agir ainsi, sinon je n'aurai jamais assez de ma vie et de ma mort pour leur faire payer leur erreur ! rugit Darren en berçant contre son cœur Awena qui continuait de vociférer contre les Dieux tout en pleurant à chaudes larmes.

Logan se sentait oppressé, inutile, submergé par l'émotion et il fit mine de sortir pour laisser le couple en toute intimité.

— Restez Logan ! demanda Darren d'une voix rauque, éraillée. Restez, répéta-t-il dans un souffle.

Logan répondit par un imperceptible hochement de tête et croisa le regard meurtri du laird.

Cet homme, ce fier guerrier highlander, était une montagne de courage et de volonté à l'état pur. Même en ce moment éprouvant, il combattait encore, son immense peine uniquement décelable sur les traits tendus de son visage et dans le bleu nuit intense de ses yeux. Logan l'admirait. Il avait devant lui un guerrier digne des légendes ancestrales, un roc, un fils des Dieux et un homme, prêt à se battre contre vents et tempêtes pour sauver les siens. Logan s'approcha à pas de loup de la cheminée aux cendres froides et s'appuya des deux mains sur le linteau en pierres de taille.

Derrière son dos aux muscles tendus, Darren souleva Awena dans ses bras avec mille précautions pour ensuite la porter vers le grand fauteuil en face du bureau. Toujours en l'embrassant sur le front et les cheveux, il s'assit tout en calant tendrement sur ses genoux et contre son torse le corps tremblant de sa compagne.

— Chut *mo chridhe*, gardons la tête froide pour aider au mieux Lisa et Logan, ils ont besoin de toute notre attention. *Tha goal agam ort* (je t'aime)... murmura-t-il encore ardemment en cachant son visage dans les mèches soyeuses et odorantes de sa femme.

Awena gémit doucement en posant une main sur sa joue et en le caressant tendrement à son tour. Là, sa frimousse posée tout contre son buste puissant, elle essaya de calmer ses hoquets et sanglots au son des pulsations fortes de son cœur. Quelqu'un frappa à la porte à ce moment-là et la voix grave de Iain leur parvint à travers l'épais montant en bois.

— Darren ?

Logan redressa la tête et croisa le regard du laird, il hésitait visiblement à faire entrer Iain, mais la princesse des Sidhes avait été très claire : personne d'autre ne devait être au courant.

— Nous réglons un petit souci et nous te rejoignons dans la grande salle ! lança Darren assez fort pour que Iain l'entende.

Iain attendit un moment avant de partir sans plus poser de question, le bruit de ses talons se répercutant dans le couloir. Darren soupira et pencha la tête vers le visage triste d'Awena qui le dévisageait intensément.

— Ça va ? murmura-t-il.

— Oui, finissons-en Darren, j'aimerais... marcher un peu...

— Awena, pas un mot à Aigneas !

— Je sais, je ne... voulais pas aller la voir... je...

— Je te comprends et si tu le souhaites nous irons nous promener près du *Loch* tout à l'heure.

— Oui, souffla encore Awena en reposant la tête sur son torse.

— Logan, au vu de ce que nous connaissons maintenant, je ne peux vous tenir grief en ce qui concerne ma fille, fit Darren en appuyant ses épaules avec lassitude sur le haut dossier du fauteuil. Vous vous unirez par les liens du mariage, ici, sur nos terres, dans le Cercle des Dieux et nous vous aiderons à... partir vers le futur avec elle. Vous emporterez un joyau des plus purs, notre gemme de sang, notre fille... prenez soin d'elle, au péril de votre existence si cela est nécessaire !

— *Aye*, je vous en fais la promesse, sa vie passera toujours avant la mienne. Je respecterai votre demande et celle de la princesse des Sidhes de m'unir à Lisa auprès de vous, de sa famille et de son clan. Ensuite, comme vous le savez, nous avons très peu de temps pour partir en 2014 et le plus difficile sera de convaincre votre fille de me suivre. Elle ne doit se douter de rien, ni apprendre ce qu'il se passerait si elle demeurait ici jusqu'au jour de son anniversaire et de celui de Cameron... Si elle venait à en être informée, elle refuserait de s'en aller et tenterait l'impossible... Logan secoua la tête sans continuer son discours, tous trois étaient au fait de ce qu'il adviendrait de Sophie-Élisa si elle décidait de rester.

— Que faire pour qu'elle m'accompagne? s'exclama-t-il en reprenant la parole. Je ne peux tout de même pas la kidnapper ? ! Car alors, ce serait au tour de Cameron de se douter de quelque chose et il m'a déjà dans le collimateur...

Darren soupira, les yeux dans le vague, en caressant de ses mains les bras toujours tremblants d'Awena tout en essayant de lui communiquer sa chaleur.

— Seriez-vous resté ici... si dans le cas contraire, pour la sauver, il vous avait fallu abandonner votre époque ? demanda d'une toute petite voix Awena, sans redresser la tête de son cocon protecteur.

— *Aye* ! répondit tout de suite Logan.

— En renonçant à tous les vôtres dans le futur ? Sans jamais pouvoir les revoir un jour ?

— *Aye* ! affirma-t-il à nouveau en laissant transparaître une touche de tristesse dans sa voix. Entre sauver Lisa et savoir que je ne reverrais plus les miens, mais qu'ils seraient en sécurité dans le futur, mon choix serait vite fait et en faveur de votre fille !

— En ce cas, nous emploierons cette ruse pour la faire partir avec vous... chuchota Awena alors que Darren se redressait pour la tenir légèrement à bout de bras, la contemplant avec un regard intense, alors qu'un premier sourire, un peu crispé, se dessinait sur ses lèvres pleines.

— Awena... tu es un génie !

Logan en convint au fond de lui, il n'aurait jamais songé à l'idée que sous-entendaient les propos de la dame du clan. C'était d'une simplicité absolue...

— Avez-vous compris Logan ? Pour que Sophie-Élisa vous suive, il faut lui faire croire que vous êtes en danger de mort ici et que le seul moyen d'y échapper serait de retourner dans le futur. C'est ce que nous lui annoncerons, Darren et moi, et vous devrez agir comme si de rien n'était. Une fois qu'elle vous saura en péril... elle vous suivra... parce qu'elle vous aime... hoqueta Awena en essayant de garder le contrôle de ses émotions. Elle partira... pour vous, et je suis certaine... qu'elle aura une longue vie bien remplie dans le futur... je...

Vive comme l'éclair, Awena échappa aux bras de Darren et s'enfuit du cabinet de travail. Le chagrin était trop violent pour qu'elle puisse le contenir et le seul moyen de l'évacuer, la concernant, était de marcher interminablement sur les rives du *Loch of Yarrows.* Darren se redressa et passa lentement devant Logan avant de vriller son regard sombre, intense, dans le sien.

— Donnez-nous un peu de temps Logan, juste ce qu'il faut pour faire nos adieux. Et pour parfaire notre plan, nous allons faire un pacte vous et moi. Si, de quelque manière que ce soit dans le futur vous avez besoin de moi, il suffira de vous rendre à la pleine lune au Cercle des Dieux et de me faire parvenir votre message par le biais d'un vœu que je formulerai aussi de mon côté. Tous les cycles lunaires, j'y serai, et ce, à n'importe quelle période, par n'importe quel temps. Si message il y a, je vous promets de me battre contre les divinités et les courbes du temps pour me porter à votre secours. Je serai là pour ma fille et... pour vous, *mac*... rien ni personne ne pourra se mettre sur mon chemin !

Logan fut très ému et profondément touché par l'attitude de Darren, sans compter que celui-ci l'avait d'ores et déjà accepté comme un second fils en l'appelant *mac*.

— Je conclus ce pacte avec vous, acquiesça Logan. Je vous en fais la promesse et je tiens à ce que vous fassiez la même chose de votre côté, si de mon aide vous avez besoin. Je me posterai, aussi, à chaque pleine lune, dans le Cercle des Dieux, dans l'attente éventuelle d'un message de votre part.

Darren hocha la tête en un signe entendu, saisit son *skean dubh* dans sa botte et s'entailla la paume de la main d'un geste vif, précis, avant de la tendre à Logan. Celui-ci fit de même et ils s'empoignèrent fortement, mêlant leurs sangs pour conclure le pacte énoncé.

— Bienvenue dans la famille *mac* Logan ! fit Darren en lui souriant plus chaleureusement, même si ses yeux bleu nuit restaient tristes, sombres.

— *Tapadh leibh athair* (merci à vous père) ! murmura Logan d'une voix rauque et profonde en inclinant respectueusement la tête.

— Je vais rejoindre ma femme... marmonna Darren avant d'essayer de faire un peu d'humour. Vous avez la vôtre à retrouver aussi, un mariage doit lui être annoncé...

Chapitre 18

Mentir par amour

Sophie-Élisa enrageait et se défoulait sur la pauvre pâte à pain qu'elle rouait de coups de poings vengeurs et de catapultages de farine au lieu d'un pétrissage dans les règles de l'art.

Elle avait débarqué telle une furie dans les cuisines du château et s'y était investie à reproduire l'exact capharnaüm qui régnait dans sa chambre, tout ça sous les yeux effarés des marmitons et de la cuisinière en chef : Odette.

Odette était la fille de l'ancienne cuisinière, Ada, qui avait elle aussi décidé de prendre sa retraite avec son mari Dougy dans la toute nouvelle demeure fortifiée de Iain, *Caistealmuir* ! Physiquement, on aurait dit des jumelles, même corps rondelet, même visage souriant – d'habitude, car là, le sourire était absent –, identiques cheveux châtains bouclés, amassés en masse sous son bonnet de lin et caractère pareillement facétieux. Sauf que là encore, elle n'avait pas du tout, mais alors pas du tout envie de s'amuser. Sa cuisine était son domaine privilégié qu'elle régentait d'une main de fer et personne ne devait marcher sur ses plates-bandes. De plus, ce métier se transmettait de mère en fille dans la famille et Odette en était fière, elle adorait être ici, enfin, jusqu'à ce jour !

Les marmitons avaient fui sans demander leur reste tandis qu'Odette s'échinait à remettre à sa place tous les ustensiles, pots et mets divers que Sophie-Élisa éparpillait sur son passage. Un coup d'œil de la cuisinière vers les grandes cheminées l'avait rassurée quant à la cuisson des moutons qui rôtissaient sur des broches tournant grâce à un ingénieux système de roues dentées avec pivots, poulies et poids, tel le mécanisme d'une horloge, libérant ainsi le pauvre tournebroche de plusieurs heures d'un éprouvant labeur. Un nouveau bruit, épouvantable, avait ramené l'attention d'Odette sur Sophie-Élisa.

Mais qu'avaient donc les premières dames du clan aujourd'hui avec ses poêles, chaudrons et...

— *Och naye !* Pas le hachoir ! avait crié Odette en saisissant ledit instrument avant que Sophie-Élisa ne s'en empare. Si vous voulez vraiment vous rendre utile ici m'dame, pétrissez-moi c'te pain !

Sans cesser de vociférer contre les Dieux savaient quoi, Sophie-Élisa s'était ainsi attelée à la tâche... au grand désespoir d'Odette.

Heureusement que sa mère ne pouvait pas voir dans quel état pitoyable se trouvaient ses anciennes cuisines, la pauvre ! Toute cette pagaille et ces nuages de farine en suspension dans l'air, si ce n'était pas sur le sol, lui auraient certainement provoqué une crise cardiaque !

— L'va être bon l'pain ! essaya-t-elle d'indiquer dans l'espoir insensé de sauver la pâte informe et la farine dans un sac de toile qui s'amenuisait à vitesse grand V.

— Je vais le massacrer ! éructa Sophie-Élisa en tapant derechef du poing plusieurs fois d'affilée.

— Sûr ! J'vous contredirai pas là d'sus ! grommela Odette en faisant mine d'avancer deux mains secourables vers la pâte avant de suffoquer et d'éternuer sous un nouveau catapultage de farine.

— Je vais le tasser menu menu !

— Plus plat... que ça... vous pourrez pas l'faire ! coassa la pauvre cuisinière en s'essuyant les yeux larmoyants dans son tablier et faisant tomber de la poudre blanche de son bonnet.

— Il est vivant ! s'exclama la furie d'un ton coléreux.

— L'pain ? *Och naye !* Là, l'est mort ratatiné !

Loin d'écouter les réponses bizarroïdes d'Odette, Sophie-Élisa passait dans sa tête toutes les tortures les plus horribles qu'elle infligerait à Logan.

Dire qu'elle s'était lamentée pour lui, qu'elle aurait succombé de chagrin pour lui, tout ça parce qu'il avait disparu, transformé en grains de sable.

— Des grains de sable... grinça-t-elle à haute voix.

— Ah pas dans la farine ! L'est de bonne facture ! s'indigna Odette en fronçant ses sourcils... blancs.

Sophie-Élisa s'était même moquée du sort qui allait s'abattre sur elle dans la grande salle, alors qu'elle attendait ses parents et leur verdict, sagement assise sur un tabouret près de la cheminée dont les flammes vives n'arrivaient pas à réchauffer son corps glacé.

Oh ! Elle avait sursauté plus qu'à son tour, aux éclats de voix provenant du couloir menant au hall d'entrée du château, de sa mère, de son père, de Iain et de Larkin. Sans que jamais l'un d'eux ne se montre à elle. Puis tout ça était passé au second degré, pour faire à nouveau place au gouffre du chagrin.

Quand s'était-elle décidée à se lever et faire quelques pas vers le hall ? Comment en avait-elle trouvé la force ? Sophie-Élisa ne s'en souvenait plus. Par contre... elle garderait en mémoire toute sa vie la vision de son frère traversant la cour intérieure de la forteresse en sa direction, la démarche rageuse. Il s'était planté face à elle et Sophie-Élisa n'aurait su dire quelle expression il affichait, tant il y avait de sang sur son visage !

— Cameron ! Tu es blessé ! avait-elle crié en accourant vers lui.

Mais il avait stoppé net son élan en élevant une main ferme en guise d'obstacle.

— Où étais-tu ? Avec lui dans la forêt ? avait-il aboyé d'emblée.

— Quoi ? Avec qui ?

— *Logan !!* Tu étais avec lui là-bas, n'est-ce pas ?

« *Pas dans les bois, dans mon lit* », avait-elle corrigé mentalement avant de sursauter violemment.

— Tu... tu as vu Logan ? Où ?

— *Och !* Ne fais pas l'innocente, il sortait du sous-bois en face du pré d'entraînement et il portait *ton* plaid !

— Mon plaid ? s'était-elle étonnée en dévisageant son frère comme si c'était un fou. Qu'as-tu fait Cameron ? ! avait-elle soudain grondé en avisant la claymore qu'il tenait toujours à la main.

— Je l'ai provoqué en duel, ton satané Logan. Il a eu le dessus au combat cette fois, mais la prochaine, je ne le raterai pas !

— Je n'y comprends rien, avait gémi Sophie-Élisa qui n'avait plus su quoi penser.

Logan... Elle l'avait pleuré parce qu'elle le croyait mort, mais en fait, il se promenait dans les bois et avait défiguré son frère... La tête lui tournait étrangement, mais la colère qui grandissait en elle l'avait aidée à tenir debout à ce moment-là.

— Tu es certain que c'est lui qui... t'a fait ça ? avait-elle soufflé dans un désir tenace d'avoir une autre preuve tangible que Logan était bel et bien là, tout près d'elle.

— *Aye !* Mais ce n'est que partie remise !

Sur ces mots, Cameron était passé en la bousculant au passage, alors qu'elle enregistrait petit à petit dans son esprit en ébullition toutes les informations qu'il venait de lui donner.

Logan, vivant, se baladant dans les bois et se battant à nouveau comme un chiffonnier avec son frère au lieu de se réveiller tranquillement dans ses bras ! Le bougre ! Il allait le payer cher, très cher !

Inconsciemment, ses pas l'avaient ramenée dans le hall d'entrée et elle avait encore sursauté au son de la voix de son père d'abord et de sa mère ensuite, non loin d'elle à l'extérieur des murs :

« — *Awena ! C'est avec ça que tu as frappé notre mac ? Et... Logan !*

— Ah non ! Nous allons nous rendre comme des gens civilisés dans le cabinet de travail où nous réglerons tous les problèmes en cours. Tout de suite ! »

Une petite voix avait conseillé à Sophie-Élisa de se cacher dans l'ombre d'une alcôve, conseil qu'elle s'était empressé de suivre juste au moment où Awena tenant une poêle à la main, Darren de très sombre humeur et... Logan, plus beau que jamais – *non, pas beau !* –, étaient passés devant elle.

Sophie-Élisa avait senti son être s'éveiller, son cœur palpiter, hypnotisée par la haute carrure de l'homme qui avait partagé son lit, son corps, ses émotions... mais qui continuait son chemin sans l'avoir perçue...

Et voilà pourquoi elle avait trouvé refuge dans les cuisines et aidait gentiment Odette à préparer un bon pain croustillant !

— *Sguir !* cria celle-ci au moment présent, avant que Sophie-Élisa ne lève des prunelles étonnées sur elle. Oust ! Sortez mam'zelle ! Vous avez fait assez d'dégâts comme ça !

Ah oui ? Un large coup d'œil sur le chaos de la pièce lui en dit long sur ce que voulait insinuer Odette. Était-ce elle qui avait fait ça ?

— Mais... et le pain ? souffla la jeune femme d'une toute petite voix, son corps couvert de farine de la tête aux pieds... tout comme la cuisinière en chef !

— L'pauvre, il a trépassé d'puis belle heurette ! Oust, vous dis-je ! la houspilla-t-elle en balayant l'air de ses mains pour lui enjoindre de partir.

— Je peux vous aider à ranger si...

— Plus jamais ! s'écria Odette tout affolée avant de pointer le doigt vers une des portes de la cuisine. Dehors !

Ah, là, formulé comme ça... il valait mieux lui obéir. Sophie-Élisa ne fit que quelques pas dans le couloir sombre avant de se heurter à une haute stature toute en muscles qui venait à contre sens. Un corps d'homme qui sentait bon l'air pur des Highlands, le propre et une odeur de savon aux tonalités boisées.

— Un deuxième bain avec toi ne me déplairait pas, tu sembles en avoir besoin, ronronna une voix rauque et unique.

Avant que Sophie-Élisa ne puisse réfléchir davantage, deux bras possessifs l'enserrèrent pour l'attirer contre un torse puissant et des lèvres avides, fougueuses, se posèrent sur les siennes.

Dans un soupir ténu, Sophie-Élisa entoura de ses mains la nuque de Logan, caressant du bout des doigts ses mèches soyeuses et mêla sa langue à la sienne en un baiser langoureux, torride, profond.

Il était là, tout contre elle, à éveiller ses désirs les plus primitifs alors que quelques heures plus tôt, elle l'avait considéré comme mort. Ce dernier mot éclata dans sa tête comme le grondement de l'orage et lui donna la force de s'extraire de sa bulle de passion.

— Je t'ai cru disparu pour toujours ! Alors que tu m'as quittée pour aller défigurer mon frère ! attaqua-t-elle vivement en essayant de faire renaître sa colère pour que s'évanouisse l'envie d'être à nouveau enlacée, embrassée, caressée...

— Je... quoi ? s'étonna Logan en haussant un sourcil interloqué tout en la dévisageant de ses yeux de braise.

Un irrésistible et incongru besoin de rire saisit la jeune femme. Ah non ! Ce n'était pas le moment ! Mais comment lutter contre le comique de la situation ?

Logan était habillé de l'habituelle tenue du guerrier highlander, ses longs cheveux bruns aux mèches dorées étaient encore humides de son bain et son visage était rasé de près, toujours aussi beau, viril, mais... le bout de son noble nez et le contour de sa bouche étaient blancs de farine ! On aurait dit un clown !

Il avait deviné son envie de se gausser sans en connaître la cause et en réponse, lui souriait, taquin, accentuant davantage l'air bouffon qu'il affichait sans s'en rendre compte.

— Tu as de la farine partout ! s'amusa-t-il en tapotant le

bliaud naguère bleu et les manches amples de sa tunique.

— Toi aussi ! pouffa Sophie-Élisa avant de rire aux éclats.

— Ah ? Raison de plus pour reprendre un bain... avec toi.

Quand il lui parlait comme ça et faisait naître dans son esprit des pensées audacieuses, Sophie-Élisa perdait le fil de la réalité.

Mais il n'allait pas l'embobiner avec des mots doux, non, non !

— Pourquoi n'étais-tu pas là à mon réveil ? se rembrunit-elle en plaquant ses mains sur son torse, percevant la chaleur de sa peau au travers de la tunique.

— J'avais... une envie pressente ! mentit-il effrontément, toujours avec son sourire comique.

« *Ne pas craquer et rire ! Tenir la barre !* », se morigéna Sophie-Élisa en pinçant les lèvres de plus belle, jusqu'à ce que les mots de Logan se frayent un chemin dans son esprit.

— Dans les bois ? Non... ne me raconte pas que tu es encore parti faire tes besoins là-bas ? s'offusqua-t-elle en écarquillant les yeux.

— Alors je ne te le dis pas ! s'amusa Logan en passant ses doigts dans son chignon croulant et farineux.

Les longues mèches tombèrent dans un murmure de soie sur ses épaules en fascinant Logan de leurs somptueux reflets cuivrés. Enfin... là où ils avaient échappé au poudrage blanc.

Sophie-Élisa frissonna de plaisir avant de reprendre la parole pour ne pas perdre le contrôle de ses émotions.

— Et Cameron ? Il m'a dit t'avoir croisé à ce moment-là avec mon plaid sur toi !

— Mon cœur, susurra Logan en plaçant ses mains de part et d'autre de son visage. C'était ton plaid ou la nuisette déchirée pour vêtir mon corps nu. Je n'allais tout de même pas effrayer les soubrettes du château en me baladant nu comme un ver ?

Sophie-Élisa rougit violemment sous la pellicule

farineuse qui poudrait sa peau veloutée. L'évocation du corps nu de Logan venait de faire naître des palpitations brûlantes au creux de son ventre et il dut s'en apercevoir, car il resserra ses bras autour d'elle en la dévisageant d'un air de prédateur.

— On va se marier Lisa !

— Oui... souffla-t-elle, pantelante.

— Tes parents m'ont donné leur accord. De toute façon, ils ne pouvaient pas refuser vu que l'on a placé la charrue avant les bœufs.

— Quand ?

— Le plus vite possible, grogna-t-il en s'emparant de sa bouche pour un baiser avide, sa langue partant à la conquête de la sienne en va-et-vient profonds, passionnés.

Oh oui ! Ils allaient se marier, mais pour l'instant, un besoin brûlant les poussa à se cacher dans une remise près des cuisines. Un besoin très, très urgent qui ne souffrait d'aucune attente !

Sophie-Élisa fut convoquée dans le cabinet de travail par ses parents le lendemain matin. Elle n'avait pas eu l'occasion de les voir jusqu'à ce moment-là et avait très peur de cette première confrontation depuis qu'ils avaient découvert sa liaison avec Logan.

Logan. Songer à lui redonnait à Sophie-Élisa le courage d'avancer, la force d'affronter vents et tempêtes. Ils avaient fait l'amour dans la remise près des cuisines, voluptueusement, fiévreusement et s'étaient séparés en se promettant de se retrouver le plus tôt possible. Là aussi, cela n'avait pas pu se faire, Larkin et Aonghas l'ayant accaparé tout le reste du temps, l'aïeul pouvant enfin inviter son descendant chez lui.

Et de Cameron ? Plus aucune nouvelle. Il avait refusé les soins d'Aigneas et de Iain et s'était barricadé dans ses appartements.

À l'instant de franchir la porte du cabinet de travail, Sophie-Élisa avala difficilement sa salive, vérifia d'une main tremblante si son ample chignon était toujours bien en place et lissa maladroitement les plis de son bliaud en taffetas marron et fils d'or.

Elle toqua trois petits coups comme à son habitude et entendit la voix rocailleuse de son père :

— Entre !

Voilà, le moment tant craint était arrivé, elle poussa le loquet, ouvrit le battant et s'avança, tête haute, dans la pièce. Sophie-Élisa eut un léger soupir de soulagement en apercevant la grande stature de Iain, tellement semblable à celle de son père, qui lui, était assis dans son fauteuil derrière l'imposant bureau en bois. Awena se tenait à ses côtés dans une bergère que l'on avait dû faire venir de leurs appartements, le visage pâle, ses beaux cheveux roux rassemblés en une seule natte qui lui tombait sur l'épaule et le somptueux bliaud orangé et tunique blanche à dentelles.

— Assieds-toi Lisa ! ordonna Darren d'un ton neutre, toutefois plus tendre lorsqu'il prononça le diminutif de ses prénoms.

Dieux ! Que cela était difficile de se sentir jugée, prête à comparaître devant les personnes qu'elle aimait le plus au monde. Ils avaient l'air si tendu, figé dans leurs gestes et cette tristesse qui filtrait dans le doux regard vert de sa mère...

Sophie-Élisa les avait profondément déçus et il faudrait qu'elle supporte toute sa vie le poids de sa faute, même s'il y avait mariage en guise de réparation. Elle s'assit vivement sur le banc, face à ses parents, avant que ses jambes, qui ne la soutenaient plus, ne lâchent.

— Tout d'abord Lisa, apprends que ta *màthair* et moi ne t'en voulons pas ! commença Darren de sa voix basse. Nous savons maintenant que ton destin était tracé de la main des Dieux depuis l'arrivée de Logan dans le Cercle sacré et tout ce qui en a découlé aussi.

Sophie-Élisa n'en croyait pas ses oreilles et ouvrit de grands yeux étonnés. La tournure que prenaient les événements la dépassait. Ils ne lui en voulaient pas ? Et que venaient faire les Dieux dans tout ça ? Ce fut au tour de sa mère de lui parler alors que Iain fronçait imperceptiblement les sourcils.

— J'ai eu une vision, comme cela m'est déjà arrivé il y a très longtemps. J'ai vu le chemin que devaient prendre tes pas et ceux de Logan. Tout d'abord, les Dieux ont réuni vos cœurs comme cela a été le cas de Iain, Diane, de ton père et moi. Ils ont fait en sorte que vous vous retrouviez ici dans cette époque puis dans le monde des Sidhes par l'entremise de vos rêves pour vous lier devant eux.

Sophie-Élisa lâcha un hoquet de stupeur en portant ses doigts tremblants à sa bouche.

Les rêves...

— Ils ont fait cela pour accélérer votre union devant nous, ta famille et le clan, dans un but très précis...

La tristesse d'Awena s'accentua à ce moment-là et Darren lui serra la main pour l'encourager à poursuivre, ce qu'elle fit en respirant plus rapidement, comme oppressée par les mots qu'elle allait devoir prononcer. Ces gestes inquiétèrent Sophie-Élisa plus que de mesure et elle se retrouva suspendue aux lèvres d'Awena, à attendre la suite de ses propos.

— La... *vision*, était claire et précise, réussit à annoncer Awena. Ma chérie, il va te falloir beaucoup de bravoure, comme à nous tous. Ton destin est de sauver Logan qui mourra s'il reste dans notre époque. Pour cela... tu devras le convaincre de partir dans le futur, ensemble, et... ne jamais chercher à revenir dans le passé...

— Maman ! s'exclama Sophie-Élisa horrifiée, se sentant statufiée, incapable de bouger sur son banc alors que les mots se forçaient un passage dans son esprit torturé et que la réalité se faisait jour.

La tête lui tournait, son pauvre petit cœur palpitait et sa respiration se fit sifflante, laborieuse, comme si elle avait reçu un coup de poing dans l'estomac. Elle dut s'agripper des deux mains au bord du bureau pour ne pas s'effondrer.

— En es-tu certaine ? gronda Iain en s'avançant rageusement, le corps tendu tout en essayant de croiser le regard d'Awena qui fixait sa fille d'un air déchirant.

Les larmes qui perlèrent à ses yeux, puis sillonnèrent sur ses joues pâles furent la seule réponse que Iain eut.

— Lisa, c'est à toi de choisir maintenant. Soit tu restes ici dans notre époque et Logan mourra car il te sera impossible de t'interposer contre son destin, soit tu le suis dans le futur, et le malheur qui plane sur lui sera conjuré...

— Comment peux-tu en être certaine ? Et de quel danger parles-tu ? rétorqua Iain alors que Sophie-Élisa réfléchissait autant que son cerveau le lui permettait.

— Ma vision était comme suit : Logan et Lisa dans leurs rêves, leur union dans le monde des Sidhes puis dans le Cercle et leur départ vers le futur. Cela était pour le côté lumineux... mais il y avait l'autre face, le côté sombre, me faisant basculer vers les ténèbres en voyant Logan rester dans notre époque, son corps sans vie et Lisa pleurant devant son bûcher funéraire.

Awena crispa les poings au fur et à mesure qu'elle narrait sa « vision ». Il ne fallait pas qu'elle flanche maintenant, ou sinon le plan que Darren et elle avaient mis sur pieds s'effondrerait.

S'assurer du soutien de Iain était primordial, même s'il ne devait en aucun cas savoir la vérité. Il leur serait d'une aide précieuse et pousserait Sophie-Élisa à choisir de partir vers le futur. Après tout, lui aussi s'était uni à une femme d'une autre époque et lui aussi aurait décidé de quitter les siens pour la sauver.

— Maman ! s'écria à nouveau Sophie-Élisa d'un air éperdu et hagard. Je ne peux pas !

Darren et Awena sursautèrent de concert. Ils n'avaient pas prévu que Sophie-Élisa refuserait de partir.

— Il s'agit de Logan, intervint Darren d'un ton grave. Réfléchis bien !

— Il y a certainement quelque chose à tenter ici !

sanglota la jeune femme en secouant la tête.

— *Naye !* Les visions de ta *màthair* se sont toujours réalisées. Elle-même a réussi à me sauver la vie en quittant l'an 2010. Si elle ne l'avait pas fait... je ne serais pas là et aurais été criblé de flèches lors du dernier affrontement contre les Gunn. Néanmoins, la décision t'appartient et quoi que tu juges bon de faire, nous te soutiendrons. Sache Lisa, que la douleur est tout aussi grande pour nous de devoir te laisser partir vers ton propre destin. Aimes-tu Logan ? s'enquit sereinement Darren en se penchant vers sa fille.

— Oui ! s'écria Sophie-Élisa dans un cri du cœur. Mais... vous me demandez de faire un choix terrible... ma famille contre Logan... se lamenta-t-elle.

Darren et Awena souffraient pour elle. Ils avaient conscience de la difficulté que rencontrait Sophie-Élisa, combien sa décision était lourde de conséquences, eux-mêmes avaient fait leur choix pour la sauver elle.

— Lisa, intervint finalement Iain. La magie évolue toujours. Il se pourrait que nous puissions voyager sur les courbes du temps comme nous le ferions pour nous visiter les uns et les autres en utilisant nos routes terrestres. Ce n'est pas un adieu fillote !

— Oh ! Pa' ! Le penses-tu réellement ?

— *Aye !* Et je suis certain que tes parents ont envisagé la même chose que moi. Nous te retrouverons Lisa. Nous braverons le temps et les Dieux pour venir vers toi. Tu sais combien nous sommes têtus dans la famille, si nous décidons quelque chose, nous le faisons jusqu'au bout !

Sophie-Élisa se retourna, pleine d'un espoir nouveau, vers Darren et Awena, toujours aussi calmes et dignes malgré leur tristesse.

— Êtes-vous du même avis que Pa' ? Serait-ce possible de nous retrouver dans le futur ?

— *Aye !* acquiesça Darren sans hésitation, alors qu'Awena hochait la tête sans dire un mot. Un mensonge de plus aurait été un mensonge de trop pour ses nerfs.

Sophie-Élisa se retrancha dans ses pensées un instant avant de se lever sur ses jambes flageolantes.

— Alors... par amour, pour Logan, je partirai avec lui et le sauverai du destin funeste qui l'attend ici. Nous irons... par-delà le temps, tout de suite après notre union dans le Cercle. Je... je dois sortir prendre l'air, réfléchir...

— Va ma chérie, tu as notre bénédiction, fit tendrement Awena avec un premier sourire, même si ce n'était qu'une esquisse. N'oublie jamais que nous t'aimons et ferons tout pour toi. *Tout* !

Sophie-Élisa acquiesça et se précipita dans les bras accueillants et rassurants de ses parents. Après effusions de larmes et d'embrassades, elle quitta le cabinet de travail d'un pas chancelant, Iain la suivant de près par peur qu'elle s'évanouisse.

Il revint peu de temps après et referma la porte sur lui en dévisageant intensément Darren et Awena qui avaient l'air plus abattus que jamais.

— Crois-tu réellement ce que tu as dit à Lisa ? demanda Darren sombrement, alors qu'il connaissait pertinemment la réponse que lui donnerait son grand-père.

Iain carra les épaules et soupira longuement.

— *Naye*, souffla-t-il en baissant la tête avant de leur faire face à nouveau. *Naye*, répéta-t-il. Nous ne pourrons pas voyager sur les courbes du temps ainsi, sans qu'il y ait un vœu à la clef ou une aide magique considérable. Nous courrons le danger d'y être tous emprisonnés et je sais de quoi je parle ! D'ailleurs, Logan et Sophie-Élisa ne sont pas à l'abri de ce risque ! s'emporta-t-il tout d'un coup. Awena ! s'exclama-t-il en pointant son index dans la direction de la dame du clan. Tu n'as plus eu de vision depuis... avant la naissance des jumeaux d'après mes informations, et soudain, tu en as une qui pousse Lisa à nous quitter pour sauver Logan ? ! C'est un peu gros à avaler...

— Ils doivent partir et tu nous soutiendras dans cette décision ! gronda Darren en fermant le poing et en serrant les dents pour ne pas parler du pacte de sang qu'il avait conclu avec Logan. Il y avait bien ce moyen-là pour voyager dans le temps, mais s'il le révélait, le mensonge serait éventé et ils devraient dire la vérité à Iain, ce qui était hors de question, la princesse des Sidhes le leur avait ordonné au travers de la *pierre de Lïmbuée*. Alors il garda le silence.

Iain secoua la tête.

— Vous ne me dites pas tout, souffla-t-il en s'approchant du couple toujours assis et en les sondant de son regard sombre. Il y a plus, je le pressens...

— Iain, gémit Awena au supplice, le visage en larmes. C'est si difficile de nous séparer d'elle, crois-tu que nous le ferions si nous n'avions pas une bonne raison ? *Aide-nous !* cria-t-elle à bout de forces.

Iain sentit sa colère s'effondrer comme un château de cartes devant la grande détresse du couple. Il les voyait acculés, mais déterminés à laisser partir leur précieuse enfant. Cette histoire de vision n'était qu'une façade, il en aurait mis sa main à couper !

— Awena... dis-moi tout, supplia-t-il en tendant les doigts dans un geste amical.

Il pouvait les aider et les libérer du poids qui pesait sur leurs épaules, il le savait, il suffisait qu'ils parlent.

— Je... nous t'avons raconté la vérité, bafouilla Awena en croisant le regard de Darren.

— Bon, marmonna Iain en laissant retomber ses bras le long de son corps. Mais tu ne me feras pas avaler cette histoire de vision, à moins que...

Iain dévisagea intensément Awena alors qu'elle plongeait ses yeux verts dans les siens.

— *Och !* À moins que quoi ? coupa Darren soudain alarmé par l'expression de vive surprise étonnée qu'il venait de voir sur le visage de Iain.

— Serait-ce possible ? Awena... es-tu grosse ? souffla celui-ci.

Darren éclata d'un rire grinçant, nerveux.

— Pa' ! Depuis les jumeaux et malgré nos prières aux Dieux, nous n'avons jamais pu avoir d'autres enfants, c'est blessant de...

— Awena ? demanda Iain en ignorant les grommellements de Darren.

— Oui Iain, chuchota-t-elle avant que Darren ne se tourne vers elle bouche bée et yeux écarquillés.

— Mais... comment ? bafouilla-t-il.

Pour un peu, Awena en aurait pleuré ou ri.

— Comme la première fois ! décida-t-elle de se moquer en faisant la grimace malgré son chagrin. Elle se serait presque maudite de ressentir de la joie en pensant au bébé qui grandissait en elle.

— Voici donc une explication plus que plausible et qui lève tous mes doutes ! s'exclama Iain en se frappant les cuisses de ses mains nerveuses. Vous avez mon soutien inconditionnel mes *clann*[15]. Je cours de ce pas me mettre au travail pour préparer un sortilège nous permettant de voyager dans le temps et cette fois-ci, j'y arriverai ! Foi de Saint Clare. *Och* ! Je vais aussi envoyer un messager prévenir Diane et mes fils de venir ici séance tenante et...

— Iain ! l'appela Awena en se redressant sur son fauteuil alors qu'il poussait le loquet de la porte. Pas un mot du bébé à Lisa !

Iain fronça les sourcils avant de hocher la tête.

— Je comprends, répondit-il simplement. Mais je réussirai, nous retrouverons Lisa dans le futur, vous verrez...

Et il partit en sifflotant, chose qui fit sérieusement tiquer Darren. S'il avait eu un gourdin sous la main, il aurait tout bonnement assommé son aïeul. Mais dans un autre cas, il était le seul à pouvoir créer un sortilège qui leur permettrait à tous de voyager dans le temps pour visiter Sophie-Élisa, lui, Awena et... *le bébé ?*

— Awena ! gronda-t-il en faisant les gros yeux à sa belle. Tu n'avais pas besoin d'un mensonge de plus, Iain nous

---

15 *Clann : enfants en gaélique écossais*

aurait de toute manière soutenus et...

— Ce n'est pas un bobard et je ne suis pas grosse, mais enceinte !

Darren en resta à nouveau suffoqué en dardant son regard bleu nuit sur le ventre plat de sa femme.

— *Och !* Mais après tout ce temps ! Et nous sommes trop âgés pour avoir un bébé !

— Âgés ? se récria Awena en reprenant quelques couleurs, même si c'était dû à une colère naissante. Je n'ai que quarante-trois ans mon amour, susurra-t-elle. Dans le futur, beaucoup de femmes ont leur premier bébé vers trente-cinq ans et d'autres plus tard encore. Non ! Ce n'est pas l'âge qui me chagrine malgré cette merveilleuse et ô combien inattendue nouvelle. Les Dieux nous ont privés d'enfants depuis la naissance des jumeaux. Tant d'années se sont écoulées durant lesquelles nous avons prié, espéré... pour nous résoudre enfin à faire le deuil d'un bébé qui ne viendrait jamais. Et voilà qu'ils nous arrachent Sophie-Élisa et que je me retrouve enceinte ! Darren... je m'apprêtais à vous annoncer à tous la nouvelle... mais maintenant... je ne supporte presque pas l'idée de cette vie qui commence...

— Awena ! s'exclama Darren en prenant sa femme sur ses genoux tout en la berçant dans une douce étreinte, un bras autour de sa taille encore fine et une main tendrement posée sur sa joue humide. Cet enfant est un cadeau *mo chridhe,* réussit-il à dire la voix enrouée par l'émotion. Lisa vivra et ce bébé aussi. Iain va concocter son sort et nous pourrons les présenter l'un à l'autre ! D'ici là, nous raconterons à ce petit être toutes les facéties et pitreries de sa sœur, nous lui narrerons toute son histoire, il la connaîtra au travers de tes peintures, ses portraits...

Awena hocha la tête et posa ses lèvres sur les siennes.

— Tes mots me rassurent et me donnent envie de te croire. Mais j'ai peur, chuchota-t-elle en s'écartant de lui.

— Il n'y a pas de raison. Sophie-Élisa sera heureuse auprès de Logan dans le futur et nous... Eh bien ! Nous allons nous atteler à réagencer une nurserie digne de ce nom et surtout à te ménager !

— Ce n'est pas le moment...

À ce stade de leur conversation, un formidable coup résonna contre la porte en les faisant sursauter, avant que Logan, le visage sombre et les yeux irradiant d'un feu intérieur, ne fasse irruption dans la pièce sans attendre d'autorisation.

— Nous avons un problème ! lança-t-il d'un ton crispé.

Chapitre 19

Sauve-moi, si tu l'oses !

Darren fut en quelques mouvements vifs debout et en face de Logan.
— Que se passe-t-il ?
— La princesse des Sidhes vient à nouveau de me contacter, annonça Logan d'une voix tendue.
Awena gémit dans son coin avant d'essayer de se lever pour s'écrouler, sans forces, dans sa bergère.
— Lisa ? souffla-t-elle anxieusement.
— *Naye* ! Ce n'est pas de Sophie-Élisa dont il s'agit, fit Logan en dévisageant tour à tour le laird et sa femme qui paraissaient tous deux anéantis. Mais de votre grand druide Ned et de sa troupe.
— Par les Dieux ! vociféra Darren en serrant les poings. Que vous a-t-elle dit ?
— Une garnison de soldats anglais est en train de les rattraper. Ils n'arriveront jamais à temps sur vos terres pour se mettre sous la protection des Runes du pouvoir. Ils ont quitté Dundee pour marcher le long de la côte est vers le château de Dunnottar où ils pensaient trouver refuge un certain temps auprès du clan Keith. Ils n'y parviendront pas ! Je les ai vus par l'intermédiaire de la princesse, ils sont mal équipés, une monture pour trois personnes, et il y a des femmes, des enfants et des vieillards parmi eux, malades pour la plupart, tout pour ralentir leur allure et leur porter préjudice. Derrière eux, une trentaine d'Anglais, des chevaux parfaitement entraînés et un ecclésiastique fou qui les commande et les

pousse à avancer à toute allure en leur criant qu'ils périront dans les flammes de l'enfer s'ils n'atteignent pas leur objectif qui est d'attraper et d'éliminer ces païens, peuple de Lucifer !

— Le château de Dunnottar... marmonna Darren. Le clan Keith est ennemi de notre branche familiale Sinclair, mais nous sommes en bons termes avec eux. Ned a très bien choisi. Quoique les plaines entourant la forteresse bâtie par William Keith, grand Marischal d'Écosse, sont arides du sang qui y a été versé depuis des siècles. Au commencement, c'était un haut lieu de rencontre entre les Hommes et les Dieux. Quant à l'ecclésiastique ! Je connais cet individu ! vociféra Darren. Ce fou comme vous le dites, et vous ne vous trompez pas sur ce point, n'est pas un être humain, mais une machine à tuer. Il a le mal en lui et a conduit sur le bûcher nombre de nos frères et sœurs sans parler des enfants qu'il faisait noyer ou massacrer. On le connaît sous le nom de *prêtre noir*, ou encore *le purificateur* ! Si Ned, Clyde et les autres tombent dans ses griffes, rien ne pourra les sauver. Cet ecclésiastique possède des pouvoirs de magie noire, il était l'un des nôtres avant de se mettre au service des rois et de l'Église il y a de cela fort longtemps. Logan, ce que nous demande la princesse est impossible à réaliser, nous ne pourrons jamais couvrir une telle distance, plus de deux cents lieues[16], pour leur porter assistance. Le purificateur sera sur eux des lustres avant notre venue !

— *Naye*, il y a un moyen de les secourir avant l'arrivée du prêtre noir. Grâce à la *pierre de Lïmbuée*.

— Que dites-vous ? s'étonna Darren. Elle est réservée à votre départ, il serait trop dangereux de l'utiliser pour une autre action...

— Nous ne mettrons pas notre retour à Sophie-Élisa et moi en péril, loin de là, cette pierre a assez de magie en elle pour nous permettre d'aider le grand druide et ceux qui l'accompagnent et nous envoyer dans le futur par la suite.

---

16 *La lieue métrique (Moyen Âge) est égale à 4 kilomètres : deux cents lieues donnent huit cents kilomètres.*

— Mais nous risquons d'attirer l'attention du clan en la dévoilant à la vue de tous ! gronda Darren en tournant en rond, tourmenté par son besoin de secourir les siens et de sauver sa fille de son destin funeste.

— *Naye*, il suffira de la tenir à l'écart des regards dans une petite poche en cuir. Son pouvoir conduira le porteur et ses hommes d'armes sur les terres de Dunnottar !

— Expliquez-moi le plan de la princesse, je suis certain qu'elle vous l'a divulgué !

— *Aye* et il est très simple, nous réunirons les guerriers dans le Cercle des Dieux, utiliserons la *pierre de Lïmbuée* en invoquant une incantation qui m'a été transmise et nous serons transportés dans un autre Cercle dissimulé près du château de Dunnottar ! Nous rentrerons par le même procédé après avoir secouru les nôtres !

— Un passage terrestre, souffla Darren ébahi. *Aye*, ainsi tout est réalisable. Donnez-moi le sort jeune homme, que je puisse partir à l'instant !

— *Naye*, je vous accompagne !

Darren le fusilla du regard avant de rugir.

— Certainement pas, vous restez ici, vous ne nous serez d'aucune aide, vous n'êtes pas un guerrier Logan MacKlare et vous risquez de vous faire tuer ou de nous mettre en danger en essayant de vous protéger.

Logan tiqua en marquant le coup, il serra les dents, un muscle battant sur sa mâchoire crispée.

— Je peux manier la claymore, la dague, je suis également un magicien et j'excelle à la Capoeira ! grinça-t-il sans quitter des yeux le laird.

— La *capotra quoi ?* coassa Darren en se plantant devant lui alors qu'un petit gloussement se faisait entendre dans son dos. Awena semblait rire en se cachant derrière une main.

La pauvre, les nerfs avaient dû lâcher et elle ne se contrôlait plus. Mais Logan devina qu'elle l'avait compris, après tout, elle avait grandi dans le futur.

— La Capoeira, susurra doucement Logan avec un sourire ironique. C'est un art martial afro-brésilien, un mélange de combat et de danse plus ou moins acrobatique...

— De la danse ? s'écria Darren. Logan... nous n'avons pas le temps de parler de danse !

— Attaquez-moi ! lui ordonna Logan en se détendant imperceptiblement et en se mettant à bouger agilement d'un pied sur l'autre dans un mouvement de va-et-vient de base appelé *Ginga*.

Darren lui fit les gros yeux en ricanant.

— Drôle de gigue que voilà !

— Attaquez-moi, si vous le pouvez ! le titilla à nouveau Logan, qui ne fut pas déçu, car Darren se lança sur lui d'un bond souple et félin.

Il l'évita en se jetant sur le côté, en faisant la roue pour se remettre à danser sur ses pieds dans le dos du laird, le tout à une vitesse record. Darren essaya de l'attraper d'une poigne, mais Logan s'accroupit vivement dans un mouvement nommé *Cocorinha*, pour se redresser tout aussi vite et pousser d'une simple poigne Darren qui bascula en arrière, momentanément désarçonné par la rapidité et la fluidité de déplacement de Logan.

Celui-ci en profita pour s'amuser un peu dans la pièce et faire tourner en bourrique le laird. Il se mit à pirouetter, tournoyer tout autour de lui sans jamais cesser de bouger sur ses jambes dans une sorte de danse virile et lancinante qui dégageait de surprenantes ondes de force à l'état brut. Ses mouvements étaient connus sous les noms de *Au*, *Au Angola* ou *Dobrado* et Logan maîtrisait ces disciplines.

Darren, totalement décontenancé par l'attitude de Logan, se sentit réellement et pour la première fois de sa vie « *un gros balourd* ». Blessé dans sa fierté de guerrier et d'homme, il adopta une position de combat et suivit les déplacements du jeune coq. Il attendit, patienta et choisit le moment de sauter au cou de Logan, mais celui-ci l'envoya voler dans les airs grâce à une sorte de coup de pied déployé en forme de cercle, le talon tendu à angle droit.

Darren, allongé sur le sol, dévisageait Logan avec ébahissement.

— Que venez-vous de faire là ? On aurait dit que vous vous êtes désarticulé la jambe !

Logan éclata de rire avant de s'approcher et de lui présenter une main pour l'aider à se relever, ce que Darren accepta, dans un but amical, et en aucun cas parce qu'il en avait besoin. Il était souple que diable et non... il n'avait pas du tout mal aux fesses ni au dos !

— Voici ce qu'est la Capoeira et ce mouvement de jambe s'appelle Armada... et je veux bien vous apprendre les bases si vous m'emmenez au château de Dunnottar !

— Comment allez-vous procéder pour expliquer cet étrange départ dans le Cercle auprès de Iain ? ironisa soudain Awena. Nous avons déjà eu du mal à lui faire croire cette histoire de *vision*.

— Sophie-Élisa est donc au courant ? coupa Logan, bouleversé et tout à coup anxieux. Elle... elle a fait son choix ?

— Oui Logan, lui souffla Awena. Et elle a décidé de quitter son époque pour vous sauver, car elle vous aime.

Logan ferma les yeux et soupira longuement de soulagement. Son cœur avait cessé de battre un instant et repartait au triple galop.

— *Mac* ! Pas le temps pour les émotions ! Nous devons tenir Iain à l'écart de notre sortie dans le Cercle... commença à réfléchir à haute voix Darren.

— Ce ne sera pas la peine Darren, coupa Awena, je viendrai avec vous, il sait que j'ai la possibilité de déployer une magie considérable quand j'ai un contact avec les Dieux et un mensonge de plus ne fera pas la différence. C'est moi qui porterai la *pierre de Lïmbuée*, vous me transmettrez l'incantation Logan et nous partirons tous...

— *Naye ! !* tonna Darren en faisant volte-face vers elle. Pense au... il se rattrapa de justesse sous le regard noir d'Awena. Souviens-toi de ce qui s'est passé la dernière fois ! Tu t'es transformée en dame blanche et as bien failli mourir ! Alors, *naye* ! Hors de question !

— Tu n'as pas le choix ! cria Awena en se saisissant d'une dague et de son fourreau qu'elle attacha sur sa taille fine. Iain risque d'en être intrigué ! Il ne faut pas que notre plan s'écroule maintenant, mais si cela peut te rassurer, je resterai dans le Cercle du château de Dunnottar pendant que vous secourrez Ned, Clyde et les autres !

— Elle n'a pas tort, marmonna Logan à qui ce nouveau programme ne plaisait pas plus qu'à Darren, mais qui avait conscience que sans Awena, tout pourrait partir à vau-l'eau.

— Tu me jures de te tenir loin du combat ? De ne pas employer ta magie ?

— Je te le jure ! soupira Awena d'un air crispé. Mais les charmes devront être utilisés cette fois-ci, car l'ecclésiastique en usera s'il se sent acculé. Il ne vous fera pas de cadeau, alors pas de quartiers !

Darren médita un instant les propos de sa femme et se tourna vers Logan.

— Allez prévenir Iain, Larkin et Cameron, dites-leur qu'Awena vient d'avoir une autre vision et que les Dieux nous ouvrent un chemin inconnu pour sauver les nôtres. Que les guerriers non-magiciens boivent le philtre du souvenir et que tous soient prêts au combat et au départ dans le Cercle sacré.

— *Aye* j'y cours de ce pas ! marmonna Logan en quittant le cabinet de travail.

— N'oublie pas Awena, tu m'as juré de rester en arrière, à l'abri ! gronda Darren en prenant sa femme dans ses bras.

— Mais oui mon amour, je ne bougerai pas !

— Montre-moi tes mains ! s'exclama-t-il soudain.

Awena sourit à nouveau en tendant les doigts devant lui.

— Tu vois, je ne les ai pas croisés et je te jure de me tenir tranquillement en retrait !

— *Aye,* ça va, marmonna Darren peu rassuré, car il connaissait Awena et savait pertinemment qu'elle ne resterait pas en place si le danger les menaçait. Embrasse-moi *mo chridhe* et filons délivrer nos amis.

Awena leva son visage et noua ses mains autour de cou de Darren pendant qu'il la serrait contre sa puissante poitrine et posait ses lèvres sur les siennes. Ils échangèrent un baiser ardent, chargé d'amour et de promesses puis se séparèrent pour se préparer et partir à la guerre.

Moins d'une heure après, dans le Cercle des Dieux, une vingtaine de Highlanders, incluant Cameron, Iain, Logan, Darren et Larkin, tous ayant le corps peint en bleu et les cheveux longs nattés – sauf Larkin qui restait habillé de sa sempiternelle toge immaculée – attendaient la dame du clan qui les conduirait vers les terres Dunnottar.

Les destriers renâclaient, nerveux, alors que les hommes gardaient le silence, leurs torses nus couverts de teinture indigo se soulevant au rythme de leurs respirations impatientes, et échangeaient des regards ombrageux. Ils étaient prêts ! Mais où était Awena ?

Elle arriva sur son beau cheval bai, cadeau de son mari aimant, habillée d'une tunique sombre, de braies de la même nuance et d'une cape en laine voletant derrière elle. Sur son dos reposaient un arc, un carquois rempli de flèches et une dague longue était attachée à sa taille. Elle aussi avait le visage peint en bleu et ses cheveux avaient été colorés au charbon de bois pour paraître plus foncés et cacher ses reflets cuivrés.

Elle avait fière allure et Darren sentit une forte émotion l'envahir. Cette farouche guerrière était sa femme, son Âme sœur et malgré le mal que leur avaient fait les Dieux, il les remerciait de l'avoir mise sur sa route.

— Ah merde ! s'écria soudain Logan en guidant son cheval aux côtés de celui de Darren.

Le laird sursauta et porta son regard vers l'endroit que Logan désignait du menton. Awena n'était pas seule, derrière elle se déplaçait une autre et somptueuse guerrière, montant à califourchon et à cru un magnifique destrier à la robe marron. Elle était habillée et grimée de la même manière que la dame du clan : Sophie-Élisa.

Darren serra les dents et retint les rênes que Logan tenait dans ses mains crispées.

— Laisse-la s'approcher *mac,* Lisa est une formidable guerrière, je l'ai formée comme son *bràthair* (frère) et nous pourrions avoir besoin de sa magie, puisque dans ce combat, il est plus que probable que nous devions l'employer.

— *Och naye !* cria une autre voix grinçante avant que Larkin ne vienne lui aussi à leur hauteur.

Tous trois détournèrent leurs regards de Sophie-Élisa vers l'étrange équipage qui suivait les deux dames du clan.

— *Naye...* souffla Darren en se posant une main sur les yeux. Pitié, pas elle !

À quelques mètres derrière les deux somptueuses guerrières, trottinait un petit âne gris qui portait sur son dos une *Seanmhair* ricanante qui, elle-même, tenait son bâton de *bana-bhuidseach* à l'horizontale à l'extrémité duquel pendaient une ficelle et une carotte. Le seul moyen qu'elle avait trouvé pour faire avancer l'animal récalcitrant, mais ô combien friand de ces légumes !

— Que vient-elle faire avec nous ? ! vociféra Cameron en s'approchant lui aussi, son visage furieux peinturluré de bleu qui ne cachait en rien la longue balafre qui courait sur sa peau.

— On pourrait la tuer maintenant ? ! marmonna Iain qui avait déjà saisi sa claymore.

— Je n'ai pas pu faire autrement que de la laisser nous rejoindre ! s'excusa Awena qui arrivait à leur hauteur et faisait la grimace. Impossible de se débarrasser d'elle. C'est pire qu'un pou sur le cuir chevelu !

— Sophie-Élisa ! Tu repars au château avec Barabal ! ordonna sèchement Cameron.

— Oh non, mon cher frère ! Je viens, n'est-ce pas papa ? demanda-t-elle en tournant ses prunelles vertes et décidées

vers Darren. J'ai une mission et je compte bien la remplir !
Sauver Logan !
Elle croyait que Logan était en danger et prenait son rôle très à cœur, peut être trop, car elle aussi se mettait en danger dans ce combat.

— Retourne au château Lisa ! gronda sourdement Logan.

— Non !

Et à Logan de se demander comment ils allaient se sortir de ce pétrin. Si elle venait, il devrait constamment veiller sur elle, alors qu'elle s'investirait de la même mission.

C'était à qui sauverait l'autre !

— Barabal, couina Larkin. Tu rentres aussi !

— *Och naye* ! Jouer avec le méchant, je dois ! Humpf ! cancana la *Seanmhair* en balançant la carotte devant les yeux envieux de l'âne. Manger tu veux, Bob ? Bonne carotte, ça être !

Bob... L'âne était le fier descendant du compagnon de sortie d'Awena. Un autre âne qu'elle avait nommé « *Bob dit l'âne* » par amusement et qui avait engendré une multitude d'autres Bob tout aussi capricieux que le premier.

— Nous n'avons plus le temps de tergiverser, coupa Awena en pinçant les lèvres. Il faut partir. Logan, vous deviez me demander quelque chose, je crois !

Logan fusillait des yeux Sophie-Élisa qui le narguait avec un petit sourire victorieux.

— Logan ! s'exclama Awena.

— *Och ! Aye*, j'arrive...

Et sous les regards curieux de Sophie-Élisa, Iain, Barabal, et Cameron, Logan fit avancer sa monture et chuchota quelques mots dans l'oreille d'Awena. Celle-ci opina du menton et fit un signe à Darren.

Le sort venait d'être transmis.

— En place ! hurla Darren pour que tous les combattants alignent leurs destriers dans le Cercle. Avez-vous bu le philtre du souvenir ?

Les guerriers non-magiciens hochèrent la tête pour confirmer.

— Éloignez-vous!... Bonne carotte pour Bob, elle, tu dois suivre ! chantonnait Barabal alors que l'âne bousculait les chevaux dans un fouillis monstrueux, n'ayant qu'un unique but : s'approprier ce légume qui le narguait et le croquer d'un coup d'un seul !

Les destriers se poussaient nerveusement, hennissaient contre Bob et leurs cavaliers essayaient tant bien que mal de les calmer en grommelant des jurons tout en dardant leurs regards sombres sur Barabal qui rigolait à un mètre sous leurs nez.

— Fabuleuse bataille, faire, nous allons ! Trancher dans le lard nous devrons !

Et de cracher son jus de chique immonde sur les sabots d'un cheval qui renâcla de plus belle.

Dans le même temps, sans s'occuper de la tension grandissante, Awena se mit à psalmodier des mots d'un autre langage, une bourrasque souffla, mugit, puis tournoya autour du Cercle. Le paysage se dissolvait dans un mélange de couleurs tel un kaléidoscope géant et Logan eut l'impression de se retrouver dans un manège de fête foraine, il était à deux doigts de vomir tripes et boyaux.

Cela dura quelques instants avant que le décor ne se stabilise et que le vent ne s'apaise. Sauf que ce n'étaient pas les terres Saint Clare qui se profilaient tout autour d'eux, mais celles du clan Keith. Des dunes vertes, peu fertiles à la bonne culture, où l'iode de la mer du Nord avait depuis longtemps rongé les plaques de neige et de givre, et là, se découpant à l'horizon, entre le ciel, la mer et les sombres falaises, se tenait l'imposante forteresse de Dunnottar construite sur un piton rocheux. Une des plus belles fiertés des Écossais, un bastion infranchissable et majestueux, même s'il recelait de ténébreux souvenirs, comme celui de 1297 où William Wallace y avait enfermé une garnison anglaise avant de la faire périr par le feu...

Ils se trouvaient loin des remparts, et ne se souciaient pas d'être vus, car les magiciens les avaient tout de suite occultés à la vue d'autrui sous un bouclier d'invisibilité.

— Là ! s'écria Cameron en indiquant du doigt de lointaines formes en mouvement dans le nord des terres.

Iain accentua sa vision et put confirmer à ses coéquipiers qu'il s'agissait effectivement du groupe de Ned qui avançait en s'enfuyant dans tous les sens, hommes, femmes et enfants, traqués comme des bêtes par une garnison de soldats anglais, épées pointant dans leur direction et chevauchant à bride abattue pour fondre au plus vite sur leurs proies.

Les Anglais devaient les supprimer avant que les Keith ne s'aperçoivent de leur présence en ces lieux. Une course infernale contre le temps se faisait de part et d'autre.

— Le purificateur est là aussi ! gronda Iain. Celui-là, il est pour moi mes *clann* !

— *Naye Pa'* ! Il sera pour nous tous ! ordonna Darren. Mettons d'abord en sécurité ceux qui ne peuvent pas se battre, Awena et Barabal les prendront en charge et dès que cela sera fait, nous tomberons sur les soldats et éliminerons cette vermine d'ecclésiastique !

— Il y a de fortes chances que le prêtre noir nous ait repérés ! Ne doute pas de sa magie, Darren, car elle est puissante !

— J'en ai conscience et c'est pour cela que nous agirons ensemble. Je ne conteste pas tes capacités à le combattre, mais nous avons tous une querelle à régler avec lui, un coup à donner. *Le sang pour le sang !* ! rugit soudain Darren en brandissant sa claymore au ciel en hurlant la devise d'attaque du clan.

Sur un signe du laird, tous franchirent le bouclier qui les occultait et lancèrent leurs destriers dans une cavalcade effrénée sur les dunes arides. Ned, son fils Tom, Clyde et ses fils Taliesin et Niven comprirent vite le revirement de situation et poussèrent des cris d'allégresse en voyant venir vers eux les plus puissants membres du clan Saint Clare, spectaculaires et effrayants, couverts de la peinture bleue de guerre, tatouages et les cheveux longs nattés sur les tempes, flottant au vent.

L'instant d'après, le groupe de Ned faisait volte-face, claymore et bâtons de mage en main, pour charger leurs ennemis, avides de pouvoir enfin en découdre sans mettre en péril les personnes qu'ils protégeaient. L'adrénaline montait et fusait dans leurs veines au rythme sauvage du tempo des sabots qui frappaient le sol rocailleux et tourbeux dans leur dos. Bientôt, hommes et chevaux furent à la même hauteur et devant ce formidable déploiement de forces, la garnison anglaise ralentit sa course pour se mettre au pas, puis à l'arrêt. Certains, décontenancés, se tournèrent vers le prêtre noir pour attendre de nouveaux ordres qui ne tardèrent pas à être donnés dans un affreux hurlement de rage. Alors reprit la charge, sous le regard haineux de l'ecclésiastique qui se tenait néanmoins très en retrait du champ de bataille, assis sur un étalon à la sombre robe.

Sous la protection du clan, Awena et Barabal rassemblèrent les pauvres hères égarés pour les entraîner vers le Cercle de pierres levées qui était presque dissimulé sous une tonne de mauvaises herbes.

Awena attrapa au passage plusieurs enfants pleurant pour les mettre à califourchon sur sa monture. De nombreux voyages furent nécessaires pour regrouper les miséreux alors que les druides et les *bana-bhuidseach,* après les avoir aidés, se ralliaient au combat contre les Anglais qui venait de débuter sur la lande, preuve en était des hurlements, vociférations et sons effroyables des lames qui s'entrechoquaient furieusement les unes contre les autres.

Le purificateur, comme l'avaient annoncé Awena et Darren, fit appel à la ténébreuse magie et invoqua un amoncellement de nuages sombres qui se déployèrent et enflèrent dans le ciel, comme l'aurait fait de l'encre noire dans l'eau d'un fleuve. Peu à peu, le manteau de nuit prit la forme d'une main monstrueuse et ses doigts crochus aux ongles pointus lancèrent des projectiles foudroyants sur les Highlanders.

Les chevaux, bien entraînés, galopèrent habilement et évitèrent de justesse les nombreux traits mortels avant de cerner les Anglais en formant des cercles mouvants autour d'eux, les stoppant net dans leur avancée et les regroupant en un noyau désordonné d'où se faisaient entendre les hennissements alarmés de leurs destriers.

Sophie-Élisa chevauchait dans la ronde infernale qui était la cause de la déstabilisation et de l'affolement des montures ennemies, et décochait ses flèches à un rythme effréné pour amenuiser la garnison, alors que dans le même temps des escouades de Highlanders déchaînés rompaient les rangs pour fondre sur les assaillants avec fougue et célérité.

À l'écart du combat, les druides et les *bana-bhuidseach* formèrent une seule ligne tout en psalmodiant des formules de protection dans le but de contrer les attaques sournoises du prêtre noir et donner le champ libre aux guerriers Saint Clare.

Sophie-Élisa essayait de se focaliser sur la bataille tout en gardant un œil vigilant sur Logan qui la suivait de très près, quand vint son tour de quitter la ronde et de dégainer sa dague. Les Anglais tombaient les uns après les autres, mais les plus aguerris d'entre eux se battaient comme des forcenés, ce qui força la jeune femme à baisser la tête pour échapper à la lame acérée d'une épée ou se laisser glisser sur le flanc de sa monture pour porter un coup fatal à un adversaire. Elle était somptueuse et terrifiante à la fois. La sage Sophie-Élisa en bliaud avait disparu, restait à la place une amazone vengeresse déterminée à protéger son Âme sœur, par tous les moyens mis à sa disposition, au péril de sa vie.

Oui, mais voilà, Logan faisait exactement de même de son côté et sans le vouloir, lui et Sophie-Élisa formèrent le duo le plus dévastateur de l'équipée en galopant et frappant de concert. Ils évoluaient en un terrifiant ballet, l'un assurant les arrières de l'autre. Ils étaient comme les deux faces d'une même pièce.

L'ecclésiastique hurlait et vociférait sa rage. Bientôt, il ne resta plus que lui alors que les Highlanders cessaient de galoper en rond en abandonnant les corps ensanglantés et sans vie des Anglais pour s'aligner en face de lui. On aurait dit un squelette décharné qui semblait n'être constitué que d'os et de fine peau grise parcheminée sous une toge sombre et une longue cape noire.

Il brandissait sa croix d'ébène comme Larkin et Barabal le faisaient de leurs bâtons de magiciens, et appelait en vociférant les puissances malignes des éléments, intensifiant et multipliant les traits crépitants, mortels.

Iain fut éjecté du dos de sa monture, foudroyée par un de ces projectiles funestes. Allongé sur le sol, il s'ébroua et voulut se relever au moment où un sifflement au-dessus de sa tête prédisait l'arrivée d'un nouveau projectile. Sophie-Élisa le sauva en matérialisant un bouclier enchanté sur lequel vinrent s'abattre les ondes filamenteuses dans une énorme explosion.

Le purificateur ricana et darda son regard sans fond dans sa direction. Il était clair qu'il faisait de Sophie-Élisa sa future proie. Il commanda aux sombres éléments et du milieu de l'immense main noire qui cachait le soleil au-dessus d'eux, jaillit une créature infernale, toute en crocs, écailles et ailes ressemblant à celles des chauves-souris. Sophie-Élisa n'avait jamais rien vu d'aussi cauchemardesque et eut un hoquet de terreur alors que Logan plaçait sa monture en devant de la sienne en guise de rempart. Après un instant de stupeur, les magiciens de sang, druides et *bana-bhuidseach,* invoquèrent la magie blanche et ordonnèrent au vent de souffler en rafales pour repousser l'immonde bête.

Awena se laissa guider par ses phénoménaux pouvoirs et fit apparaître un dragon de feu. Le danger était grand pour elle, car le sortilège qu'elle invoquait pourrait lui échapper et la propulser aux portes de la mort en la vidant de son énergie vitale. Néanmoins, pour ce combat-là, elle se sentit étrangement soutenue, comme si une autre personne joignait ses charmes aux siens pour que le dragon soit à la hauteur du combat qui l'attendait dans les airs.

Les deux créatures se jetèrent l'une sur l'autre dans le ciel, toutes griffes dehors, grondant, rugissant, leurs ailes battant de concert alors que sur la terre, les deux lignes du clan s'avançaient vers le prêtre noir.

Sa puissance était sans conteste alors qu'il continuait de psalmodier d'une voix tonitruante en face des guerriers Saint Clare. Ceux-ci connurent un moment d'égarement en voyant la bête ténébreuse déchiqueter de ses crocs affûtés le dragon de feu, qui disparut dans une explosion de flammes et un long cri d'agonie. Awena en souffrit dans son âme, mais ne perdit pas conscience, et fut la première à repérer la nouvelle attaque née de la magie maléfique de l'ecclésiastique.

— Droit devant vous ! cria-t-elle aux siens alors qu'elle lançait son cheval vers l'immonde créature dans le but de l'attirer et faire diversion.

— Maman ! *Màthair !*

— Awena ! crièrent de frayeur Darren et ses enfants alors que Iain jurait bruyamment, son regard orienté dans la direction du prêtre noir.

— *Gardez la ligne !* ordonna Iain en serrant les dents. Darren ! Les sorcières et druides secourront ta femme, nous... nous allons devoir affronter d'autres ennemis.

Effectivement, les magiciens portaient assistance à la dame du clan, alors que sur l'horizon, entre les Highlanders et le purificateur, des milliers de corbeaux tournoyaient avant de fondre sur eux dans une véritable marée de croassements enténébrée.

— Les yeux ! Protégez-vous les yeux ! hurla Darren.

Sophie-Élisa décida de laisser les hommes se battre avec leurs armes et appela sa magie, elle n'avait que quelques secondes devant elle pour agir !

Elle visualisa mentalement une pluie de flèches incandescentes qui terrasserait les maudits volatiles et permit au charme de se développer et puiser dans ses forces vitales pour structurer des sagettes enflammées. Cependant, au moment de concrétiser le sort, une étrange cavalière qui tressautait sur sa selle de fortune passa devant sa vue en brandissant un drôle de légume au bout de son bâton, légume qui remplaça instantanément et irrémédiablement les flèches dans son esprit...

Sophie-Élisa regarda alors, bouche bée, catastrophée, une averse de carottes s'abattre sur les corbeaux qui se ratatinèrent au sol sous le poids des racines charnues, et ce, dans un affreux tourbillon de croassements et de plumes sombres.

Des carottes à la place des flèches !

Cela étant, la finalité était la même, car les corbeaux avaient tous été supprimés et le danger écarté. Cameron eut l'audace de rire à gorge déployée alors que Darren et Iain contemplaient la jeune femme avec un étonnement effaré.

— Des carottes ? s'écria Larkin d'une voix haut perchée en secouant la tête, ses longs cheveux blancs totalement hirsutes et à moitié calcinés, preuve qu'un éclair l'avait impitoyablement frôlé peu de temps auparavant.

— On se demande à cause de qui ! marmonna Sophie-Élisa en dardant un regard assassin sur la *Seanmhair* qui tressautait joyeusement sur le dos de Bob dit l'âne.

Elle s'offusqua plus encore en voyant le visage de Logan se crisper pour ne pas rire avec Cameron. Pour une fois qu'ils partageaient la même émotion, il fallait que ce soit à ses dépens ! Les fourbes !

De son côté, le purificateur était lui aussi décontenancé par cette contre-attaque plus que saugrenue, et les Saint Clare en profitèrent pour le charger en galopant et s'approcher de lui à le toucher. Un magicien tel que lui était puissant à travers les *Mots du pouvoir*, mais ne valait rien au combat au corps à corps.

Il décida d'abandonner le champ de bataille et fit tourner bride à son destrier vers l'est, dans le but évident de s'enfuir. Le lâche !

Dans sa course éperdue, il avait mal calculé la distance

qui le séparait des falaises abruptes et ne put stopper son cheval à temps. Tous deux furent emportés par l'élan de la cavalcade et tombèrent dans le vide avant d'être aspirés par les remous bouillonnants de la mer sur les rochers.

Les Highlanders s'approchèrent lentement du gouffre alors que la main noire invoquée par le prêtre s'évanouissait pour faire place aux rayons glorieux du soleil.

— Il n'a pas eu le temps de souffrir ! Il a eu une mort trop douce ! cracha Iain, vindicatif.

Personne ne lui répondit, néanmoins, tous pensaient la même chose. Un cri strident retentit dans leurs dos, suivi d'un gigantesque rugissement. Awena !

L'espace d'un moment, les corbeaux, l'histoire des carottes et la mort de l'ecclésiastique leur avaient fait oublier le danger que courait la première dame du clan !

Tous se tournèrent d'un seul mouvement pour voir Awena, pied à terre, mettre à bas l'immonde bête des ténèbres qui se tenait à quelques mètres d'elle, bien trop proche.

— *Awena ! !* hurla Darren en poussant son destrier au triple galop.

Il n'allait pas revivre ça ! Sa femme, sa belle, blessée à mort...

Mais déjà sa silhouette fluide se redressait et la sombre créature se ratatinait en un tas gluant et visqueux avant que Darren n'arrive sur les lieux.

— Je l'ai eue ! exaltait Awena en bondissant sur place sous la clameur joyeuse et victorieuse des druides et *banabhuidseach* qui l'entouraient.

— Folle que tu es ! gronda Darren en sautant agilement au sol pour la serrer dans ses bras. J'ai eu la peur de ma vie ! s'exclama-t-il encore en commençant à l'ausculter de la tête aux pieds.

— Ah bon ? Je croyais que tu en avais connu d'autres ? susurra Awena en lui tendant ses lèvres.

— Avec toi ! Mille fois au moins ! se plaignit Darren en lui retournant un sourire tremblant. Comment as-tu réussi à tuer cette bête ?

— Je ne sais pas ! Elle me montrait ses crocs pour me manger toute crue quand une sorte de javelot d'une légèreté absolue et d'un métal argenté est apparu dans ma main. Je n'ai eu qu'à le lancer dans sa grande gueule et *pouf* ! Plus de monstre !

Logan qui les avait rejoints et avait écouté le récit du combat sourit, et adressa un remerciement muet à la princesse des Sidhes. Qui d'autre aurait pu porter assistance à Awena ?

Il croisa le regard de Darren et sut que le laird songeait à la même chose que lui. Un secret de plus à leur actif.

— Que des blessés légers, pas de mort ! Il ne nous reste plus qu'à rentrer ! annonça à grand fracas Iain à cet instant. Heureux de te trouver indemne Awena ! J'étais certain que nous pourrions compter sur toi !

Deux immenses Highlanders vinrent se prosterner devant Darren, suivis de trois autres plus jeunes, mais tout aussi robustes. Il s'agissait de Ned, son fils Tom, de Clyde et ses fils Taliesin et Niven.

— *Tapadh leibh* mon laird ! *Tapadh leibh* à tous ! clamèrent-ils d'une seule voix en se frappant la poitrine du poing en guise de salut.

— Que c'est bon de vous retrouver tous ! fit celui qui s'appelait Ned, un rouquin qui portait une toge blanche coupée à la taille sur un kilt rapiécé.

— Ravie de te retrouver Ned, ainsi que mon neveu Tom. C'est Aigneas qui va être heureuse de vous récupérer et de voir dans quel état tu as mis les habits qu'elle t'a confectionnés, plaisanta Awena en embrassant le grand druide.

— Chut... ce sera notre secret ! sourit Ned avant de faire la grimace. Tu crois qu'elle sera furieuse ?

— Oh oui ! Prépare-toi à dormir dans le poulailler durant quelques nuits avant de te faire pardonner ! le taquina Awena. Toi aussi, Tom ! Et vous, Clyde, Taliesin et Niven ? Vous n'y échapperez pas non plus, Eileen va vous chauffer les oreilles !

Elles ont eu si peur pour vous qu'elles laisseront certainement parler la colère avant de vous serrer dans leurs bras.

Les hommes incriminés baissèrent la tête, penauds, en se lançant des regards à la dérobée. Tom, le neveu d'Awena, avait la stature de Ned, mais le visage doux d'Aigneas ainsi que ses yeux bleus et ses cheveux d'un roux plus nuancé que ceux de Ned

— Pourquoi ? s'étonna tout de même le colosse Clyde avec un temps de retard alors que ses fils grommelaient dans son dos.

Deux grands costauds, l'un aussi brun que Clyde et l'autre aussi blond qu'Eileen. Ils avaient néanmoins en commun le doux regard mordoré de leur mère. Awena sourit derechef.

— Parce que son *gros nounours* lui manque énormément !

La réponse fit hurler de rire les deux fils de Clyde alors que celui-ci rougissait comme une tomate.

— Allez... rentrons tous avant que les Keith ne viennent à notre rencontre, intervint Iain, il y a d'ailleurs du mouvement à l'horizon.

Effectivement, le combat avait alerté les habitants de la forteresse et un détachement de guerriers se préparait à inspecter les lieux.

— Sophie-Élisa, Logan en... route, appela Awena en faisant volte-face vers eux pour se taire et afficher un air attendri. Il va falloir vite les marier ces deux-là, tu tombes bien Ned, nous avons une union à célébrer quand nous serons de retour chez nous.

— Qui est cet homme ? s'enquit Ned très étonné.

— Je te raconterai tout à la maison, pas ici, nous n'en avons pas le temps, coupa Awena en se dirigeant vers un enfant en pleurs.

Sophie-Élisa et Logan, loin du brouhaha du clan et des plaisanteries, s'embrassaient à perdre haleine sans aucune honte.

Ils avaient combattu côte à côte, se sauvant à qui mieux mieux, avaient formé le plus beau et téméraire duo de guerriers pour se retrouver vivants, rassurés, dans les bras l'un de l'autre. La peur que l'un soit tué avait fait place à une passion torride et difficilement contrôlable.

— *Aye*, maugréa Darren en poussant Awena vers le Cercle. On va les marier dès que l'on sera sur nos terres ! Foi de Saint Clare ! Mais avant, nous allons devoir trouver la solution à un nouveau problème : comment allons-nous, *tous*, pouvoir faire le voyage de retour ? !

Chapitre 20

Un retour du feu des Dieux !

Logan et Sophie-Élisa s'arrachèrent à leurs baisers en entendant les dernières paroles de Darren. Le problème était effectivement de taille.

Le Cercle était trop réduit pour contenir tout le monde, hommes, femmes, enfants et chevaux. Sans compter la *Seanmhair* – ou Bob –, l'un des deux en tout cas, qui prit la décision de faire une dernière petite promenade alors que les Keith n'allaient pas tarder à les découvrir sur leurs terres.

Ici, il n'y avait aucune *Rune du pouvoir* pour dissimuler les actes des mages, sans omettre ce qu'ils avaient certainement aperçu des hautes murailles du château : la gigantesque main noire aux doigts crochus qui s'était avancée à une centaine de mètres au-dessus du sol, puis les créatures de flammes et de ténèbres évoluant dans le ciel en s'entretuant, et cette nuée de corbeaux sortie de nulle part !

Les Keith avaient beau être amis des Saint Clare, ils n'en étaient pas moins de fervents chrétiens et n'hésiteraient probablement pas à les livrer à l'Église s'ils découvraient leur vraie nature.

— Papa ? Ne serait-il pas possible de faire plusieurs voyages ? intervint Sophie-Élisa alors que Darren ordonnait aux plus puissants de ses magiciens de camoufler humains et chevaux sous un bouclier.

— Nous n'aurons pas le choix, deux groupes devraient suffire à faire rentrer tout le monde : d'abord celui de Ned, ensuite les guerriers et nous y compris, lui répondit-il en lançant un regard entendu à Awena qui confirma d'un hochement de tête.

— Maman ? Les Dieux te donneront-ils assez de pouvoir pour réaliser ce prodige ? demanda soucieusement Sophie-Élisa.

— Oui, Lisa, et je me dépêcherai de revenir vous chercher.

— *Mo chridhe*, il est temps, les Keith arrivent ! Ils seront certainement distraits un temps en découvrant les corps des Anglais, puis partiront à la recherche des guerriers qui les ont mis en pièce et chaque minute compte. Nos forces vitales allant s'amenuisant, les charmes n'agiront plus très longtemps ! lui enjoignit Darren en sortant de l'alignement de pierres levées.

Un ricanement se fit entendre dans son dos, alors qu'une bourrasque soufflait soudainement tout autour du lieu sacré et que le premier groupe disparaissait à la vue de tous.

Iain affichait un air plus que jovial, un sourire ironique aux lèvres, alors que Larkin psalmodiait des *Mots d'occultation* tout en faisant les gros yeux à... *Barabal* !

Elle se tenait à deux bonnes centaines de mètres d'eux et essayait vainement de reconduire Bob vers le Cercle en le tirant par la queue de toutes ses forces, alors que lui se régalait d'une tonne de carottes inopinément tombées du ciel. D'accord, le pauvre âne avait envie d'éternuer à cause de toutes ces plumes, mais il avait trouvé la Caverne d'*Ali-Carotte* !!

Alors pas question de bouger, ne serait-ce que d'un millimètre !

— Nous avons découvert le moyen de nous débarrasser de la *Seanmhair* ! Je suis certain que les Keith seront aux petits soins pour notre vieux dragon et son âne, se moqua Iain avant de joindre sa magie à celle de Cameron et Sophie-Élisa, car Larkin venait de cesser de psalmodier pour l'incendier de jurons en gaélique écossais.

— Je pars la chercher ! grommela-t-il en lissant ce qui lui restait de barbe blanche.

— Ne bougez pas, s'il vous plaît, intervint Logan. J'y vais, car vous êtes plus utile ici et plus puissant pour aider au sortilège de camouflage que moi. Je ne serai pas long à vous ramener Barabal.

Logan chevauchait déjà vers la *Seanmhair* quand Sophie-Élisa fit mine de lui emboîter le pas avant Darren ne l'intercepte.

— *Naye* Lisa ! Ne romps pas la chaîne magique et fais confiance à Logan !

Darren se joignit aux magiciens pour donner plus de puissance au bouclier et Sophie-Élisa en fit de même, tout en suivant d'un regard inquiet l'étrange sauvetage qui se déroulait un peu plus loin dans la plaine.

Les Keith avaient aperçu le grand guerrier highlander dont le corps était couvert de la peinture indigo, signe de guerre, cependant ils étaient trop éloignés pour savoir, grâce aux couleurs du tartan, de quel clan venait ce cavalier. Ami ou ennemi, ils le sauraient d'ici peu !

Une nouvelle bourrasque autour du Cercle signala le retour d'Awena et tous se regroupèrent à l'intérieur de l'alignement en attendant Barabal et Logan.

Celui-ci n'avait pas eu d'autre choix que de prendre la *Seanmhair* par le tissu du haut de sa toge, de la faire planer dans les airs pour la placer peu confortablement – à plat ventre pour être plus précis – en travers de sa selle et relancer son cheval en direction du lieu sacré.

— *Bob à moiii...* hurlait la petite mère. C'est Bob à moi ! Sans lui, moi pas partir ! Bonne carotte, seule moi, pouvoir lui donner !

Logan serra les dents pour ne pas dire tout haut ce qu'il pensait tout bas : « *Bob dit l'âne a trouvé son paradis et il est enfin débarrassé du vieux démon qui le torturait avec une carotte gesticulante devant ses yeux envieux, alors comment voulez-vous qu'il vous suive ?* ».

Tout en se faisant cette réflexion, il galopait comme un forcené, avant de réaliser avec effroi qu'à la vitesse où ils allaient, jamais ils ne pourraient s'arrêter dans le Cercle et rentreraient de toute évidence en collision avec les autres guerriers !

Awena sembla comprendre rapidement la situation et fit signe aux Saint Clare de se pousser à l'intérieur de l'alignement pour former une allée. La seconde d'après, elle invoquait le sort de retour et Logan arriva à un train d'enfer au moment même où le passage s'ouvrait entre les deux terres.

Barabal, son destrier et lui, eurent la chance de ne pas trouver un menhir en face d'eux pour les réceptionner abruptement dans le Cercle des Dieux – côté Saint Clare – et continuèrent à galoper en dévalant la colline en direction du village avant que Logan ne fasse bifurquer sa monture vers le *Loch of Yarrows*. Les cris et hurlements de Barabal avaient rendu fou le pauvre cheval qui décida de piler net en arrivant jusqu'aux genoux dans l'eau froide du lac et d'éjecter d'une ruade du postérieur son encombrant fardeau : Logan et la *Seanmhair*.

Tous deux firent un vol plané avant de percer la surface lisse du lac dans un formidable plat sonore, alors que le cheval hennissait de contentement tout en secouant la tête comme s'il voulait dire : bien fait !

— Pas nager, moi savoir ! coassait la *Seanmhair* en essayant de grimper sur le torse de Logan et ses épaules, pour se retrouver hors de l'eau, sans se rendre compte qu'elle lui faisait boire la tasse sous son poids et ses coups de pieds.

Le destrier décida de rentrer au bercail tout seul, tête haute, crinière au vent, alors que Sophie-Élisa, talonnée par sa famille, arrivait au secours de... *apparemment*... Logan.

— Mets-toi debout *mac* ! hurla de rire Darren alors que Cameron, dans son dos, faisait la grimace et se rembrunissait en entendant son père appeler Logan comme un fils.

— Noyer nous allons être ! continuait de crier Barabal, qui ressemblait à cet instant précis à un vieux, très vieux, chat mouillé.

Logan décida de suivre les injonctions de Darren, alors que l'air commençait à lui manquer et qu'il toussait d'avoir bu la tasse plus qu'à son tour. Il tendit les jambes et découvrit avec stupeur et consternation qu'ils barbotaient dans à peine un mètre d'eau. Il agrippa la *Seanmhair* comme il le put et la coinça sous un bras en se redressant de tout son long.

Lamentable ! L'eau ne lui arrivait même pas à la taille !

— Sortez-lui la tête de l'eau ! cria Larkin en pataugeant à leur rencontre.

Un drôle de bruit de *glouglou* attira l'attention de Logan sur Barabal, qui avait, effectivement, le visage sous la surface du lac.

Logan la suréleva à la force de son bras et donna son paquet mouillé et vociférant à Larkin qui subit le même sort que lui quelques minutes plus tôt.

L'ancien grand druide voulait sauver Barabal ? Eh bien ! Qu'il s'en occupe et qu'ils se noient tous les deux, cela ne le regardait plus !

Sophie-Élisa venait déjà à sa rencontre en riant aux larmes, un long plaid tendu dans sa direction.

— Oh Logan ! Mon pauvre amour, te voilà trempé jusqu'aux os ! Laisse-moi te sécher ! chahuta-t-elle en le frottant vigoureusement sous le regard goguenard de Iain.

— Personnellement, j'aurais préféré un bon bain chaud pour enlever la peinture bleue et j'aurais laissé Barabal se noyer ! se moqua-t-il en faisant rire Darren et Awena.

Logan s'enroula dans le plaid avant de serrer amoureusement Sophie-Élisa tout contre lui et retourner un sourire canaille aux Saint Clare.

— *Aye*, Iain ! Mais moi, je me fais dorloter par mon amour alors que vous, vous devrez vous sécher tout seul !

Iain se frappa la cuisse et rit de plus belle.

— Rentrons au château et allons festoyer comme il se doit ! clama Darren du haut de sa monture. Mais avant, j'ai bien besoin d'un bain moi aussi! ajouta-t-il d'un air filou avant de guider son cheval dans l'eau et de plonger dans le lac.

L'instant d'après, tous les hommes le suivaient dans un gigantesque raffut et s'ébrouaient comme de grands enfants en s'envoyant des gerbes d'eau, alors qu'Awena, Sophie-Élisa et Logan souriaient et se gaussaient de leurs pitreries.

— Où est Cameron ? s'enquit soudain Awena en se poussant sur le côté pour laisser passer Larkin qui soutenait une *Seanmhair* soi-disant à l'article de la mort et qui lui psalmodiait dans un souffle ténu :

— Bouche-à-bouche, me faire, tu dois...

Logan s'en étrangla de rire, mais afficha un visage angélique aux lèvres pincées quand Larkin braqua ses petits yeux noirs et vindicatifs sur lui.

— Je ne sais pas maman, répondit Sophie-Élisa à la question d'Awena, tandis que la bonne humeur désertait son minois. Il a tellement changé ces derniers jours, il est si sombre, coléreux, alors qu'il aurait été le premier à nager dans cette eau glacée avec papa et les autres.

Awena soupira en préparant un autre plaid pour Darren qui sortait de sa baignade et s'ébrouait comme un chien.

— Ce n'est rien Lisa, ton père et moi irons le trouver tout à l'heure pour lui annoncer votre union et lui parler comme il se doit.

— Vous parlez d'union ? s'écria Darren en les rejoignant alors que des centaines de gouttelettes ruisselaient sur son corps musclé. *Aye*, ce soir nous festoierons en l'honneur de vos noces, mais aussi pour accueillir de belle sorte nos nouveaux membres et nos amis revenus de leur dangereuse quête.

Logan et Sophie-Élisa se serrèrent l'un contre l'autre, aux anges, sans plus discourir de Cameron et de son comportement.

— Aigneas et Eileen étaient folles de joie de retrouver Ned, Clyde, Tom, Taliesin et Niven, ils sont dans leurs chaumières respectives, l'informa Awena. Nos *bana-bhuidseach* ont pris en mains les femmes, enfants et hommes malades et devraient les avoir remis sur pieds d'ici peu. Alors, oui, rien ne nous empêche de faire la fête ce soir ! À part si vous attrapez tous froid en restant trempés comme des souches ! De plus, l'eau de ce lac doit être gelée ! Zou, à la maison !

— *Aye* m'dame ! acquiesça Darren en volant un baiser à Awena.

— Et moi ? Je n'ai pas le droit à un bisou ? s'offusqua faussement Iain qui venait de les rejoindre.

Awena et Sophie-Élisa éclatèrent de rire et lui sautèrent au cou pour l'étouffer de mille baisers.

Logan en eut le cœur gonflé de joie. Cette famille, la sienne désormais, était le plus beau cadeau que la vie lui ait fait. Il était heureux et fier d'avoir eu la chance de croiser la route de ces êtres exceptionnels. Mais aussi malheureux... car bientôt, il allait devoir les quitter en leur arrachant Sophie-Élisa. Le déchirement serait partagé de tous, y compris de lui.

« *Au diable, les sombres pensées !* », se secoua mentalement Logan, en affichant un nouveau sourire avant de reprendre Sophie-Élisa dans ses bras et de se joindre au chahut général, alors que tous prenaient la direction du château. Il était temps de passer aux festivités et de laisser le bonheur les envahir, car après tout, ils étaient tous sains et saufs, le sauvetage avait été une réussite, les Keith en perdraient un peu leur latin devant Bob et sa montagne de carottes – sans parler de la magie qu'ils avaient vue – et le prêtre noir était mort ! Il ne nuirait plus à personne...

Darren et Awena avaient vu grand, et donnèrent effectivement une somptueuse fête en l'honneur du retour des guerriers druides, des nouveaux venus et de la future union de Logan et Sophie-Élisa. Sous les voûtes de la salle d'honneur résonnèrent les rires, la musique et les chants du clan jusque tard dans la nuit.

Une seule ombre au tableau avait momentanément assombri l'humeur des Saint Clare : Cameron avait refusé de se joindre au banquet. Ce qui avait inquiété Darren, Iain et Awena.

— Darren, ton *mac* me rappelle de plus en plus ton *athair* ! s'était soucieusement enquis Iain. Carron se conduisait comme lui avant de nous quitter en faisant disparaître Awena.

Darren et Awena n'ajoutèrent rien aux propos de Iain, car eux aussi songeaient à la même chose et quand ils pensaient à l'avenir de leur fils, un frisson glacial les parcourait sur tout le corps. Les Dieux avaient décidé de son destin, mais celui-ci restait obscur...

Comme il aurait été simple d'en faire part à Iain, à eux trois, ils auraient peut-être trouvé une solution pour que Cameron retrouve la joie de vivre qui le caractérisait tant... avant.

— Ne parlons pas de cela maintenant, avait coupé Awena. L'heure est à la fête et aux réjouissances et voyez comme Logan et Sophie-Élisa s'amusent et sont épris l'un de l'autre. Soyons heureux de ce magnifique cadeau des Sidhes. Tout le monde n'a pas la chance de rencontrer son Âme sœur.

Les deux Highlanders avaient souri et s'étaient joints à la bonne humeur générale et firent comme le leur avait enjoint Awena : ils se divertirent toute la nuit et partirent se coucher en chantant à tue-tête des chansons paillardes, tout en tanguant dangereusement sur leurs jambes.

— *Ahhh*... les hommes ! s'était exclamée Awena en les suivant de près avant de refermer la porte de ses appartements sur Darren et elle et de l'aider à enlever ses bottes alors qu'il ronflait déjà, allongé de travers sur leur grand lit.

Sophie-Élisa et Logan s'étaient séparés à la fin de la fête en faisant mine d'aller chacun de leur côté et se retrouvèrent en catimini dans la chambre de la jeune femme. Les mots n'avaient pas eu leur place pendant un long moment durant lequel leurs corps exigeants, emplis de désir, se livrèrent une tout autre bataille. Celle de l'amour charnel, de la passion torride, qui demandait l'assouvissement total, absolu et sans reddition.

Logan se nourrissait des gémissements d'extase de sa belle, allant et venant avec force dans son ventre brûlant tout en l'embrassant et la mordillant dans le cou.

Une fois de plus, le lit avait été ignoré au profit de la splendide et douce peau de mouton non loin de la cheminée, dont le feu ronronnant et crépitant leur prodiguait chaleur et lumière tamisée.

— Je t'aime, murmura Sophie-Élisa en plongeant son regard chaviré de désir dans les prunelles ardentes de son amant.

Logan s'enfonça dans son ventre d'un coup de reins profond et pesa puissamment sur elle pour que Sophie-Élisa l'aspire plus loin dans sa moiteur. Il resta ainsi, immobile, à savourer les tortures palpitantes autour de son membre et s'accouda pour rapprocher son visage du sien, son torse se plaquant contre les doux seins aux pointes dures rosées.

— Je t'aime aussi... de tout mon cœur... avec mon corps... mon âme, lui retourna-t-il d'une voix rauque en entrecoupant ses paroles de sauvages poussées, comme s'il voulait graver son empreinte en Sophie-Élisa et la marquer pour l'éternité de son sceau.

La jeune femme ferma les yeux, la respiration oppressée, et bascula la tête en arrière en se mordant les lèvres pour ne pas crier, tant la félicité torride qui l'inondait était intense, à la limite du supportable.

Son ventre n'était plus que lave, ses jambes qui ceinturaient les reins de Logan étaient parcourues de tremblements incoercibles, ses doigts s'agrippaient sur ses larges épaules et elle cambra le dos au moment d'une autre poussée pour l'aspirer encore plus profondément en elle.

Logan rugit de plaisir et en perdit le souffle. Il se pencha à nouveau sur Sophie-Élisa et l'embrassa farouchement, sa langue l'envahissant aussi intensément que son sexe le faisait dans son fourreau intime.

— Tu me tues, gémit-il au supplice en lui soulevant une

cuisse d'une main pour se déhancher plus fortement tout en contractant les muscles de son splendide et musculeux fessier.

— Tu mourras... plus tard ! Oh, oui ! cria Sophie-Élisa en ayant l'impression de glisser dans un autre univers, alors que la tension grandissante dans son ventre enflait, enflait encore et encore, et qu'une houle monstrueuse d'extase menaçait de l'emporter en la submergeant totalement.

— Viens Lisa, ne lutte pas ! *Aye*, serre-moi... comme ça ! l'encouragea Logan alors qu'une fine pellicule de sueur nappait son corps d'apollon et faisait luire sa peau d'un reflet d'or.

Il était à la torture et multipliait ses poussées et ses retraits dans un rythme effréné, puis il sentit les muscles intimes de Sophie-Élisa se contracter follement autour de son membre, provoquant des milliers de décharges de plaisir brut qui se propagèrent de son sexe à ses reins, puis à son être tout entier.

Sophie-Élisa s'évanouit presque sous l'intensité de l'orgasme foudroyant, alors que Logan rugissait comme un félin sans diminuer la vitesse de ses va-et-vient avant de libérer sa semence en longs jets brûlants et salvateurs.

— *Och !* Par les Dieux ! s'écria-t-il dans un soupir en faisant rouler Sophie-Élisa sur lui pour ne pas l'écraser de son poids tout en restant lié à elle.

Il ne pouvait pas, ne voulait pas se séparer d'elle sitôt l'acte charnel accompli. Logan était si bien, là, au chaud dans son écrin et aimait la sensation qu'ils ne formaient plus qu'un tout.

Un rideau de soie au doux parfum se déploya sur son torse et ses bras alors que Sophie-Élisa nichait sa tête sur ses pectoraux pour écouter battre son cœur encore en émoi.

Logan sourit langoureusement en fermant les yeux et se mit à jouer du bout des doigts avec les longues mèches de Sophie-Élisa. Ils n'étaient plus dans les tertres enchantés, mais ce qu'il ressentait lui faisait penser qu'ils s'y trouvaient toujours, tant son plaisir était grand. Il n'avait jamais été aussi heureux de faire l'amour, donnant autant que recevant et éprouvant des émotions et sensations des milliers de fois décuplées par rapport à celles qu'il avait déjà vécues avec d'autres femmes par le passé.

Logan était épris de Sophie-Élisa, ce qui lui avait permis d'ouvrir les portes d'un monde de merveilles et de perceptions voluptueuses, que seules les Âmes sœurs pouvaient un jour connaître et éprouver.

L'extase absolue, grisante, l'explosion de tous les sens... et le besoin viscéral de protéger et aimer l'autre jusqu'à la fin de sa vie.

— Tu as été fabuleux... chuchota Sophie-Élisa quand elle retrouva une respiration plus ou moins normale.

Logan pouffa en faisant tressauter la tête de la jeune femme.

— Tu me flattes ma douce !

Sophie-Élisa gloussa à son tour et tourna son visage aux joues creusées de ses adorables fossettes tout en calant son menton sur son torse.

— Non, je parlais de la bataille sur les terres Dunnottar ! se moqua-t-elle avant de rire, comme Logan faisait mine de se vexer et de la chatouiller en même temps. Pour l'amour... le mot *fabuleux* serait en dessous de la vérité et je ne trouve pas de terme assez puissant pouvant décrire ce que tu m'as fait vivre, murmura-t-elle plus sérieusement en le dévisageant intensément.

— *Tapadh leat* (Merci à toi) mon amour, souffla Logan très ému, car lui aussi ressentait les mêmes émotions que sa belle.

Sophie-Élisa sourit à nouveau.

— Tu me remercies de quoi ?

— De tout ! D'exister pour moi, même s'il a fallu voyager dans le temps pour te rencontrer.

— Ton foyer ne te manque pas ? s'enquit Sophie-Élisa en détournant le regard d'un air faussement détaché alors que Logan pressentait que sa question était très importante et la concernait d'autant plus.

— Si, mais je les sais heureux, épanouis et votre descendant Saint Clare est un bon laird qui s'occupe bien de sa communauté et de ses terres.

— Parle-moi de lui et de ta famille, lui demanda Sophie-Élisa soudainement très intéressée, ses prunelles vertes pétillantes de curiosité.

Logan s'esclaffa et lui embrassa tendrement le front.

— Ton descendant s'appelle Cameron tout comme ton frère et lui ressemble considérablement. Il est certainement l'enfant de sa lignée et est fils unique. Cam doit avoir mon âge, cependant, je n'en suis pas certain, car il en paraît beaucoup plus de par son côté charismatique, imposant, puissant. Il est réellement très impressionnant. J'ai l'air d'un adolescent en comparaison de lui, se moqua Logan. Par contre, je n'ai aucun souvenir de ses parents et à chaque fois que j'y songe, c'est le trou noir, comme si cette partie de sa vie était occultée dans ma mémoire. Je vois des formes, mais les visages restent flous...

— C'est étrange, murmura Sophie-Élisa en fronçant les sourcils.

— *Aye*, et Cam ne me parle jamais d'eux. J'ai abordé quelquefois le sujet avec lui par curiosité, mais il trouve toujours le moyen de détourner la conversation et finalement, j'ai abandonné l'idée de lui soutirer des informations. C'est également lui qui nous a tous formés aux combats de types médiévaux et au corps à corps. C'est un maître en tous ces domaines, pareillement en ce qui concerne les arts martiaux comme la Capoeira, le kung-fu et...

— Halte, Logan ! s'exclama Sophie-Élisa. Je ne sais pas ce que sont ces *arts martiaux* !

Logan sourit derechef.

— Je t'apprendrai ! D'ailleurs, je l'ai aussi promis à ton père. Nous avons le temps devant nous.

Sophie-Élisa afficha un air soucieux, vite remplacé par une mine faussement enjouée qui ne trompa pas Logan.

— Oui, tu as raison mon amour, nous avons tout le temps, fit-elle avant d'ajouter : quelque chose m'intrigue ! Maman m'a souvent dit que les hommes de votre temps ne se battaient plus clan contre clan et que les guerres contre les Anglais n'existaient plus, alors... pourquoi ton laird vous a-t-il formés au combat ?

— D'une certaine manière, Awena n'a pas tort et Cam semble être tout simplement de la vieille école. Un homme, une femme, voire un enfant en âge de l'être doivent absolument savoir se défendre. Il y tient et l'apprentissage du combat et de l'auto défense est devenu une sorte de coutume, un rite de passage obligatoire dans le clan. Pour ce qui est des guerres, effectivement, les Highlanders ne se battent plus entre eux, ni contre les Anglais. L'Écosse fait partie d'un regroupement de nations dites civilisées que l'on nomme Union Européenne. Pourtant, les conflits armés existent toujours dans d'autres pays que l'on décrit comme sous-développés ou en voie de développement, pour être politiquement correct. Les causes en sont diverses : pauvreté absolue égalant misère, répressions religieuses et gouvernementales et j'en passe, ils n'ont tout simplement pas pu atteindre le même niveau de civilisation que nous et vivent en marge de notre temps. Cela fait naître des conflits armés, souvent menés par des extrémistes ou des fous au pouvoir ou qui lorgnent celui-ci. Les bombes, armes à feu et guerres bactériologiques ou chimiques ont remplacé les catapultes, flèches, dagues ou claymores.

Logan se tut soudain en percevant le raidissement du corps de sa compagne et en remarquant sa mine soucieuse. L'idiot ! Il se serait frappé s'il l'avait pu ! Quelle vision du futur venait-il d'offrir à Sophie-Élisa ?

— Bombes ? Guerres bactériologiques ? Je ne comprends pas ces mots, mais ils me paraissent sombres et me donnent froid dans le dos, souffla-t-elle en étant prise de frissonnements.

— Tu as froid ! s'inquiéta Logan en saisissant un plaid

non loin d'eux et en le drapant sur le corps nu de la jeune femme.

Un coup d'œil vers la cheminée le rasséréna, car les flammes étaient toujours vives et l'immense bûche qu'il y avait placée rougeoyait en dispensant une chaleur agréable.

— Ça va mieux ? lui demanda-t-il tendrement tout en lui frictionnant le dos. Nous pourrions peut-être nous servir du lit pour être au chaud ? lui proposa-t-il taquin.

Sophie-Élisa gloussa et secoua la tête en signe de négation.

— Je suis trop bien ainsi et je ne supporterais pas de me séparer de toi, ne serait-ce qu'une seconde.

Logan l'embrassa sur le front puis le nez avant de la serrer très fort contre lui.

— Je ne t'ai pas brossé un magnifique tableau de mon époque en bavassant de ses guerres, cependant, je peux te parler de ses extraordinaires inventions comme le cinéma, les navettes spatiales et les satellites qui nous ont permis de découvrir d'autres planètes, sans oublier les avions, les motos et... les montagnes russes !

— Pourquoi des montagnes feraient-elles partie des créations du futur ? Ne sont-elles pas nées avant nos origines ?

Logan éclata de rire et lui expliqua ce qu'étaient « *les montagnes russes* », à grand renfort de détails et de descriptions.

— Et tu aimes ce genre... d'attractions ? souffla Sophie-Élisa, les yeux écarquillés. Pourquoi chercher ce qui fait peur ?

— Pour les sensations que l'on éprouve justement, pour cette montée irrépressible d'adrénaline avant que les wagons ne dévalent à toute vitesse dans le vide. Quand on sort de là, on se sentirait presque invincible !

— C'est fou, chuchota Sophie-Élisa qui ne s'imaginait vraiment pas assise dans une sorte de caisse tombant et remontant au-dessus du néant sur des chemins que Logan appelait « *rails* ». Elle en était malade d'avance !

— Te connaissant, je suis certain que tu aimerais, murmura Logan en fermant les paupières sans plus lutter contre la fatigue qui engourdissait ses membres et son esprit.

— Et ta famille ? l'interrogea Sophie-Élisa qui n'avait pas l'air épuisé.

— J'ai une tante Suzie, des cousins éloignés et un frère, Dàrda. Quant à mes parents, ils sont morts lors d'un voyage dans les gorges de l'Ardèche en France. Leur voiture a quitté la route et est tombée dans un précipice.

— Par les Dieux... s'émut Sophie-Élisa.

La jeune femme ressentit une immense peine pour ces personnes qu'elle ne connaîtrait jamais, mais qui avaient fait partie intégrante de la vie de Logan.

— Dàrda a épousé une très bonne amie, Iona, reprit Logan et ils ont eu une petite fille qu'ils ont baptisée Awena.

Sophie-Élisa eut un hoquet de surprise. Elle se souvenait que Logan avait déjà fait allusion à une autre Awena quand il était arrivé à peine une semaine plus tôt et ne réagissait que maintenant, alors qu'il lui parlait des siens.

Il avait un laird du nom de Cameron et une nièce se prénommant Awena. Une forte émotion la saisit en songeant que dans le futur, sa propre famille serait, d'une certaine manière, toujours présente.

— Et pourtant, reprit-elle d'une petite voix. Tu resterais ici, malgré tout, par amour pour moi ?

Logan se raidit imperceptiblement, les paroles de Sophie-Élisa l'étonnaient et le déconcertaient. Awena et Darren ne lui avaient-ils pas annoncé qu'il fallait qu'elle parte avec lui ?

Il devait coûte que coûte jouer le jeu et répondre comme si de rien n'était, comme si la mort ne rôdait pas dans l'ombre de la jeune femme.

— Lisa, ici, ou là-bas, je ne te quitterai jamais ! affirma-t-il d'une voix rauque, ses propos reflétant la pure vérité.

— Il en est de même pour moi, mon amour, et je ferai en

sorte que tu sois heureux, je te le promets...

Sophie-Élisa poussa un doux soupir, comme si elle s'était libérée d'un énorme poids, et reposa la tête sur son torse en fermant les yeux.

Quelques secondes plus tard, elle dormait, le souffle profond et régulier alors que Logan n'avait pas cette chance, les propos sibyllins de la jeune femme ayant fait naître une grande agitation dans son esprit. Quelque chose ne tournait pas rond, il en avait l'intime conviction. Et maudit soit le plan qui avait été mis sur pieds, car il l'empêchait de secouer Sophie-Élisa pour la réveiller et lui demander ce que ses mots sous-entendaient !

Il décida qu'aux premières lueurs du jour, il irait faire part de ses doutes et inquiétudes à Darren et Awena. Eux seuls avaient le pouvoir de poser des questions à la douce et trop sage endormie.

Chapitre 21
Des bas et des hauts, l'amour guérira

Awena, emmitouflée dans une longue cape en lainage terre de Sienne, trouva Sophie-Élisa dans les écuries du château où elle brossait en gestes lents et précis la robe sombre de sa jument préférée.

Logan les avait pris au saut du lit, Darren et elle, pour leur faire part de la conversation qu'il avait eue avec la jeune femme et Awena avait décidé de laisser passer un peu la matinée avant de retrouver sa fille. Il fallait préserver leur plan et cela nécessitait beaucoup de prudence sans aucune précipitation.

Sophie-Élisa, habillée de sa longue jupe plissée et de sa tunique, les cheveux libres de toute entrave, chantonnait tout en murmurant des mots, alors que le cheval lui répondait par de doux hennissements.

— Bonjour ma chérie ! lança Awena en restant à l'entrée de la stalle pour admirer le spectacle de la belle amazone et de la somptueuse jument. Son cœur se gonflait de fierté à chaque fois qu'elle posait les yeux sur la jolie femme qu'était devenue sa fille.

Le temps s'était écoulé si vite ! Où était passée la fillette aux longues nattes, aux joues rondes et aux sempiternels « *Pourquoi* » ou « *Tu sais quoi* » qui marquaient le début de toutes ses phrases ?

— Oh ! Maman ! Bien le bonjour à toi aussi ! s'exclama Sophie-Élisa en se précipitant vers sa mère, tout sourire.

De fait, elle semblait irradier de bonheur.

— Kitty apprécie toujours autant de se faire cajoler, commença Awena en décidant de discuter de tout et de rien avant d'en arriver au sujet principal qui l'avait amenée en ces lieux.

— Oui, c'est une demoiselle câline, se moqua Sophie-Élisa en caressant la crinière de la jument avant de reprendre son brossage.

Les deux femmes parlèrent du cheval un instant, du banquet de la veille, des nouveaux venus qui semblaient très bien s'intégrer et qui allaient rejoindre leurs nouvelles demeures dans le village ou les alentours. Puis un silence se fit et Awena décida d'en profiter.

— Logan a été magnifique sur les terres Dunnottar, dit-elle l'air de rien. C'est un guerrier accompli !

— Oui, et pourtant, le danger était immense. Mais tu vois maman, il ne lui est rien arrivé, je l'ai protégé et lui en a fait autant avec moi. Je savais qu'il était possible de le sauver et que ta vision pouvait être trompeuse. Les Dieux m'ont permis de venir à son secours !

Awena tressauta en pâlissant d'un coup.

— Que... que veux-tu insinuer ? s'enquit-elle dans un souffle alors que Sophie-Élisa, tout à son bonheur, ne remarquait pas le soudain trouble de sa mère.

— Que tout danger est désormais écarté, voyons ! Il n'est plus nécessaire de s'en aller dans le futur, d'ailleurs, Logan m'a affirmé qu'il vivrait n'importe où, pour peu que ce soit là où je suis.

Logan avait vu juste ! Sophie-Élisa, croyant l'avoir sauvé de son destin funeste en cette époque, ne pensait plus du tout à partir, bien au contraire !

Awena en aurait ri d'amertume ou pleuré, les nerfs à fleurs de peau et la peur sournoise s'emparant d'elle à nouveau. Sophie-Élisa devait s'en aller, c'était elle qui mourrait en restant ici et Awena dut se mordre les lèvres pour ne pas le lui crier !

— Non, Lisa ! Tu te trompes ! gronda-t-elle, alors que sa fille faisait volte-face pour la dévisager, l'incompréhension remplaçant les signes du bonheur sur son beau visage en forme de cœur.

— Que dis-tu ? souffla-t-elle en crispant les doigts sur le manche de la brosse.

— Ce n'est pas sur les terres Dunnottar que son destin devait se jouer, nom d'un chien ! Il faut que tu persuades Logan de retourner chez lui, avec toi ! Les Dieux ne sont pas intervenus en ta faveur, ni en celle de Logan et encore moins pour nous qui aimerions te garder ici ! Sa mort est inéluctable et se profile toujours à l'horizon ! Tiens-tu à le perdre ? Ferais-tu le choix de vivre quelques instants en sa compagnie et de le pleurer ensuite pour l'éternité ?

Sophie-Élisa se dirigea vers un fagot de paille et se laissa lourdement tomber dessus.

— Je pensais, enfin, j'espérais... bafouilla-t-elle d'un air abattu.

— Tu t'es jeté de la poudre aux yeux ! lui retourna Awena en essayant de taire sa peur au fond d'elle pour ne plus parler avec colère. Lisa, j'aurais tant désiré que tu aies raison. Cela me déchire le cœur de devoir me séparer de toi et ta souffrance est la mienne comme celle de ton père et de tous ceux qui t'aiment ! Cependant, si tu tiens à Logan... vous devez partir !

Awena était à bout de force et un vertige soudain la saisit en la faisant vaciller. Voyant cela, Sophie-Élisa se précipita pour la soutenir.

— Tu as trop puisé dans tes forces vitales hier, pour lutter contre cette affreuse créature des ténèbres ! s'inquiéta-t-elle.

Awena hocha la tête en se redressant vaillamment. Il y avait de ça, sans compter la peur et le bébé... qu'elle décida de reléguer dans la case « oubli » pour le moment.

— Je suis surtout inquiète, ma chérie, choisit-elle de dire. Pour toi, pour Logan. Le futur vous offre la vie, même si le prix à payer est très grand et je veux ton bonheur ! Suis-le, Lisa, saisis ta chance ! Les femmes de notre famille ont toujours écouté leur cœur, Diane, puis moi et maintenant toi, et nous n'avons jamais regretté notre choix ! Tu m'entends ? Et puis, fais confiance à Iain pour trouver une solution pour que l'on puisse se retrouver. Je t'en prie... Lisa...

Sophie-Élisa médita les paroles de sa mère avant d'afficher une nouvelle détermination qui fit retenir sa respiration à Awena.

— Nous partirons maman, je choisis la vie avec lui... pour l'éternité.

Awena ferma les paupières et soupira longuement en prenant sa fille dans ses bras pour une tendre accolade.

— À toi de jouer *beag blàth* (petite fleur) pour que ton prince charmant t'emporte dans son époque... je t'aime Lisa, je t'aime si fort !

Sophie-Élisa hoqueta et laissa couler ses larmes en cherchant à se fondre dans la douce étreinte de sa mère.

— Moi aussi maman... je t'aime !

Cette journée du 12 mars 1416 fleurait bon la période de lumière. Une légère et bienfaisante chaleur avait remplacé la froidure des derniers jours et les jonquilles pointaient leurs nez par brassées, au milieu de la bruyère et des ajoncs, là où les plaques de neiges s'étaient, comme par magie, dissoutes.

Sophie-Élisa contemplait avec émerveillement ce rappel à la vie, le subtil éveil de la flore bientôt célébré par l'Alban Eilir[17].

Oh ! Elle ne se faisait plus d'illusions, cette célébration se ferait sans elle et sans Logan, car le danger rôdait. Elle en avait réellement pris conscience en voyant sa mère dans tous ses états. Awena ne s'était jamais trompée et ne lui avait jamais paru aussi désespérée. Diane et elle avaient voyagé dans le temps pour rencontrer leurs *Promis*, si elles ne l'avaient pas fait, rien de tout ce qui entourait Sophie-Élisa

---

17 *Alban Eilir : fête druidique célébrant l'équinoxe du printemps.*

n'existerait.

Aujourd'hui, son tour était venu, et elle partirait vers son destin dans les bras de son Âme sœur. Fallait-il encore qu'il soit au courant !

Voilà pourquoi Sophie-Élisa lui avait donné rendez-vous à l'ombre des premières chaumières du village en essayant de trouver dans son esprit le moyen de l'informer de son retour chez lui... avec elle.

Bien sûr que non, elle n'avait pas de doute ! Logan l'emmènerait, c'était certain, puisqu'il lui avait dit qu'il l'aimait, alors que cela ne faisait que six jours qu'ils s'étaient rencontrés ! Seulement six jours ? Sophie-Élisa avait pourtant l'impression qu'ils s'étaient connus de tout temps !

« Et s'il ne veut plus de moi ? Il pourrait décider de partir en m'abandonnant ici ? », gémissait-elle mentalement en oubliant tout d'un coup la beauté sauvage du paysage qui l'entourait.

— Lisa ? l'appela Logan qui semblait s'être matérialisé dans son dos.

Mais comment faisait-il cela ? Elle avait pourtant l'ouïe très fine, cependant Logan se déplaçait aussi silencieusement qu'un chat et la fit sursauter de surprise !

Il fronça les sourcils en lisant l'inquiétude dans les magnifiques yeux verts de sa belle. Elle paraissait tourmentée ! Preuves en étaient de sa pâleur, de ses douces lèvres pincées et de ses mains aux jointures blanchies, tant elle les serrait l'une contre l'autre.

— Que se passe-t-il mon amour ? murmura-t-il en la prenant dans ses bras avant de poser sa bouche sur la sienne pour un baiser papillon, sensuel.

— Je... ! Je... Logan, il faut que je.... zut ! baragouina Sophie-Élisa en perdant toute contenance.

C'était bien la peine d'avoir répété ses phrases dans sa tête, pour ne plus pouvoir parler le moment venu !

Il était si beau, si viril ! Simplement vêtu de son kilt, de ses hautes bottes noires et de sa tunique blanche au col largement ouvert. Ses longs cheveux brun doré caressaient ses larges épaules et son parfum unique, boisé... *quel délice !*

De plus, quand il la regardait avec ses yeux de braise, Dieux qu'il était dur de retrouver ses esprits ! Alors qu'elle avait vraiment besoin d'avoir les idées claires !

— Zut ? pouffa Logan en essayant de la reprendre dans ses bras alors qu'elle se défilait comme une anguille.

— Si... tu pouvais rentrer chez toi, m'emmènerais-tu ? lâcha tout de go Sophie-Élisa avant de ne plus avoir le courage de le faire.

Logan parut soulagé l'espace d'une seconde, ce qui la déconcerta, mais elle avait dû se tromper, car là, il affichait une mine plutôt curieuse et étonnée.

— Si je le pouvais, et si tu le voulais, *aye...* nous partirions ensemble ! affirma Logan très sérieusement.

— Et si je t'annonçais que ton retour est possible et que je désire m'en aller avec toi ?

Logan eut un mal infini à jouer son rôle d'innocent. Il n'avait jamais été très bon au jeu du menteur et Sophie-Élisa semblait noter toutes ses réactions en le dévisageant.

— Tu viendrais avec moi ? ne trouva-t-il rien d'autre à dire tout en se traitant mentalement de gros nigaud. Il aurait peut-être dû se mettre à pirouetter, sauter de joie ou encore la faire valser dans les airs à la force de ses bras ?

Il fit semblant d'être à court de souffle, impatient d'entendre sa décision qu'il connaissait déjà. Néanmoins, quelque part, il ne feignait pas, et s'aperçut que la réponse de Sophie-Élisa comptait plus que tout pour lui, car elle ne passerait pas par l'intermédiaire d'Awena ou de Darren, mais proviendrait directement de la si désirable bouche de la femme qu'il aimait éperdument.

— Oui, si tu veux de moi, chuchota-t-elle d'une petite voix en se remettant à torturer ses pauvres doigts.

Logan hurla au soleil, non à la lune puisque l'heure ne s'y prêtait pas et saisit effectivement Sophie-Élisa dans ses bras avant de la faire pirouetter dans les airs.

La tête leur tournait à tous les deux quand il la reposa au sol un moment plus tard.

— Nous avons vraiment la possibilité de retourner en 2014 ? Et tu partirais avec moi ? Vraiment ? l'interrogeait Logan sans plus jouer, laissant ses sentiments parler à la place de son cerveau qui de toute façon était en ébullition.

— Oui, oui et oui ! Tu me veux toujours à tes côtés ?

— *Aye !* Plus que jamais ! rugit Logan avant de l'embrasser fougueusement, se moquant totalement de l'attroupement de personnes qui s'était peu à peu formé autour d'eux et les contemplait d'un air attendri ou amusé.

Il fallut attendre encore quatre jours supplémentaires avant de concrétiser l'union druidique.

D'abord pour que Diane, la femme de Iain, leurs fils Fillan et Gordon puissent avoir le temps de se joindre aux festivités, ensuite parce que Sophie-Élisa avait demandé à Larkin d'officier en tant que grand-druide pour le mariage dans le Cercle des Dieux, à la place de son oncle Ned qui en fut terriblement offusqué et pour finir en beauté : Barabal était à l'article de la mort, car elle succombait à un gros « *béchant rube* » et « *subliait* » Larkin de lui ramener son Bob afin qu'elle puisse se soigner grâce à son lait d'ânesse ! Ce qui fit profondément rougir les dames et rugir de rire les hommes, en comprenant parfaitement ce qu'était le « *lait d'ânesse* », le pauvre Bob étant un mâle et non une femelle !

Tout s'arrangea petit à petit au fil du temps.

Diane et ses fils arrivèrent le lendemain du jour où Iain avait envoyé un messager à *Caistealmuir*, Ned apprit et accepta le fait que Sophie-Élisa voulait honorer Larkin qui avait été son mentor depuis sa naissance, son baptême druidique, et ce, jusqu'à ce qu'il parte en retraite près de la Mer du Nord. Quant à Barabal... elle guérit miraculeusement quand on lui fit croire que Bob était de retour par l'intermédiaire de son sosie et qu'elle put boire son « *lait d'ânesse* ».

Beurk...

Diane – lady de Waldon à son époque d'origine en l'an 1813 – et épouse de Iain Saint Clare, était une très belle femme, blonde, svelte, au port de tête altier et au maintien irréprochable, héritages de sa noble lignée londonienne. Iain l'avait informée dès son arrivée au château de la vision d'Awena et de l'inévitable départ, pour le futur, de leur arrière-petite-fille.

Si Diane fut profondément émue et attristée, elle ne le montra pas et s'attela dans la bonne humeur avec Awena, Eileen et Aigneas à confectionner une robe de noces royale pour Sophie-Élisa.

La toge blanche était de rigueur pour une union druidique, mais l'exception était permise, comme cela avait été le cas pour Awena, qui s'était unie à Darren dans la robe de mariage de sa grand-mère par adoption de l'an 2000.

Elles empaquetèrent aussi les effets et objets auxquels la jeune femme tenait et écrivirent dans un cahier, de cuir et de parchemins, quelques mots pour que Sophie-Élisa ait, d'une certaine manière, un peu de leurs personnes auprès d'elle au bout de son chemin.

Durant ces quatre journées, Logan fit la connaissance de Fillan et Gordon, âgés respectivement de vingt et vingt-deux ans, qui avaient déjà la haute et robuste stature de leur père, de même que ses traits, à part leurs longs cheveux châtain foncé parsemés de mèches plus claires.

Les trois jeunes gens sympathisèrent d'emblée, car les fils de Iain avaient un énorme point commun avec Logan : leur penchant pour les farces et attrapes. De fait, Fillan et Gordon étaient – au grand dam de leurs parents – des alchimistes, les précurseurs de ce que l'on nommerait plus tard : des chimistes.

Ils maniaient les potions et les expériences diverses avec maestria comme l'aurait fait un chef cuisinier avec des mets devant ses fourneaux et bombardèrent Logan de questions concernant leur passion commune dans l'avenir.

Logan s'était volontiers prêté au jeu en leur révélant l'existence de certains gadgets humoristiques, sans que les futurs inventeurs ne se voient spolier de leurs brevets avant l'heure. Il leur confia la recette spéciale d'un bonbon au caramel, ayant comme cœur un noyau de poivre ou de piment et le moyen de les fabriquer sans que les épices et la friandise ne se mélangent, avec effets garantis pour les farceurs et leurs victimes ! Les deux grands garnements avaient affiché des mines réjouies, facétieuses, sur leurs fiers visages et avaient filé vers les cuisines dans le but évident de confectionner leur nouvelle préparation. Logan les avait suivis des yeux avec un sourire dessiné sur ses belles lèvres sensuelles avant de se diriger vers la chaumière de son aïeul Aonghas, où il devrait résider les jours précédant les noces.

De son côté, Sophie-Élisa n'eut plus un instant de répit et vit très peu Logan. Toute cette agitation et cette effervescence lui permirent de reléguer au loin l'angoisse du départ et des déchirantes séparations qui allaient inévitablement en découler.

Elle fut très émue quand son père, Iain, Ned et Larkin, vinrent lui annoncer qu'ils avaient décidé d'avancer la célébration de l'Alban Eilir au jour de son mariage et pleura de joie tout en sautant dans les bras des quatre hommes qui toussotaient pour masquer leur propre émotion, alors qu'ils croulaient sous une tonne de remerciements éperdus.

Filèrent les heures, les jours et les nuits et arriva la veille de l'Alban Eilir, du mariage et du départ. Sophie-Élisa devait absolument retrouver une personne qui avait totalement disparu à la vue de tous : Cameron.

Son attitude distante et sombre lui meurtrissait l'âme. Elle décida donc d'aller le débusquer dans son repère pour lui parler et surtout, lui rappeler combien elle l'aimait, qu'il serait à jamais son frère, sa moitié.

Il ne fut pas difficile à trouver, car le futur laird s'était tout simplement retranché dans ses appartements.

— Ouvre cette porte Ron-Ron ! l'invectiva-t-elle du couloir en tambourinant contre le lourd battant en chêne. Si tu ne le fais pas, je la défonce avec un projectile enflammé ! le menaça-t-elle encore.

Sophie-Élisa allait mettre sa menace à exécution quand retentit le grincement du verrou et que la porte s'ouvrit sur la grande silhouette athlétique de Cameron. Il était dans un état pitoyable ! Ses longs cheveux noirs aux reflets de feu n'avaient pas connu le brossage depuis des lustres, ses yeux étaient rougis comme si le sommeil l'avait fui depuis une éternité, les traits de son visage étaient tirés, sans compter la balafre qui le défigurait et qu'il refusait, de toute évidence, de guérir grâce à sa magie.

De plus, il ne portait que le kilt alors que la température dans sa chambre était de type polaire, et pour cause ! Nulle flambée chaleureuse dans le foyer de la cheminée, plus que des cendres et de la poussière.

Le cœur de Sophie-Élisa se serra en croisant le regard bleu azur, glacial, de son frère.

— Que viens-tu faire ici ? lui demanda-t-il d'un ton hargneux. Tu devrais être en train de t'affairer aux préparatifs de tes noces ! ajouta-t-il sarcastique en s'effaçant néanmoins pour la laisser entrer avant de faire volte-face et de se diriger vers la haute fenêtre de ses appartements.

Sophie-Élisa préféra ignorer les propos de Cameron et referma lentement la porte après elle.

« *Quel carnage !* », s'exclama-t-elle mentalement en découvrant, éberluée, l'état pitoyable de la chambre de son frère.

Des morceaux de bois d'une chaise brisée jonchaient le sol, ainsi que des éclats en terre cuite des pichets de bière fracassés, les rideaux en velours bleu du lit à baldaquin avaient été arrachés, mis en pièces, sans compter les habits et les armes diverses qui s'entassaient, ici et là, en plusieurs monticules plus ou moins dangereux pour les pieds.

— Cameron, j'aime Logan ! fut le cri que lança Sophie-

Élisa en connaissant d'emblée la cause de ce monstrueux capharnaüm. Il est mon promis, ne réagirais-tu pas comme moi si celle qui t'était dévolue venait du futur et que pour la sauver, tu doives repartir avec elle ?

Cameron était effectivement au courant de la vision de sa mère, Darren le lui avait dit, ainsi qu'aux membres les plus proches de la famille avec l'interdiction formelle d'en chuchoter mot à Logan.

Le destin de sa sœur était scellé et l'arrivée de son promis en 1416 s'expliquait ainsi : une aide des Dieux pour réunir deux Âmes sœurs qui auraient été condamnées à errer seules dans leurs vies terrestres et ensuite dans le monde des Sidhes, sans jamais pouvoir se rencontrer, fusionner. Deux auras vides pour l'éternité… Cameron l'avait compris, néanmoins, cela n'avait pas calmé ses craintes, ni sa colère, car il pressentait que derrière cette histoire cousue de fil d'or, se dissimulait un lourd secret, une tout autre vérité.

Il était las, et son cœur hurlait de chagrin à la pensée que sa sœur aimée allait lui être arrachée et qu'il ne la reverrait sans doute jamais. Il avait envie de se conduire en égoïste et de partir à la rencontre de Logan pour lui révéler ce que la jeune femme était prête à sacrifier pour lui. Cameron savait que cet homme était malgré tout intègre et jugerait préférable, pour que son amour ne souffre pas, de s'en aller sans elle. Oui, cela était une merveilleuse et *horrible* solution !

Horrible. Car Cameron les séparerait et se transformerait en un monstre, chose qu'il n'était pas et ne voulait en aucun cas devenir. Alors, il garderait le secret comme convenu et se défoulerait ailleurs que dans sa chambre, où il n'y avait plus de meuble ou tissu à anéantir pour endiguer sa colère.

— Cameron, je t'en supplie, j'ai besoin de retrouver le frère que j'aime, celui qui a tout partagé avec moi ! implora Sophie-Élisa, un trémolo dans la voix. Mon destin n'est plus ici, mais ce n'est pas comme si je mourais. Une fois le voyage accompli par le biais du Cercle des Dieux, je vivrai une longue vie dans le futur !

— Si, grommela Cameron sans se retourner.
— Pardon ?
— Je te disais que : *si !* Car pour moi, et certainement *athair* et *màthair*, quand tu auras disparu pour mener ta vie dans l'avenir, ce sera comme si tu étais morte ! gronda-t-il sourdement.

Sophie-Élisa eut l'impression de recevoir une monumentale gifle. Les paroles de Cameron étaient le reflet de ses propres songes qu'elle avait enfermés à double tour au fin fond de son esprit.

— Pa' m'a promis de créer un sort pour que l'on se...
— *Ahhh...* Za-Za, ricana Cameron en se tournant de profil pour la dévisager d'un air narquois. Ta naïveté te perdra ! Crois-tu réellement que Iain serait capable de concocter un beau petit charme pour voyager dans le temps, aussi simplement que ça ? ajouta-t-il en claquant des doigts. *Naye* ! Nous pouvons d'ores et déjà nous souhaiter bon vent tout de suite, car nous ne nous reverrons jamais !

Sophie-Élisa essaya de toutes ses forces de retenir ses larmes en contemplant, au travers d'un voile de chagrin, le beau visage de Cameron, si sévère, tellement amer.

— Alors, si ce sont des adieux, j'aspirerais ardemment à ce que mon frère me prenne dans ses bras, murmura-t-elle, dévastée. Qu'il me rassure, qu'il me dise que tout se passera bien, qu'il m'aime et qu'il ne me laisse pas, en seul souvenir de lui, des mots durs qui me tueront aussi radicalement que du poison ! Cameron, s'il te plaît...

La haute muraille que Cameron avait érigée autour de son cœur et de son esprit s'écroula d'un coup sous le poids de l'immense émotion qui le submergea. Il émit une plainte gutturale et se retourna brusquement pour prendre Sophie-Élisa dans ses bras.

— Za-Za, souffla-t-il. Que tu es bête, je t'aime petit chat sauvage et je ne suis qu'un égoïste de vouloir te garder ici. La douleur de te voir partir m'étouffe et me brûle de l'intérieur !

Sophie-Élisa ne retint plus ses larmes et sanglota

éperdument en s'accrochant aux fortes épaules de son frère, qui lui-même pleurait silencieusement tout en la berçant tendrement.

— Nous nous retrouverons, lui chuchota-t-il fervemment dans le creux de l'oreille. Tu m'entends ? Je t'en fais la promesse, Lisa !

— Oui ! hoqueta-t-elle en se dégageant lentement de son étreinte et en s'essuyant les yeux de l'extrémité de ses doigts tremblants.

Cameron, de manière incongrue, se mit à rire tout bas, son visage s'illuminant quelque peu en perdant sa dureté.

— Nous voilà beaux à larmoyer comme des *clann !* s'exclama-t-il en se penchant lestement pour déchirer un bout de drap en lin et de sécher ensuite les joues de sa sœur en gestes d'une infinie douceur.

— Si le tissu n'est pas trop imbibé de mes larmes, il serait bien de l'utiliser pour toi aussi, se moqua Sophie-Élisa dans un faible sourire.

Cameron fit semblant de lui faire les yeux noirs en bombant le torse.

— Que dis-tu ? Sache que je ne pleure jamais ! mentit-il effrontément tout en lui faisant un clin d'œil.

Enfin !

Sophie-Élisa retrouvait son frère aimant. Une infranchissable barrière venait de tomber et leur complicité renaissait. L'amour était une puissante médecine, il guérissait tout !

— Ne sois plus triste princesse, murmura-t-il d'un ton plus sérieux, grave. Je serai là pour te dire au revoir. Mais avant... il va falloir que je range un peu ma chambre ! essaya-t-il de plaisanter, alors que Sophie-Élisa recommençait à pleurer. *Och !* Voilà que tes larmes coulent à nouveau ! s'exclama-t-il en lui essuyant plus énergiquement le visage. Si j'avais su que l'aspect de mes appartements te mettrait dans un tel état, je n'aurais rien cassé !

Et à Sophie-Élisa de rire encore, alors que la peau de son

minois s'échauffait sous les vigoureux frottements du tissu humide.

— Arrête Ron-Ron ! gloussa-t-elle. Tu vas m'arracher les joues ! Et ne t'en fais pas pour ta chambre, elle ressemble à la mienne... en plus masculine et chaotique ! ajouta-t-elle taquine.

— Tu cherches la bagarre ? s'amusa Cameron, les yeux pétillants, en avançant sur elle alors que Sophie-Élisa reculait en pouffant.

— Toujours ! s'écria-t-elle joyeusement en se penchant vivement pour saisir une chaussette qui avait vu des jours meilleurs et la lancer sur le nez de son frère.

— *Cath* (bataille) ! hurla-t-il en riant avant de se jeter sur sa sœur et de la chatouiller à mort.

Les instants qui suivirent retentirent dans le couloir des cris joyeux et des rires comme au bon vieux temps, celui où les jumeaux, unis, passaient leur temps à chahuter avec débordement.

Chapitre 22
Fêtes et séparations

Ce fut dans une bonne humeur retrouvée – en apparence du moins – que Cameron rejoignit les hommes de sa famille et Logan la veille des noces, pour une soirée très arrosée, celle de l'enterrement de vie de garçon du futur marié.

Exclusivement entre mâles !

De toute façon, les femmes avaient disparu et restaient introuvables en faisant inévitablement de même de leur côté avec Sophie-Élisa. Et connaissant les idées farfelues d'Awena, quand il s'agissait de fêter un événement, certaines d'entre elles se réveilleraient certainement dans le poulailler au petit matin avec une affreuse gueule de bois. Cela ne rata pas ! C'est effectivement ce qu'il advint.

Sauf que ces dames – Sophie-Élisa, Aigneas et Eileen – ne furent pas toutes seules à s'éveiller dans le poulailler, car il y avait, bien sûr, des poules – pas contentes du tout –, et des messieurs ! Fillan, Gordon, Cameron, Logan et Tom !

Certains avaient échappé à cette sorte de coutume de se réveiller entourés de fientes, de paille et d'oiseaux caquetants, en mangeant d'horribles bonbons au caramel qui les avaient poussés à courir comme des possédés vers les cuisines pour trouver un mets ou un liquide qui les sauverait du feu qui avait pris sur leurs langues et dans leurs ventres.

Fillan, Gordon et Logan en avaient ri aux éclats ! Mais au petit matin ensoleillé du 16 mars 1416, après leur nuit festive, la pauvre tête des farceurs n'aurait pas supporté un seul bruit, même pas un infime gloussement.

— *Cot, cot cot, podec !!*

Maudite poule ! Gordon tendait déjà une main vers elle pour l'attraper et lui régler son compte quand un rire étrange et grinçant lui fit se boucher les oreilles.

Barabal ! Il ne manquait plus qu'elle !

— Bonne *botion*, j'ai ! coassa-t-elle, le rhume déformant ses paroles, à la cantonade en faisant danser du bout de ses doigts osseux une fiole verdâtre et mousseuse, que tous connaissaient pour son pouvoir salvateur, mais au goût prodigieusement immonde.

D'ailleurs, les deux vraies victimes des bonbons farcis se tenaient dans le dos de la *Seanmhair*, les bras musculeux croisés, un sourire ravi sur leurs lèvres, un regard bleu presque gris et un regard bleu nuit les toisant avec beaucoup d'amusement.

Darren et Iain ! Et pour manger des sucreries, ils en avaient mangé ! Avant qu'ils ne fondent sur leurs papilles et leur fassent cracher du feu.

Fillan et Gordon hochèrent la tête humblement, c'était de bonne guerre, et furent les premiers à grimacer et à boire une gorgée de la répugnante potion de Barabal qu'ils donnèrent à la ronde avant de roter bruyamment, cela faisant aussi partie de la coutume, puisque le philtre guérissait, mais déclenchait inévitablement de légers désagréments digestifs.

Logan avala en dernier la mixture après Sophie-Élisa, ne voulant pas passer pour un pleutre et un instant plus tard, il aurait remercié la *Seanmhair* de son miraculeux rétablissement, si elle ne s'était pas mise à énumérer les éléments qui composaient la concoction : bave de grenouille et d'escargot, intestins d'araignées minutieusement prélevés, jaune d'œuf pourri de vingt jours et d'autres ingrédients tous plus immondes les uns que les autres.

Logan en blêmit !

Tous éclatèrent de rire en se grattant de la tête aux pieds – sauf Iain, Barabal et Darren – et filèrent se laver avec empressement. Les hommes dans le *Loch* glacial, où

Cameron et Logan échangèrent leur première poignée de main amicale avec néanmoins des sourires crispés, pendant que ces dames allaient brûler leurs vêtements infestés de puces avant de s'immerger dans de grandes baignoires de bois emplies d'une eau chaude à souhait et parfumée à l'huile essentielle de lavande.

De leurs ablutions communes, nulle puce ne devait réchapper ! Voilà ce qu'il advenait à s'inviter dans les poulaillers Saint Clare sans y être convié !

— Sophie-Élisa ! Dépêche-toi de sortir de ton bain, les druides sont prêts à célébrer Alban Eilir ! cria Awena derrière la porte de la chambre de la jeune femme, qui faillit boire la tasse de surprise, tant elle s'était détendue et presque endormie. Tu veux que je t'envoie Lydie ? demanda-t-elle à nouveau d'un ton impatient.

— Non, maman ! Je serai en bas très, très, vite ! cria à son tour Sophie-Élisa en essayant de s'extraire de la baignoire en bois tapissée d'un drap de lin pour ne pas se blesser avec des échardes.

Oui, mais ledit tissu, une fois mouillé, ressemblait plus à un toboggan et Sophie-Élisa glissa pour se retrouver au fond du bac en un centième de seconde en éclaboussant de gerbes d'eau tout ce qui l'entourait.

« *Tout compte fait, il aurait mieux valu que j'accepte l'aide de Lydie !* », marmonna silencieusement Sophie-Élisa en réussissant à s'extirper de l'énorme baignoire et en se séchant vigoureusement devant le grand feu dans la cheminée.

Elle gloussa en repensant à son réveil dans le poulailler et à son étonnement d'y retrouver Logan, dans le même état pitoyable qu'elle ! Sophie-Élisa se jura de garder à l'esprit, pour toujours, la vision de son superbe promis couvert de fiente et de paille, essayant de soustraire ses mains à une poule en furie qui ne cessait de le picorer à la première occasion !

Que cela avait été drôle, enfin, après avoir bu la potion

de Barabal, car avant cela, elle aurait hurlé de douleur tant son crâne la faisait souffrir !

Le son insistant des cornemuses la tira de ses amusantes pensées, la célébration de l'Alban Eilir allait commencer sans elle, si elle ne se dépêchait pas !

Sophie-Élisa enfila à la va-vite ses sous-vêtements, une tunique longue et un bliaud vert, sautilla tout en remontant ses bas de laine sur ses jambes et tomba à la renverse en voulant faire de même avec ses bottes ! Elle pesta de plus belle en se redressant et noua ses belles mèches acajou par la magie en une épaisse natte bien droite dans son dos. Voilà ! Elle était prête !

Elle courut prendre une cape de lainage chaud et jeta un coup d'œil à sa chambre avant de sourire. Parfait ! C'était le fourbi, comme d'habitude !

L'Alban Eilir, associé à l'élément Air, n'était pas un grand événement comme Imbolc ou Lùnastal, mais faisait plus partie d'une tradition du clan. Elle permettait de célébrer la venue des beaux jours, de fêter l'équilibre entre la nuit et le jour, l'harmonie retrouvée et le début des semailles en s'assurant du soutien des Dieux pour que les cultures à venir soient riches et fertiles.

L'Alban Eilir était une sorte de complément spirituel de la célébration d'Imbolc qui se déroulait aux alentours du premier février au calendrier grégorien et qui annonçait la fin de la période sombre et l'entrée dans la période de lumière.

Dès le matin de la cérémonie, toutes les portes des chaumières et du château devaient être ouvertes pour accueillir l'arrivée de l'énergie nouvelle. Les enfants partaient cueillir par brassées les fleurs de la saison pour en faire ensuite des couronnes, colliers, bouquets touffus et remplir des sacs en jute de milliers de pétales.

Du plus petit au plus grand, ils revenaient les bras chargés de jonquilles, crocus, muscaris, pensées, bruyères et pâquerettes dans d'énormes gerbes florales panachées de couleurs allant du blanc pur au jaune soleil et du violet indigo au bleu azuré.

Les femmes préparaient le repas, qui serait plus ou moins de type végétarien, en faisant des beignets de courgette, de la soupe au trèfle censée porter bonheur et réchauffer les âmes, dans laquelle on ajouterait du pain pour l'épaissir et tenir au corps. De bonnes tartes aux pommes, ou tourtes aux châtaignes, cuisaient dans l'immense fournil du village et parfumaient de leurs effluves sucrés les chemins et alentours, en envoûtant les plus gourmands et les attirant par le bout du nez.

De leur côté, les hommes faisaient l'état des lieux des graines à semer et répartissaient les sacs dans les familles du clan, le château ayant ses propres champs avec ses jardiniers pour les entretenir. Cependant, s'il venait à manquer quoi que ce soit au sein d'un foyer, le laird ouvrait la porte du moulin, du cellier ou de ses caves, afin que les nécessiteux puissent se servir pour subvenir à leurs besoins. Le partage était à la base de tout et l'argent ne comptait pas. Tout fonctionnait sur l'harmonie.

Enfin, les grands druides, druides, *bana-bhuidseach* et magiciens de sang se préparèrent aux prières en formant un cortège qui les conduirait du milieu du village à la Cascade des Faës, puis au Cercle des Dieux.

Sophie-Élisa sentit son cœur s'emballer en arrivant sur le lieu de rencontre et en prenant la main que Logan lui tendait. La journée s'annonçait plus douce, et l'air semblait porter les premiers parfums de la période de lumière. Cependant, ce n'étaient pas tous ces signes merveilleux qui faisaient palpiter son cœur, mais plutôt le vaste regroupement des prêtres druidiques et des sorcières blanches tous vêtus de leur toge immaculée. D'année en année, ils étaient de plus en plus nombreux à les rejoindre, à survivre et c'était prodigieux ! Le lien entre les hommes et les Dieux était loin d'être rompu et cette pensée rassura Sophie-Élisa plus encore.

Le cortège se mit en route dès que le soleil atteignit son

zénith, les deux amoureux leur emboîtant le pas. Les chants succédaient aux prières pour faire place au silence respectueux et absolu en arrivant à la Cascade des Faës où tous burent à la coupe de la renaissance de la vie avant de se diriger humblement vers le Cercle des Dieux.

Des guerriers trapus y avaient monté les sacs en jute que les enfantelets avaient remplis de corolles de fleurs et Darren en défit les cordons avant que Iain, Cameron, Logan, Fillan, Tom et Gordon les vident pour former un gigantesque amoncellement parfumé et coloré.

Les enfants s'agitaient déjà devant leurs parents, tout sourire, et aussi fébriles que leur progéniture, alors qu'Awena et Sophie-Élisa cachaient leur propre amusement en patientant pour agir à leur tour et créer le symbole tant attendu de la célébration : l'Oiseau, messager des Dieux.

Les chants reprirent, hommes et femmes mélangeant leurs voix alors que les deux dames du clan s'approchaient de la montagne de pétales. Elles levèrent les mains et fermèrent les paupières. Sophie-Élisa et Awena s'étaient mises d'accord pour invoquer un cygne qui naquit petit à petit de l'amoncellement des corolles multicolores, odorantes, et de leurs magies associées.

Les enfants ouvrirent de grands yeux lumineux en poussant des « *ohhh...* » d'émerveillement alors que l'Oiseau se déployait, immense, au sommet de la colline, avant d'émettre un long sifflement chantant et de s'envoler dans le ciel dans de puissants battements d'ailes, droit vers l'Est lié à l'élément Air.

Il plana, les rayons du soleil embellissant la multitude des couleurs des pétales qui le composait, allant haut dans les nues pour revenir vers le Cercle des Dieux sous les acclamations de la foule en liesse. Il tourna plusieurs fois au-dessus de la colline avant qu'Awena et Sophie-Élisa d'un commun accord ne rompent le charme et que l'Oiseau ne se dématérialise pour faire place à une pluie de pétales voletant dans le vent pour tourbillonner sur les silhouettes joyeuses.

C'était le clou de la cérémonie, le spectacle tant attendu du clan et la fin de la célébration de l'Alban Eilir. Les cornemuses se firent à nouveau entendre, ainsi que les flûtes et des tambourins. Les enfants couraient après les pétales, les adultes formèrent une longue ligne dansante, main dans la main, et tous redescendirent ainsi vers le village et le château pour se réunir autour du banquet, et ensuite préparer l'autre grande fête de la journée : les noces druidiques de Sophie-Élisa et de Logan.

Les deux futurs mariés furent séparés dès la fin du repas. Logan se rendit à nouveau dans l'humble chaumière de son aïeul Aonghas où un bain chaud et des habits propres l'attendaient, alors que Sophie-Élisa faisait de même dans ses appartements avant que Diane, Awena, Aigneas et Eileen viennent la retrouver pour l'habiller d'une somptueuse tunique toute en dentelles froufroutantes sur laquelle elles glissèrent et lacèrent un magnifique bliaud de soie blanche brodée de fils nacrés et de perles.

En ces temps reculés, la soierie et les perles représentaient une incommensurable richesse, cependant, ces tissus, fils et perles ne provenaient pas des caravanes d'Orient, mais directement made in l'an 2000, grâce à un sort qui permettait à Awena et Darren de se les procurer. Uniquement des objets ou graines, pas d'humain sans qu'un vœu ne soit formulé de part et d'autre des époques.

Awena coiffa longuement les mèches soyeuses de sa fille avant qu'Aigneas ne dépose une couronne de bruyère aux fleurs blanches sur le sommet de sa tête et qu'Eileen ne se mouche bruyamment le nez, tout émue devant la beauté de Sophie-Élisa.

— Il n'y a pas si longtemps, tu n'étais qu'une petite fille ! Te voici devenue femme, bientôt mariée et je me demande où ont filé les années, souffla-t-elle en embrassant Sophie-Élisa sur les joues.

Awena ne dit rien, mais n'en pensa pas moins. Oui, le

temps était passé si vite !

— Tu es magnifique, ma princesse, chuchota-t-elle en prenant sa fille dans ses bras.

— Merci maman, merci Eileen, réussit-elle à répondre dans un souffle ému.

— Ne compte pas t'en sortir ainsi ma belle ! lança à son tour Aigneas, taquine. Je veux également un baiser, et... moi aussi je te trouve resplendissante !

— Merci ! fit Sophie-Élisa en se mettant à rire alors qu'elle embrassait sa tante ainsi que Diane et qu'à nouveau, le son des cornemuses résonnait à l'extérieur du château.

— Décidément ! Il est plus que temps de descendre ! s'exclama Awena en jetant un coup d'œil vers la fenêtre de la chambre et en constatant que la nuit s'installait peu à peu pour clore la superbe journée festive.

— Mes affaires ! s'écria Sophie-Élisa soudain saisie d'une agitation fébrile.

— Tout sera placé dans le Cercle quand vous irez vous changer toi et Logan, la rassura Awena en la poussant vers le couloir. N'oublie pas, surtout, de t'habiller avec les habits du futur que je t'ai préparés ! Oh, et puis, de toute façon, je serai là pour te dire quoi mettre !

— Oui ! couina Sophie-Élisa en se laissant guider par les trois femmes dans le dédale des allées et escaliers jusqu'à la salle d'honneur où les attendaient Larkin et un groupe de *bana-bhuidseach*.

— À tout à l'heure ! fit Awena en s'éclipsant, suivie d'Aigneas et d'Eileen.

Sophie-Élisa avala sa salive d'un coup et dévisagea Larkin qui lui retourna un tendre sourire, tout paternel.

Le grand druide, elle et les sorcières blanches, formeraient à eux tous le cortège de la mariée qui rejoindrait près du pont-levis celui du marié, composé de Logan, la famille proche et les témoins.

Sophie-Élisa avança comme dans un brouillard, tout semblait soudain si irréel, éthéré. Le voile de la nuit s'était posé sur le paysage des Highlands et des centaines de torches dispensaient, grâce à leurs flammes, des lueurs orangées qui faisaient étinceler les fils nacrés et les perles de sa robe.

Retrouver Logan procura à Sophie-Élisa une sensation de fièvre bienheureuse, une chaleur se propageant dans ses veines. Il était si beau dans sa tenue de Highlander, un brin de bruyère accroché à l'aide d'une broche celtique sur sa tunique de lin blanc, juste au-dessus du cœur, et ses longues mèches dorées qui ondoyaient dans la brise. Leurs regards se soudèrent et sur les lèvres de Logan, naquit un sourire sensuel qui fit d'autant plus palpiter le cœur de sa belle.

Le charme passionnel fut rompu par l'arrivée de Barabal dans son rôle rétabli pour l'occasion de grande *banabhuidseach*. Elle donna une fleur blanche aux deux futurs mariés et cancana de sa drôle de voix :

— Que ces fleurs à la divinité, en présents, soient offertes !

Logan et Sophie-Élisa la remercièrent d'un sourire et d'un hochement de tête, pas de mots, car personne ne devait parler, à part le grand druide et la *Seanmhair*, jusqu'à l'arrivée du cortège nuptial sur le lieu de la cérémonie.

Larkin se plaça en tête, Logan et Sophie-Élisa ensuite, suivis de Barabal, de Darren et Awena, du reste de la famille et des *bana-bhuidseach* qui fermaient la marche.

Logan serrait dans sa main les doigts tremblants de Sophie-Élisa, elle était si jolie, somptueuse ! Ses habits lui donnaient l'aspect d'une fée et ses pieds chaussés de fines ballerines blanches semblaient avancer sans toucher le sol, comme si elle se déplaçait en planant.

Il était si fier, son amour était la plus éblouissante femme du monde, sa déesse...

Et de son côté, Sophie-Élisa se disait exactement la même chose de son faë. Dieux ! Qu'il était beau, viril ! Les traits parfaits, sensuels. Elle était totalement éprise de cet homme !

Tout en se contemplant amoureusement, ils s'aperçurent

qu'ils étaient arrivés à mi-chemin de la colline menant au Cercle des Dieux. De part et d'autre du cortège, les gens du clan éclairaient leur marche à l'aide des torches et tapissaient leur parcours d'un amoncellement de jonquilles et de fleurs de saison.

Sophie-Élisa en perdit momentanément le souffle, tant le décor et tout ce qu'elle vivait étaient riches d'émotions. Ils arrivèrent enfin au lieu sacré. Les villageois se placèrent en couronne sur le sommet de la colline, un peu en retrait, alors que la famille s'alignait tout autour des pierres levées.

Larkin traça un cercle invisible de son bâton de mage à l'extérieur du lieu sacré pour ouvrir le passage entre le monde des hommes et celui des Sidhes, entra par le Nord dans la ronde formée par les dolmens, suivi de Logan, Sophie-Élisa et leurs quatre témoins : Cameron, Tom, Fillan et Gordon.

Les amoureux se placèrent sur la dalle centrale alors que leurs témoins se dirigeaient vers les quatre points cardinaux représentant les éléments. Au Nord, Cameron, avec la coupe de Terre. À l'Ouest, Gordon, avec la coupe d'Eau. À l'Est, Fillan, avec une plume représentant l'Air et au Sud, Tom, avec la coupe d'encens symbolisant le Feu.

Sophie-Élisa retint un hoquet d'émotion. Elle était entourée des hommes de sa vie et par delà les pierres levées, Awena et Darren la contemplaient dans les bras l'un de l'autre, eux-mêmes paraissant très bouleversés pour leur fille.

Larkin entonna la prière pour les Dieux :

— *Accordez-nous Déités, votre protection, et avec votre protection, la force et avec la force, la compréhension et avec la compréhension, le savoir et avec le savoir, le sens de la justice, et avec la justice, l'Amour et avec l'Amour, celui de toutes formes de vie et dans l'amour de toutes formes de vie, l'Amour des Dieux et des Déesses...*

— Awen ! clamèrent d'une seule voix les centaines de personnes qui assistaient à la cérémonie.

Le vieux grand druide unit les amoureux devant l'Univers et procéda au rituel des éléments.

L'Eau fut dispersée aux quatre points cardinaux à l'intérieur du lieu sacré et quelques gouttes allèrent au sol pour nourrir la Terre, puis Larkin mit le reste du liquide dans une petite fiole qu'il donna aux promis, en un symbole censé ouvrir les sens des mariés. L'air fut représenté par la plume de Fillan, qu'il laissa voler sur le souffle de la brise légère avant que Larkin ne joigne les mains du couple par les fils de l'Air, symbolisant ainsi l'énergie sacrée. Tom s'approcha du grand druide pour lui remettre la coupe d'encens et celui-ci la déposa devant Logan et Sophie-Élisa pour les bénir, ainsi que la famille qu'ils allaient fonder. La Terre fut apportée par Cameron, qui en profita pour échanger un doux sourire avec sa sœur. Larkin prit la Terre de la coupe et la versa dans les mains jointes du couple. Ce geste évoquait la fusion de leurs énergies communes et le reste de la Terre fut mis dans une petite sacoche en cuir que les amoureux emporteraient avec eux dans leur foyer.

Vint le tour d'un cinquième et incontournable élément, que Larkin invoqua lui-même, ne pouvant être représenté par aucun homme ou femme, car il était un tout : l'Éther !

L'Éther, matière des corps célestes, symbolisait l'harmonie sacrée qui maintenait l'humanité à sa place dans l'univers. C'était un élément vaporeux, magique, insaisissable. Le lieu où naissaient les mystères et où tout semblait finir.

Larkin se tourna ensuite vers Sophie-Élisa et Logan et leur enjoignit de prononcer leurs vœux. Ce qu'ils firent l'un après l'autre, leurs voix laissant filtrer leur émotion intense et l'amour absolu qu'ils éprouvaient. Ils se jurèrent de s'aimer, se protéger, de tout partager dans le bonheur ou le malheur jusqu'à ce que leur vie terrestre s'achève et qu'ils se retrouvent pour l'éternité dans le monde des Sidhes.

— L'union des deux énergies est accomplie ! proclama Larkin en levant les mains au ciel. Vous pouvez échanger vos anneaux, mes enfants, ajouta-t-il d'un ton plus bas, le visage attendri.

Ce fut Cameron qui s'approcha d'eux pour leur remettre

les alliances que le forgeron avait élaborées à la demande de Darren. Elles étaient faites d'or blanc et finement ourlées de motifs celtiques avec sur la face intérieure, gravée la date de leur union.

Le geste toucha profondément Logan autant que Sophie-Élisa qui ne put empêcher une larme de couler sur sa joue. Des lèvres douces et chaudes vinrent la capturer avant de se poser amoureusement sur les siennes.

— Je t'aime, murmura Logan d'une voix rauque.

— Je t'aime, lui chuchota Sophie-Élisa alors qu'il passait le bel anneau à son doigt et qu'elle faisait de même pour lui ensuite.

Larkin s'approcha du couple une dernière fois avant que la cérémonie ne prenne fin. Il leur joignit les mains portant les anneaux et les lia d'un tissu aux couleurs du clan en un symbole appelé main-jeûne[18], ce qui finit de sceller leur mariage devant les hommes et les Dieux.

— Je déclare Logan et Sophie-Élisa MacKlare unis ! annonça-t-il d'une voix de stentor.

Sophie-Élisa cligna des paupières et sentit des papillonnements au creux de son ventre. MacKlare !

Elle était une MacKlare dorénavant, même si une grande partie d'elle restait à jamais Saint Clare.

— Ma femme, mon aimée, ma promise, murmura Logan en la couvant d'un regard de braise, adorateur.

— Pour l'éternité, lui souffla Sophie-Élisa dans un sourire en lui tendant sa bouche.

Tous sortirent enfin du Cercle des Dieux, sans que Larkin ne procède à la fermeture symbolique du lieu sacré, car alors que la foule se dissipait lentement et presque tristement, des gens et guerriers apportaient déjà les coffres contenant les effets de Sophie-Élisa sur le site, en vue de son

---

18 *Main-jeûne : ancienne cérémonie gaélique qui consistait à unir les mariés devant les Dieux et les hommes grâce à des liens symboliques (tissu du clan, corde, lierre)*

imminent départ.

— Pour ne pas perdre de temps, Awena a eu une idée pour vous changer plus rapidement, leur apprit Darren en avançant vers Logan et sa fille qui n'eurent pas une seconde pour se poser de questions et se retrouvèrent habillés de pied en cap avec des tenues de l'an 2000.

Des jeans, pulls, chaussettes et tennis pour les deux, sans oublier une veste en cuir pour Logan et... un parka jaune pour Sophie-Élisa. Vêtement qui fit sérieusement tiquer Darren en jetant un coup d'œil à Awena qui haussa les épaules dans un signe d'excuse.

Sophie-Élisa, pendant ce laps de temps, se mit à trembler de la tête aux pieds, alors que ses parents, son frère et ses proches venaient vers elle pour faire leurs adieux. C'était trop tôt, tout n'avait pas pu se dérouler si vite et elle supplia silencieusement les Dieux de lui accorder plus de temps.

— Ma chérie, murmura Awena en la prenant tendrement dans ses bras et en essayant d'être forte pour deux. Tu vas vivre des instants inoubliables, voir des choses extraordinaires et nous serons à jamais dans ton cœur comme tu le seras dans le nôtre. Pars ma douce et n'oublie pas que je t'aime plus que tout !

Darren s'approcha à son tour, les traits tirés masquant mal sa grande tristesse. Il la prit fortement dans ses bras, lui chuchota des promesses et la tint enfin à bout de bras pour mieux la regarder, comme pour s'imprégner de son image.

— *Tha gaol agam ort* (je t'aime) ! lui dit-il fervemment.

— Oh ! Moi aussi papa, je t'aime !

Vinrent les tours d'Aigneas, Diane, Ned, Iain, Eileen, Clyde, Larkin, Fillan, Gordon, Tom, et Aonghas, qui essayèrent tous par des sourires, rires et plaisanteries d'alléger ces douloureuses séparations. Sophie-Élisa reçut de la main de Gordon une petite boîte de bonbons au caramel alors que Logan gloussait à ses côtés en lui soufflant dans l'oreille de ne surtout pas en manger, ne serait-ce qu'un seul !

Puis tous s'écartèrent pour faire place à Cameron. Il

tendit à Sophie-Élisa un long entrelacement composé de lierre, de tissu aux couleurs du clan et d'une natte de cheveux noirs aux reflets cuivrés.

Cameron s'était coupé une mèche de guerrier et la lui offrait ! C'était un cadeau inestimable, il se séparait ainsi d'une partie de sa force pour qu'elle l'accompagne !

— Pour que je sois toujours avec toi, lui dit-il simplement avant de l'étreindre fortement et de la bercer tout contre son torse en serrant les mâchoires à craquer, alors que Sophie-Élisa ne pouvait plus retenir ses sanglots déchirants.

— Mon frère... tu le seras... éternellement ! réussit-elle à s'exclamer entre deux hoquets.

Tout doucement, Cameron desserra son étreinte en lui insufflant mentalement du courage. Ce qui sembla fonctionner, car Sophie-Élisa carra les épaules sous son parka jaune et redressa son petit menton volontaire en s'essuyant vivement les joues de ses doigts gourds.

La jeune femme voulait faire honneur au cadeau prestigieux de son frère qu'elle porta sur son cœur.

Barabal vint troubler cet échange en se faufilant devant Cameron et en réussissant à le pousser de son postérieur osseux. Il haussa les sourcils en une mimique comique et afficha un air goguenard qui fit enfin sourire Sophie-Élisa.

— D'adieux, *boi* aussi, je *be* ! coassa l'enrhumée. Bonne *botion*, t'offrir, je dois ! Humbf !

— Surtout pas ! s'écria Sophie-Élisa. Ne me donne pas ton précieux lait d'ânesse, je ne voudrais pas que par ma faute, la maladie reprenne le dessus.

Des gloussements retentirent non loin d'elles et Sophie-Élisa dut se mordre l'intérieur des joues pour ne pas en faire autant.

— *Guoi* ? ! couina la *Seanmhair* en foudroyant de ses petits yeux noirs les importuns qui osaient se gausser. *Blein* lait avoir ! *Naye*, *boi* te donner philtre de grenouilles pour beaucoup bébé *aboir* ! Au *reboir* ! lança-t-elle en posant une fiole au liquide sombre dans la paume de Sophie-Élisa avant de rejoindre le clan Saint Clare qui essayait d'adopter une attitude détachée pour cacher l'amusement causé par les mots de la vieille femme.

Certains dissimulaient leurs rires en toussotant ou en plaçant une main sur la bouche. Fillan et Gordon toussèrent plus que les autres et faillirent s'étouffer en entendant Barabal clamer :

— Vous boire beaucoup lait d'ânesse ! Humbf !

— *Naye !* hurlèrent-ils de rire en se poussant sur le côté pour laisser le passage au dernier chargement de coffres.

— Mes enfants, il est temps ! les interrompit Larkin en faisant signe à Logan et Sophie-Élisa de s'avancer sur la dalle centrale.

La jeune femme se précipita vers Awena et Darren pour une ultime étreinte alors que Logan, le cœur meurtri pour elle, lui emboîtait le pas pour faire ses adieux au laird et à la première dame du clan.

— Je vous la confie, *mac !* fit Darren en dardant ses yeux bleu nuit dans ceux fauves de Logan.

Le message était clair et il passa, limpide.

— Je chérirai et protégerai votre fille toute ma vie, j'en fais le serment, annonça Logan à la fois pour Awena, Darren et le reste de la famille.

— Awena, êtes-vous prête à invoquer le sort ? s'enquit Larkin.

— Oui ! répondit-elle en croisant les doigts pour que l'incantation qu'elle avait concoctée donne l'illusion de sa phase « *Galadriel* », alors que ce serait la magie de la princesse des Sidhes prise en écrin dans la *pierre de Lïmbuée* qui ferait voyager le couple dans les courbes du temps. Au moins là, nulle peur à avoir, grâce à ce puissant pouvoir, Logan et Sophie-Élisa arriveraient à bon port et ne seraient pas prisonniers du temps.

Les jeunes mariés se placèrent au centre du Cercle des Dieux alors qu'Awena se dirigeait vers le Nord. Sur un imperceptible mouvement de Logan, elle laissa sa magie l'envahir, mais sut en un instant qu'elle ne parviendrait pas à faire semblant, ses émotions étant à fleur de peau et la tristesse de se séparer de sa fille faisant barrage au sort.

Des murmures commencèrent à circuler autour du lieu sacré et Awena sentit des larmes amères s'amonceler derrière ses paupières crispées.

Alors...

Le chant résonna aux oreilles d'Awena, une voix d'une pureté cristalline fit crépiter la magie dans ses veines avant qu'un tourbillon de lumière cendrée ne l'englobe toute, que ses longs cheveux roux ne se transforment en flammes dansantes et qu'elle ouvre les yeux pour que tous puissent apercevoir ses iris d'un mauve soutenu.

— Allez, mes enfants, murmura-t-elle en se remettant à chanter des paroles d'une langue inconnue et pour cause... c'était le langage des Dieux.

Logan comprit tout de suite que la princesse des Sidhes avait investi le corps d'Awena pour l'aider et pour leur faire ses adieux à sa manière. Il serra Sophie-Élisa dans ses bras tout en prenant la *pierre de Lïmbuée* dans une main.

Le chant se fit lointain, le vent se mit à mugir autour d'eux. Logan étreignit plus fortement Sophie-Élisa alors que leurs corps semblaient évoluer comme en apesanteur et que les coffres, liés à eux par des cordes de lierre, flottaient dans une sorte de néant vaporeux.

La sensation ne dura guère longtemps et ils se retrouvèrent dans le Cercle des Dieux, en plein jour, toujours dans les bras l'un de l'autre et les coffres sagement disposés tout autour d'eux sans aucune perte.

Enfin presque !

— Logan ! s'écria Sophie-Élisa en ouvrant les doigts sur le cadeau de Cameron.

Là, au creux de sa paume, ne restait plus qu'un entrelacement de tissu et de lierre, la natte de cheveux de Cameron ayant tout bonnement disparu. Logan allait lui répondre quand il se plia soudainement en deux, les mains crispées sur son estomac, le souffle court coupé par une atroce douleur, comme s'il avait été victime d'un phénoménal coup de poing.

Sophie-Élisa se précipita à son secours en ayant le temps de songer sombrement que leur arrivée en l'an 2014 – s'ils étaient bien arrivés – ne se déroulait pas aussi bien que prévu !

Chapitre 23
L'an 2014

— Décidément ! Il faudra que je me plaigne à la compagnie des voyages dans le temps ! grommela Logan en se redressant, un accent moqueur dans sa voix hachée par un souffle court et clignant des paupières pour abriter ses yeux de la vive luminosité environnante. Les départs se passent toujours bien, alors que les arrivées sont catastrophiques ! ajouta-t-il pince-sans-rire en passant une main sur son abdomen douloureux.

Sophie-Élisa, qui s'était remise sur pieds en même temps que lui, semblait ne pas l'avoir entendu et serrait fortement dans sa main le cadeau ravagé de Cameron tout en contemplant le paysage d'un air ébahi.

— Bienvenue chez nous, murmura Logan en la prenant contre lui et en l'embrassant tendrement sur le front.

— Es-tu certain que nous sommes dans ton époque ? s'enquit Sophie-Élisa d'une toute petite voix.

— *Aye*, mon amour, confirma-t-il joyeusement. J'aperçois ma demeure un peu à l'extérieur du village, le château sans ses douves ni ses remparts, la clinique de Iona et... regarde là-bas, près du *Loch*, c'est la brasserie et la distillerie du clan où nous produisons notre bière de bruyère et notre whisky ! s'exclama-t-il encore.

Sophie-Élisa l'écoutait d'une oreille distraite, tant elle était captivée par la vue d'ensemble des terres Saint Clare. Tout était si différent et étrangement similaire !

Les forêts étaient toujours là, ancestrales, mais semblaient moins sauvages, comme domestiquées et tristes. Le *Loch* brillait de son reflet argenté et réverbérait en milliers d'éclats scintillants les rayons d'un soleil qui jouait à cache-cache avec des nuages gris, et l'air qui les entourait n'était plus aussi pur que dans le passé, il semblait que ses poumons avaient du mal à l'inhaler.

Quant au château, il se dressait effectivement toujours à la droite du village, immuable, imposant, cependant amputé de ses somptueux remparts, de son pont-levis et de ses douves, comme venait de le souligner Logan. Tandis que les chaumières des villageois... n'avaient plus rien à voir avec celles que connaissait Sophie-Élisa. Ces habitations semblaient avoir doublé, ou triplé de volume pour certaines avec un ou deux étages supplémentaires. Leurs murs, cependant, étaient comme à l'origine constitués de pierres grises ou couverts à la chaux, chapeautés par des toitures en chaume et chaque maison était entourée d'un beau jardin délimité lui-même par des barrières blanches.

À la place des chemins de terre, serpentaient de longs et larges bandeaux noirs qui étonnèrent Sophie-Élisa. Qui avait pu peindre le sol de cette couleur sombre ? Et pourquoi ?

Un bruit persistant et vrombissant lui fit lever les yeux vers le ciel ombragé, avant qu'elle ne pousse un cri de frayeur en se jetant dans les bras rassurants et forts de Logan. Un poisson volant ! Géant ! Qui se déplaçait dans les airs !

Logan se mit à rire doucement en essayant de lui tourner gentiment la tête vers le monstre marin.

— Lisa ! N'aie pas peur et observe ! C'est un avion, la rassura-t-il de sa douce et chaude voix.

Un avion ? Awena lui avait parlé de ces drôles de machines volantes quand elle était petite, avant que Darren n'interdise les allusions au futur, et la curiosité lui fit affronter sa crainte en la poussant à contempler l'étrange appareillage.

— C'est un Cessna, mon cœur, il vole bas et ne transpose que quatre personnes tout au plus. Il en existe de plus grands !

« *Il en existe d'autres et plus grands ?* », songea avec effarement Sophie-Élisa sans pouvoir détourner ses prunelles vertes du poisson... de l'avion !

Le tournis la saisit, des fourmillements naquirent au bout de ses doigts et la seconde d'après, Sophie-Élisa s'évanouit dans un soupir.

Logan, la sentant s'affaisser contre son corps, la souleva dans ses bras puissants, le sourire disparaissant au profit de l'inquiétude. Les émotions, la longue journée festive du passé et le voyage l'avaient certainement exténuée.

Un autre bruit de moteur lui parvint aux oreilles, ce qui le força à détourner son regard soucieux de sa belle pour le porter vers le bas de la colline où un véhicule s'engageait sur le bitume de la route montant au Cercle des Dieux.

— *Och* ! s'exclama-t-il en reconnaissant sa fourgonnette.

Cela ne pouvait pas être elle, et pourtant... Quand il était parti vers le passé, cela faisait plus de deux semaines qu'il l'avait envoyée à la casse, le moteur et le châssis ayant rendu l'âme.

Cela voulait dire que Sophie-Élisa et lui étaient revenus plus tôt que prévu... mais quelle était donc la date de ce jour ?

Dàrda, son frère, était au volant et sortit du véhicule à l'arrêt en le dévisageant comme s'il venait de la planète Mars.

— Quel jour sommes-nous ? lui demanda Logan tout de go, tant il était obnubilé par cette question. Quel jour ? répéta-t-il plus fortement comme Dàrda restait bouche bée sans prononcer un mot.

— Le... 16 mars... 2014, le renseigna Dàrda dans un souffle. Je... je ne voulais pas y croire après... que tu eus disparu devant moi à la brasserie il n'y a pas vingt minutes ! Mais Suzie est venue comme une folle me trouver pour me raconter qu'une sorte de livre magique avait annoncé ton retour d'un voyage dans le temps... avec ta *promise* ! Un instant tu es là, le moment d'après tu te volatilises, et vlan, tu réapparais dans le Cercle des Dieux avec une épouse ! Je ne voulais pas accorder crédit à cette fable, mais j'ai fini par écouter Suzie et me voilà ! Logan... est-ce bien réel tout ça ? Et pourquoi portes-tu cette perruque ?

Dàrda, qui ressemblait beaucoup à son frère de carrure et de physique, avait néanmoins les cheveux courts d'un brun plus sombre et ses yeux n'étaient pas aussi ambrés que ceux de Logan. Son regard se posa sur le corps inerte qui reposait au creux des bras protecteurs.

— C'est elle ? chuchota-t-il plus cérémonieusement sans plus faire attention à la longueur des cheveux de Logan.

Celui-ci avait essayé, à plusieurs reprises lors de son séjour dans le passé, de les couper à l'aide d'une dague ou d'un rasoir, mais rien n'y faisait, ses longues mèches repoussaient toujours. Seule Sophie-Élisa aurait pu le libérer de sa tignasse, et puis... il s'y était habitué avec le temps et ne songeait plus du tout à s'en séparer !

Logan resserra son étreinte sur sa douce, sa tête nichée contre son épaule, et réfléchit aux propos de son frère.

Dàrda discutait avec « *lui* » dans la brasserie au moment où lui-même arrivait dans le Cercle des Dieux avec Sophie-Élisa. Le fait qu'il soit rentré une vingtaine de jours plus tôt que prévu, l'avait d'office mis en présence du « *Logan* » d'avant son départ du 10 avril 2014 !

Le coup de poing ressenti s'expliquait tout simplement par les lois de la physique : il ne pouvait y avoir deux Logan en même temps dans une époque et leurs corps avaient fusionné en un ! Heureusement sans grabuge supplémentaire !

Ce point-là éclairci, car il ne pouvait pas en être autrement, il pensa à Suzie qui avait dû parler pour la première fois du *Leabhar an ùine* aux jeunes *Veilleurs,* en leur annonçant, dans la confusion la plus totale, son retour et l'arrivée de Sophie-Élisa.

Logan songea encore, aigrement, que Suzie aurait évité bien des surprises à tout le monde si elle ne leur avait pas caché l'existence du codex et de la lignée des fils de sorcières. Pourquoi garder le secret sur une si formidable histoire ? Logan était très fier de ce qu'avaient accompli ses ancêtres, quant au livre magique... disons qu'il était curieux de faire sa connaissance, maintenant que tout danger était écarté.

Lisa était sauvée, c'est tout ce qui comptait !

— Logan... murmura à nouveau Dàrda d'un ton inquiet, car le silence s'éternisait.

— Tout va bien, c'est bien moi, mon frère, souffla Logan en lui souriant enfin. Suzie t'a dit la vérité et je te promets de t'en parler plus longuement dès que nous nous serons reposés, Lisa et moi. Aide-moi simplement à ramener mon épouse dans ma maison et envoie quelques hommes de confiance chercher les coffres qui nous entourent, sans les ouvrir !

— *Aye*, je m'en occuperai ! acquiesça Dàrda en tenant la portière côté passager pour que Logan s'installe avec son précieux fardeau.

— Que lui arrive-t-il ? Est-elle malade ? s'enquit Dàrda en s'asseyant derrière le volant et en mettant le moteur en marche... enfin... après plusieurs démarrages qui se finissaient dans de grands râles avec profusion de fumées âcres et noires sortant tout droit du pot d'échappement.

— *Naye*, la fatigue du voyage et le bruit d'un avion qui passait par là, répondit Logan en calant Sophie-Élisa contre son torse pour qu'elle ne soit pas trop bousculée par les cahots de la route que la conduite sportive de Dàrda amplifiait. Je suis heureux de te revoir mon frère ! lança-t-il encore en souriant franchement cette fois-ci alors que Dàrda lui jetait un coup d'œil étonné.

— Euh... moi de même, seulement, tu ne m'as pas quitté depuis longtemps, bientôt une demi-heure tout au plus ! Et toi ? Où étais-tu ? Quelle époque ? Suzie ne m'a pas dit grand-chose à part de me dépêcher de venir vous chercher au Cercle des Dieux, toi et ta promise, que vous reveniez d'un voyage dans le passé et... *Och* ! Je ne te raconte pas la trouille que j'ai eue quand tu as disparu en plein milieu de la conversation tout à l'heure... Nous avons beau être des magiciens, avoir un clan un peu particulier, cela m'a pris de court !

« *Tournez à gauche...* »

— Nous venons de l'an 1416 et la belle endormie, ma femme, se trouve être la fille du laird Darren Saint Clare, alias le Loup Noir des Highlands et de son épouse Awena !

— Awena ! siffla Dàrda d'un air ébahi. Comme ma puce ! Eh ben, quelle histoire...

« *À la prochaine intersection, tournez à droite...* »

Sophie-Élisa se réveilla, bercée par un roulis anormal et un horrible vrombissement, sans compter une odeur forte et piquante qui lui attaquait les narines et la gorge, ainsi qu'une étrange voix nasillarde qui disait de prendre la route de droite.

« *Vous avez dépassé la limitation de vitesse autorisée...* »

— Je t'assure, cette gonzesse qui parle toute seule ment tout le temps, je ne dépasse pas trente kilomètres-heure ! énonça d'un ton grave et amusé une personne inconnue de Sophie-Élisa.

Elle ouvrit les yeux sur le menton de Logan, ombré d'une barbe naissante.

« *Mais... où étaient-ils ? Et qui avait parlé ?* », songea Sophie-Élisa alors que Logan resserrait son étreinte protectrice autour d'elle.

Il n'y avait aucun ciel au-dessus d'eux, occulté par une sorte de plafond très bas, crasseux et seulement Logan dans son champ de vision.

« *Vous venez de passer la sortie, faites demi-tour, faites demi-tour, faites...* »

BANG !

Sophie-Élisa se redressa d'un bond, totalement hébétée, et glissa des bras de Logan pour se retrouver le nez collé à une paroi invisible devant laquelle défilaient à une vitesse faramineuse de longs bandeaux de peinture noire avec des traits blancs en pointillés qui faillirent la faire loucher, alors que des engins monstrueux venaient à contre sens, droit sur elle...

Sophie-Élisa hurla... et s'évanouit, pour la deuxième

fois. Logan foudroya son frère de ses yeux fauves alors que Dàrda haussait les épaules en signe d'excuse.

— Elle a de la voix ! lança-t-il d'un air enjoué en pointant le menton vers Sophie-Élisa.

— Tu aurais dû couper le GPS plus tôt ! gronda-t-il en baissant d'un ton comme Sophie-Élisa soupirait dans ses bras.

— C'est ce que j'ai fait ! Je lui ai donné un coup sur la tête. Allez Logan, ne sois pas fâché, te voilà arrivé à domicile... Où t'attend, d'ailleurs, un comité d'accueil ! Je dois filer au travail et m'occuper de tes coffres, mais m'autorises-tu à passer vous rendre visite demain soir ?

— *Aye !* acquiesça Logan en jetant un coup d'œil à l'extérieur de l'habitacle.

Effectivement, sa tante Suzie était là, ainsi que Iona, sa belle-sœur, qui vint ouvrir la porte de la fourgonnette pour que Logan puisse sortir son précieux fardeau et le porter en direction de sa somptueuse demeure en pierre du pays.

— Il faut que l'on parle, *mac !* commença nerveusement Suzie avec ses sempiternelles lunettes posées de travers sur le bout de son nez et ses cheveux bouclés, neigeux, hirsutes tout autour de sa tête comme si elle venait de se lever.

— Plus tard ! jeta Logan en serrant les dents. Moi aussi j'ai quelques mots à te dire, mais pour l'instant, je compte prendre soin de ma femme et l'installer confortablement dans sa maison ! Sans toi ! Je t'appellerai quand je serai moins en colère contre toi, tes foutus secrets, et l'on discutera des *Veilleurs* et... *Och* ! *Aye !* Du *Leabhar an ùine* !

Suzie pâlit d'un coup en entendant les paroles de Logan et hocha la tête avant de se pousser pour leur laisser le passage.

— Iona ! appela-t-il sans se retourner tout en passant l'entrée de sa maison. Reste, Sophie-Élisa risque d'avoir besoin de tes soins.

— *Aye !* accepta la jeune et jolie femme aux prunelles noisette qui illuminaient son doux visage encadré de boucles noires, soyeuses, coupées à la garçonne. Et toi ! Roule moins vite ! gronda-t-elle à son mari avant de suivre son beau-frère et de fermer la porte au nez de tantine Suzette.

Elle l'avait bien mérité, avec toutes ses cachotteries !

— Ton diagnostic ? demanda soucieusement Logan en direction de Iona qui était doctoresse et guérisseuse du clan.

— Très bon ! Ne te fais pas de bile, elle va certainement dormir et ne pas se réveiller avant demain. Un simple évanouissement, suivi d'un repos réparateur, rien de bien méchant compte tenu des circonstances. Maintenant que tu es rassuré, tu peux tout me raconter ! s'exclama Iona en rangeant son matériel médical dans sa sacoche en cuir et en poussant d'office Logan hors de la chambre où reposait Sophie-Élisa, allongée, endormie sous une couette moelleuse à souhait.

— Le faut-il ? s'enquit-il, mutin, en descendant le splendide escalier en pin massif qui menait au rez-de-chaussée.

— Et comment ! s'écria Iona en riant dans son dos. Mais quelle somptueuse chevelure que voilà ! Tu es beau comme un Dieu ! fit encore la jeune doctoresse en s'esclaffant gentiment.

Logan lui jeta un coup d'œil malicieux par-dessus son épaule et lui fit la grimace.

— Viens dans le salon espèce de chipie, nous serons plus à l'aise pour discuter et je te promets de répondre à toutes tes questions !

Il lui enjoignit d'un signe de la main de le devancer et fit un détour dans la cuisine équipée, pour saisir une grande bouteille de bière de bruyère dans le frigo et deux chopes en terre cuite dans un placard aux portes vitrées, discrètement illuminées.

Tout ce modernisme apparaissait comme étrange pour Logan, après son séjour au Moyen Âge. C'est fou comme on se passait vite de certains artifices inutiles dans le passé – comme cette lumière dans un meuble de cuisine –, tout aussi vite qu'on les croyait stupidement indispensables dans la vie moderne.

Logan traversa pieds nus le hall d'entrée qui jouxtait la cuisine, l'escalier montant à l'étage et le salon où il s'assit près de Iona dans un grand canapé de cuir sombre en face d'une cheminée animée d'une bonne flambée.

Il présenta la bouteille de bière à Iona dans une invite à la déguster et elle acquiesça de la tête en souriant. Dàrda, elle et Logan se retrouvaient souvent, tard le soir, autour d'une chopine pour discuter de tout et de rien.

— Il n'est pas un peu trop tôt pour boire ? le taquina-t-elle tout de même.

— Je n'ai aucune idée de l'heure qu'il est, je n'ai pas songé à regarder la pendule dans la cuisine et je suis debout, très certainement, depuis plus de 24 h !

— Oh ! Il est... 14 h 15, le renseigna-t-elle en jetant un œil à la montre de son poignet.

— *Aye*... c'est bien ce que je pensais, bien plus de 24 h, en incluant le décalage horaire, marmonna-t-il en servant la bière ambrée, mousseuse et fraîche à souhait.

— Vas-y ! s'écria Iona n'y tenant plus tant elle était curieuse d'écouter son récit.

Logan s'esclaffa devant son impatience, se cala confortablement contre le dossier du canapé et lui narra toute son histoire. De son départ dans le Cercle des Dieux le 10 avril 2014 – soit dans 25 jours dans le futur –, son arrivée dans le même Cercle cependant, le 6 mars 1416, sa première rencontre avec Sophie-Élisa qui fit rire aux éclats sa belle-sœur, son autre rencontre avec Cameron et enfin Awena, Darren et tout le reste de la famille Saint Clare sans oublier son aïeul Aonghas, le grand druide Larkin et l'inoubliable Barabal.

— Elle était réellement ainsi ? Un mélange de maître Yoda et de la fée Carabosse ? gloussa Iona, les larmes aux yeux en écoutant les anecdotes et mésaventures croustillantes concernant la *Seanmhair*.

— Pire ! pouffa Logan avec, néanmoins, un léger

pincement au cœur au souvenir de ses aventures passées.

Il n'en revenait pas, il s'était aussi attaché à Barabal ! Là, il était bon pour l'asile !

Il continua son récit, sans rien omettre à part les situations plus charnelles qui s'étaient déroulées dans les tertres enchantés. Quand il parla de la princesse des Sidhes et de son intervention pour le faire venir dans le passé et sauver Sophie-Élisa, Iona fronça les sourcils et se fit soudainement silencieuse.

— Et nous voilà de retour grâce à la *pierre de Lïmbuée*, qui, comme tu peux le constater, n'est plus aussi resplendissante qu'elle l'a été jadis, finit de raconter Logan qui avait donné la pierre à Iona.

Elle la tournait et retournait entre ses doigts en l'auscultant sous toutes les coutures. Ce n'était plus qu'un gros caillou de quartz d'un noir absolu, ses magnifiques couleurs et ses veinules d'or ayant complètement disparu. La puissante magie qui l'animait s'était dissipée, il ne restait plus rien de la splendeur de ce qu'elle avait été.

— Je n'ai pas voulu accorder foi aux propos de Suzie, chuchota Iona en tournant ses yeux en amandes vers Logan. Cette histoire de codex magique et des *Veilleurs*, sans parler du fait que je t'ai croisé ce matin en partant au travail pour qu'ensuite Suzie m'annonce, qu'en fait, il fallait aller te chercher au Cercle des Dieux, car tu revenais d'un voyage de plus de dix jours dans le passé ! L'an 1416 ! C'est... c'était inimaginable ! Cependant, malgré tes beaux cheveux longs qui me semblent bien réels, ce quartz noir très peu commun et recherché pour ses vertus d'absorption des ondes négatives, ainsi que tout le bla-bla de Suzie... je ne vous aurais jamais crus !

Logan considéra Iona d'un air étonné en haussant un sourcil.

— Alors, qu'est-ce qui t'a fait changer d'avis ? lui demanda-t-il d'un ton grave où perçait un accent de pure curiosité.

Iona leva enfin les yeux et le dévisagea un instant avant de se mettre debout et de marcher lentement vers la cheminée.

— Le portrait, chuchota-t-elle en lui tournant le dos.

— Pardon ?

— Le portrait qui se trouve dans le bureau de Cameron, au château !

— Quoi ? s'enquit Logan, en redressant les épaules et en s'asseyant tout au bord du canapé. Tu as posé les pieds dans son repère ? Moi-même je ne connais pas cette pièce qui est constamment fermée à clef, car il en interdit l'accès, y compris à ses domestiques !

— La porte était ouverte ! s'exclama Iona en levant les mains au ciel et en rougissant légèrement. Je ne peux pas te dire où était Cameron alors que je revenais de soigner son jardinier pour un lumbago, mais quand je suis passée devant son bureau, je t'affirme que la porte était bel et bien ouverte et j'ai tout de suite aperçu le portrait ! Il semblait m'appeler et je me suis retrouvée, on ne sait comment, à le contempler, car... *Elle* était si belle...

Logan retint son souffle.

— Qui ? chuchota-t-il la gorge soudainement et inexplicablement nouée.

— Ta femme ! Sophie-Élisa ! lui répondit Iona en faisant volte-face pour plonger son regard dans ses yeux fauves. C'est son portrait que Cameron a dans son bureau et c'est en la reconnaissant tout à l'heure dans tes bras que j'ai su que Suzie, puis toi, vous disiez la vérité.

Chapitre 24

Comme c'est étrange

Après le départ de Iona, Logan resta un bon bout de temps dans le salon, assis sur le canapé et les yeux fixés sur les flammes du feu dans la cheminée, sans réellement les voir.

L'histoire du portrait de Sophie-Élisa l'avait particulièrement interloqué, mais après tout, pourquoi le Cameron de l'an 2014 n'aurait-il pas eu des tableaux de ses aïeux ? Et en particulier, une toile représentant Sophie-Élisa ? Oui, mais alors, pourquoi ne l'avait-il pas accrochée ailleurs, au regard de tous ? Y en avait-il d'autres ?

Soudain, son ami et laird Cam Saint Clare lui apparaissait plus mystérieux que jamais, sans compter ce brouillard persistant qui se faisait dans sa mémoire quand il essayait de se remémorer les traits des visages et silhouettes des parents de son ami ! Il allait devoir attendre son retour de France, le jour de l'anniversaire de Sophie-Élisa, pour avoir des réponses à ses questions.

Et puis, le souvenir de leur arrivée dans le Cercle en ce début d'après-midi passé ne cessait de l'interloquer. En ce qui concernait sa propre douleur, la question était résolue, mais pas pour le cadeau du frère de Sophie-Élisa qui s'était par moitié volatilisé. Comment démarrer une nouvelle vie sur tant de points obscurs ?

Logan soupira longuement en se frottant les tempes du bout des doigts et cligna des paupières sur ses yeux endoloris. Un passage dans la salle de bain du rez-de-chaussée, avec un coup d'œil rapide jeté à son reflet dans le miroir mural, lui montra à quel point la fatigue commençait à le marquer : le blanc de l'œil rougi, des cernes mauves et les joues ombrées d'une barbe naissante.

Logan tendit l'oreille vers la porte entrebâillée de la pièce, au carrelage marron et beige, en quête d'un bruit qui indiquerait le réveil de sa belle, ne voulant en aucun cas que Sophie-Élisa s'éveille seule dans un endroit inconnu. Mais il ne perçut que les sons typiques d'une maison endormie, avec ses craquements de bois des parquets, de l'escalier et le crépitement des bûches qui finissaient de se consumer dans la cheminée.

Il soupira à nouveau de lassitude et se déshabilla, en enlevant ses chaussures, le pull, le jean, les chaussettes et le boxer dont Awena l'avait affublé avant de quitter le passé, pour les mettre dans le bac à linge sale à côté du lavabo.

En quelques pas il fut sous la douche et l'instant d'après, l'eau chaude, bénéfique, détendit ses muscles étrangement noués. Il apprécia de retrouver son savon liquide qu'il se passa sur tout le corps en se massant vigoureusement avant de se rincer et de sortir de la cabine en tendant la main vers un drap de bain épais d'un vert sombre.

Propre et sec, une unique serviette attachée autour de sa taille, il quitta l'endroit au miroir embué et à la vapeur dense, pour se diriger droit vers le premier étage, sans songer un instant à s'alimenter tant son être était rompu d'épuisement.

La nuit était tombée et Logan ne comptait plus ses heures de veille. Il alluma la lampe de chevet de son côté du lit et contourna celui-ci pour aller s'agenouiller auprès de Sophie-Élisa.

Elle dormait comme une marmotte, un doux sourire sur ses lèvres roses et entrouvertes, ses joues légèrement creusées par ses adorables fossettes et son visage en forme de cœur auréolé de ses splendides cheveux acajou.

La poitrine de Logan se comprima sous le poids des émotions. Il avait beaucoup de mal à réaliser le fait que sa promise était là, chez lui, dans son époque et qu'ils étaient mari et femme pour l'éternité.

Tout doucement, amoureusement, il dégagea une mèche soyeuse de sa peau veloutée et se pencha pour l'embrasser tendrement. Sophie-Élisa soupira de bien-être en retour sans se réveiller.

Logan sourit en songeant qu'elle avait décidément un sommeil très lourd. Iona ne l'avait pas éveillée en la déshabillant et son baiser encore moins.

Tout en bâillant à s'en décrocher la mâchoire, il contourna à nouveau le lit aux montants en bois sculptés, laissa impudiquement tomber le drap de bain sur le parquet et se coucha tout contre le corps chaud de Sophie-Élisa. Le sommeil le saisit au moment précis où il posa sa tête sur l'oreiller.

Sophie-Élisa s'éveilla en sentant les odeurs alléchantes typiques d'un bon petit déjeuner, ce que confirmèrent les gargouillis intempestifs de son estomac.

Quelle excellente idée que Lydie lui apporte un plateau dans sa chambre pour une fois ! Elle avait une faim de loup et serait descendue dans la grande salle rejoindre ses parents dans son peignoir, tant elle ne pouvait attendre de se sustenter !

Elle ouvrit les yeux en souriant béatement avant de faire la grimace en ne reconnaissant pas le décor de sa chambre. Le choc l'empêcha de réfléchir posément et elle s'assit brusquement dans un lit à l'étrange duvet pour contempler des meubles foncés qui sentaient bon la cire d'abeille, l'immense couchette sans baldaquin dans laquelle elle venait de se réveiller et la haute fenêtre, sans rideaux ni tentures, qui laissait passer la lumière d'un jour ensoleillé. Rien qui ressembla à ses appartements ! Et... elle était complètement nue ! !

Les souvenirs affluèrent à nouveau dans son cerveau juste au moment où la panique allait s'emparer d'elle. Sophie-Élisa n'était plus chez elle au château, mais ailleurs, de toute évidence dans la demeure de Logan. Et lui ? Où était-il ?

Un grognement à ses côtés, suivi d'un mouvement sur le matelas et d'une grande main se posant sur sa cuisse, la fit sursauter de plus belle. Inutile de chercher Logan ! Il était tout simplement assoupi auprès d'elle !

— Bonjour mon amour, murmura-t-il paresseusement en clignant des paupières, son beau visage encadré de sa tignasse hirsute. As-tu bien dormi ?

Sophie-Élisa mit du temps à calmer les palpitations de son cœur et à pouvoir émettre un son sans cesser de jeter un œil à tout ce qui l'entourait avant de dévisager Logan qui s'accouda en rapprochant son corps athlétique et nu... du sien.

— Bienvenue à la maison, chuchota-t-il en lui semant une traînée de baisers le long de son avant-bras avant de remonter vers son épaule, ce qui déclencha de merveilleux frissons sur sa peau et réchauffa instantanément son sang.

— Je... me croyais au château, j'avais... tout... oublié, bafouilla-t-elle en s'allongeant sous la couette pour se réfugier dans ses bras.

— Ce n'est rien ma douce, la rassura Logan en lui caressant les cheveux, la tête de la jeune femme posée sur son torse puissant. Tu as fait un malaise après l'histoire de l'avion et un autre dans la voiture et depuis tu dors comme La Belle au bois dormant.

Les souvenirs terrifiants de longs bandeaux noirs défilant sous ses yeux et d'une voix qui disait de « *tourner à droite* », suivis d'un affreux bruit, lui revinrent instantanément à l'esprit, ce qu'elle se dépêcha de raconter à Logan qui s'esclaffa gentiment en lui expliquant d'où provenait la voix et ce qu'était un GPS.

— J'imagine que d'aller dans le passé est plus facile pour un homme du futur que l'inverse. Mais ne te fais pas de souci Lisa, tu t'y habitueras petit à petit et je serai là pour tout te montrer.

— Maman m'a pourtant parlé des avions et des voitures quand j'étais fillette ! Je me souviens que je lisais une sorte de livre avec un petit lutin qui avait un grelot sur son bonnet bleu et un foulard jaune à pois rouges. La voiture et l'avion étaient eux aussi peints de ces deux couleurs. Mais... ce que j'ai vu dans le ciel... ne ressemble en rien aux dessins de ma mémoire !

Logan rit de bon cœur en sachant de qui parlaient les histoires qu'avait lues Sophie-Élisa. Une brochure pour bambins où, effectivement, les moyens de locomotion du futur avaient été dessinés pour faire rêver les petits, leurs formes et couleurs sortant un peu de la réalité du monde des adultes.

— Tu te moques de moi ! s'exclama Sophie-Élisa en le voyant s'esclaffer tout en fronçant les sourcils et se redressant pour le fusiller du regard.

— Je n'oserais pas ! pouffa Logan avant que la jeune femme ne l'assomme à l'aide de son oreiller.

Tous deux s'esclaffèrent et chahutèrent comme des enfants avant que les gestes ne se fassent plus osés et que les chatouilles se transforment en caresses.

— C'est elle la vieille dame ? fit une voix fluette au pied de leur lit poussant Sophie-Élisa à se cacher sous la couette dans un couinement étonné.

— J'crois bien Nilly ! Mais c'est drôle quand même, elle est pas ridée pour une vieille de millions d'années ! répondit une autre voix enfantine.

— Nilly ! Lilly ! Descendez tout de suite, petites pestes ! hurla du rez-de-chaussée une femme qui paraissait très en colère.

— B'jour m'sieur MacKlare ! s'exclamèrent les deux minuscules elfes aux cheveux de miel et aux sourires innocents, en voyant le visage de Logan sortir de dessous la couette.

— Ahhh... soupira-t-il en faisant faussement les gros yeux aux fillettes qui étaient âgées de quatre et cinq ans. Je croyais que nous étions d'accord et que vous ne deviez pas quitter votre maman quand vous étiez chez moi ? Plus de passage dans ma chambre quand je dors, plus de bêtises ?

— C'est Nilly qui m'a dit qu'on pouvait ! s'écria Lilly en pointant sa menotte vers son aînée.

— C'est pas vrai ! pleurnicha Nilly en tirant la langue à sa petite sœur.

— Dehors ! grogna Logan en désignant la porte d'un mouvement du menton.

— Oui, m'sieur MacKlare ! firent en chœur les enfants avant de se diriger vers la sortie.

Logan se tourna vers Sophie-Élisa qui riait sous cape avant de lui sourire pour refaire la grimace en voyant Nilly revenir en courant auprès de la jeune femme.

— Vous êtes vraiment très, très, très vieille ? chuchota-t-elle d'une toute petite voix angélique, ses magnifiques yeux gris brillants de curiosité.

— Oh oui ! Certainement ! répliqua Sophie-Élisa en s'amusant franchement de la situation.

— *NILLLLY !* Ici, tout de suite avant que tes fesses ne chauffent ! hurla encore la femme en faisant grimacer la belle poupée vêtue comme sa sœur d'une jolie robe de velours coloré au large col blanc, collants et bottines.

— J'le savais, lança-t-elle gaiement avant de trottiner vers le couloir, sans fermer la porte.

— Il semblerait que le monde entier soit au courant de mon âge avancé... Qui sont ces fillettes ? s'enquit Sophie-Élisa, le sourire aux lèvres, en secouant la tête.

— Les enfants de mon aide à domicile, Gladys, marmonna Logan sans paraître réellement fâché. Elles ne sont pas encore scolarisées, la plus petite n'ayant que quatre ans et l'aînée cinq ans depuis un mois, âge de la première rentrée des classes en Écosse. Du coup, j'ai le droit à leur visite deux à trois fois par semaine sauf le samedi et le dimanche. Je n'ai rien contre, sauf que nous avions établi des règles, que ces chipies adorent enfreindre ! Ce qui me fait penser que nous sommes le lundi 17, ma belle, et que je suis censé travailler à la brasserie ou à la distillerie !

— Tu vas me laisser ici ? Avec ces petites et ta servante ? Dans ce... Nouveau Monde ? s'écria Sophie-Élisa soudain attristée et quelque peu paniquée de faire face seule à tous les changements que lui réservait cette nouvelle époque.

— *Naye*, la rassura aussitôt Logan en l'embrassant fougueusement. J'ai bien trop de choses à te montrer et à commencer par la salle de bain, la douche et tout ça...

Sophie-Élisa fondait déjà dans ses bras, rassérénée et envoûtée par ses caresses de plus en plus audacieuses.

— Vous ne descendez pas manger votre petit déjeuner ? chantonna la fine voix de Nilly ou... Lilly.

Logan poussa un rugissement en lançant son oreiller vers la porte de sa chambre, entendit les rires chahuteurs des deux enfants en retour, et la cavalcade de leurs bottines dans les escaliers.

Sophie-Élisa gloussa en cachant son visage contre son torse large.

— Ah ! Tu le prends comme ça ! Allons découvrir ensemble les vertus d'une douche moderne ! s'écria Logan en la saisissant à bras le corps pour la soulever et l'emporter dans ses bras puissants vers la petite salle de bain attenante à la pièce.

Une heure et demie plus tard, après avoir pris une longue, très longue douche chaude, les deux amoureux descendirent rejoindre Gladys, une jeune femme à l'allure énergique, les cheveux de la même nuance miellée que ses filles tombant au-dessus des épaules, de taille moyenne, habillée d'une robe rose fleurie, qui s'approcha tout sourire de Sophie-Élisa en lui tendant la main.

— Bonjour madame MacKlare ! s'exclama Gladys en détaillant à la sauvette Sophie-Élisa, vêtue d'un ensemble de sport de Logan aux manches et bas de pantalon retroussés sur ses pieds nus.

— Les affaires de ma femme ne sont pas encore arrivées, fit Logan en conduisant Sophie-Élisa vers la table du petit déjeuner et en lui tirant sa chaise pour l'aider à s'asseoir.

— Bonjour Gladys, réussit à dire Sophie-Élisa avec un temps de retard, tant elle était fascinée par tout ce qu'elle voyait.

Les cuisines modernes ne ressemblaient en rien à celles du château. D'ailleurs, Sophie-Élisa se demandait où ils allaient rôtir les quartiers de moutons et suspendre les chaudrons de soupe.

— Comme c'est étrange, murmura-t-elle en détaillant les meubles, tables et drôles d'appareils alignés sur le plan de travail qui séparait la pièce en deux.

Sophie-Élisa faillit hurler de frayeur quand Gladys mit en route le presse-agrumes électronique et que Logan sauta sur ses pieds pour débrancher le dispositif sous les yeux effarés de l'aide à domicile.

— Je suis certain que Suzie vous a déjà expliqué que ma femme ne connaît pas nos us et coutumes modernes, alors, nous nous débrouillerons ce matin sans jus d'orange, lui dit-il gentiment.

— *Aye*, monsieur MacKlare, euh... dans ce cas... je vais faire la lessive et... le repassage !

Logan hocha la tête et se retourna vers Sophie-Élisa qui s'était approchée du plan de travail et détaillait d'un air troublé et curieux l'alignement d'appareils électroménagers.

C'est ainsi que débuta la semaine la plus longue de la vie de Logan. Sophie-Élisa fut rebaptisée « *Madame c'est étrange* » par les deux petites chipies, car à chaque fois qu'elle faisait une nouvelle découverte, la jeune femme s'exclamait invariablement les mêmes mots : *Comme c'est étrange !* Et à Logan de montrer son fonctionnement ou d'expliquer pourquoi c'était utile, et cætera, et cætera.

Tout y passa, de l'intérieur de la maison, à l'extérieur. La peinture noire sur la terre qui s'avéra être une route goudronnée, les lampadaires, les vélos, les parapluies, les motos, les bicyclettes... les chiens en laisse avec des chouchous roses sur la tête et portant de minuscules manteaux à carreaux aux couleurs du clan. Tout !

Puis ils prirent le temps d'ouvrir les coffres et de ranger les effets moyenâgeux au grenier, les tuniques et bliauds n'ayant plus court dans cette époque. Sophie-Élisa alla de surprise en surprise, en découvrant le petit livre de cuir et les parchemins, où sa mère, Aigneas, Diane et Eileen avaient annoté des pages et des pages de mots d'amour, de tendresse, des poésies, des dessins pour lui dire ô combien elles étaient fières d'elle.

Sophie-Élisa en pleura pendant des heures, avant qu'elle et Logan n'ouvrent un dernier coffre où était emballé un énorme paquet avec une autre annotation :

Ma chérie,

Voici ton cadeau d'anniversaire, nous ne serons pas ensemble pour ce bel événement, cependant, ton père et moi
souhaitions l'être d'une certaine manière par la pensée grâce à ces présents.
Sache que nous t'aimons et t'aimerons pour l'éternité.
Sois heureuse...

Maman et papa

La jeune femme déballa fébrilement le papier en vélin pour découvrir son contenu avec beaucoup d'émotion. Là, devant ses yeux larmoyants, les visages des siens et paysages de son époque ressortaient hauts en couleurs, sur une dizaine de toiles peintes par la dame du clan.

Un tableau représentant Awena, Darren, Cameron et Sophie-Élisa dans un pré fleuri, alors que les jumeaux étaient âgés d'à peu près six ans. Les portraits d'Eileen, Clyde et de leurs fils, ou encore d'Aigneas, Ned et de Tom. Sans oublier ceux de Barabal en train de faire des bulles de savon, de

Larkin, sévère, posant de profil avec ses longs cheveux blancs et sa barbe neigeuse descendant jusqu'au sol pour s'enrouler comiquement autour de ses pieds et enfin Iain, Diane, Fillan et Gordon. Tant de visages chers au cœur de Sophie-Élisa.

Logan consola longuement sa femme, la berçant et finissant par la faire rire grâce au portrait de la *Seanmhair* et des bulles de savon, Sophie-Élisa lui racontant comment la vieille femme s'en était entichée.

— Maman a dû faire venir du futur des litres et des litres de savon liquide pour pallier les demandes de Barabal. Pendant un temps interminable, les bulles et elle ne faisaient plus qu'une, et, quand j'étais petite fille, j'avoue que cela me fascinait aussi, jusqu'à ce qu'elle se lasse un beau jour et trouve un nouveau joujou, s'amusa Sophie-Élisa en narrant la fin de son histoire.

Logan la prit tendrement dans ses bras et sourit tout en déposant de doux baisers sur le haut de sa tête.

— Dès demain, murmura-t-il, je te ferai découvrir des tas de choses qui t'émerveilleront, mon amour.

— Je ne veux plus monter dans une voiture ! s'exclama Sophie-Élisa en s'éloignant un peu pour le supplier du regard.

— Qu'à cela ne tienne, nous nous déplacerons à vélo ou à cheval. Je ne te forcerai pas à faire quelque chose que tu ne désires pas, la rassura-t-il.

— Quand pourrai-je aller au château et faire la connaissance du laird Cameron ? s'enquit-elle en posant à nouveau sa tête contre l'épaule forte de Logan.

— Il ne sera pas de retour avant le 10 avril, ma chérie. Nous sommes le lundi 24 mars, tu devras donc patienter encore dix-sept jours.

— N'est-il pas au courant de ma venue ? N'as-tu pas réussi à le prévenir ?

Logan soupira en caressant du bout des doigts les avant-bras de Sophie-Élisa.

— Cam part souvent dans des endroits où il est impossible de le contacter, et quand il est en France, cela l'est d'autant plus. La seule chose que je sais, c'est qu'il n'est pas en voyage d'affaires. Patience... ajouta-t-il en l'embrassant amoureusement. Il sera toujours temps de le rencontrer. Mais pour l'instant, nous allons descendre de ce grenier et nous irons trouver un ami qui a une étrange passion que je désirerais te faire partager.

Sophie-Élisa se retourna dans ses bras, son intérêt multiplié par cent, grâce au ton de conspirateur que venait d'employer Logan.

— Que me réserves-tu encore ? murmura-t-elle dans un sourire.

— Ahhh... surprise ! Habille-toi chaudement et enfile le bonnet de laine que Iona t'a offert, lança-t-il toujours aussi mystérieux en la prenant par la main et en se dirigeant vers la sortie des combles puis les escaliers qui les mèneraient au rez-de-chaussée.

Chapitre 25

Avalanches émotionnelles

Sophie-Élisa et Logan se rendirent à pied sur la colline du Cercle des Dieux où les attendait un jeune homme d'une trentaine d'années, beau garçon, d'allure très sportive, au sourire enjôleur, à la tignasse blonde et aux yeux gris pailletés d'or. Autour de lui, d'autres hommes, que la jeune femme connaissait pour les avoir vus à la distillerie du clan, s'activaient à manipuler des éléments dont elle ne connaissait rien.

— Lisa, je te présente Roy, annonça Logan dès qu'ils furent en présence de l'athlète. Salut les gars ! cria-t-il ensuite à l'intention des hommes qui lui retournèrent un salut joyeux.

Et faisant face à son ami :

— Roy, heureux de te savoir de retour parmi nous, et voici mon épouse Sophie-Élisa. Elle meurt d'impatience de connaître sa surprise !

— Vrai ? s'exclama Roy. Tu ne lui as rien dit ?

— Qu'aurait dû me dire mon mari ? s'enquit Sophie-Élisa en plissant les paupières, l'air soudain soupçonneux alors que les hommes autour d'eux continuaient de chahuter gaiement.

— Euh... commença Roy en détournant les yeux et le visage, mais pas assez rapidement pour que Sophie-Élisa ne puisse pas apercevoir son sourire.

— Lisa, l'appela Logan pour qu'elle reporte sur lui son attention. Cela te ferait-il plaisir de danser avec les nuages ?

— Quoi ? souffla Sophie-Élisa en ouvrant de grands

yeux ébahis. Ohhh... non ! Pas dans un... avion ! réussit-elle à marmonner en faisant déjà marche arrière pour déserter le lieu.

— Qui te parle d'avion ? Je voulais te proposer un tour en montgolfière, quelque chose de plus calme, plus silencieux et qui te permettrait de découvrir le paysage sous un angle tout à fait différent, quelque chose de féerique, mais sans aucune magie. Il ne nous reste plus que quatre heures avant le coucher du soleil et Roy ainsi que tous ces hommes s'activent depuis un bon moment pour que ce petit voyage soit des plus réussis !

Sophie-Élisa se sentit irrésistiblement tentée et revint sur ses pas, comme si Logan était le Joueur de Flûte et elle un animal attiré par la musique... ou par son insatiable curiosité.

— C'est quoi une... *montgol*...

— Montgolfière ? ! C'est ça ! fit Logan en désignant d'un geste ample, presque théâtral, une immense étendue de tissu multicolore étalée dans l'herbe et le tout rattaché par des câbles d'acier à un gigantesque panier en osier, lui-même couché au sol.

Sophie-Élisa se sentit prise d'un fou rire et intercepta le regard taquin de Roy alors qu'il croisait les bras et redressait le menton, comme pour la mettre au défi d'accepter.

— Vous allez nous faire voler ? gloussa Sophie-Élisa en s'adressant à Roy. Avec du tissu et un panier ?

— *Aye !* affirma le jeune homme. Avec du nylon traité et une nacelle, la corrigea-t-il.

— Sans magie ? questionna à nouveau Sophie-Élisa en croisant les bras, tout en ignorant les derniers mots de Roy.

— Simplement grâce à la poussée d'Archimède ! intervint à son tour Logan qui affichait lui aussi un air espiègle alors qu'il ajustait le bonnet de laine qui glissait sur les cheveux fins de la jeune femme.

— Et quand doit arriver votre ami Archimède pour : *nous pousser dans les airs ?* minauda Sophie-Élisa en se disant que les deux hommes ne pourraient plus longtemps soutenir leur plaisanterie.

« *Voler dans les airs ! Poussés par un certain Archimède ! Avec un tas de tissu avec un drôle de nom et un panier... non, une nacelle en osier ! ! Ces hommes du futur m'étonneront toujours par leur humour !* », songea-t-elle toujours amusée, et curieuse de voir jusqu'où ils pousseraient leurs balivernes.

Elle fut quelque peu déconcertée quand Logan et Roy, après un instant d'hébétude, se mirent à rire aux éclats et se sentit rougir, comme la moutarde lui montait doucement au nez. Qu'avait-elle pu dire pour qu'ils se gaussent ainsi ?

Logan se calma quelque peu en voyant son air pincé.

— Mon amour... Archimède n'est pas notre ami, enfin si, d'une certaine manière. C'était un savant grec qui a vécu au moins deux siècles avant Jules César. Je suis même un peu étonné que tu n'en aies jamais entendu parler. Il a découvert un théorème qui va nous permettre de voler aujourd'hui que l'on nomme : la poussée d'Archimède.

Pendant que Logan expliquait qui était le savant grec et ce qu'était son théorème, Roy et ses hommes s'activaient autour de la nacelle et du tissu en manipulant divers objets des plus étranges aux yeux de Sophie-Élisa qui, de plus en plus intéressée par leurs comportements, écoutait d'une oreille distraite les propos de son Âme sœur.

— Mais... que fait-il ? souffla-t-elle en voyant Roy activer une chose bruyante en direction de l'enveloppe de nylon.

— Il procède à un gonflage à froid de l'enveloppe grâce au ventilateur que tu peux apercevoir d'ici. Tu t'es renseigné pour la météo ? lança Logan en direction de Roy.

— Beau fixe ! Vent faible, 20 km/h à tout casser, aucun risque d'orage à l'horizon, plafond nuageux néant, lui répondit Roy sans cesser de bouger et contrôlant la corde épaisse de maintien reliant la montgolfière à son gros 4/4 noir et chrome rutilant, procédure incontournable en cas de rafale de vent imprévue.

Logan et Roy continuèrent de répondre aux questions de Sophie-Élisa qui atteignit le summum de la curiosité en assistant au développement impressionnant de l'enveloppe de nylon.

— Maintenant, expliqua Roy, quelques hommes vont se placer à l'extrémité du ballon pour le retenir dans sa montée grâce à la corde de couronne qui se trouve à l'autre extrémité de l'enveloppe. Vous voyez... la nacelle commence déjà à se redresser ! Soyez prêts à sauter dedans à mon signal !

— Quoi ?

Et quelques instants plus tard :

— Logan, embarque avec ta femme ! On va y aller ! cria Roy sans faire cas de l'exclamation affolée de Sophie-Élisa.

Logan s'avança d'une rapide foulée féline vers Sophie-Élisa et la saisit au passage par la taille avant de la déposer en deux temps trois mouvements debout au milieu de la nacelle.

— Ohhh... non... gémit-elle en cherchant à passer la jambe par-dessus le rebord alors que la nacelle s'élevait déjà à quelques centimètres du sol, uniquement retenue à la terre ferme par la corde qui la reliait au 4/4 et que Roy terminait le gonflement sans monter à bord.

— Tu vas adorer ! s'exclama Logan en la prenant dans ses bras pour l'embrasser passionnément ensuite.

Très bonne idée qu'il eut là, Sophie-Élisa oublia tout et ne se rendit pas compte de l'oscillation de la nacelle quand Roy grimpa à bord, ni n'entendit son rire moqueur.

— L'art de détourner l'attention ! Logan, tu es un pro ! chantonna le pilote en finissant ses réglages avant de s'exclamer : « On largue les amarres ! Direction... les tertres enchantés *yiiiihaaaa !* »

Roy défit le nœud d'amarrage et la montgolfière s'éleva lentement dans les airs, comme heureuse et impatiente d'aller batifoler dans le ciel. Déjà, plus bas sur le plancher des vaches, les hommes montaient dans le 4/4 pour les suivre à distance et les retrouver sur le lieu, inconnu, de l'atterrissage.

Il était effectivement trop tard pour que Sophie-Élisa

puisse sauter, mais pas trop tard pour qu'elle se cache en frissonnant contre Logan.

— Regarde Lisa, enjoignit doucement Logan alors qu'elle se cramponnait à lui de toutes ses forces, la tête nichée dans l'ouverture de son blouson. N'aie pas peur, fais-moi confiance... admire la vue, tu ne le regretteras pas.

De fait, luttant contre la peur, bercée par le souffle de la flamme qui emplissait d'air chaud le ballon à chaque fois que Roy actionnait le brûleur, Sophie-Élisa s'écarta peu à peu de Logan et jeta un coup d'œil timide sur son environnement.

Elle ne put s'empêcher de lancer une exclamation de surprise ébahie avant d'avoir le souffle coupé devant le paysage féerique, en mode panoramique, qui se livrait à ses yeux.

Nulle peur du vide, aucune appréhension de quelque sorte, la nacelle se balançait doucement alors que Sophie-Élisa se rapprochait du bord pour admirer l'étendue des terres, les forêts, les montagnes qui se profilaient à l'horizon, le *Loch* argenté et bien plus loin... la mer du Nord. Tout paraissait accessible d'un seul coup !

Sophie-Élisa fut submergée par une telle émotion que des larmes lui montèrent instantanément aux yeux. Là, soudain, elle prenait réellement conscience de tout ce qui lui avait manqué dans cette époque futuriste : l'air pur des Highlands, sa magie et ses couleurs, sa beauté sauvage extraordinaire et son calme, loin de la vie agitée moderne, des coups de klaxon, des cris des passants, de l'odeur piquante que les pots d'échappement des voitures émettaient.

Ses Highlands, ses terres si chères à son cœur... elle les retrouvait enfin !

Sophie-Élisa se rendit compte, avec un brusque serrement de cœur, à quel point le passé et les personnes aimantes lui manquaient. Si seulement tout avait pu être différent, si seulement elle et Logan avaient pu rester en l'an 1416...

— Mon amour, souffla Logan dans son dos, en séchant

du bout des doigts les larmes qui glissaient sur ses joues. Es-tu triste ? s'inquiéta-t-il, le visage soucieux.

— Non, mentit-elle pour ne pas le blesser. C'est que tout est si beau ! Être là, dans le ciel, avec toi, et découvrir mes terres sous cet angle merveilleux... c'est... au-delà des mots ! Merci Logan, merci pour ce voyage, je t'aime.

Logan l'enlaça, dos contre son torse puissant, ses bras rassurants lui enserrant la taille et l'embrassa tendrement sur la tempe.

— Je t'aime Lisa, souffla-t-il, lui aussi très ému.

Ils restèrent ainsi durant l'heure de vol, serrés l'un contre l'autre, buvant des yeux le décor et la lente descente du soleil vers l'ouest. Aucun d'eux ne prononça un mot de plus. Ils communiaient avec la nature, étaient heureux d'être ensemble, là, au plus près du monde des Sidhes.

L'atterrissage se fit tout en douceur, une heure et demie après leur départ du Cercle des Dieux et à plusieurs kilomètres de là. Le vent les avait guidés vers le sud, presque à toucher les plages de la mer du Nord. Les hommes qui les avaient suivis en 4/4 étaient déjà présents pour assurer leur sécurité et aider au rangement de l'enveloppe et du matériel.

— Tu vas bien ? s'enquit Logan en portant Sophie-Élisa hors de la nacelle alors que Roy fermait les conduites de gaz et purgeait les tuyaux qui reliaient le brûleur aux bouteilles de propane.

— Oui, souffla-t-elle, toujours ivre de la beauté du vol. J'ai hâte de rentrer à la maison et de tout raconter à Iona. Encore merci mon amour, ta surprise m'a beaucoup émue et... Roy, s'exclama-t-elle en se tournant vers le pilote, je suis partante pour une autre promenade dès que possible !

Le jeune homme s'esclaffa et lui répondit par un clin d'œil amical avant de continuer à vaquer à ses occupations, alors que l'ombre de la nuit s'installait sur les dunes blanches.

— Rentrons ma chérie, lui enjoignit Logan en voyant un autre véhicule se garer sur la route côtière. Notre carrosse est avancé, Dàrda est venu nous chercher.

— Zut... marmonna Sophie-Élisa. Je suis heureuse de retrouver Dàrda, mais... la voiture...

Logan pouffa en la prenant par la main pour sortir des dunes.

— Si cela peut te rassurer, c'est moi qui conduirai ! Ça te va ?

Elle ne lui répondit que par un grognement peu flatteur qui le fit rire de plus belle.

Quelque temps plus tard, ils se garaient devant leur maison et Sophie-Élisa se dépêcha de sortir de l'habitacle en se retenant de justesse de vomir. Sans compter ces horribles fourmillements et crampes qui revenaient de plus belle attaquer son corps ! Elle se promit dans la foulée d'en faire part une fois pour toutes à sa belle-sœur. En tant que doctoresse, elle trouverait certainement le moyen de la soulager au plus vite.

Dàrda et son épouse Iona, ainsi que leur petite brunette de poupée baptisée Awena, venaient souvent leur rendre visite et ils passaient des heures à discuter du clan Saint Clare, du passé, de la famille de Sophie-Élisa et des différences qu'il y avait entre les deux époques.

Ce soir, ils allaient dîner ensemble et Sophie-Élisa se précipita dans la maison, heureuse par avance de raconter son magnifique voyage aérien.

— Tatie ! cria la petite Awena dès qu'elle passa le pas de la porte avant de se jeter dans ses bras.

Malgré ses douleurs articulaires, Sophie-Élisa n'hésita pas une seconde à la porter contre son cœur et à la faire pirouetter dans les airs pour le plus grand amusement de l'enfant.

— Ma petite fleur ! Que tu m'as manqué ! lança-t-elle en embrassant le cou tendre d'Awena tout en la faisant glousser de plaisir.

— Alors ? fit Iona qui apparaissait dans l'encadrement de la porte du salon, tout sourire. Comment s'est déroulé ton baptême de l'air ?

— Je vais tout vous raconter à toi et à ma poupée chérie ! répondit Sophie-Élisa en la suivant dans le salon, Awena babillant gaiement dans ses bras, alors que Logan et Dàrda faisaient leur entrée et se dirigeaient vers la cuisine en parlant haut et fort.

Les deux hommes ne voulaient aucune femme dans cette pièce et, quand Gladys ne s'en occupait pas, c'étaient eux qui préparaient les repas pour ces dames et jeune demoiselle. Sophie-Élisa s'en était beaucoup amusée au début : un homme, dans une cuisine, en train de faire à manger !

Depuis, c'était presque devenu une routine, quelque chose de normal, et elle adorait les délicieux mets que lui concoctait Logan. Jamais elle n'aurait pu rivaliser avec ses talents de marmiton.

— Tatieee... *golière !* chantonna Awena, merveilleuse fée brune aux doux yeux noisette et aux joues encore rondes de bébé.

Sophie-Élisa éclata de rire, s'assit sur le canapé, la fillette sur les genoux et se mit en devoir de leur raconter, à elle et Iona, sa prodigieuse aventure dans les airs, tantôt en frôlant les cimes des arbres, tantôt aussi haut que l'avait permis le vent ascendant, c'est-à-dire, selon Roy et Logan, à plus de 1000 mètres d'altitude.

— Nous pouvions presque toucher les étoiles naissantes dans le ciel, finit de relater Sophie-Élisa après leur avoir décrit ses impressions avec force mimes et les couleurs du paysage au sol.

— Aussi haut ? chuchota Awena dans un souffle admiratif. Et... les oiseaux vous ont suivis ?

— Oh oui ma puce, ils nous montraient le chemin du bout de leurs ailes.

— Ohhh....

Sophie-Élisa fit la grimace à ce moment-là avant d'essayer de la cacher derrière un sourire crispé, alors qu'une nouvelle crampe se propageait de son poignet à son avant-bras. Elle décida de poser l'enfant sur la place à ses côtés en la faisant doucement glisser de ses genoux. Une précaution pour ne pas lui faire mal en la laissant tomber, la force désertant totalement ses membres.

Iona n'avait pas été dupe et envoya la petite voir son papa dans la cuisine, avant de s'enquérir de l'état de santé de Sophie-Élisa.

— Des crampes horribles et des fourmillements dans les extrémités de mes doigts, de temps en temps ma langue et mes lèvres, expliqua-t-elle comme Iona lui demandait ce qu'elle avait.

— Depuis quand as-tu ces symptômes ? fit Iona en venant s'asseoir auprès d'elle et en lui prenant le pouls.

— Si mes souvenirs sont bons... depuis que je suis dans cette époque, lui répondit Sophie-Élisa qui se laissa regarder le blanc des yeux et palper le cou. Cependant, ces crises sont de plus en plus fréquentes, douloureuses et handicapantes. J'ai l'impression de me transformer en statue de pierre !

— Lisa, il faudrait que tu passes à la clinique pour faire quelques examens sanguins. Tu n'es pas immunisée contre tous les virus et germes qui ont cours dans notre époque, il faudrait y remédier assez rapidement.

— Comment feras-tu pour... m'immuniser ? demanda Sophie-Élisa en avalant visiblement sa salive.

Iona lui sourit et lui expliqua d'un ton tout médical qu'elle utiliserait d'abord des seringues et aiguilles pour la prise de sang et avant qu'elle ne puisse avancer toute autre explication, Sophie-Élisa se leva comme une flèche du canapé et s'en alla en poussant des hauts cris !

Sophie-Élisa n'avait jamais eu peur au combat contre les *sassenach* brandissant épées ou arcs, mais une piqûre la terrifiait et Iona, qui la rattrapa dans sa chambre, abandonna toute tentative de la raisonner.

— Tout va bien là-haut ? appela Logan du rez-de-chaussée alors que Iona essayait de tranquilliser Sophie-Élisa.

— *Aye !* clama-t-elle. Sophie-Élisa a un cil dans l'œil,

nous descendons tout de suite !

Et se tournant vers celle-ci :

— Lisa, ce n'est qu'une petite piqûre de rien du tout et après tu seras tranquille et rassurée, tout comme moi !

— Oui, je sais ! Ne m'en veux pas Iona, je ne suis tout simplement pas encore habituée à toutes tes pratiques de guérisseuse, et... j'ai vu un feuilleton l'autre soir... dans un hôpital... et il y avait du sang partout, et tous ces instruments de torture... et...

— Lisa ! Ce n'est que du cinéma ! pouffa Iona en levant les mains au ciel.

— Il n'y a pas de sang partout ? Sur le sol et les murs ? fit Sophie-Élisa en étrécissant les paupières d'un air suspicieux.

— *Naye !* Enfin, normalement *naye*, mais, cela peut arriver et...

— Je le savais ! s'écria Sophie-Élisa en secouant la tête et en faisant voltiger ses longues mèches sur ses épaules.

— Lisa ! gronda Iona en essayant de ramener à la raison sa belle-sœur.

— Laisse-moi y réfléchir, d'accord ? Et surtout, ne dis rien à Logan, je ne veux pas qu'il s'inquiète inutilement, tu me le promets ?

— Je suis doctoresse, Lisa, je suis liée par mon Serment d'Hippocrate, tout ce que tu me diras sur le plan médical restera entre toi et moi.

Sophie-Élisa parut rassurée d'un coup et proposa à Iona de prendre rendez-vous avec elle dans les prochains jours.

Elles rejoignirent ensuite les hommes et la petite Awena et passèrent une belle soirée à se restaurer joyeusement autour de la table, à papoter de tout et de rien, à rire et à essayer de suivre studieusement les histoires sans queue ni tête de la fillette, qui finit par s'endormir dans les bras de son père, signe qu'il était l'heure de se séparer jusqu'au lendemain.

Et les jours passèrent sans que, bien sûr, Iona ne voie

venir sa belle-sœur dans son cabinet à la clinique. Cependant, elle ne s'inquiéta pas outre mesure, Sophie-Élisa paraissant se porter comme un charme et ne se plaignant jamais de rien.

Ses douleurs avaient dû disparaître et il serait toujours temps de faire les vaccinations dans les mois à venir...

De son côté, avec les beaux jours et la douce chaleur printanière qui s'était installée, Sophie-Élisa alla de plus en plus souvent au *Loch of Yarrows*, où des pontons avaient été aménagés sur les rives, pour faire du pédalo ou du canoë-kayak. Activités pour lesquelles elle se prit d'une soudaine passion grâce à Logan qui l'y avait initiée tout de suite après son vol en montgolfière.

Vint enfin le jour de l'anniversaire de Sophie-Élisa, le jeudi 10 avril 2014, date qui annonçait aussi l'arrivée imminente, et tant attendue, du laird Cameron Saint Clare.

Cette journée, qui devait être festive, commença mal, car Logan fut appelé d'urgence à la brasserie alors que les amoureux avaient décidé de passer la journée ensemble et de faire les magasins pour choisir le cadeau de la jeune femme et se rendre ensuite au château.

Sophie-Élisa allait fêter ses vingt-trois ans dans le futur et cet événement devait être le plus parfait de sa vie. Logan le souhaitait ainsi pour faire fuir la nostalgie de sa belle qui se faisait plus présente à l'approche de cette date.

Le coup de fil urgent venait de Dàrda, qui lui rappelait la venue d'un groupe de commerciaux japonais. Ces messieurs voulaient ouvrir un marché très prometteur de vente de bière de bruyère des Highlands dans leur pays et devaient signer le contrat du siècle avec Logan, Dàrda et l'aval de leur laird qui n'était, pour l'heure, pas rentré de France.

Logan se devait d'être à la brasserie avant l'arrivée des Japonais et laissa sa tendre épouse aux bons soins de Gladys et de ses deux filles. Oui, mais voilà, l'aide à domicile fut appelée de toute urgence auprès de sa mère malade et confia à son tour Nilly et Lilly à Sophie-Élisa...

— *J'ai faim* ! hurlait Nilly avec un visage d'agonisante alors que Lilly pleurnichait dans son dos.

Sophie-Élisa n'en pouvait plus ! Les fillettes avaient été insupportables toute la matinée et voilà que l'heure du dîner avait sonné et qu'elle se heurtait pour la toute première fois à la préparation d'un repas dans une cuisine modernisé.

« *Comment faire à manger dans cette pièce ?* », songea-t-elle amèrement en regrettant de ne pas avoir appris avec Gladys ou Logan à utiliser les éléments futuristes.

— Maman a sorti un poulet, il suffit de le poser dans le four ! gémit Lilly en hoquetant à travers ses grosses larmes.

— Euh... oui ! Je m'en occupe et pendant ce temps-là, vous allez mettre le couvert et vous laver les mains, oust !

— Y'a plus de vaisselle, maman a oublié de faire tourner le *lave-machin-chose* ! ! piailla encore la plus petite en pleurnichant de plus belle.

— Oh ! Eh bien, cela ne doit pas être difficile de le faire fonctionner pendant que je cuisinerai ? Non ? Voulez-vous m'aider ? s'enquit Sophie-Élisa en pensant que c'était un bon moyen de divertir les filles.

— *Ouiii !* s'écrièrent les deux poupées, tout sourire, alors qu'elles fonçaient déjà vers le lave-vaisselle.

— Moi la première !

— Non moi ! Elle me l'a demandé avant toi !

Et les cris reprirent de plus belle au grand dam de Sophie-Élisa qui sentait une méchante migraine investir son crâne.

— Stop ! ! Nous allons le faire ensemble ! lança-t-elle pour calmer les chamailleries. Alors, dites-moi comment il faut procéder ! sollicita-t-elle en ouvrant la porte de l'appareil ménager, car elle avait au moins vu Gladys faire ce geste-là, par contre la suite... restait un mystère !

— Il faut zuste mettre beaucoup de savon ! fit Lilly en se saisissant de la bouteille de produit vaisselle sur l'évier.

— Tu es sûre ? s'enquit Sophie-Élisa tout étonnée. Et pour l'eau ? Y a-t-il des seaux pour emplir le fond de... ce lave-machin ?

— Non, mais on peut prendre la bassine blanche de la lingerie ? suggéra Nilly en courant chercher ladite bassine.

L'exercice fut vite fait et la machine remplie d'eau et de savon liquide en plusieurs dizaines de jets. Sophie-Élisa se félicita de son initiative à demander de l'aide aux fillettes qui semblaient savoir faire fonctionner les machines de main de maître.

— Assez ! L'eau va déborder ! s'exclama Sophie-Élisa alors que Nilly refermait la porte du lave-vaisselle d'un bon coup de pied. Et maintenant ? s'enquit-elle encore.

— Ben... on appuie sur tous les boutons pour qu'il marche ! s'écria Lilly en mettant en pratique ce qu'elle venait de dire.

Le lave-vaisselle se mit effectivement en fonction dans un doux et rassurant ronronnement. Sophie-Élisa soupira de soulagement et s'approcha du plan de travail pour saisir la volaille.

Qu'elle était drôle ! Le corps de la poule n'avait pas la forme que la jeune femme connaissait, avec cette sorte de pellicule transparente qui le comprimait et ce petit plat bleu de consistance bizarre qui collait à sa chair molle.

— Il faut le mettre au four ! chantonna Nilly alors que Lilly hochait vigoureusement de la tête en ouvrant la porte d'un autre appareil ménager.

Sophie-Élisa posa l'étrange poulet sur la grille du haut et envoya Nilly chercher des bûches dans le salon.

— Pour quoi faire le bois ? s'enquit Nilly d'un air étonné.

— Pour faire cuire la viande ! lui répondit Sophie-Élisa en lui souriant gentiment. Gladys avait certainement dû écarter les enfants du foyer pour les protéger et les pauvres petites ne savaient pas comment cuisiner la volaille.

— Ah bon ! se contenta de dire la fillette en voyant sa sœur revenir les bras chargés de bûchettes.

Maman ne mettait jamais de bois dans le four pour cuire la viande, cependant Nilly se garda bien de le signaler, car elle s'amusait comme une petite folle. C'était un peu comme de jouer à la dînette, mais en beaucoup mieux !

— Poussez-vous maintenant ! leur enjoignit Sophie-Élisa après avoir positionné le bois sous la grille et en faisant naître par la magie des flammes au bout de ses doigts avant de mettre le feu aux branchages.

— *Ohhh ! !* firent de concert Nilly et Lilly, les yeux gris grands ouverts devant le four.

Sophie-Élisa se recula vivement en toussant et en refermant la porte alors que de la fumée s'échappait de tous les côtés du fourneau.

— Le conduit d'évacuation... n'a... certainement pas... été ramoné... correctement ! crachota-t-elle entre deux toux acres, alors qu'une odeur acidulée, piquante, et de la fumée, envahissaient les lieux.

— Y'a de la mousse partout ! cria soudain la plus petite des fillettes en pointant du doigt le lave-vaisselle d'où, effectivement, jaillissaient des bulles savonneuses à foison !

Et les deux chipies de détaler en hurlant dans la rue, et à Sophie-Élisa d'essayer de réparer les dégâts grandissants ! Elle avait pourtant fait tout ce que Nilly et Lilly lui avaient dit ? Alors, pourquoi était-ce le chaos dans la cuisine ?

Petit à petit, elle marcha à reculons vers la sortie, la fumée noire et grise, l'odeur insupportable et la montagne de mousse gagnant du terrain sur elle.

Sophie-Élisa décida de se battre comme si elle était sur un champ de bataille et en appela à sa magie. Celle-ci s'éveilla, fulgurante, mais au moment où Sophie-Élisa invoquait un sortilège pour mettre fin à la propagation de la fumée et de la mousse, une douleur foudroyante la terrassa de la tête aux pieds. D'épouvantables crampes lui paralysèrent les membres alors que ses doigts s'engourdissaient sous la décharge de douloureux fourmillements.

Elle s'écroula sur le sol carrelé en toussant, les poumons en feu et contempla, effrayée, le mur de bulles savonneuses qui était à deux doigts de l'envelopper, l'engloutir.

— *Och !* s'écria une voix de femme inconnue avant qu'elle n'entonne une mélopée et que le chaos paraisse être endigué par la magie appelée.

Le désastre se réduisit très vite en flaques d'eau noires sur le sol de la cuisine totalement dévastée, laissant apparaître à la vue le four carbonisé et complètement déformé sous la force de la chaleur des flammes.

— Tu crois qu'elle est morte ? pleurnichait Nilly en direction de la vieille dame qui s'était agenouillée près de Sophie-Élisa et qui lui insufflait de l'oxygène grâce à une bulle magique placée sur sa bouche et son nez.

— Elle savait pas cuire un poulet et elle a mis le feu au four ! s'exclama Lilly.

— Ah ! fit simplement la femme en remontant les lunettes sur son nez pointu.

— On va se faire gronder, pas vrai, Suzie ? demanda Nilly d'une petite voix, alors que de grosses larmes coulaient sur ses joues rondes.

— Pourquoi ? s'étonna Suzie. Avez-vous aidé cette jeune personne à créer toute cette pagaille ?

« *Non !* », firent vivement les fillettes de la tête tout en se lançant des œillades noires semblant vouloir dire : interdiction de cafter !

Sophie-Élisa leva la main en un signe signifiant qu'elle se portait mieux et se redressa en se tenant la tête, alors que Suzie faisait disparaître sa bulle d'oxygène pour l'aider ensuite à se remettre debout.

Son jean lui collait à la peau et sa tunique verte à l'origine ne l'était plus tout à fait. Cependant, Sophie-Élisa s'en moquait comme d'une guigne, elle était surtout soulagée d'avoir retrouvé sa mobilité, que les fillettes n'aient pas été blessées et que la vieille dame, qui s'avérait être Suzie, la tante de Logan, soit accourue leur porter secours.

Sophie-Élisa n'avait jamais fait sa connaissance, car Logan lui interdisait de venir et lui en voulait toujours de ne pas avoir parlé de leurs véritables origines.

— Les petites ? s'inquiéta-t-elle.

— Elles ont eu la peur de leur jeune vie, mais elles se portent bien ! Venez, je vous emmène chez moi, avec les *clann* (enfants) ! Je m'y rendais quand j'ai entendu les hurlements de Nilly et Lilly et vu la fumée. Pouvez-vous marcher ?

— Oui, souffla Sophie-Élisa, même si ses jambes restaient flageolantes.

— Allons-y alors !

— Non ! Attendez ! Il faut prévenir Logan !

— Il doit l'être déjà à l'heure qu'il est et vous rejoindra chez moi, je vais lui laisser un mot, la rassura Suzie en la raccompagnant vers le hall d'entrée, les fillettes leur emboîtant le pas. Voici d'ailleurs les pompiers !

Le son des sirènes hurlantes s'approchait et bientôt, le camion rouge des « guerriers du feu » s'arrêta devant la barrière blanche de la maison. Ils autorisèrent Suzie à conduire Sophie-Élisa et les enfants, après auscultation, dans la demeure de la vieille dame, le temps qu'ils sécurisent l'endroit et fassent l'état des lieux.

La mignonnette chaumière de Suzie ressemblait beaucoup plus aux maisons que Sophie-Élisa avait connues au temps jadis et après s'être débarbouillée, elle accepta de boire un lait chaud au miel, pour soulager les brûlures de sa gorge.

De leur côté, Nilly et Lilly, attablées dans le petit salon douillet, se régalaient d'un appétissant rôti de mouton accompagné d'une potée de légumes et de pommes de terre.

— Merci Suzie, pour tout, chuchota Sophie-Élisa en souriant à la vieille dame qui fit de même alors qu'elles étaient toutes deux installées dans des fauteuils en face d'un feu de cheminée à la chaleur salvatrice.

— J'aurais aimé faire votre connaissance dans d'autres circonstances, murmura Suzie pour éviter d'être entendue des fillettes trop curieuses. Mais il se trouve que mon neveu a la hargne tenace ! Il est vrai que j'aurais pu parler des *Veilleurs* et du grimoire magique à la nouvelle lignée de magiciens, mais à quoi bon ? La quête de votre mère s'achevait à leur naissance et le codex s'était mis en sommeil à ce moment-là. Cependant... il s'est réveillé !

— Qui ? s'enquit Sophie-Élisa, un peu étourdie.

— Le *Leabhar an ùine* ! Dès votre arrivée, à Logan et vous, en 2014, il s'est éveillé ! C'est ainsi que j'ai su qui vous étiez, d'où vous reveniez tous les deux et pourquoi !

Sophie-Élisa sauta sur ses jambes et faillit renverser son bol de lait avant qu'elle ne le pose de ses doigts tremblants sur une petite table.

— Suzie ! Jurez-moi de ne jamais dire à Logan que je l'ai sauvé en le suivant en 2014 !

Suzie la dévisagea de ses yeux noirs sous ses sourcils blancs, secoua ses courtes boucles neigeuses et entrouvrit ses lèvres minces. Elle semblait étonnée par les mots de Sophie-Élisa.

— Mais pas du tout ! s'exclama-t-elle en oubliant les enfants. Et le *Leabhar an ùine* ne se trompe jamais ! C'est Logan et vos parents qui vous ont sauvée du destin funeste que les Dieux avaient choisi pour vous !

— Pa... pardon ? hoqueta Sophie-Élisa, un frisson glacial lui courant le long de la colonne vertébrale.

— *Aye !* Je sais ce que je dis ! insista Suzie sans s'apercevoir du malaise grandissant de la jeune femme. Ils ont réussi à vous secourir en rendant caduc le jugement des divinités, mais... je crois que tout ne s'est pas passé aussi bien pour votre frère... Il a refusé son destin en apprenant ce que les Dieux avaient décidé pour vous et... a disparu de la mémoire du *Leabhar an ùine* !

Sophie-Élisa poussa un cri étranglé. Soudain, tout son univers s'écroulait ! Logan ainsi que ses parents lui avaient menti !

Une grande silhouette athlétique apparut à ce moment-là dans l'encadrement de la porte du salon. Logan, de fureur et de rage. Logan, en faë de colère et les yeux irradiant de lueurs orangées. Logan... le menteur !

— Suzie ! vociféra-t-il d'une voix sourde en serrant les poings. Un jour, je t'étranglerai pour tous les moments où tu aurais dû parler, mais aussi pour ceux où tu aurais dû te taire !

Chapitre 26

Révélations

— Lisa ! s'écria Logan en marchant vers elle, son regard fauve la détaillant soucieusement de la tête aux pieds alors qu'elle reculait en avançant la main pour l'en empêcher.

— Ne m'approche pas ! lui ordonna-t-elle sans savoir d'où lui venait la force de parler. Certainement de la colère qui avait pris corps en elle à la suite des révélations de Suzie.

— Lisa ! Je peux tout t'expliquer ! l'implora-t-il en s'arrêtant à quelques pas d'elle.

— Non ! Tu m'as menti ! l'accusa-t-elle, blessée, avant de se tourner vers Suzie. Où est le *Leabhar an ùine* ?

— Dans... la crique... à la cave, balbutia la vieille dame en dévisageant Logan et Sophie-Élisa d'un air effondré.

Jamais elle n'aurait songé que ses mots pourraient porter préjudice. Comment aurait-elle pu prévoir que la jeune femme ne sache absolument rien des réelles circonstances qui l'avaient amenée dans le futur ? Par les Dieux, quel immense gâchis !

— *Naye !* Lisa ! s'exclama tristement Logan, en voulant la prendre dans ses bras avant que Sophie-Élisa ne bondisse souplement de côté pour l'éviter.

— Ne me touche pas ! siffla-t-elle, le corps tendu et les poings serrés, prêts à frapper.

— Nilly, Lilly, mes poussins, allez donc jouer dans le jardin, leur enjoignit Suzie en essayant de sourire tout en se levant de son fauteuil de tissu couleur rouille pour accompagner Sophie-Élisa à la crique.

Les fillettes ne demandèrent pas leur reste et filèrent en chahutant comme si de rien n'était pour laisser les grandes personnes se chamailler.

— Que veux-tu faire ? s'enquit Logan la voix grave, dure, et les traits du visage soudainement figés.

Sophie-Élisa le détailla un instant, les yeux étrangement secs alors qu'elle était déchirée de l'intérieur et que son cœur souffrait le martyre. Il était si séduisant, viril, dans ses habits modernes dernier chic, avec son costume trois-pièces gris anthracite, sa chemise blanche au col noué d'une cravate sombre, elle-même retenue par une pince d'argent, un pardessus trois quarts sur ses larges épaules et des chaussures de ville noires, méticuleusement cirées, aux pieds. Il avait plaqué ses cheveux longs sur sa tête et les avait liés avec un catogan bas sur la nuque.

Oui, Logan MacKlare était le plus bel homme au monde, le plus charismatique ! Cependant, était-ce vraiment cet homme-là que Sophie-Élisa aimait, derrière la façade rigide de ce fier et noble visage ? Celui pour qui elle avait tout quitté, tout sacrifié et qui, en retour, lui avait menti ?

— Le grimoire est une entité vivante, chuchota Suzie en croisant et décroisant les mains nerveusement.

— Oui, justement ! rétorqua Sophie-Élisa, tranchante. Je peux d'une certaine manière fusionner avec lui et apprendre toute la vérité sur ma venue. Il ne peut rien dissimuler, ni fabuler... pas comme les humains ! jeta-t-elle encore fielleusement en dardant un regard froid sur Logan qui marqua le coup en tiquant et serrant les dents, faisant battre un muscle sur sa mâchoire.

Sur ce, elle tourna les talons sans qu'il ne cherche à la retenir et emboîta les pas de Suzie qui lançait par-dessus son épaule des œillades attristées sur son neveu, en le voyant s'asseoir – s'écrouler plutôt – dans un fauteuil, abattu, la tête entre les mains.

La crique sombre sous la maison était chichement éclairée d'une simple ampoule nue. Cependant, dès que

Sophie-Élisa s'approcha du milieu de la pièce, une lueur laiteuse se déploya sous une sorte d'arche, pour se transformer en lumière vive. Là, sur une espèce de piédestal, reposait le *Leabhar an ùine*, un volumineux grimoire à la couverture de cuir brun très ancien irradiant de rayons de type presque solaires, dont l'épaisseur dépassait l'entendement. Il s'ouvrait et se refermait tout doucement sur des milliers de parchemins d'histoires retraçant la vie du clan Saint Clare et la lignée des *Veilleurs*.

C'était de lui qu'émanait la luminosité qui semblait s'intensifier au fur et à mesure que Sophie-Élisa s'approchait.

— Vous vous connaissez déjà, n'est-ce pas ? souffla Suzie un peu en retrait dans son dos.

— Oui, mais à l'époque, son aura magique n'était pas aussi développée qu'elle l'est maintenant. Il est devenu... impressionnant ! s'exclama Sophie-Élisa en marquant le dernier pas qui la séparait du grimoire.

Lentement, elle tendit les doigts de sa main droite vers le livre qui s'ouvrit à son approche en déployant ses parchemins, tels les pétales d'une fleur, et les posa sur la ligne de jointure des feuillets.

Le *Leabhar an ùine* avait la particularité d'absorber les données véhiculées par toutes les auras magiques, comme il l'avait fait dans le passé pour Logan, ce qui avait permis à Darren de savoir qui était le jeune homme et de prendre connaissance de toutes les informations le concernant.

Sophie-Élisa était persuadée qu'il en avait été de même la nuit de leur départ de l'an 1416 et elle voulait en avoir le cœur net !

Dès le premier contact, un courant enchanté, d'une douce chaleur, se créa instantanément entre Sophie-Élisa et le *Leabhar an ùine*. La clarté se propagea à sa main et les lignes calligraphiées sur les pages commencèrent à se déplacer pour sillonner en une danse des mots jusque sur sa peau, s'infiltrant dans ses pores, puis dans son sang.

Le choc fut rude au moment où les visions dispensées

par les vocables atteignirent le cerveau de Sophie-Élisa, et elle sut tout de suite que le grimoire avait absorbé une partie des souvenirs de Logan. La vérité défila, crue et douloureuse, quand elle apprit que ses propres parents avaient aidé le jeune homme en inventant l'histoire de sa mort et fait en sorte qu'elle s'en aille pour le sauver.

Sophie-Élisa manqua de respirer quand apparut l'image de la princesse des Sidhes et qu'elle perçut sa voix au travers des évocations libérées par les mots. Ce n'était pas lui qu'ils avaient tous essayé de soustraire à la Faucheuse, mais... *elle* !

Condamnée par les divinités car elle portait aussi la marque *unique* de l'Enfant des Dieux, jugée comme inutile parce qu'elle était née cinq minutes après Cameron, elle devait disparaître pour que lui, l'aîné, puisse recouvrer tous les pouvoirs qui lui revenaient de droit et qui avaient été répartis dans les corps des jumeaux.

Cependant cette princesse... *Reflet*... s'était érigée contre cette sentence et avait fait voyager son Âme sœur dans le temps pour qu'il vienne à son secours et l'emporte dans son monde pour la mettre à l'abri.

La vérité... n'était pas facile à voir, ni à apprendre, mais elle l'aidait à comprendre les agissements de son promis ainsi que d'Awena et Darren. Sophie-Élisa s'expliquait enfin la tristesse, l'angoisse de ses parents et leur farouche détermination à monter ce plan de sauvetage avec Logan.

Par les Dieux... elle l'avait traité de menteur ! Oui, il l'avait trompée, mais pour son bien, pour qu'elle vive...

Soudain, les visions changèrent, se transformèrent. Sophie-Élisa évoluait dans une sorte de brouillard et elle devina que cela ne venait plus des souvenirs de Logan, mais de quelqu'un d'autre. Les images floues étaient plus sombres, plus torturées, il y avait des échos de cris de fureur, des voix graves presque inhumaines et l'acuité visuelle de la jeune femme se fit plus précise.

Au fur et à mesure que lui arrivaient les visions, Sophie-Élisa se mit à suffoquer et trembler spasmodiquement.

Cameron ! C'était Cameron, et il se disputait violemment avec des êtres éthérés, évanescents. Il refusait leur demande, il enrageait contre eux et il les rendait responsables de l'avoir fait disparaître, elle, Sophie-Élisa, de sa vie. Cependant, elle eut la conviction que son frère ne savait pas qu'ils avaient décrété sa mort, qu'ils étaient allés aussi loin, il leur en voulait simplement de l'avoir envoyée dans une autre époque. Cameron les accusait de l'avoir manipulé pour qu'il accepte son destin d'Enfant unique et la quête qu'il devait accomplir pour restaurer les liens d'entre le monde des hommes et celui des Sidhes.

Dans l'esprit de Sophie-Élisa, naquit un kaléidoscope de torture constitué de sons et de visions déformées : les vociférations, la rage, les Dieux immenses et impénétrables jusqu'à la colère, ou la souffrance de Cameron. Il hurla derechef son refus en leur montrant le poing... et tout s'effaça !

Sophie-Élisa eut beau chercher d'autres souvenirs de Cameron, malgré la douleur dans son corps et sa tête, elle persista, encore et encore... Mais le *Leabhar an ùine* ne put lui révéler ce qu'il était advenu de lui. Cameron avait tout simplement disparu, tout comme sa famille, son clan... ne restait plus que la longue quête des *Veilleurs*.

— Lisa ! Lisa ! S'il te plaît mon amour, regarde-moi, reviens à toi ! hurlait la voix anxieuse, rauque, de Logan.

Sophie-Élisa réussit à s'arracher au grimoire, ou alors, celui-ci la libéra des visions, ses vocables réintégrant les parchemins et la reliure de cuir se refermant lentement sur les images déchirantes qui explosaient toujours derrière ses paupières.

Quelqu'un la soutenait par la taille, un bras musculeux, fort, qui la portait alors que ses jambes se faisaient molles et que son corps s'affaissait.

— Lisa, souffla Logan à son oreille en l'enlevant dans ses bras pour sortir de la crique, Suzie marchant sur ses talons, proche de la crise de nerfs après avoir assisté à l'échange poignant entre la jeune femme et le *Leabhar an ùine*.

— Il n'a jamais agi ainsi ! s'apitoya Sophie-Élisa alors qu'ils arrivaient dans le salon et que Logan l'allongeait avec beaucoup de déférence sur le canapé de tissu aux tons rouille et coussins beiges.

— Il ne m'a pas fait de mal, murmura Sophie-Élisa en plongeant son regard dans celui de Logan. Pardon, pardon pour tout ! Toi et mes parents, vous avez voulu me sauver et vous avez dû me mentir pour ça. Mais qui suis-je pour te jeter la pierre, alors que j'ai fait la même chose pour toi ? ! s'exclama-t-elle en se précipitant dans ses bras.

— Elle a encore mis le feu dans un four ? couina une petite voix alors que les bouilles de Nilly et Lilly apparaissaient dans l'encadrement de la porte du salon.

Suzie sursauta et se retourna pour faire face aux fillettes avant de les prendre par la main et de les emmener dans le jardin.

— Mon amour, souffla Logan en embrassant passionnément Sophie-Élisa. Je ne pouvais rien te dire, je l'avais juré !

— À la princesse des Sidhes, oui, je sais tout ! Mais je dois repartir chez moi et il faut que tu me donnes la *pierre de Lïmbuée* pour que cela puisse se faire !

Logan se redressa en se rembrunissant d'un coup et se mit à faire les cent pas.

— *Naye* ! Je t'aime et jamais je ne te permettrai d'aller à la mort ! Jamais ! M'entends-tu ?

— Logan ! Il ne s'agit plus seulement de moi, mais aussi de Cameron ! Quelque chose de terrible lui est arrivé et je ne peux pas laisser les Dieux le punir à ma place ! On trouvera une solution, notre clan est fort et ses charmes puissants, je vivrai et je sauverai mon frère !

— *Naye* ! hurla-t-il, la peur faisant naître la colère au fond de lui. De toute manière, c'est impossible, la pierre est vide de toute magie et personne ici n'a le pouvoir de te renvoyer en 1416 ! Je te l'interdis, nous sommes mariés et je m'oppose...

— Tu ne peux pas refuser quoi que ce soit ! cria-t-elle à son tour en s'asseyant. Et tu te trompes sur un point, il existe une personne dans cette époque qui pourrait me faire rentrer !

— Qui ? vociféra Logan, les yeux fous. Et tu partirais en me laissant ici ? Tu m'abandonnerais ?

Sophie-Élisa frissonna en pinçant les lèvres alors que la tristesse la submergeait.

— Viendrais-tu avec moi ? souffla-t-elle presque timidement, le cœur palpitant dans l'attente de sa réponse.

— Lisa, soupira Logan en se passant la main dans ses cheveux, défaisant son catogan par ce geste et libérant ses mèches longues aux reflets dorés. Je te suivrai n'importe où ! Mais je refuse de te conduire à ta perte et à vivre sans toi pour l'éternité car je n'aurai pas su te protéger ! Tu ne partiras pas !

Sophie-Élisa se leva et lui caressa le visage du bout des doigts. Ils s'aimaient, ils s'étaient prêté serment d'être toujours là l'un pour l'autre, mais le destin et les Dieux avaient mis trop d'obstacles sur leur chemin. Sophie-Élisa se devait de libérer Logan de toutes ses promesses, mariage druidique y compris.

— Ta vie est ici Logan, la mienne se trouve dans le passé. Nous avons eu la fortune de nous aimer, mais le moment est venu de nous séparer.

— *Naye !* gronda-t-il en la saisissant aux bras et en la serrant presque à lui faire mal. Tu n'as pas le droit de décider pour nous deux !

— Toi non plus ! Je pars au château, mon descendant va bientôt rentrer et avec un peu de chance, nos magies combinées m'ouvriront les courbes du temps...

— Pas question !

— Je ne t'en laisse pas le choix ! Logan, je te libère, murmura Sophie-Élisa en retirant son anneau pour le poser dans sa paume et faire volte-face en direction de la sortie de la chaumière.

Logan aurait crié de douleur, mais serra le poing sur l'alliance de Sophie-Élisa et essaya de ne pas lui courir après. Cam allait revenir de son voyage de France dans la journée et il se rassura en se disant qu'il ne l'aiderait jamais à repartir en prenant connaissance des tenants et des aboutissants de l'histoire.

Logan avait le temps pour reconquérir la confiance et le cœur de sa belle, lui faire entendre raison, et ils essayeraient tous les deux, en restant dans le futur, de savoir ce qu'il était advenu de Cameron.

Silencieusement, en boucle, il implora la princesse des Sidhes de venir lui prêter main-forte et de l'aider à ouvrir les yeux de son Âme sœur.

Sophie-Élisa se rendit directement à pied au château en quittant Logan et la chaumière de Suzie.

Elle souffrait tant qu'elle ne pouvait plus respirer. Chaque pas qui la rapprochait de la forteresse et l'éloignait de son amour était comme un coup de poignard dans ses chairs. Les larmes étaient là, les traîtresses, mais elle serra les dents et endigua les pleurs derrière la barrière de ses paupières.

Son destin n'était plus dans cette époque, et ne l'avait certainement jamais été. Logan l'avait crue heureuse dans ce nouvel environnement, mais elle ne l'était que pour lui, parce qu'elle partageait son existence et qu'il était tout pour elle.

Les gens du futur étaient si différents, étranges, toujours à courir après leur montre, ne connaissant plus les veillées, les réunions du clan où l'on chantait et dansait, où tous se retrouvaient pour fêter l'harmonie et la vie. Son harmonie à elle était dans les bras de Logan… Ici ! Mais elle devait repartir… Là-bas !

Il fallait qu'elle ne pense plus qu'à Cameron et de fait, l'image de son frère remplaça peu à peu celle de Logan dans son esprit, alors que sa nouvelle détermination lui durcissait le cœur et l'aidait à franchir le hall d'entrée du château tenu par des valets qui s'inclinèrent sur son passage, comme s'ils s'attendaient à son apparition.

— Madame, la salua révérencieusement l'un d'eux, un homme mince et sec en livrée qui se courba encore devant elle. Le laird vous fait dire que vos appartements sont prêts.

Sophie-Élisa sursauta de surprise en ouvrant de grands yeux.

— Le laird sait que je suis là ? Il est arrivé ?

— *Naye*, Madame, notre maître n'est pas en ces lieux, mais il ne devrait plus tarder à rentrer de voyage et, *aye*, il se doutait que vous alliez le rejoindre au château.

Sophie-Élisa, toujours aussi étonnée, se dit que son descendant devait être un puissant fils des Dieux pour être une sorte de devin et fut soudainement rassurée, car un tel mage de sang devait posséder assez de connaissances pour invoquer un sort qui la ferait repartir en 1416.

Elle n'eut aucun mal à retrouver son ancienne chambre dans le dédale immuable au décor futuriste du château et fut ébahie en poussant la porte de ses appartements, en les découvrant à l'identique de ceux qu'elle avait laissés dans le passé. Le bazar en moins.

Mais c'était toujours son immense lit à baldaquin qui trônait dans la pièce, le même coffre au pied de sa couche, de même que le paravent près de la cheminée, l'armoire, le petit bureau et sa chaise.

— C'est incroyable ! s'écria-t-elle, en se demandant si elle n'était pas victime d'hallucinations.

Sans compter les tentures du baldaquin et les fourrures sur son lit, qui étaient, elles aussi, semblables en tous points à celles de son souvenir.

Soudain, Sophie-Élisa eut envie de pousser plus loin son investigation en allant visiter les autres lieux de vie qu'elle avait tant aimés.

Un endroit en particulier, alors que des larmes montaient à ses yeux d'avance, rien que d'y songer. Il s'agissait du cabinet de son père, Darren. Elle y avait passé tant de bons moments dans les bras de sa mère Awena, ou à chahuter avec son frère alors qu'ils faisaient leurs études. Cette pièce lui était si chère.

Sans s'en apercevoir, elle se retrouva devant la grande porte en chêne. Le loquet avait disparu au profit d'une imposante poignée en fer forgé ouvragé. Sophie-Élisa tendit les doigts, suspendit son geste, le poursuivit pour abaisser la clenche, sans que pour autant la porte ne s'ouvre, et pour cause :

Elle était fermée à clef !

La déception la saisit, mais cet état d'âme fut de courte durée, car elle entendit un léger cliquetis et l'imposant panneau de bois s'écarta sans qu'elle ait touché à quoi que ce soit.

Devant son regard médusé, le décor du cabinet de travail de son père s'offrit à elle. Sophie-Élisa eut à nouveau la troublante surprise de constater que tout était à l'identique d'autrefois, elle avait presque l'impression que Darren allait apparaître d'une seconde à l'autre. Mais, cela ne pouvait être possible...

Soudain, ses prunelles furent attirées par deux portraits. L'un la représentait dans une prairie fleurie, un immense sourire sur ses lèvres roses, ses fossettes marquant profondément ses joues, ses yeux verts pétillant d'amusement alors que ses longs cheveux acajou voletaient au vent. Sophie-Élisa se souvenait d'avoir posé pour sa mère la veille de ses vingt ans, et c'était cette toile qui était accrochée au-dessus de la cheminée.

Le deuxième portrait, attenant au sien, était celui d'une fillette d'à peu près six ans qui lui ressemblait beaucoup, les fossettes en moins. Cependant, ses cheveux longs, légèrement bouclés, étaient de la même nuance rousse que ceux d'Awena et elle avait les yeux bleu nuit en amande de Darren.

Le cœur de Sophie-Élisa se serra imperceptiblement. Cette toile ne la représentait pas elle, mais avait pourtant été peinte de la main de sa mère et la petite possédait tant de similitudes physionomiques avec elle et ses parents !

Lentement, Sophie-Élisa s'approcha du tableau et lut l'annotation au bas, à la gauche de l'angle du cadre en bois :

« *Notre fille aimée Eloïra, 1416-1423* »

Se pouvait-il que... ? Sophie-Élisa se mit à trembler en hoquetant imperceptiblement, elle venait de comprendre que cette jolie fillette ne pouvait être que sa sœur, une parente qu'elle avait eue dans le passé, qu'elle ne connaîtrait jamais et qui était décédée à l'âge de sept ans !

— Non ! hurla-t-elle malgré elle en se mordant le poing au sang et les larmes coulant à flots sur ses joues de glace.

— *Nous allons changer tout cela, Za-Za*, murmura la voix grave de Cameron.

Sophie-Élisa secoua la tête, elle devenait folle ! Elle croyait entendre la voix de son frère bien-aimé !

— *Retourne-toi Lisa, je suis là !*

— Non, non, non... tout cela est mon imagination ! psalmodia Sophie-Élisa en crispant les paupières et en levant les mains pour se masser les tempes.

Une poigne chaude se posa sur son épaule agitée de soubresauts en la forçant à faire volte-face contre sa volonté.

— Ouvre les yeux Za-Za, cela fait six cents ans que j'attends ce jour avec impatience, alors offre-moi la magnificence de tes yeux verts !

Cameron ! Son Cameron ? Sophie-Élisa souleva brusquement les paupières et contempla, bouche bée, l'homme sublime, impressionnant, qui se tenait devant elle.

Grand, immense, les cheveux noirs aux reflets de feu, longs jusqu'à la taille, des traits d'une virilité absolue, des prunelles bleu azur qui semblaient doucement réapprendre à pétiller de vie, un nez droit parfaitement dessiné, des pommettes hautes, nobles, et des lèvres sensuelles qui essayaient de s'épanouir dans un lent sourire pour effacer un pli d'amertume qui paraissait ancestral.

Si tous ses linéaments n'avaient pas suffi à confirmer aux

yeux de Sophie-Élisa l'identité de l'homme qui lui faisait face, la balafre ancienne, filiforme ligne blanche qui lui barrait le visage du sourcil à la joue, finit de lui prouver que c'était bien Cameron, son frère ressuscité des morts, qui la dévisageait tendrement.

Elle se mit à hurler de joie et lui sauta dans les bras, alors qu'il la saisissait sous les aisselles et la faisait tournoyer dans les airs en riant à gorge déployée.

Dieux qu'il était beau ! Habillé de la tête aux pieds de cuir noir, pantalon, long manteau, bottes. Seule la chemise à col mao ressortait sur toute cette noirceur grâce à la pureté de sa blancheur.

— Je savais que nous nous retrouverions un jour, je t'en avais fait la promesse ! Que je suis heureux que le temps se soit enfin écoulé pour que je puisse te serrer contre mon cœur ! proclama Cameron d'un ton grave, voilé. Sèche tes pleurs Za-Za, aujourd'hui est jour de fête !

Sophie-Élisa se nourrissait de sa voix, le buvait des yeux à travers ses larmes de joie ou de peine, elle ne le savait plus, et s'accrochait aux revers de son long manteau en cuir comme si elle avait peur qu'il disparaisse, sans pouvoir émettre un seul son...

C'était comme si son corps accusait le coup de toutes les émotions qu'elle venait d'essuyer, alors que de traîtres fourmillements naissaient à nouveau au bout de ses doigts et que des crampes tiraillaient ses muscles déjà crispés.

Chapitre 27
Le don d'une Déesse

— Assieds-toi vite, sœurette ! enjoignit Cameron à Sophie-Élisa tout en la soutenant par la taille pour l'amener vers l'imposant fauteuil près du bureau et s'agenouiller souplement ensuite en face d'elle, les mains dans les mains.

— C'est... c'est bien toi ? bafouilla-t-elle en le dévisageant de ses grands yeux verts, encore et encore.

— *Aye* ! En chair et en os ! Mais Dieux que tu es pâle et que tes doigts sont glacés ! s'inquiéta-t-il en les massant pour les réchauffer.

— Je suis si heureuse ! s'exclama Sophie-Élisa.

Cameron pouffa, son beau visage s'illuminant à nouveau.

— *Aye* ! C'est ce que je constate ! On dirait plutôt que tu as aperçu un mort !

— Et pour cause, je croyais que tu l'étais ! Jamais je n'aurais songé te revoir ici, en 2014 ! Comment est-ce possible ?

Cameron se rembrunit soudain en détournant le regard et se redressa pour faire face aux portraits.

— C'est une longue histoire, Lisa, souffla-t-il, la voix rauque, douloureuse.

Sophie-Élisa essaya de se mettre debout, cependant les crampes dans ses muscles et les fourmillements qui s'accentuaient au bout de ses articulations l'en empêchèrent. Elle fit son possible pour ne rien laisser paraître et ne pas inquiéter Cameron.

Celui-ci avait beaucoup changé, il était plus athlétique,

plus viril, plus homme... Son jeune frère avait disparu au profit de cet immense et farouche Highlander tout de sombre vêtu. Rien d'étonnant à ce que Logan n'ait pas fait le rapprochement entre les deux Cameron !

— Était-elle notre sœur ? chuchota Sophie-Élisa en suivant la direction de son regard.

— *Aye !* Elle s'appelait Eloïra et est née sept mois après ton départ. *Athair* et *màthair* étaient si heureux ! Elle leur a apporté la lumière qui avait disparu de leur vie suite à nos absences...

Cameron avait parlé trop vite et pinça les lèvres en serrant la mâchoire.

— Ton absence ? souffla Sophie-Élisa en voulant l'encourager à lever le voile sur ce passage où elle l'avait cru mort.

— J'ai quitté le clan, Lisa, marmonna-t-il après un long moment d'un silence pesant. Le soir de notre vingt-troisième anniversaire, un mois après que tu fus partie, les divinités se sont présentées à moi. Elles m'ont annoncé, le plus simplement du monde, qu'étant donné que le jumeau inutile avait été écarté, je pouvais enfin accomplir ma quête de l'Enfant des Dieux. J'ai tout de suite compris qu'ils avaient envoyé Logan dans notre époque pour que vous fassiez connaissance et que vous vous en alliez dans le futur ensuite ! J'ai vu rouge ! Tu n'étais qu'un être *inutile* et ils s'étaient débarrassés de toi par le biais de ton Âme sœur !

« *Si tu savais la vérité* », songea douloureusement Sophie-Élisa à ce moment-là du récit de Cameron.

L'écarter ? Quel euphémisme !

Les Dieux souhaitaient tout bonnement sa mort ! Cependant, Cameron ne devait pour rien au monde le découvrir.

— J'étais jeune, continua-t-il sans apercevoir l'éclair de colère et d'amertume dans les yeux verts de Sophie-Élisa. Et j'étais si abattu par ton départ que la fureur m'a saisi. Je leur ai dit d'aller se faire cuire un œuf ! susurra encore Cameron d'une voix mielleuse. Peut-être pas dans ces termes-là, mais au final, cela équivalait à la même chose. J'avais beau écumer de rage, les insulter... ils sont restés apathiques, en silhouettes lumineuses, éthérées et aux visages flous. Alors ils m'ont puni, du moins c'est ce que j'ai cru. Car je sais maintenant qu'ils sont exempts de toute émotion et ne connaissent pas la tristesse, ni la joie. Ils m'ont condamné à l'immortalité, sans avoir le droit à une descendance, jusqu'à ce que je me rétracte et que je les appelle pour leur signifier ma capitulation. Ce que je n'ai jamais fait !

Sophie-Élisa en resta bouche bée. Immortel ? Cameron n'avait donc pas voyagé dans le temps pour la rejoindre ? Par les Dieux !

— À ce jour, je suis âgé de six cent vingt ans et ce soir, je fêterai mes six cent vingt et un ans ainsi que mes retrouvailles avec ma sœur ! annonça-t-il en faisant volte-face pour la dévisager et lui sourire tendrement. J'ai tenu tout ce temps, vécu les plus sombres moments de mon interminable vie, en me raccrochant à cet unique but : être avec toi !

— Comment as-tu pu vivre aussi longtemps sans que le *Leabhar an ùine* ou le clan ne sachent rien de tes origines ? Logan lui-même est persuadé que tu es un descendant des Saint Clare et m'a affirmé ne pas avoir souvenir de tes parents.

Cameron hocha la tête et se détourna à nouveau.

— *Athair* a fait construire une crique hermétique sous la chaumière d'Aonghas, pour que le grimoire magique soit coupé du monde extérieur et ne puisse plus absorber les pensées des âmes et, comme je te l'ai dit, je suis parti dans le même temps après la punition des Dieux. Je suis allé me réfugier dans la forêt pour vivre avec la communauté druidique, les seuls qui ont tout de suite su ce que j'étais devenu : un monstre !

— Cameron ! s'insurgea Sophie-Élisa.

— N'en doute pas ! gronda sourdement Cameron en fronçant les sourcils. L'immortalité n'est pas un don, mais une malédiction ! Pour pouvoir survivre à la disparition des nôtres et à tous les moments sombres que j'ai vécus à travers les siècles, j'ai dû m'endurcir au point d'en perdre mon âme ! Je suis devenu comme eux Lisa ! Les émotions ont déserté mon cœur !

— Non ! Ce n'est pas vrai ! s'exclama Sophie-Élisa outrée, en agrippant les accoudoirs du fauteuil. J'ai lu la joie sur ton visage tout à l'heure quand tu m'as prise dans tes bras et j'ai aperçu un panache d'émotions se dessiner sur ta physionomie en contemplant ces portraits ou en narrant ton histoire ! Alors non ! Tu n'es pas un monstre. Cependant, tu te trompes sur un point ! Le *Leabhar an ùine* peut capter des ondes magiques hors de la crique, la preuve en est qu'il a tout de suite appris que Logan et moi étions là, le jour de notre arrivée, je l'ai vu dans les visions...

— Tu l'as touché ? s'écria Cameron en revenant vers elle d'une démarche de félin, le visage sombre. Pourquoi ?

Sophie-Élisa aurait dû se mordre la langue avant de parler !

— Parce que... eh bien... je voulais... savoir ce qu'il était advenu des miens, bafouilla-t-elle pour ne pas avouer la véritable raison, ce qui sembla suffire à Cameron qui se détendit imperceptiblement.

— Le grimoire a acquis beaucoup de puissance durant les siècles passés... dit-il à voix basse comme s'il s'exprimait pour lui-même.

— Alors pourquoi ne savait-il rien sur toi ou les nôtres ?

— Parce que moi aussi, j'ai évolué, ma magie s'est développée à tel point que je peux contrôler beaucoup de choses, y compris le *Leabhar an ùine*. Notre lignée s'est éteinte depuis très longtemps, Lisa, murmura tristement Cameron. Je suis redevenu le laird du clan et j'ai manipulé la mémoire de notre peuple, de nos druides et nos *banabhuidseach* pour me faire passer pour le nouveau fils Saint Clare à chaque génération. Cela a été assez facile...

— C'est pour cela que Logan n'a pas de souvenir de tes

parents ! s'écria Sophie-Élisa en ouvrant de grands yeux. Et ton cadeau ? La natte a disparu dès notre apparition...

— Ahhh... c'est donc ce qui m'a valu une phénoménale gueule de bois, sourit Cameron. Vois-tu, je ne savais pas que vous rentreriez plus tôt, j'avais calculé que vous arriveriez aujourd'hui et j'étais en France pour des affaires urgentes. Le jour où j'ai eu cette atroce migraine, la première depuis des siècles, j'aurais dû prévoir que cela venait de ce cadeau. La natte est tout bonnement retournée à son propriétaire, plaisanta-t-il à nouveau.

— Cameron... souffla Sophie-Élisa très émue. Tu as toujours ton âme et je constate que tu peux encore rire à tes dépens ou aux miens !

— C'est parce que j'ai retrouvé la lumière grâce à toi et l'espoir de tout changer ! ajouta-t-il en montrant du doigt les portraits.

— Que... que veux-tu dire ?

— Lisa, à nous deux, nous allons remonter le temps et effacer le chaos qui a suivi notre départ !

— Tu parles de notre sœur ?

— En partie ! Elle était si belle, si douce, je la rejoignais de temps en temps dans le grand pré quand elle sortait jouer ou cueillir des fleurs. Eloïra me faisait énormément penser à toi, murmura tristement Cameron. Le jour de sa mort, causée par une chute de cheval, j'ai bien cru que le monde allait s'effondrer, et d'une certaine manière, c'est ce qui est arrivé... *Athair* et *màthair* ne s'en sont jamais remis...

Sophie-Élisa s'étouffa de chagrin et comprit à quel point Cameron espérait changer le passé. Mais s'ils retournaient en 1416... c'était elle qui décéderait !

De toute façon, elle avait fait le choix d'affronter son destin funeste pour secourir Cameron, alors... elle dirait oui, et s'en irait pour sauver Eloïra et sa famille tout en faisant en sorte que son frère accepte son propre chemin en invoquant les Dieux et accomplisse la quête pour laquelle il était né. Les dés étaient jetés et il n'y avait pas d'autre solution.

— Cameron... quand partons-nous ? murmura-t-elle avant de pousser un cri de douleur et de sombrer dans un puits de ténèbres.

Logan courait dans le couloir du château comme un possédé. L'appel de Cam lui avait tourné les sangs. Sophie-Élisa avait fait un malaise et ne se réveillait pas.
Iona était déjà à ses côtés et prodiguait ses soins de guérisseuse et non de doctoresse, car les maux de Sophie-Élisa semblaient être de type enchanté.
Il déboula dans la chambre de sa belle sans s'apercevoir que le décor était semblable à celui d'origine et courut vers le lit où elle était allongée, si pâle, respirant à peine.

— Je ne sais plus quoi faire, Logan, gémit Iona, l'air abattu. Elle ne réagit à rien et ses muscles se contractent comme si elle était morte. Impossible de pratiquer une prise de sang ou de lui injecter un quelconque médicament. Je lui avais demandé de faire des analyses, mais elle a toujours refusé ! J'aurais dû être plus sévère avec elle !

— Lisa avait déjà eu des symptômes avant-coureurs ? Et tu ne m'en as pas averti ? gronda Logan tout en caressant le bras rigide et froid de Sophie-Élisa.

— Pardon ! s'étouffa Iona, tant elle était désolée et perdue.

— Où est Cam ? s'informa-t-il vivement en jetant un rapide coup d'œil dans la pièce.

— Il a tout essayé lui aussi, mais à chaque fois qu'il apposait ses mains, le mal semblait amplifier, il est parti comme un fou en hurlant après les Dieux. Depuis, je ne l'ai pas revu...

— Cherche-le, Iona, et trouve-le ! Dis-lui que je l'attends ici, il faut absolument que l'on sauve Lisa ! Y a-t-il pleine lune ce soir ? s'enquit-il soudain avec une lueur d'espoir au fond de ses prunelles fauves.

— *Naye !* Elle est prévue pour le 15 avril ! Pourquoi ?

Logan ferma les yeux d'abattement, il ne pouvait pas

faire appel à Darren pour qu'il vienne l'aider au moyen de leur pacte. Sophie-Élisa ne vivrait certainement pas assez longtemps pour atteindre la phase de la pleine lune... Logan devait agir autrement.

— Pour rien... Va chercher Cam, s'il te plaît, souffla-t-il en s'allongeant tout contre le corps glacial de Sophie-Élisa pour essayer de lui communiquer sa chaleur.

— *Aye*, fit Iona en courant dans le couloir et en disparaissant à sa vue.

Sophie-Élisa était toujours vêtue de son jean et de sa tunique verte tachée de marques sombres dues à l'accident survenu dans la cuisine de leur maison. Quant à Logan, il était encore habillé de son trois-pièces gris anthracite chiffonné d'avoir tourné en rond comme un fauve en cage, en attendant un coup de fil de son laird.

Quand la sonnerie de son téléphone portable avait enfin résonné, il avait poussé un énorme soupir de soulagement avant de hurler de douleur en entendant les mots de Cam :

— Logan ! Viens tout de suite, Lisa est très malade et inconsciente !

C'est en se remémorant les propos tendus de Cam, tout en embrassant le front de sa belle de mille baisers légers, qu'un déclic se fit dans son cerveau.

Cam avait prononcé « *Lisa* » et non « *Sophie-Élisa* » ! Un fluide glacial lui parcourut le dos. Cam ?

— Les divinités restent sourdes à mes appels ! vociféra la voix rauque, sombre, de Cameron.

Logan sursauta et porta son regard ahuri sur la haute stature de son laird qui venait de s'agenouiller près de Lisa, de l'autre côté du lit.

— Cameron... ? souffla Logan, empli d'une terreur sans fond.

Comment n'avait-il pas fait le rapprochement plus tôt ? Par les Dieux ! Cam, son ami de toujours, n'était autre que Cameron Saint Clare, le frère de Lisa !

— *Naye* ! hurla-t-il fou de douleur en bondissant par-dessus la couche pour se jeter sur Cameron. *Naye !* Tu vas la tuer ! gronda-t-il encore en abattant son poing sur la mâchoire crispée du laird.

Cameron para les coups et réussit à plaquer Logan contre le mur de pierres.

— Que dis-tu ? vociféra-t-il sourdement.

— Lisa ! Pauvre imbécile, elle se meurt à cause de toi ! Vous ne pouvez pas être en présence l'un de l'autre sans qu'elle en perde la vie ! C'est pour la soustraire à ce destin funeste que nous avons quitté le passé... mais te revoilà, tu es le glaive qui la tuera ! hurla Logan en bandant ses muscles pour essayer de se dégager de la poigne de fer de Cameron.

Le laird se recula vivement en tanguant dangereusement sur ses jambes solides. Il paraissait foudroyé !

— *Naye, naye...* ils n'ont pas pu me châtier ainsi ! Ils l'ont déjà fait ! rugit-il en serrant les poings, une aura sombre se développant tout autour de lui, proprement terrifiante. Ils m'ont pris tout ce que j'avais, tous ceux que j'aimais !

— Te punir ? *Naye !* Ils ne connaissent pas ce mot ! fit Logan sans reculer devant ce déploiement magique. Leur seul objectif était et est toujours d'arriver à ce que tu accomplisses ta quête d'Enfant unique !

Logan se fit le devoir de lui narrer toute l'histoire en finissant par lui parler de l'intervention de la princesse des Sidhes.

— Dieux ! gémit Cameron alors que l'aura sombre disparaissait. Tout est de ma faute, et en refusant leur demande, en devenant immortel, je n'ai fait que retarder son trépas ! Si la princesse des Sidhes a vu juste, Lisa poussera son dernier souffle à 23 h 23 ce soir, heure anniversaire de notre naissance. Logan, appelle-la, elle peut certainement nous aider à la sauver ! le supplia-t-il en levant les mains en un signe implorant.

— C'est ce que je fais depuis que Lisa est partie te rejoindre cet après-midi ! cria Logan en se passant les doigts dans les cheveux d'un geste nerveux.

Les deux hommes vécurent les moments qui suivirent, l'un à invoquer les Dieux, l'autre, la princesse des Sidhes, alors que l'heure fatidique approchait et que Sophie-Élisa ne respirait presque plus.

23 h 15...

Ce fut la princesse des Sidhes qui répondit à la prière de Logan en se matérialisant dans une bourrasque d'énergie statique. Toujours immensément belle et au grand – et incongru – soulagement de Logan, elle était vêtue d'un paréo blanc pour couvrir sa nudité.

Elle semblait... en colère ? Ça, c'était une nouveauté !

— Juste à temps ! s'exclama-t-elle de sa voix chaude en passant devant Cameron, totalement décontenancé par sa venue et son apparence.

— Elle ? Une Déesse ? fit-il, interloqué, en secouant la tête de droite à gauche, ses longues mèches noires et feu caressant ses larges épaules au passage.

— En douterais-tu Cameron ? lui lança-t-elle avant de se tourner vers Logan, debout près du lit où reposait Sophie-Élisa. Mes pairs m'ont emprisonnée dans une bulle du temps ! enragea-t-elle en s'approchant. Je n'ai pas pu me libérer plus tôt ! Il a fallu que votre détresse fissure le sortilège et que je puisse accourir. Mais... il est presque trop tard, gémit-elle en posant sa main fine sur le front de Sophie-Élisa.

— *Naye !* s'exclama Logan au désespoir. Renvoyez-nous dans une autre époque, loin de Cameron, n'importe où, même si c'est la préhistoire ! Je la suivrai partout pour qu'elle ne meure pas !

23 h 20...

— C'est impossible... répondit tristement la princesse des Sidhes. Cependant, il y a une solution pour que tout s'arrête et que Lisa vive...

23 h 21...

— Quelle est-elle ? s'exclamèrent Logan et Cameron de concert.

— Je vais lui faire don de ma vie... murmura simplement la Déesse en s'illuminant de l'intérieur et en communiquant l'éclat irradiant de sa main à Sophie-Élisa.

Logan et Cameron en restèrent estomaqués, avaient-ils bien compris ce qu'ils venaient d'entendre ?

23 h 22...

— Lisa, chuchota la princesse des Sidhes. Dites mon nom véritable et vous vivrez à l'abri de tout jugement des divinités. La marque s'effacera de votre nuque, la magie partagée retrouvera son réel réceptacle, une partie de la mienne deviendra la vôtre et vous serez sauvée... Lisa... prononcez mon nom...

— *Elenwë*... murmura Sophie-Élisa en ne bougeant que les lèvres alors qu'une goutte cristalline glissait de sous sa paupière vers la courbe de son oreille pour s'enfouir dans la soie de ses cheveux.

23 h 23...

La Dernière née, Reflet, princesse des Sidhes... Elenwë de son vrai nom, sourit tendrement à Sophie-Élisa alors que celle-ci ouvrait doucement les yeux.

Les iris verts rencontrèrent les mauves.

L'une reprenait couleurs et vie, alors que l'autre perdait de sa luminosité et que son corps se faisait éthéré, puis voilé...

— Mon cadeau, votre liberté Lisa, je vous ai fait le don d'une Déesse en réparation des torts que les miens vous ont occasionnés. Vivez longtemps et heureuse.

Ainsi disparut Elenwë, dans un souffle chaud, alors que Sophie-Élisa recouvrait toute sa mobilité et s'asseyait brusquement sur sa couche en pleurant toutes les larmes de son corps.

Oui, elle était libérée de la marque, le sang de son frère avait repris les pouvoirs magiques qui lui revenaient de droit et les divinités avaient enfin un seul Enfant des Dieux...

Mais à quel prix ? Le sacrifice d'une merveilleuse princesse des Sidhes !

Logan se précipita vers Sophie-Élisa et la serra

fougueusement dans ses bras tout en l'embrassant éperdument. Il partageait sa peine, mais ne pouvait masquer sa joie de la retrouver saine et sauve.

En retrait, Cameron percevait le changement dans son corps, la magie phénoménale circulait dans son sang et la marque étoilée sur sa nuque lui cuisait comme si on appliquait un fer chauffé à blanc sur sa peau. Tout cela n'était que physique, alors que son esprit était empli de la vision unique de la princesse et qu'il se souvenait l'avoir déjà entraperçue près de la Cascade des Faës il y avait des siècles de cela... des siècles. Son image l'avait poursuivi et s'était gravée dans ses songes.

C'est à elle que Cameron pensait, se rattachait, dans les moments les plus sombres de sa vie... Elenwë venait de disparaître sous ses yeux, et au moment où il réalisa cela, son cœur sembla soudain immensément vide.

— Mon amour, ma belle, chuchotait inlassablement Logan avant de prendre la main de Sophie-Élisa et de passer l'alliance celtique à son doigt. Ma femme, pour l'éternité...

— Oui ! s'écria Sophie-Élisa d'une voix éperdue sans pouvoir pour autant sécher ses larmes.

Ce fut à ce moment-là que les Dieux firent leur apparition dans un long et déchirant hurlement d'agonie. Cameron, en guerrier accompli, se positionna tout de suite entre eux et sa sœur.

Cinq silhouettes évanescentes et lumineuses à la physionomie floue s'élevaient au-dessus du sol et paraissaient se tordre de douleur. L'une d'elles se redressa et s'avança légèrement avant de s'arrêter à un mètre de Cameron qui fit jaillir sur ses paumes des sphères énergétiques aux filaments bleus crépitants.

— Nulle bataille tu ne mèneras aujourd'hui, fils des Dieux, murmura une voix rauque aux accents gutturaux. L'une des nôtres s'en est allée en faisant le don suprême de sa vie d'immortelle et pour la première fois de notre existence, nous avons ressenti la douleur, la tristesse, le déchirement...

Nous savons maintenant ce que vous avez tous enduré par notre faute et nous devons payer pour nos torts en hommage à notre fille Elenwë et à tout ce qu'elle a essayé de nous apprendre, en vain...

— C'est un piège ! vociféra Cameron, toujours sur la défensive.

— Non, fils, rétorqua la divinité. Nous allons réparer et pour cela vous accorder vos vœux les plus chers.

La silhouette luminescente parut se tourner vers Sophie-Élisa et Logan avant de reprendre la parole :

— Sophie-Élisa et Logan, vous êtes libres de vous aimer, et ce, où vous le désirerez. Dans cette époque ou une autre, à vous de prendre votre décision.

Avant que Sophie-Élisa ne puisse réfléchir, Logan se redressa, s'approcha du Dieu inconnu qui attendait son choix et parla d'un ton posé et chargé d'émotions.

— Ma femme et moi désirons repartir en 1416, le jour exact de notre retour vers le futur !

— Logan ! hoqueta Sophie-Élisa en essayant de se mettre debout, mais retombant sur le lit, à bout de forces.

— Ce choix, Veilleur, fera que nous devrons effacer de la mémoire de votre famille et de vos proches toute trace de votre existence. Êtes-vous certain de vouloir payer ce prix pour l'amour de votre Âme sœur ?

— Certain ! affirma Logan sans détour. Ainsi, nulle personne ne souffrira de mon absence et j'emporterai avec moi les souvenirs et les joies qu'ils m'ont tous apportés.

— Que votre volonté soit accomplie. Ainsi, vous repartirez tous deux à la date choisie, vous porterez le nom de Saint Clare et une nouvelle lignée se tracera dans le temps.

— Logan... souffla Sophie-Élisa, le cœur débordant d'amour, mais aussi de tristesse pour le sacrifice qu'il était en train de faire pour elle. Elle était mieux placée que quiconque pour savoir combien ce qu'il allait vivre serait douloureux.

Il se retourna lentement vers elle et revint sur ses pas pour la prendre amoureusement dans ses bras.

— J'ai toujours su que notre place était auprès des tiens, que *ma* place était auprès de toi, peu importe l'endroit, le temps, ensemble Lisa, pour toujours !

— Mon amour... si tel est ton souhait... alors oui, partons et bâtissons notre vie, en mémoire d'Elenwë et des tiens. Nous créerons une famille nombreuse et les rebaptiserons tous aux noms de ceux que nous avons tendrement aimés !

Logan s'esclaffa en l'embrassant fougueusement.

— Chérie, il ne vaut mieux pas, ou sinon notre vie deviendra infernale avec une quinzaine de petits galopins dans nos jambes !

Sophie-Élisa pouffa en les imaginant entourés d'une ribambelle d'enfants et sécha ses larmes du bout de ses doigts tremblants.

— Cameron, reprit la divinité, Enfant des Dieux, nous nous excusons humblement pour toute la peine subie et te libérons de ton immortalité. Le choix est venu pour toi de suivre la voie que tu désires. Que souhaites-tu ?

— Vous m'accorderez mes souhaits ? Quels qu'ils soient ? s'enquit prudemment Cameron, l'air méfiant.

— Oui.

— Et... si je veux moi aussi repartir dans le passé, retrouver ma famille, qu'adviendra-t-il de mon clan d'aujourd'hui ?

— Il changera, un autre laird prendra ta place, si...

— Si ? demanda vivement Cameron alors que la divinité s'était tue.

— Si tu daignes malgré tout accomplir ta quête. Car, le temps dans cette époque est compté, nous avons attendu longuement ton appel, ta décision, et le sable dans le sablier a presque fini de s'écouler.

— Cette quête, pourrai-je l'accomplir dans le passé ?

— Plus facilement que maintenant, oui, lui répondit la divinité d'un ton mystérieux qui fit hausser les sourcils de Cameron.

— Alors, je pars ! En même temps que Logan et Lisa,

annonça-t-il en faisant définitivement disparaître les flammèches bleues de ses mains. Plus jamais je ne me séparerai de ma sœur ou d'un membre de ma famille et une fois chez moi, je sauverai ma sœur Eloïra et j'accomplirai cette maudite quête qui nous a valu tant de douleurs ! Entendons-nous bien, je le ferai uniquement en mémoire d'Elenwë... siffla-t-il entre ses dents, tant il éprouvait de ressentiment envers les Dieux, mais ne pouvant masquer son émotion envers la princesse des Sidhes qui s'était sacrifiée. J'aurais souhaité qu'elle vive... murmura-t-il encore dans un souffle.

Il y eut, suite à ses propos, un moment de silence total où tous parurent retenir leur souffle, avant que la divinité ne reprenne la parole :

— Que ce qui a été dit, désiré, soit exaucé et comblé ! proclama la voix gutturale avant qu'un tourbillon venteux ne se déploie autour de Logan, Sophie-Élisa et Cameron qui se cramponnèrent comme ils le purent aux montants du lit à baldaquin.

Tout sembla disparaître au profit d'une sorte de trou noir. N'existait plus que ce monstrueux vortex sombre, alors que Sophie-Élisa, Logan et Cameron résistaient du mieux qu'ils pouvaient en s'accrochant désespérément au bois de lit pour ne pas être projetés dans le souffle qui semblait vouloir les aspirer.

Le phénomène parut durer des siècles, puis perdit peu à peu de son intensité, la noirceur laissa la place à un kaléidoscope de lumières et de couleurs vives... L'instant d'après, ils arrivaient tous trois, le lit à baldaquin en plus, dans le Cercle des Dieux du clan Saint Clare. La date ? Le petit matin du 11 mars 1416.

D'abord étourdi, puis soulagé de constater que tous étaient parvenus à bon port, Logan serra vivement Sophie-Élisa tout contre lui, avant de pousser de hauts cris en sentant le sommier s'effondrer sous eux. S'effondrer ? Non, disparaître, plutôt ! Eh oui, les lits fusionnaient également pour n'en faire qu'un, s'ils se croisaient dans la même époque !

— Bons Dieux ! hurla soudain Cameron en se courbant en deux avant de s'écrouler au sol dans un long gémissement.

— Oups, murmura sardoniquement Logan. J'aurais peut-être dû le prévenir que son corps allait rencontrer son autre entité. Le pauvre, il doit souffrir le martyre ! s'exclama-t-il faussement inquiet.

— Méchant ! le gronda Sophie-Élisa en courant aider son colosse de frère à se mettre à genoux à défaut d'autre chose.

— Si tu te gausses encore, Logan, je t'étripe ! vociféra sourdement Cameron en essayant de recouvrer sa respiration avant de pouffer comme un gamin au plus grand étonnement du couple. J'ai mal ! J'ai vachement mal !

Ah ? Et ça le faisait rire ? Sophie-Élisa cria en le voyant sortir son skean dubh de sa botte de cuir noir sous son pantalon de la même confection et se trancher la paume de la main avant de hurler... à nouveau de rire.

— Logan, Lisa ! Visez ça ! Je saigne mes poteaux ! Je ne suis plus immortel ! Ces divinités, elles ont tenu leurs promesses ! J'ai mal et je saigne ! Et... bon sang ! Que ça fait du bien de revenir au bercail ! s'exclama encore Cameron en se mettant debout, se massant l'abdomen avant de siffloter et de dévaler la colline vers le château, son pont-levis, ses remparts et ses douves qui se profilaient dans la brume matinale.

Sophie-Élisa en resta totalement éberluée alors que Logan riait largement dans son dos.

— Suivons-le de près, j'ai hâte d'apercevoir la tête de tes parents quand ils vont voir ce Cameron arriver à la maison avec son jargon moderne, ses habits noirs tout de cuir, sans compter que physiquement, il est plutôt différent notre zozo !

— Papa risque de lui taper dessus avec sa claymore ! gloussa à son tour Sophie-Élisa.

— Et je parie que Cameron en redemandera en riant,

juste pour être convaincu de ne plus être immortel ! ajouta Logan en la prenant par la taille et en se mettant en marche. Une nouvelle vie nous attend... mon amour, et je sais d'avance qu'elle sera merveilleuse !

— Tu sembles si heureux, tu viens de sacrifier tant de choses... ne regretteras-tu jamais ? s'enquit Sophie-Élisa soudain soucieuse.

— Ne t'en fais pas, murmura Logan en redevenant sérieux pour l'envelopper de ses bras puissants et la contempler de ses yeux fauves. Mon destin est et sera toujours : toi. L'amour est plus fort que tout. Viens, suivons Cameron et puis, j'avoue avoir hâte de retrouver *notre* famille !

L'émotion et la joie saisirent Sophie-Élisa au cœur. Elle était de retour chez elle, avec Logan... La vie leur tendait les bras et dans un coin de son esprit, elle songea très fort à Elenwë :

« *Princesse des Sidhes, où que vous soyez, si vous m'entendez, je vous dédie mon bonheur et vous remercie, reposez en paix* ».

— Allez ! Viens ! chahuta Logan en la tirant par la main pour marcher vers le bas de la colline.

Son bonheur était contagieux et Sophie-Élisa se mit à rire avant de le suivre d'un pas de plus en plus rapide, léger. Logan rit aussi avant de chanter à tue-tête :

« *Auprès de ma blonde, qu'il fait bon, fait bon, fait bon, auprès de ma blonde, qu'il fait bon dormir...* ».

— Logan... je suis rousse, pas blonde... toi aussi tu vas te faire massacrer par papa... et moi ! gloussa Sophie-Élisa en pinçant gentiment le postérieur de Logan.

— Ahhh... décidément, mes fesses te plaisent... se moqua encore Logan avant d'attaquer les couplets de la chanson sous les hoquets d'amusement de Sophie-Élisa.

Épilogue

Un peu plus bas sur la colline, Cameron, le cœur battant, respirait avidement l'air pur des Highlands de cette époque tant aimée. Il percevait le chahut et les rires des deux amoureux loin dans son dos et regardait, avec émerveillement, le sang qui coulait entre ses doigts.

Il était de retour chez lui, avec Sophie-Élisa et son meilleur ami Logan. Il n'était plus immortel, pour preuves la douleur et le sang, et il avait gardé à l'esprit toutes ses erreurs du futur ainsi que la date pour sauver son autre sœur, Eloïra !

De plus, pensa-t-il avec une touche d'humour, il était désormais encore plus vieux que son arrière-grand-père Iain ! Le seul point sombre dans ses pensées et étrangement dans son cœur, était la disparition d'Elenwë. *Aye...* Il aurait souhaité qu'elle vive !

« *— J'aurais souhaité qu'elle vive* »... avait-il dit devant les divinités !

« *Bons Dieux ! Il en avait fait le souhait ? !* », songea-t-il soudain en pilant net sur ses pas.

Un espoir fou naquit dans son être, et il changea de direction, sous le regard étonné des tourtereaux qui le suivaient, en coupant à travers les herbes vers la forêt ancestrale et... la Cascade des Faës !

Une force irrépressible l'attirait en ces lieux...

« *Les retrouvailles avec ses parents et son clan allaient devoir attendre le début d'une autre histoire...* »

www.ingramcontent.com/pod-product-compliance
Lightning Source LLC
LaVergne TN
LVHW040132080526
838202LV00042B/2872